SWB Krimi

Taugner & Taugner

Zwei, drei oder vier

Keiner glaubt ihm

Kriminalroman

SWB
Verlag

Umwelthinweis:
Dieses Buch wurde auf chlor- und
säurefreiem Papier gedruckt

1. Auflage 2012

Lektorat und Korrektorat: Catrin Stankov, Bernau

Titelfoto: afitz / Shutterstock.com
Titelgestaltung: Sig Mayhew / www.mayhew-edition.de

Satz: Julia Karl / www.juka-satzschmie.de

Druck und Verarbeitung: E. Kurz + Co., Druck und
Medientechnik GmbH, Stuttgart www.e-kurz.de
Printed in Germany
ISBN: 978-3-942661-98-0

www.swb-verlag.de

Für Gerda

ERSTER TEIL

Dr. Vogt

Auf der Neckarbrücke kamen mir Bedenken. Meine Geschichte von einem wie für Männer geschaffenen Paradies war an sich schon schwer zu glauben. Dazu die rätselhafte Entführung und meine Unfähigkeit zu erinnern, ob sie zu zweit, zu dritt oder zu viert gekommen waren – konnte ich hoffen, dass man mir das abnahm?

Doch wenn ich wieder Dr. Vogt sein wollte, Nervenarzt und Chef von Station fünf meiner früheren Klinik, blieb mir keine Wahl, als bei Professor Flaming vorzusprechen. Ich beschleunigte meinen Schritt in Richtung Klinikum.

In der Ambulanz der Neurologischen Klinik herrschte auch an diesem Nachmittag reger Betrieb. Weißkittel eilten mit Klemmbrettern von Tür zu Tür, den Reflexhammer in der einen, das Hörrohr, wenn nicht um den Hals, in der anderen Kitteltasche. Dazwischen Schwestern mit Blutröhrchen oder Röntgenbildern, und Patienten auf dem Weg zu einem Untersuchungszimmer.

Ich war, wie vereinbart, um sechzehn Uhr bei Schwester Waltraud erschienen. »Ah, Herr Vogt«, hatte sie mich angesäuselt, »Oberarzt Flaming steht heute mächtig unter Druck. Hoffentlich haben Sie ein halbes Stündchen mitgebracht.« Und dann, dreißig Minuten später, noch ein Viertelstündchen.

Ich hatte das Päckchen Gauloises seit Tagen nicht angerührt. Jetzt stand ich, die blaue Packung in der Hand, frustriert in der Tür zum Raucherbalkon. Beim Anblick der zertrampelten Kippen kehrte ich um, ging zum Getränkeautomaten, zog eine Cola und setzte mich auf den letzten freien Rattanstuhl.

Oberschwester Waltraud. Ein Name, der an wirkliche, sozusagen waschechte Krankenschwestern denken lässt, Frauen mit gestärkter Haube, weiß-blau gestreiftem Kittel und doppelseitig zu tragender

Schwesternschürze. Himmel, welcher Kontrast zum Individuum, das sich hier Oberschwester nennt. Schwester Waltraud, der Wachhund, manche sagen die Mieze von Oberarzt Flaming, alias Flamingo. Von der Mireille-Matthieu-Frisur bis zu den Siebenzentimeterpumps ein steiler Appetizer für die höheren Dienstgrade der Weißkittelhierarchie. Wie so oft anderer Meinung Freund Heinz. Er hatte sie Waltraute genannt und mit Gerhilde, Helmwige und Ortlinde oder wie sie sonst alle heißen zu den Walküren gerechnet. Und nicht versäumt, von seiner letzten Stippvisite in Bayreuth zu reden.

Ich versuchte, meinen Ärger im Treppenhaus abzureagieren. Dreimal vier Treppen rauf und runter, das schafft Beruhigung.

Unten, in der Tür zum Erdgeschoss, lief ich Freund Heinz, Dr. Heinz Männen von Station fünf in die Arme, vor kurzem noch mein Hilfsassistent. »Wie, Harald«, fasste er mich um die Schultern, »nun doch wieder bei uns?«

So wie Heinz mich nach Wochen des Schweigens jetzt umarmen will, dürfte Judas seinem Herrn einst begegnet sein. »Flamingo wird's wissen«, sagte ich, ließ Heinz stehen und ging wieder in Richtung Warteraum. Um zu vermeiden, dass mich noch jemand ansprach, setzte ich mich in den Schatten des großen Gummibaums.

Gegen achtzehn Uhr, es waren nur noch wenige Patienten da, endlich mein Name. Ich gehe ohne ein Wort an Schwester Waltraud vorbei, die Tür von Flaming steht offen, ich trete ein.

Ich bin noch beim »Guten Tag, Herr Oberarzt«, als Flaming mich mit einer Handbewegung auf den Besucherstuhl verweist. Dass er seine Lektüre fortsetzt, ohne aufzublicken, bedeutet: Geduld, Grünschnabel, ich habe noch zu tun.

Was bleibt mir, als Professor Dr. Flaming, den Leitenden Oberarzt der Neurologie, in Augenschein zu nehmen. Doch erstaunlich: Mein Ärger nimmt mit jedem Detail, das ich registriere, weiter ab, ist doch alles, buchstäblich alles, was ich sehe, negativ besetzt. Im Fokus der Hals des Herrn Oberarzt, lang, dürr und voller Falten, wie der Hals eines Truthahns, nur, anstatt rot, von krankhaft wächsernem Weiß. Da nützt auch das breite Halstuch nicht viel, Professor Flaming, und wenn es noch so bunt ist. Ich genieße die Vorstellung, diesen Hals vom Kopf her zu verdrehen, ein-, zwei-, dreimal, wie man es von vielen Comics her kennt, egal ob Flamings Hals zurückschnurrt, wenn ich seinen Kopf wieder loslasse.

Vom Hals komme ich auf Flamingo, den Spitznamen des Herrn Oberarzt. Flaming, erzählt man sich, träumt seit langem davon, seinen Namen zu ändern, in Fläming, wie er im Ausland ohnehin gerufen wird. Zwei Pünktchen auf das a in seinem Namen, und keiner käme mehr auf die Idee, ihn Flamingo zu nennen. Seine Frau allerdings, die Flamingöse, hält, wie sich herumgesprochen hat, nicht viel von der Idee. Ich stelle mir einen Flamingo mit dem Hals eines Puters vor und verkneife mir das Grinsen.

Flaming ist immer noch bei seiner Lektüre, als ob das Journal of Neurology je Brandaktuelles gebracht hätte. Meine Ungeduld nimmt wieder zu. Was soll das zeitraubende, absurde Theater mit einem Bittsteller wie mir, den er mit einem Federstrich aus dem Weg räumen kann? Woher der Wunsch, mich zu demütigen? Konnte es sein, dass Flaming, als Minusvariante, jede Gelegenheit nutzt, Männer zu quälen, deren Muskelmasse höhere Testosteronspiegel anzeigt? Flaming ein viagraschluckender Sadist, dem es an den siebzehn Zentimetern sprichwörtlicher Männlichkeit gebricht?

Von der Tür her unvermittelt die Trippelschritte von Schwester Waltraud. Sie legt einen Stapel Patientenbriefe auf den Schreibtisch, die Flaming unbesehen signiert. Während sie Blatt um Blatt wieder an sich nimmt, kommt die linke Brust von Madame der Schulter des Herrn Oberarzt so nahe, dass der Träger ihres BH für Sekunden in der Luft steht. Die Szene hat etwas vertraulich Familiäres, so, als ob die beiden allein wären.

Im Weiterlesen greift Flaming nach einem Tuch, um sich die hohe Stirn zu wischen. Ein buntes Seidentuch, das er wieder in der Brusttasche seines Kittels unterbringt. Moment, Herr Oberarzt, Tuch in der Brusttasche, o. k., doch nicht in der des Ärztekittels.

»Sie sind …?«, fragt Flaming unvermittelt und tut, als hätte er mich soeben erst entdeckt.

»Harald Vogt, Herr Oberarzt«, und, als er schweigt, »Dr. Vogt, Assistent Ihrer Klinik.«

»Gewesen, Dr. Vogt, Assistent unserer Klinik gewesen, am besten, wir bleiben bei der Vergangenheitsform.«

»Ich habe mir erlaubt, Ihnen …«

»Sie reden von dem Schreiben, das Sie an mich adressiert haben, oder soll ich sagen von der Petition? Ein Gesuch in der außerordentlich originellen Form einer Erzählung – als fairy tale bemerkenswert, höchst originell, das muss man Ihnen lassen. Journalist hätten Sie werden sollen oder Schriftsteller, freier SF-Autor, Dr. Vogt. Doch wozu die vielen Worte. Ich habe Ihre Dichtung herumgereicht. Alle waren amüsiert, nur: Keiner war bereit, Ihnen zu glauben. Fakt bleibt, dass Sie sich für die Zeit vom 8. bis 11. April für ein verlängertes Wochenende abgemeldet hatten, am 23. aber noch nicht wieder in der Klinik waren. Zwei Wochen anstelle von drei oder vier Tagen, ohne Nachricht an die Direktion – ein zwingender Grund, Ihnen nach Rücksprache mit dem Personalrat fristlos zu kündigen.«

Flaming sieht über den Rand seines Journals zum ersten Mal zu mir herüber. »Jetzt, nach wochenlanger Verspätung, legen Sie fadenscheinige Entschuldigungen vor. Die Direktion, werter Herr Vogt, sieht sich außerstande, auch nur ein Wort Ihres Märchens ernst zu nehmen. Nach Meinung aller Beteiligten gibt es für Sie nur eine Möglichkeit: das Arbeitsgericht. Dazu unser, wie immer wohlmeinender Rat: Erstatten Sie zuvor Anzeige bei der Polizei. Es kann nicht Sache der Universität sein, Kriminalfälle aufzuklären. Sollte sich herausstellen, dass Ihnen Unrecht widerfahren ist, werden wir, Professor Helmerich und ich, ohne weiteres mit Ihnen reden.«

Nach diesem Sermon hat Flaming sein Journal wieder vor der Nase, als sei ich Luft, Teil der nach Desinfektionsmitteln riechenden Luft der Neurologischen Klinik. Bei meinem Weg zur Tür hält mich die Kastratenstimme des hohen Herrn noch einmal auf: »Ist es wirklich Ihr Ernst, zu behaupten, ein Mann sei im Dunkeln außerstande zu unterscheiden wenn, nach der ersten, eine zweite oder dritte Frau unter seine Decke schlüpft?«

Ich knalle Flamings Tür so heftig zu, dass die Oberschwester wie ein erschrecktes Meerschweinchen aufquietscht. Verdammt, nun hat Flamingo mich doch noch aus der Fassung gebracht.

Müde ging ich zum Notausgang der Klinik, die Pforte war schon verschlossen. Draußen war die Straßenbeleuchtung längst an, hinter den Fenstern der meisten Wohnungen brannte Licht.

Auf dem Weg über die Ernst-Waltz-Brücke straffte ich die Schultern. So durfte niemand mit mir umgehen, Flaming am wenigsten. Obwohl seine Idee, die Polizei einzuschalten, gar nicht so schlecht war. Gegen eine Anzeige sprach im Grunde nur eins: Alle, denen mein Missgeschick zu Ohren kommt, werden meine Aussagen drehen und wenden wie Leckerbissen auf dem Grill, vorneweg die Medien, vor allem, wenn es um einen Blick unter die Bettdecke geht. Andererseits wollte ich um jeden Preis erfahren, was hinter den Ereignissen jener Tage steckt. Noch immer vergehen mir Hören und Sehen, wie schnell aus einem hoffnungsvollen Assistenzarzt ein arbeitsloser werden kann – und aus einer Liebesgeschichte undurchdringlicher Dschungel. Von daher gesehen ein Glück, dass die Behörden verpflichtet sind, jeder Anzeige nachzugehen, und das zum Nulltarif. Ich legte meine Ellbogen auf die Balustrade der vierten Brückenkanzel, sah dem Spiel der Lichter auf den Wellen des Neckars zu und war, nach einer Reihe trüber Tage, endlich wieder in Stimmung.

Als ich die Brücke verließ, fielen die ersten Tropfen, gleich darauf, beim Bismarckplatz, regnete es in Strömen, alle Autos zogen lange Fontänen hinter sich her. Ich betrat das Café gleich neben dem Menglerbau, bestellte einen Espresso und trocknete mir im Waschraum, so gut es ging, Hände, Gesicht und Haare. Beim Espresso versuchte ich, meine Gedanken zu sortieren.

Im Vordergrund stand immer noch die Frage, was in Helga gefahren war, damals, am Donnerstag, dem zwölften April. Für den Fall, dass sie mich aus freien Stücken verraten hat, ist Rache angesagt. Daran konnte auch ein großzügiges Abschiedsgeschenk nichts ändern.

An zweiter Stelle wollte, musste ich herausfinden, was während der fraglichen Zeit wirklich geschehen war. Vor allem nachts, womit ich wieder bei der Bettdecke war.

Dann, an dritter Stelle, meine Karriere. Als Assistent der Neurologischen Klinik stand ich kurz vor dem Facharztdiplom, mit Aussicht auf baldige Habilitation. Eine Visitenkarte mit dem Titel Privatdozent hatte ich zum Spaß schon entworfen. Jetzt, nach der Abfuhr bei Flaming, konnte es keinen Zweifel geben: Um wieder eingestellt zu werden, musste ich nachweisen, dass ich tatsächlich verschleppt worden war.

Warum ich den Ärger mit Flaming auf mich nahm, anstatt die Klinik zu wechseln? Insider wissen, was zu erwarten ist, wenn ich mich bei einer anderen Klinik bewarb, in Freiburg zum Beispiel oder in Tübingen. Eine Sekretärin legt dem Chefarzt meine Eingabe vor, der sie mit einem Gähnen zur Kenntnis nimmt. Für den Fall, dass alle Stellen besetzt sind, war meine Bewerbung das Porto nicht wert. Im anderen Fall überlegt der Mann einen Augenblick, dann lässt er sich mit der Heidelberger Klinik verbinden – und gerät an Professor Flaming. Was dieser zum Fall Dr. Vogt zu sagen hat, ist leicht zu erraten. Eine Handbewegung, und meine Bewerbung landet im Papierkorb. Unbeteiligte können nicht wissen, wie gut die Buschtrommel zwischen Instituten, Kliniken und Fakultäten funktioniert.

Aber mit Flaming alias Flamingo war ich noch nicht fertig! Ich werde ihn und mit ihm die Klinik zwingen, den Fall Dr. Vogt noch einmal zu verhandeln, im Zweifelsfall vor dem Amtsgericht. Und die Ironie: Flamingo wird erkennen, dass er sich mit dem Hinweis auf die Polizei selbst in den professoralen Hintern getreten hat.

Auf dem Weg zu meiner Bude in der Albert-Mays-Straße kam ich am Polizeihauptquartier vorbei. Auf morgen also.

Rita

Hauptkommissar Bronkhorst, der Chef unserer Abteilung, war erst vor einem Monat nach Heidelberg versetzt worden. Auch wenn er den wortkarg Verschlossenen gab, ist er für uns, Kai Kiefer und mich, Rita Phelps, nie ein Buch mit sieben Siegeln gewesen. Dass er das Aktenstudium hasst, war als Erstes klar geworden. Seither müssen wir, seine Assistenten, uns bei internen Recherchen immer allein mit dem Computer oder, wesentlich schlimmer, mit verstaubten Aktenordnern herumschlagen.

Während der ersten Tage allerdings, als er gezwungen war, sich mit den Heidelberger Gegebenheiten vertraut zu machen, blieb auch Bronkhorst nicht erspart, Datenberge abzutragen. So kam es, dass er an einem Dienstag gegen Ende April aufatmete, als der Wachhabende anrief. Unten sei ein Mann, der von einer Entführung rede, aber darauf bestehe, den Chef der Kriminalpolizei zu sprechen. Ob er, Hauptkommissar Bronkhorst, bereit sei, den Kriminaloberrat zu vertreten. Bronkhorst gab die Anweisung, den Unbekannten ins zweite Verhörzimmer zu führen.

Bronkhorst hat damals noch großen Wert auf die Anwesenheit seiner Assistenten gelegt. Wir, Kai und ich, brauchten einige Zeit um zu erkennen, dass es ihm darum ging, uns mit dem von ihm so genannten Karlsruher Stil von Polizeiarbeit bekannt zu machen. Als ich kurze Zeit später Kommissar Junker, seinen »Lehrer«, kennen lernte, begriff ich, was er darunter verstand.

An jenem Dienstag also forderte Bronkhorst uns auf, ihn nach Zimmer zwei zu begleiten. Mein Notizbuch in der Hand, ging ich hinter den beiden Männern her. Bronkhorst, wie man so sagt, der gestandene Mann, steif und gewichtig, gefolgt von Kai, der geschmeidig hinter ihm her ging.

Bronkhorst öffnete die Tür des Verhörzimmers mit dem Schwung von Männern, die viel von sich halten, brummte ein schwer verständliches Kürzel für »Guten Tag« vor sich hin und ließ sich in den Sessel mit den bequemen Armlehnen fallen. Für uns, Kai und mich, blieben zwei harte Stühle mit steiler Lehne rechts und links schräg hinter ihm. Der Hauptkommissar überprüfte die von Kai so genannte Unterhaltungselektronik auf der hölzernen Schreibtischplatte, dann wandte er sich dem Mann zu.

Vor dem Schreibtisch saß ein Typ von etwa dreißig Jahren in grauem Sportsakko, Jeans und Tennisschuhen. Jetzt, da er sich erhob, bekam ich eine bemerkenswerte Portion attraktiver Männlichkeit zu sehen. Mit mehr als ein Meter neunzig und einem Brustkasten, der doppelt so breit wie seine Hüften war, konnte man ihn für einen Sportler halten, Zehnkämpfer vielleicht, Schwimmer oder Ruderer.

»Harald Vogt«, sagte der Mann mit dem Bürstenhaarschnitt und setzte sich wieder. »Ich komme, um eine Entführung anzuzeigen.« Als er nicht recht zu wissen schien, womit er anfangen sollte, versuchte Bronkhorst, ihm auf die Sprünge zu helfen: »Wer soll der oder die Entführte sein?«

»Das Problem ist … Das Problem ist, dass meine Geschichte … Nun ja, ihr Mann, der Polizist unten bei der Anmeldung, er hat versucht, sich über mich lustig zu machen. Daher …«

»Ihr Name?«

»Vogt, Harald Vogt, Herr Kommissar.«

»So, und nun erzählen Sie uns, woher Sie von dieser Entführung wissen.«

»Woher – welche Frage. Ich selbst bin entführt worden Herr …«

»Bronkhorst, Hauptkommissar Bronkhorst. Kennen Sie den Entführer?«

»Sie fragen nach dem Entführer, Herr Hauptkommissar, nach einem Täter also. Mein Problem ist, nicht zu wissen, ob sie zu zweit, zu dritt oder zu viert gewesen sind.«

»Soll ich das so verstehen, dass man Sie zusammengeschlagen oder Ihnen die Augen verbunden hat, bevor Sie sehen konnten, wie viele Täter Sie überwältigt haben?«

»Ja und nein. Ich bin irgendwann im Dunkeln zu mir gekommen, ohne zu wissen, wo ich mich befand. Als Arzt, Herr Kommissar, war es für mich nicht schwer zu erraten, dass man mich eingeschläfert hatte.«

»Wann und wo soll das gewesen sein?«

»An das Datum kann ich mich nicht mit Sicherheit erinnern. Es dürfte der zwölfte April gewesen sein, in einem Hotel in der Nähe von Tegernsee.«

»Und der Name des Hotels?«

»Hotel Adlerblick, Herr Kommissar.«

»Sie wohnen in Heidelberg?«

»Ja, in der Albert-Mays-Straße.«

»Und sind …«

»… als Assistent in der Neurologischen Klinik beschäftigt. Beschäftigt gewesen, um genau zu sein.«

Bronkhorst nahm die Arme von den Seitenlehnen, soweit ich ihn kennen gelernt hatte, ein Zeichen von Ungeduld. »Sie erlauben, dass ich unser Gespräch aufzeichne?« Er setzte die Aufnahmeelektronik in Betrieb und gab in geschäftlichem Ton Datum, Uhrzeit, dazu die Namen aller Anwesenden zu Protokoll. Dann, nach einer Kurzfassung des abgelaufenen Gesprächs, fragte er: »Wann, sagten Sie, soll es zu jener Entführung gekommen sein?«

»Am zwölften April des laufenden Jahres, Herr Kommissar.«

»Ja, richtig, in Tegernsee. Dort wären Sie von drei oder vier Tätern überwältigt und entführt worden.«

»Keine Männer, Herr Hauptkommissar. Es sind mit größter Wahrscheinlichkeit Frauen gewesen.«

Bronkhorst rutschte auf seinem Stuhl noch weiter nach vorne, so dass sein massiger Oberkörper besser zur Geltung kam. Ein Imponiergehabe, das manche Männer an sich haben, vor allem Männer mit kurzen Beinen, Sitzriesen sozusagen. »Und warum, Dr. Vogt, aus welchem Grund waren Sie damals in Oberbayern ?«

»Bei Gelegenheit einer Wochenendreise.«

»Allein?«

»Nein mit – mit einer Dame.«

»Die nicht zugegen war, als Sie eingeschläfert wurden?«

»Ich denke doch, Herr Kommissar. Sie, Helga Horger, ist wahrscheinlich die Rädelsführerin gewesen.«

»Danach hätte eine Frau Sie …«

»... mit ihren Gehilfinnen aus einem Hotel in der Nähe von Tegernsee entführt. So muss es gewesen sein.«

Das breite Gesicht des Hauptkommissars war bis hinter die Ohren rot angelaufen, seine Wangenmuskeln vibrierten. Bronkhorst hatte offenbar Mühe, sich zu beherrschen. Kai Kiefer, der rechts hinter ihm saß, sah keinen Grund, sein Lächeln zu verbergen. Ein Lächeln, das nicht frei von Schadenfreude war.

»Und das Motiv für diese, man darf wohl sagen nicht alltägliche Entführung?«

»Kann ich nur vermuten. Während der ersten Tage hatte ich den Eindruck, dass es Helga darum ging, mich über das Wochenende hinaus festzuhalten.«

»Nun sagen Sie nur noch, aus Liebe!«

»Genau das wollte ich sagen, Herr Kommissar.«

»Und die drei anderen Entführer?«

»Entführerinnen, Hauptkommissar Bronkhorst. Ihre Namen habe ich leider nie erfahren.«

»Sie sprechen von Entführerinnen. Woher weiß jemand, der in Narkose, also bewusstlos ist, ob Männer oder Frauen um ihn sind? Haben Sie die drei oder vier Frauen später denn gesehen?«

»Nein. Immer nur eine von ihnen.«

»Soll heißen, immer nur jene Helga …«

»Helga Horger, Herr Hauptkommissar. Ja, bei Licht ist nur sie zu mir gekommen.«

»Dagegen die anderen nur im Dunkeln?«

»Ja, doch, soviel ich vermuten kann, immer nur eine von ihnen.«

»Aber Stimmen, die zu unterscheiden waren, müssen Sie gehört haben.«

»Nicht eigentlich, Herr Hauptkommissar, da nur wenig gesprochen wurde, und in meiner Gegenwart immer nur im Flüsterton.«

»Soll dies heißen, Sie hätten nichts, kein einziges Wort aufgeschnappt, das helfen könnte, Licht ins angebliche Dunkel Ihrer angeblichen Gefangenschaft zu bringen?«

»Als ob ich mich nicht seit Tagen bemühen würde, Brauchbares zu erinnern, Herr Kommissar. Da taucht der Schatten eines Wortes auf und ich versuche, es im Licht meiner Erinnerung zu entziffern. Whoop, und schon ist der Spuk wieder verschwunden. Was bleibt, sind Bruchstücke von Namen und Zahlen, eigentlich nur Ziffernfolgen, die sich ändern, wenn ich versuche, sie zu fassen. Manchmal habe ich den Eindruck, es könnte sich um Hausnummern oder Bruchstücke von Telefonnummern handeln.«

»Und sonst? Wenn ich Ihren Worten folge, sind Sie damals nächtelang mit einer von diesen Frauen zusammen gewesen. Haben Sie während dieser Zeit keine Fragen im Zusammenhang mit Ihrer Entführung gestellt?«

»Doch, doch, Herr Hauptkommissar, wenn auch mit dem Ergebnis, dass keine dieser Fragen beantwortet worden ist.«

Bronkhorst schüttelte nicht zum ersten Mal den Kopf. Von seiner Nasenwurzel sah man immer tiefere Falten in Richtung Schläfe ziehen, und auch seine Stimme verriet, dass von seiner Geduld nur noch ein Bodensatz übrig war. Vorhin hätte er die Akte Floßeck gegen jedes Verhör in die Ecke gestellt. Vorhin, als er noch nicht wissen konnte, was mit Dr. Vogt auf ihn zukam. »Sie wollen, außer Ihrer Geliebten, niemand gehört oder gesehen haben. Woher dann, Doktor, das Wissen um die Existenz von zwei, drei, vier oder fünf weiteren Frauen?«

»Sie übertreiben, Herr Kommissar«, antwortete Vogt. »Bisher ist nur vom Hören und Sehen die Rede gewesen. Dabei gibt es außer dem Gesicht und dem Gehör noch andere Sinnesempfindungen, um Frauen von Männern und eine Frau von der anderen zu unterscheiden. Den Geruchssinn zum Beispiel und das Getast, den Tastsinn, Herr Hauptkommissar.«

Bronkhorst war für Augenblicke sprachlos. »Vielen Dank für den Unterricht in Anatomie, Professor Vogt.«

»Neurophysiologie, genauer Sinnesphysiologie.«

Bronkhorst gelang es nur noch mit Mühe, sich zu beherrschen. »Können Sie uns sagen, wohin Sie von Ihren Entführerinnen verbracht worden sind, werter Herr?«

»Immer noch Dr. Vogt. Ins Kastell, Herr Hauptkommissar.«

»Ein Kastell?«

»Nun gut, man könnte es auch Herrschaftshaus nennen.«

»Name und Lage des sogenannten Kastells?«

»Fehlanzeige, Herr Hauptkommissar. Helga und die anderen hatten sich wohl darauf geeinigt, mich auch darüber im Unklaren zu lassen.«

»Wie lange soll Ihre Gefangenschaft gedauert haben?«

»Was sagte ich vorhin – ja, vom zwölften, dem Tag meiner Entführung, bis zum dreiundzwanzigsten April.«

»Wenn ich richtig verstehe, wollen Sie während dieser Zeit stets im Dunkeln gelebt haben?«

»Nein, nein, Herr Kommissar. Später, nach den ersten Tagen, war das Licht zeitweise sehr wohl wieder da. Von außerhalb geschaltet, versteht sich.«

»Dann müssten Sie, verdammt, die Frauen doch gesehen haben?«

»Nicht doch, Herr Kommissar, das hatten wir schon. Immer nur eine, Helga Horger, die ich nach Tegernsee begleitet hatte.«

»Immer nur eine Frau – und Sie bleiben dabei, nachts, im Dunkeln, wären es drei oder vier Frauen gewesen?«

Eine Frage, deren Wiederholung mich überraschte. Was Bronkhorst da wissen wollte, dieser Blick auf Intimitäten, war für die Aufklärung einer Entführung völlig belanglos. Während der kurzen Zeit unserer Zusammenarbeit hatte der Kommissar sich noch nie zu Zweideutigkeiten hinreißen lassen. Und nun diese Frage aus dem Intimbereich im Verlauf eines Verhörs, das er selbst nicht mehr ganz ernst nahm. Vogts Antwort hinderte mich daran, diesen Gedanken fortzuspinnen, doch blieb am Rand meines Bewusstseins die Frage, ob das Bild eines Hauptkommissar Bronkhorst als moralingetränktem Beamten nicht ergänzungsbedürftig war. Bronkhorst, Hauptkommissar Bronkhorst ein Voyeur?

»Nein, Hauptkommissar«, hatte Vogt inzwischen geantwortet, »auch nachts nie drei oder vier Frauen auf einmal. Während ich tagsüber immer nur eine, Helga Horger, zu sehen bekam, sind nachts, im Dunkeln, auch andere zu mir gekommen, wenn auch immer nur im Wechsel, will sagen alleine.« Vogt warf einen kurzen Blick zu mir herüber. »Unter vier Augen, Hauptkommissar, würde ich versuchen, Sie davon zu überzeugen, dass es möglich ist, Frauen auch im Dunkeln voneinander zu unterscheiden.«

Hut ab, Dr. Vogt, sagte ich mir, einer der letzten Gentlemen in einer Welt voller Kumpel.

»Bemerkenswertes Angebot, Doktor Vogt. Zum Schluss nur noch die Frage nach dem Motiv. Was könnte eine Gruppe von Frauen dazu bringen, Sie, ausgerechnet Sie, wochenlang festzuhalten?«

An dieser Stelle ertappte ich mich bei der Feststellung, dass ich, Rita Phelps, diese Frage einem Mann wie Vogt nicht, ich will sagen nicht in dieser Form gestellt hätte.

»Dies, Herr Hauptkommissar«, antwortete Vogt, »habe ich mich immer wieder gefragt. Anfangs war ich der Meinung, es könnte sich um Liebe gehandelt haben. Doch dann …«

»Ich verstehe«, sagte Bronkhorst, endlich mit einem Anflug von Humor. »Sie sind während Ihrer Gefangenschaft wohl nicht gefesselt gewesen«, fuhr er fort. »Haben Sie nie versucht, zu fliehen, wenn nicht anders, mit Gewalt? Sie erzählen uns, immer nur mit einer Frau zusammen gewesen zu sein. Mit einer Frau müsste jemand wie Sie doch leicht fertig werden, auch mit zweien oder dreien, wenn es nur um die Freiheit und nichts anderes geht. Sollten Sie das nie versucht haben?«

Vogt zögerte einen Augenblick. Dann schüttelte er den Kopf: »Nein, Herr Kommissar.«

»Darf man daraus schließen, dass Sie gerne Gefangener einer Gruppe verliebter, um nicht zu sagen sexbesessener Grazien gewesen wären und es zuletzt gar bedauert hätten, dass man Sie aus dem Paradies vertrieb?«

Vogt schüttelte zum zweiten mal seinen Kopf, jetzt mit einem Lächeln, das alles offen ließ. Erstaunlich, wie aus dem anfänglichen Bittsteller ein amüsierter Berichterstatter geworden war. Oder doch eher ein Märchenerzähler?

Bronkhorst, seit längerem unruhig, war abrupt aufgestanden, die Akte Floßbeck hatte gesiegt. »Schade um jede Minute, die man mit Lügnern verbringt«, sagte er, schaltete das Mikrophon ab und bedeutete uns, ihm zu folgen. Und dann, die Hand schon auf der Türklinke: »Ihnen Herr Doktor, gebe ich als Warnung mit auf den Weg, dass die Irreführung von Behörden strafrechtlich verfolgt werden kann.«

Der Angesprochene machte große Augen, verzog sein Gesicht, fuhr sich mit der Rechten über das kurz geschnittene Haar und stand ebenfalls auf. »Auch Sie also wollen nicht wahr haben, dass …«

Da hatte Bronkhorst die Tür schon hinter uns zugeworfen.

Unten im Büro legte ich meinen Notizblock in das mittlere Schreibtischfach. Verstohlen sah ich mir das erste Blatt noch einmal an. Anstatt den Verlauf des Dialogs zwischen Vogt und Bronkhorst zu notieren, hatte das leere Blatt mich zum Zeichnen verleitet. So war anstatt des Protokolls eine Porträtskizze entstanden, in der bei gutem Willen die Konturen von Doktor Vogt zu erkennen waren. Mit der markanten Nase zwischen den hohen Wangenknochen und dem geschwungenen Haaransatz – mit Ausnahme des Bürstenhaarschnitts – ein entfernter Vetter von Lohengrin. Ich riss die Skizze heraus und legte sie zwischen die späteren Blätter des Notizblocks.

Der Hauptkommissar saß inzwischen vor der Akte Floßbeck, ohne sie zu öffnen. Ein Mann wie Vogt, das war mir sofort klar gewesen, würde

Bronkhorst mit jeder Faser, vom Scheitel bis zur Sohle, verhasst sein, wann und wo immer er auf ihn traf. Dazu dessen Story wie aus Tausend und einer Nacht, die auf ihn wie ein rotes Tuch wirken musste, gleichviel, ob sie echt oder erfunden war.

Über den Background des Hauptkommissars war damals noch nicht viel bekannt. Gemunkelt wurde, dass Bronkhorst sich bei seinem Abschied aus Karlsruhe von einer langjährigen Freundin getrennt hatte. Karriere gegen Herz, würde die Regenbogenpresse titeln, und, wie bei harten Männern üblich, eins zu null für die Karriere. Umstände, die wohl der Ursprung einer latenten Unruhe waren, die mich daran hinderte, in seiner Gegenwart zu entspannen. Sobald Bronkhorst sich näherte, sträubte sich etwas in mir, im Kopf, im Bauch, in der Kehle – ein Gefühl, das zu flüchtig war, um es zu lokalisieren. Vielleicht, reimte ich mir zusammen, haben Frauen ein instinktives Maßsystem für den Testosteronspiegel auch solcher Männer, die sie nicht mögen. Um Missverständnisse zu vermeiden: Bronkhorst war nie zudringlich geworden, weit entfernt von allem, was unter dem Titel sexuelle Belästigung daherkommt. Was mir auf die Nerven ging, war eher seine allzu betonte, wenn nicht verkrampfte Korrektheit.

Um wie viel entspannter die Zusammenarbeit mit Kai Kiefer, der mir als Kollege willkommen, als Mann allerdings gleichgültig war. Für Freundin Astrid, die Biologin, ein XY-Träger, bei dem das y klein, das Chromosomenmonogramm daher als Xy zu schreiben wäre. Ein kleines Ypsilon, wo das geschlechtsbestimmende Chromosom, dem Umfang nach, doch ohnehin so mickrig war. Wie sympathisch.

Beim gemeinsamen Mittagessen in der Kantine machte Kiefer, vorlaut wie immer, den Hauptkommissar auf eine Reihe von Lücken in seiner Befragung des Dr. Vogt aufmerksam. Warum hatte er nicht nach Einzelheiten zur Person jener Frau Horger oder zu Vogts Tätigkeit im Universitätsklinikum gefragt? Wäre es nicht besser gewesen, er, Kai Kiefer, hätte zwischendurch im Hotel Adlerblick angerufen, um zu erfahren, ob ein Dr. Vogt dort tatsächlich Gast gewesen und dann unversehens verschwunden war. Unter Zurücklassung einer Frau Horger, die nicht anders konnte, als die entstandenen Unkosten zu übernehmen?

Bronkhorst, der Ravioli ohnehin nicht mochte, legte sein Besteck beiseite und stellte die Gegenfrage, ob es sinnvoll wäre, sich mit einem Mann zu beschäftigen, der entweder krank oder ein notorischer Lügner sei. Dennoch gab er Kiefer den Auftrag, in der Neurologischen Klinik nach Dr. Vogt zu fragen, während ich feststellen sollte, ob es jene Helga Horger tatsächlich gibt. Sprach's und ging nach oben, wo ihm nur die Akte Floßbeck blieb, um sich abzureagieren.

Den Rest der Mittagspause verbrachten wir, Kai und ich, mit Rätselraten. Ein Glas Prosecco würde uns helfen, Dr. Vogt besser zu verstehen. Was konnte einen Mann wie Vogt, Assistent der Neurologischen Klinik, veranlasst haben, zur Polizei zu gehen? Welches waren seine Motive, Bronkhorst, ausgerechnet Bronkhorst, dem nüchternen Beamten, eine Geschichte vorzusetzen, die kaum zu glauben war?

Kiefer fing im Stil eines Profilers an darüber nachzudenken, was sich hinter jener Maske verbarg, die Vogt angeblich vor sich her trug. Wobei Kai, wohl im Vergleich zu seiner südländischen Statur, Vogt als germanischen Tollpatsch beschrieb. Da ich, als Frau, Vogt völlig anders sah, zog ich es vor zu schweigen, bis Kai auf dessen Motive zu sprechen kam.

Methodisch, wie Männer gerne tun, schlug Kai vor, alle Motive, die uns dazu einfielen, in zwei Klassen zu ordnen. »Vogts Beweggründe wären zweifellos verschieden, je nachdem, ob er seine Story erlebt oder frei erfunden hat. Zuerst zum zweiten, wahrscheinlicheren Fall: Vogt als Lügner.«

»Ich kann mir nicht denken, dass jemand zu uns kommt, nur um zu schwadronieren.«

»Vielleicht doch«, antwortete Kai. »Wie wär's mit folgender Momentaufnahme: Frühlingsparty, feuchtfröhliche Stimmung, dann, am späten Abend, die Idee, der Polizei die Geschichte einer Entführung anzudrehen, bizarr bis zur Provokation. Vogt, das fünfte Rad am Wagen, übernimmt die Aufgabe, um sein Ranking zu verbessern.«

»Nein«, sagte ich nach kurzem Nachdenken, »den Eindruck eines Underdogs hat Vogt nicht auf mich gemacht.«

Kais Phantasie ist noch lange nicht erschöpft. »Märchen werden aus den verschiedensten Gründen erzählt. Jeder kennt die Geschichte von

Madeleine, einem sechsjährigen Mädchen, das unter geheimnisvollen Umständen aus einer Ferienkolonie verschwand. Als die portugiesische Polizei nicht weiter kam, wandten die Eltern, ein Ärzteehepaar, sich an die Öffentlichkeit. Mit allen Mitteln über alle Medien. Exklusivrechte brachten Millionen ein, bis der Verdacht aufkam, die Entführung sei nur inszeniert worden, um das Bankkonto der Familie aufzubessern. Und nun wieder zu Vogt: Könnte es nicht sein, dass unser Doktor schlau genug ist, uns, die Polizei, als Wegweiser in Richtung Medien zu instrumentalisieren?«

»Womit du dir selbst widersprichst. Zuerst ist Vogt einer, der es nötig hat, sein Ranking aufzupolieren, dann streicht er, katzengewandt, wenn nicht über die Dächer von Monte Carlo, so doch über die von Heidelberg. Vogt als Seiltänzer – ausgeschlossen. Was jetzt noch fehlt, ist der Verdacht, er sei hinter dem Zaster her, um seine Drogen zu finanzieren.«

»Nein«, versuchte Kai einzulenken, »den Eindruck eines Drogensüchtigen hat Vogt auch auf mich nicht gemacht.« Und, nach einer kurzen Pause: »Womit in der Kategorie ›erfundene Story‹ nur noch eines bleibt: Vogt, in Übereinstimmung mit Bronkhorst, als notorischen Lügner zu bezeichnen. Als notorischen Lügner mit exhibitionistischem Einschlag.«

»Vogt ein verklemmter Pseudologist? Das kann nicht dein Ernst sein.«

Kai war ungeduldig geworden. »Bleibt, wenn man die Dinge mit deinen Augen sieht, nur die absurde Annahme, Vogt hätte das schlechthin Unmögliche tatsächlich erlebt.«

»Auch ich kann seiner Story von den zwei, drei oder vier Frauen nur mit Mühe folgen. Auf der anderen Seite kommt Vogt mir aber auch nicht wie ein Lügner vor.«

Kai schüttelte den Kopf so heftig, dass seine braunen Locken durcheinander kamen, schwieg aber.

»Du hast Recht, zu schweigen. Was soll die Debatte um einen Mann, den wir nach allen Regeln der Wahrscheinlichkeit nie wieder zu sehen bekommen«, sagte ich mit einem Bedauern, das ich mir selbst nicht eingestand.

Am späten Nachmittag waren wir wieder im Präsidium. Kai hatte in der Personalabteilung des Klinikums erfahren, dass Dr. Vogt bis vor kurzem als untadeliger Mitarbeiter gegolten hatte. Doch dann, unvermittelt, die Enttäuschung: Vogt war nach einem Wochenendurlaub nicht wieder zum Dienst erschienen. Nachdem man wochenlang gewartet hatte, sah die Personalabteilung sich gezwungen, die Stelle anderweitig zu besetzen. Als Vogt gegen Ende April ohne triftige Entschuldigung wieder auftauchte, blieb ihm nur, die fristlose Kündigung ohne ernsthaften Widerspruch hinzunehmen.

»Interessant«, sagte Bronkhorst. »Und Ihre Meinung zur Affäre Vogt?«

»Rita und ich haben während der Mittagspause versucht, das Verhalten des Doktor Vogt zu deuten«, antwortete Kiefer und legte, wie immer, wenn es ernst wurde, seine Stirn in Falten. »Bei der Frage, was ihn veranlasst haben könnte, uns aufzusuchen, waren wir auf vier denkbare Motive gekommen. Jetzt, mit dem überzogenen Urlaub, kommt ein fünftes hinzu. Vogt soll damals mit Helga Horger, einer früheren Patientin, losgezogen sein. Ich halte es für möglich, dass er seinen Urlaub wegen dieser Frau eigenmächtig verlängert hat, dies dann aber bereute und, in Sorge um seine Stelle, auf die Idee kam, eine Geschichte zu erfinden. Die Geschichte einer abenteuerlichen Entführung, die seine Vorgesetzten nur glauben würden, wenn er zur Polizei ging, um Anzeige zu erstatten.«

Amüsiert stellte ich fest, dass die Falten auf Kais Stirn sich mit jedem Satz änderten, wie am Balg einer Ziehharmonika, wenn sie gespielt wird.

»Ein Bruderleichtfuß«, fügte Kai hinzu, »der nicht klug genug war einzusehen, dass unter hundert Polizeibeamten kaum einer bereit wäre, seine Geschichte zu glauben.«

»Danke«, sagte Bronkhorst in einem Ton, der eher nach einem Rüffel klang. »Was Sie und Frau Phelps sich da ausgedacht haben, kann mich nicht interessieren. Auch Ihnen sollte die Zeit für derlei Gedankenspiele zu schade sein. Schlussstrich also unter die Affäre Vogt, und wehe, der Mann wagt es, noch einmal aufzutauchen.«

»Moment«, hielt ich den Hauptkommissar fest. »Sie hatten mir den Auftrag gegeben …«

»… festzustellen, ob jene Frau – Helga Horger, wenn ich richtig erinnere – tatsächlich existiert. Was soll der Unfug, die Kiste Vogt noch einmal zu öffnen, nachdem Kai die Existenz der Dame bereits bestätigt hat?« Der Hauptkommissar kommt von der Tür her mit bedächtigen Schritten auf mich zu, wie beim Tipp-Tapp-Spiel, bei dem einer dem anderen auf die Füße tritt. Aftershave von Adidas, nehme ich noch wahr, dann gelingt es mir, Bronkhorst und seiner Duftwolke zu entkommen.

»Kein Unfug«, sagte ich aus sicherer Entfernung. »Eine Frau namens Helga Horger war in keiner, ich wiederhole, in keiner der uns zugänglichen Dateien registriert. Der Nachname Horger kommt zwar gelegentlich vor, aber keine Helga, die zum Bild einer Geliebten unseres Dr. Vogt passen würde.«

»Zum Bild einer Geliebten von Dr. Vogt – als ob Sie ein Photo zur Hand gehabt hätten.«

»Kein Photo, doch eine genaue Beschreibung durch Schwesternschülerinnen, mit denen Kai mich zusammengebracht hatte. Die Mädchen machten sich ein Vergnügen daraus, die letzte Affäre ihres Stationsarztes zu kommentieren. Nach ihrer Beschreibung handelte es sich bei der Frau, die sich Helga Horger nannte, um eine strahlend blonde, außerordentlich schöne Person von etwa fünfundzwanzig Jahren. Sie ist zu der von Dr. Vogt angegebenen Zeit Patientin der Neurologischen Klinik gewesen, und zwar auf Station 5, die damals ihm selbst unterstand. Doch hören Sie weiter. Die Mädchen waren sich sicher, dass Vogt an jenem Wochenende mit seiner Patientin losgezogen ist. Nach den Unterlagen von Station 5 war Frau Horger nach einem selbstverschuldeten Autounfall mit einer schweren Gehirnerschütterung eingeliefert worden. Woher sie kam, ist aus der Patientendatei nicht zu entnehmen. Als wäre Helga Horger aus dem Nirgendwo erschienen, um dorthin wieder zu verschwinden.«

»Gute Arbeit, Frau Phelps, mein Kompliment.« Der rüde Ton, in dem Bronkhorst dieses Lob aussprach, kam auch für Kai überraschend. »Fehlt nur noch, dass Sie sich wegen der Affäre Vogt & Horger mit der Bunten, mit Brigitte oder Bild der Frau in Verbindung setzen. Exklusivberichte unter den Namen Phelps und Kiefer, wie schade, dass dergleichen nicht erlaubt ist.«

Ich war sprachlos. »Wir haben doch nur …«, setzte Kai zu einer Erklärung an, die Bronkhorst mit einem »Schluss jetzt« unterbrach.

So rasch ließ Kai sich den Mund nicht verbieten. »Moment, Herr Hauptkommissar«, entgegnete er, »es kann doch nicht verkehrt sein, in

Tegernsee anzurufen, im Hotel Adlerblick. Dort will Vogt nach dem Wortlaut des Verhörs doch von einer Gruppe von Frauen …«

»Schluss habe ich gesagt, endgültig Schluss mit der Komödie, dies ist ein Befehl, verstanden? Sorgen Sie, Kommissar Kiefer, umgehend dafür, dass die Aufzeichnung der Harlekinade, die Sie Verhör zu nennen belieben, sofort gelöscht wird, und wehe …« Den Rest verschluckte das Geräusch der zufallenden Tür.

Kai und ich standen uns noch eine Weile wortlos gegenüber, bis ein befreiendes Lachen seine Mundwinkel bis zu den Ohren verzog. »Wow«, rief er aus, »welches Schauspiel von einem Hauptkommissar, dessen Devise, stets bedeutend zu sein, ihn Tag und Nacht verfolgt.«

Ich ließ es mir nicht nehmen, noch einmal in der Klinik anzurufen. Dort hatte ich nach einigem Hin und Her schließlich Dr. Heinz Männen, den Nachfolger von Vogt, am Apparat. Männen ging, diesseits der ärztlichen Schweigepflicht, ohne weiteres auf meine Fragen zur Person von Helga Horger ein. Ja, Frau Horger sei nach einem selbstverschuldeten Autounfall tatsächlich zur Klinik gebracht worden. Eine auffallend schöne, steinreiche Frau, die es vorgezogen habe, während ihrer Rehabilitation im Römischen Kaiser zu residieren. Als ständiger Wohnsitz sei von Frankfurt am Main die Rede gewesen.

Ich rief die Frankfurter Kollegen an. Ein Haus mit der von Dr. Männen genannten Nummer hatte es am Untermainkai nie gegeben.

Nicht lange danach bekamen wir es mit einer blutigen Schlägerei unter Asylbewerbern zu tun. Der Fall ging jedem von uns allein schon wegen der schier unüberwindlichen Sprachprobleme auf die Nerven. Entsprechend schlecht die Laune des Hauptkommissars. Wir waren mittags kaum wieder im Präsidium, als der Empfang sich meldete, ein Herr Vogt, Harald Vogt, verlange nach dem Hauptkommissar. Bronkhorst, mit dickem Hals und scharlachrotem Schädel, ließ Vogt in eines der drei Verhörzimmer führen.

Vogt hätte kein Psychiater zu sein brauchen, um aus der Miene des Hauptkommissars abzulesen, was ihm bevorstand. »Hauptkommissar Bronkhorst«, beeilte er sich ohne ein Wort der Begrüßung zu sagen, »ich weiß inzwischen, dass ich konkrete Angaben vorbringen muss, um glaubwürdig zu sein. Hier eine davon: Helga Horger, mit der ich nach Tegernsee gefahren bin, ist nachweislich Patientin der Neurologischen Klinik gewesen.« Und als Bronkhorst abwartend vor seinem Schreibtisch stehen blieb: »Ein Detail auch zur Anzahl von Frauen, deren Gefangener ich gewesen bin. Sie haben in meiner Gegenwart zwar immer nur im Flüsterton gesprochen, in der Regel hochdeutsch, doch lernte ich mit der Zeit, Nuancen zu unterscheiden. Manchmal war ein Anklang ans Französische zu hören, seltener eine Spur Schwitzerdeutsch. Dialekt lässt sich, wenn nur geflüstert wird, schlecht zuordnen. Daher meine Vermutung, dass es drei, mindestens drei Frauen gewesen sind, auch wenn der Klang ihrer Stimmen, wenn es lauter wurde, zum Verwechseln ähnlich war. Ich hatte …«

»Sparen Sie sich jedes weitere Detail, Doktor Vogt. Diesmal will ich noch Nachsicht üben. Für den Fall, dass Sie hier noch einmal erscheinen, gibt es für Sie nur zwei Wege. Einer führt zum Psychiater, der zweite wegen Behinderung einer Behörde zum Staatsanwalt. Und damit auf Nimmerwiedersehen.«

Oben, im Büro, war es wieder Kai, der seinen Schnabel nicht halten konnte. Ob es nicht besser gewesen wäre zu fragen, was Vogt sonst noch unter konkreten Angaben verstand? Bronkhorst war nahe daran zu explodieren. Erstaunt sah ich zu, wie er versuchte, sich zu fassen. »O. k., Herr Kiefer. Sollte Vogt es wagen, hier noch einmal aufzutauchen, werden Sie die Ehre haben, ihn zu vernehmen.«

Minuten später meldete sich das Telefon. Die Zentrale mit einem Mordfall, der Sprecher verbesserte sich, einer Frau mit tödlicher Schussverletzung, Kaiserstraße 32, dritte Etage. Endlich Action, das war meine erste Reaktion. Dann, auf dem Weg zum Dienstwagen, die zweite: meine Scheu vor dem Anblick einer weiteren, insgesamt erst der dritten Leiche. Und damit gleich wieder die Frage, ob es vernünftig gewesen war, mein Studium abzubrechen. Auf der kurzen Fahrt um die Ecke Rohrbacher- und Kaiserstraße blieb zum Glück keine Zeit, diesen Gedanken zu vertiefen.

Am Haus mit der Nummer 32 hielt ein Mann im grauen Arbeitskittel die Tür auf, durch die Bronkhorst verschwand, bevor Kai den Wagen geparkt hatte. Im Näherkommen wurde klar, dass wir es mit einem der vierstöckigen Miethäuser zu tun hatten, wie sie zur Gründerzeit am Rand der Weststadt erbaut worden waren. Die abgetretenen Treppenstufen und das blankgescheuerte Geländer bestätigten meine Vermutung, dass zwischen dieser Art von Häusern und den Jugendstilvillen, die nur einen Steinwurf weiter westwärts entstanden waren, Welten lagen.

Zwei Treppen höher sah ich Kai in einer Tür der dritten Etage verschwinden. Ich folgte ihm durch die dunkle Diele in einen überraschend großen, hell erleuchteten Raum, wahrscheinlich das Wohnzimmer. Auf der Schwelle atmete ich noch einmal durch, dann stand ich auch schon vor der Leiche, rechts, gleich neben der Tür.

Was jedem zuerst auffiel, war die unnatürliche Haltung der Toten. Die Frau lag auf der Bordüre des Orientteppichs so dicht an der Wand, dass der abgewinkelte Kopf zwischen Schulter und Tapete eingeklemmt war. Mein erster Impuls war, sie aus der unbequemen Lage zu befreien. Dann rief ich mich zur Ordnung, Mordkommission und Heilsarmee, das passte nicht gut zusammen.

Die Frau musste mit dem Rücken zur Wand gestanden haben, als der Schuss sie traf. Das rechte Knie war gestreckt, das linke so weit gebeugt, dass unter dem Rocksaum ein roter, mit Spitzen besetzter Slip zum Vorschein kam. Der Slip bildete einen seltsam zwielichtigen Kontrast zur nüchtern grauen Schwesterntracht und noch mehr zur Rote-Kreuz-Haube, die neben der Toten lag. Und auch die schlaffe, faltige Haut des Oberschenkels wollte nicht recht zu dieser Art von Slip passen.

»Zu Hause in Schwesterntracht – das kann nur bedeuten, dass die Tote soeben heimgekommen war oder im Begriff, zu gehen«, orakelte Kai und legte, wie immer wenn es ernst wurde, seine Stirn in Falten.

»Tote, die heimkommen oder weggehen, wie soll man sich das vorstellen?«, kommentierte Bronkhorst und wandte sich an die Leute von der Spurensicherung.

»Zu früh, Herr Hauptkommissar, bei diesem Durcheinander …«

»Und Dr. Soell?«

»Der Doktor ist noch nicht hier gewesen.«

Kurz darauf traten alle wie an der Schnur gezogen beiseite: Oberrat Lück hatte die Bühne betreten. Doch Lück, der tat, als hätte er die Bewegung nicht gesehen, begann mit einem Rundgang durch die Wohnung. Dann erst beugte er sich über das Opfer, um die Einschussverletzung zu betrachten, ein kleines dunkles Oval dicht über der Nasenwurzel, von dem ein schmaler Streifen Blut über die linke Wange der Toten in Richtung Teppich gelaufen war.

Lück, Bronkhorst und Kai: ein Triumvirat, wie es unterschiedlicher nicht sein kann. Ich behalte mir vor, auf die drei als Anschauungsmaterial für lernfähige Frauen noch einmal zurückzukommen. Lück, den geheimnisumwitterten Oberrat, habe ich damals zum ersten Mal gesehen. Kai hatte ihn als Meister diskreter Tatortdetails geschildert. Was jedem auffiel, enthielt nach Meinung des Oberrats oft weniger Informationen als manche Einzelheit, die niemand beachtete. So auch im Fall Kaiserstraße 32. Lück berührte mit seinem Handrücken nur die rechte Wange des Opfers, warf einen Blick auf die Wand hinter der Toten und ging zum Schreibtisch, den er genauer betrachtete: ein grau gestrichenes Möbelstück mit geschwungenen Beinen und zwei Aufsätzen, die einen Großteil der ovalen Platte einnahmen. Zwischen den Aufsätzen ein Ablagebrett, daneben zwei Türen, die weit offen standen. Auch die drei Schubfächer waren geöffnet, ihr Inhalt über die Schreibtischplatte und den Boden verstreut. Briefe lagen da, Photoalben, Bankauszüge, Nippes und ein großes Notebook, alles in wirrem Durcheinander.

Als der Oberrat sicher sein konnte, dass alle auf ihn achteten, ließ er sich zum ersten Mal hören. »Ihre Meinung zum Stil und zum Wert dieses Möbelstücks, meine Damen und Herren?«, fragte er in einem Ton, dem anzuhören war, dass er nicht mit einer Antwort rechnete. Lück klopfte an drei, vier Stellen gegen das Holz des Schreibtisches, besah sich das aufgeklappte Notebook, kam zu uns herüber und sagte nach einem Blick auf die Uhr: »Sechzehn Uhr siebenunddreißig. Hauptkommissar Bronkhorst? In vier Stunden ein erster, morgen um die Mittagszeit der zweite Bericht.«

An der Tür drehte Lück sich noch einmal um. »Eine Ordensschwester?«

Bronkhorst sah zu Kai und Kai zu mir herüber. Eine Frage, die keiner von uns erwartet hatte.

»Nicht-kirchliche Krankenschwestern tragen seit längerem weder Tracht noch Rotkreuz-Häubchen, auch ziehen Schwestern sich heutzutage für den Dienst im Krankenhaus um. Ob so etwas zählt, Herr Hauptkommissar?«

Als die Wohnungstür sich hinter Lück geschlossen hatte, war ich eher amüsiert als betroffen. Anders Kollege Kiefer. »Giftzwerg«, brummte er so, dass auch Bronkhorst ihn hören konnte. Und als der Hauptkommissar nicht reagierte: »Schade um das Wochenende. Als ob wir dafür könnten, dass der Mann kein Privatleben hat.«

Bronkhorst, erst seit kurzem in Heidelberg, schwieg immer noch. Er handelte offenbar nach dem Vorsatz, sich erst ein Urteil zu bilden, auch über seinen Chef, den Kriminaloberrat, von dessen Spürsinn man sich in Karlsruhe Wunderdinge erzählt hatte.

Als die Leute von der Spurensicherung gegangen waren, versuchte ich, den Rock der toten Schwester zurechtzurücken. Dabei kam auch ihre linke Hand zum Vorschein: Das Opfer hatte den Wohnungsschlüssel bis zuletzt festgehalten. Zusammen mit ihrer Aufmachung vielleicht ein Zeichen dafür, dass sie mit dem Mörder eingetreten war. Ich rief den Photographen zurück, um auch dieses Detail festzuhalten. Gleich darauf kam Kai mit der Feststellung, dass die Sicherheitsschlösser der Eingangstür keine Spuren von Gewalt aufwiesen.

Dr. Soell, der Polizeiarzt, hatte aus dem Hintergrund zugesehen, wie der Oberrat mit seinen Mitarbeitern umging. Lück, ein ausgesprochen kleiner, schmächtiger Mann, tat offenbar viel für seinen Ruf als Ermittler der Extraklasse. Wozu auch gehörte, seine Mitarbeiter den Abstand zu ihm als Polizisten der Sonderklasse spüren zu lassen. Das immer noch volle Haar ohne Scheitel schräg nach hinten gekämmt, versuchte er, jünger zu wirken als er tatsächlich war. Amüsiert machte Soell sich über ein Detail seiner Aufmachung lustig: Lück, im diskret gestreiften Kammgarnanzug, hatte die Gewohnheit, zum Ausgleich seiner geringen Körpergröße Schuhe mit hohen Absätzen zu tragen, die er unter weiten Hosenbeinen verbarg.

Jetzt, da Lück außer Hörweite war, wechselte Soell einige Worte mit dem Hauptkommissar, dann zog er Latexhandschuhe über und machte sich an die Arbeit. Nicht lange, und er kam wieder auf uns zu. »Körpertemperatur, Leichenflecke und auch die zum Teil schon gelöste Totenstarre sprechen dafür, dass der tödliche Schuss vor etwa vierundzwanzig Stunden abgefeuert worden ist. Gestern Abend also, so um die sechzehn bis achtzehn Uhr. Viel wird die Obduktion daran vermutlich nicht ändern. Ist eine Waffe gefunden worden?«

Der Hauptkommissar schüttelte den Kopf.

»Da Schmauchspuren fehlen, muss der tödliche Schuss aus einiger Entfernung abgegeben worden sein. Ein Grund mehr, den Selbstmord auszuschließen. Dazu die Lage der Leiche, dicht neben der Wand. Doch wem erzähle ich das. Kaliber fünfundvierzig?« Der Hauptkommissar nickte.

Als Dr. Soell sich verabschiedet hatte, verteilte Bronkhorst die weitere Arbeit. Ich sollte den Tatort und die Befragung der unmittelbaren Nachbarn übernehmen, Kai alles andere. Als Bronkhorst ging, war die Leiche schon abtransportiert worden.

Nach dem Trubel endlich allein, brauchte ich einige Zeit, um mich zu fassen. Die Ereignisse des Nachmittags waren wie ein Film mit doppelter Geschwindigkeit an mir vorbeigezogen.

Als Erstes suchte ich nach dem Namen der Toten. Ringsum lagen Briefe, Kontoauszüge und dergleichen zu Dutzenden umher, alle mit derselben Adresse: Martha Minges, Kaiserstraße 32, 69115 Heidelberg. Dann ging ich den verstreuten Inhalt des Schreibtisches und die Handtasche der Toten noch einmal durch. Die Verwaltung der Frauenklinik hatte ihr monatlich 2.125 Euro überwiesen, von anderen Einkünften war auf den ersten Blick nichts zu finden. Die Wohnungsmiete betrug 650 Euro, der letzte Kontoauszug wies einen Saldo von 97 Euro aus. Ich notierte die Daten.

Das allgemeine Durcheinander machte es schwer festzustellen, wonach der Mörder gesucht hatte. Während die meisten Akten – Steuersachen, Versicherungspolicen und berufliche Unterlagen – noch auf der Schreibtischplatte lagen, waren alle Photos und Briefe auf dem Boden verstreut. Ich sah mir eine der vielen Aufnahmen etwas näher an. Im Vordergrund Frau Minges in Zivil, im Hintergrund Ruinen, das konnte nur Italien oder Griechenland sein.

Auf einem Regal rechts neben dem Schreibtisch stand das schnurlose Telefon, doch war kein Adressbuch und auch kein Telefonverzeichnis zu finden. Ich setzte das Notebook in Betrieb. Ohne Expertin zu sein gewann ich den Eindruck, dass einzelne Daten, darunter die Email-Adressen, gelöscht worden waren. Ich sah noch einmal in der Handtasche nach. Personalausweis, Führerschein und die ec-Karte hatten den Mörder offenbar nicht interessiert.

In der Wohnküche war der Tisch für zwei Personen gedeckt. Neben der Espressomaschine stand gemahlener Kaffee der Marke Lavazzo, auf der Anrichte lag eine Auswahl von Obstkuchen, dazu feucht gewordener Bienenstich. Die Kaffeetafel war mindestens einen Tag vorher, am Donnerstag also, hergerichtet worden. Im Kühlschrank standen zwei Flaschen Champagner, auf einem Regal eine Reihe Aperitifs, daneben Porto, Armagnac und Gin, alles Marken, die nicht in jedem Kaufhaus zu haben sind. Ein Fach tiefer stieß ich auf Kognak und mehrere Flaschen Whiskey, Nobelmarken auch hier. 16 Jahre gelagerter Single malt Whiskey bei einer Krankenschwester mit einem Saldo von 97 Euro, das war bemerkenswert.

Im Schlafzimmer stand ein auffallend großes Doppelbett. Unter der geblümten Decke kam ein rosafarbenes Negligé zum Vorschein, daneben ein sauber gefalteter, hellblauer Männerpyjama und ein Taschentuch mit den Initialen K. M. Als ich die Decke wieder fallen ließ, schien die Matratze zu vibrieren. Erstaunt stellte ich fest, dass es sich um ein Wasserbett handelte. Mit dem Slip der Toten, dem ausgefallenen Schreibtisch, dem kostspieligen Notebook und dem großen Orientteppich ein Luxus, der mit den Einkünften von Schwester Minges schlecht auf einen Nenner zu bringen war. Im Gegensatz zur anspruchslosen Wohnung in einem zweitklassigen Miethaus.

Im untersten Schubfach der Kommode fanden sich weitere Männersachen: Socken, Unterwäsche, zwei Hemden, ein bunter Schlips und, im großen Kleiderschrank, zwei Winterpullover und eine Hausjoppe aus Flanell. Ein Mann also im Leben von Schwester Minges, mit den Initialen K.M. Auf dem Weg zur Tür fiel mir ein, dass Dr. Lück nach dem Status von Schwester Minges gefragt hatte. Aus dem verfügbaren Material ergab sich keinerlei Hinweis auf eine Ordenszugehörigkeit, der

Lebenswandel von Frau Minges sprach ohnehin dagegen. Ich nahm mir vor, in der Klinik nach ihrem Verhältnis zur traditionellen Schwesterntracht zu fragen.

Zuletzt versiegelte ich die Wohnung und klingelte bei der Nachbarin.

»Thea Koch« stand auf dem kleinen Messingschild, Schreibarbeiten. Beim dritten Klingeln hörte ich im Hintergrund Türen gehen, dann kam ein Hund bellend angelaufen. »Zwiebele«, rief eine heisere Stimme, »Zwiebele, jetzt ist es aber genug«, worauf das Bellen verstummte. Dann stand eine ältere Frau mit Krückstock in der Wohnungstür.

»Rita Phelps von der Mordkommission«, stelle ich mich vor.

»Und der Kommissar?«

»Hauptkommissar Bronkhorst ist von der Zentrale abgerufen worden.«

»Wenn dem so ist, sind auch Sie mir willkommen, Fräulein, der Kaffee ist schon seit einer Stunde bereit.«

In der Wohnküche steht ein Ecktisch, der für zwei Personen gedeckt ist. »Nehmen Sie Platz und bedienen Sie sich selbst, Fräulein – wie war doch Ihr Name?«

Während ich meinen Namen wiederhole, beugt Frau Koch sich vor, um mich besser zu verstehen. »Mein Hörgerät hat wieder einen schlechten Tag. Dazu Ihr Name: Phelps – ein Beispiel für Zischlaute, Fachleute sagen Frikative, mit denen unsere Sprache so reich gesegnet ist. Was wollte ich sagen? Ja, Zisch- und Knacklaute, alles hohe Schallfrequenzen, die uns Alten entgehen. Ich darf doch Rita sagen, da ist mehr Musik drin, nicht wahr, Frau Kommissar?« Und zu ihrem Dackel: »Es ist gut, Zwiebele, nun geh schon in dein Körbchen.« Dann zu mir: »Der Hund ist mir unentbehrlich, vor allem als Ergänzung der Türklingel. Zwiebele als biologischer Verstärker meiner Klingel – ein Bonmot meines Enkels Rafael.«

Ich bin im Zweifel, ob es sinnvoll sein kann, Schwerhörige über Geräusche aus der Nachbarwohnung zu befragen. Die Küchenuhr steht auf halb sieben, bis zum Rapport bei Lück sind es noch zwei Stunden, ich beschließe, mir die Zeit zu nehmen.

Der Kaffee ist gut, der Napfkuchen erste Klasse und Frau Koch eine Person, wie sie einem nicht täglich über den Weg läuft. Ich fülle meine Tasse nach und nehme ein zweites Stück Kuchen.

Die Küche hatte etwas anheimelnd Wohnliches, nicht nur wegen des Ohrensessels, der vor der rechten Fensterbank steht. Daneben ein DVD-Player, rechts und links zwei ungewöhnlich große Lautsprecher. »Lassen Sie sich nicht täuschen, junge Frau, aus Rücksicht auf die Nachbarn nehme ich meist die Kopfhörer. Rafael meint, dass sie ohnehin jedem Lautsprecher überlegen sind, durch den Wegfall des Raumechos, was soll man dazu sagen.«

»Vielen Dank für alles, Frau Koch, doch nun zum Geschäftlichen.«

»Lassen Sie mich raten, Fräulein Kommissar. In einem Kriminalroman würden Sie jetzt danach fragen, ob ich nebenan einen Schuss oder sonst Verdächtiges gehört habe. Da muss ich Sie leider enttäuschen.« Sie zeigte wie entschuldigend auf ihr Hörgerät. »Bis auf Zwiebele. Er hat mich am späten Nachmittag durch lautes Bellen erschreckt.«

»Gestern?« Und als Frau Koch nickte: »Haben Sie …«

»Moment, lassen Sie mich noch einmal raten. Nun wollen Sie wissen, ob ich meine Nachbarin, Frau Minges, näher gekannt habe. Nein, Fräulein Kommissar, das ist leider nicht der Fall. Doch bin ich ihr bei meinen Rundgängen mit Zwiebele gelegentlich begegnet.«

»Allein oder in Begleitung?«

»Sie meinen Frau Minges? Immer allein.«

Enttäuscht klappte ich mein Notizbuch zu.

Frau Koch schüttelte den Kopf. »Moment, Herr – ich meine Frau Kommissar. Es kann doch nicht sein, dass Sie die Frage nach einem Mann im Leben meiner Nachbarin nicht interessiert.« Frau Koch wartete, bis ich mich wieder gesetzt hatte. »Fakt ist, dass es diesen Mann tatsächlich gibt, pardon, gegeben hat. Die Erklärung ist einfach: Leute, die nicht gut zu Fuß sind, sitzen oft am Fenster. Dort«, sagte sie und deutete auf den Ohrensessel, »dort, junge Frau, ist der Logenplatz für meinen Blick in die Welt. Im Fall Minges also kein Mann, sondern eine Frau am Fenster, die beobachtet, was unten vorgeht. Wie – ist es möglich, dass Kriminalbeamte diesen Hitchcock nicht kennen, mit Jimmy Stuart in der Rolle eines – vielleicht darf man sagen: arglosen Voyeurs?«

Ich gab mir Mühe, den Tadel mit einem Lächeln wegzustecken. »Und was, Frau Koch, haben Sie unten auf der Straße gesehen?«

»Einen Herrn, der abends, ich präzisiere: jeden Freitag gegen neunzehn Uhr zu Schwester Minges kam. Ein verheirateter Mann, und, wie mir schien, wohl nicht der Jüngste.«

»Ein verheirateter Mann – woher, Frau Koch, dieses Detail?«

»Der Mann stellte sein Auto immer in einiger Entfernung ab, meist rechts oder links um die Ecke, auch wenn es geregnet hat. So etwas tut nur ein Mann, der – wie heißt es im Volksmund – ein Mann, der fremdgeht, Frau Kommissar.«

Wer, an meiner Stelle, hätte sein Notizbuch bei diesen Worten nicht wieder aufgeklappt. Zuerst die Initialen K.M., und jetzt auch noch Details über einen Freund der Toten – das würde selbst Lück imponieren. »Ein Mann, der sein Auto in einiger Entfernung abstellt – doch woher die Vermutung, dass er zu Schwester Minges gegangen ist?«

»Keine Vermutung, Frau Kommissar.« In Thea Kochs Gesicht kam Leben. Erstaunlich, dass zwischen den vielen Falten noch Platz für ein verschmitztes Lächeln war, mit Fältchen, Krähenfüßen und allem, was sonst um Mund und Augen noch dazugehörte. »Keine Vermutung. Sie sehen jemand die Straße herunterkommen, hören die Türklingel Ihrer Nachbarin und dann Schritte die Treppe herauf bis zu deren Wohnung, über Monate, jeden Freitagabend. Was würden Sie daraus schließen, Rita Phelps?«

»Dass Ihr Gehör wohl doch ausreicht, um die Klingel der Nachbarin und dann auch noch Schritte die Treppe herauf zu vernehmen.«

»Zwiebele, Frau Kommissar, wir dürfen Zwiebele, mein zweites Ich, nicht vergessen!«

Womit ich wieder bei der Frage war, was Schwerhörige als Zeugen wert sind, auch wenn es einen Hund gibt, der als akustischer Verstärker funktioniert.

»So weit Ihre Beobachtungen, was den Freitagabend betrifft. Bleibt die Frage, ob Sie den Mann auch gestern gesehen haben.«

»Gestern, Donnerstag, ein Abend, den ich anstatt am Fenster vor dem Fernsehapparat verbringe? Fehlanzeige, Frau Kommissar.«

»Zuletzt noch eine, vielleicht entscheidende Frage: Würden Sie sich zutrauen, den Mann wiederzuerkennen?«

»Bei einer Gegenüberstellung, wie man sie in Kriminalfilmen zu sehen bekommt, mit einer Reihe von Männern vor einer hellen Wand, und draußen, hinter Spiegelglas, ich als Zeugin? Nein, Frau Kommissar, damit könnte ich nicht dienen. Bedenken Sie nur die Entfernung, dazu die Vogelperspektive, in der von hier oben alles erscheint.«

»Und die Marke des geheimnisvollen Wagens«, fragte ich, um nichts unversucht zu lassen, »das amtliche Kennzeichen?«

»Mit Sicherheit kann ich nur sagen, dass es sich um einen Mercedes gehandelt hat. Doch geben Sie nicht zu früh auf, Fräulein Kommissar. Das Auto für sich allein könnte ich ebenso wenig identifizieren wie den Mann ohne sein Auto. Doch beide zusammen, Mann und Auto, würde ich erkennen und dies auch vor Gericht beschwören.«

»Von hier oben, aus der von Ihnen so genannten Vogelperspektive?«

»Ja, Fräulein Kommissar, für den Fall, dass der Mann seinen Wagen in der Nähe abstellt und dann so tut, als würde er noch einmal zu Frau Minges gehen.«

Ich stand auf, bedankte mich, strich Zwiebele über den braunen Pelz und ging. Draußen, auf dem Treppenabsatz, blieb ich einen Augenblick stehen. Frau Koch als Zeugin vor Gericht – konnte einem dabei wohl sein? Meine Laune war nach einem Zwischenhoch von eintausenddreißig Hektopascal inzwischen auf neunhundert abgesackt, mit Sturmwarnung und kaltem Wind aus dem Norden.

Auf der vierten Etage gab es drei Wohnungen. Die mittlere Tür führte zu Frau Koch, links neben ihr hatte Schwester Minges gewohnt, an der rechten Tür gab es ein Emailleschild mit der Inschrift F. Meyer – Versicherungen. Ich musste auch hier dreimal klingeln, bis eine Frau im Morgenmantel öffnete. »Halb acht«, stellte sie gähnend fest und versuchte, ihre Windstoßfrisur zu ordnen. »Sie haben sich um zwei Stunden verspätet. Doch was soll's, nun kommen Sie schon, anstatt hier Wurzeln zu schlagen.«

Mir fehlten die Worte.

»Hier«, sagte die Frau und öffnete eine Seitentür. Und als ich zögerte: »Was soll das? Kommen Sie nicht vom Finanzamt, um das Arbeitszimmer meines Mannes zu inspizieren?« Frau Meyer roch nach billigem Whisky, in der Luft hing kalter Tabakrauch.

»Nein, von der Kriminalpolizei.« Ich suchte nach meinem Dienstausweis.

»Ach so, wegen der komischen Schwester von nebenan. Sie werden enttäuscht sein, Frau ...«

»Phelps«, ergänzte ich. »Lassen wir es darauf ankommen.«

Frau Meyer schob einen Stuhl vor den überladenen Schreibtisch und holte zwei Gläser. »Ein Drink, Frau Kommissar?«

Ich schüttelte den Kopf. Das helle Licht des Wohnzimmers machte mit schonungsloser Deutlichkeit klar, wen ich vor mir hatte: eine unglückliche, bis ins Letzte vernachlässigte Frau. Was soll hier alle political correctness, würde Kirsten, meine Freundin, sagen, und, um mich zu provozieren: Die Frau sieht scheiße aus. Vom strähnigen Haar über die staubgrauen Poren der Gesichtshaut bis zum rissigen Lack ihrer Fußnägel – ich konnte Kerstin verstehen.

»Kannten Sie Schwester Minges, Ihre Nachbarin?«, fragte ich, um auf andre Gedanken zu kommen.

»Nein, das heißt, nur vom Sehen. Frau Minges war alles andere als eine gesellige Natur.«

Frau Meyer trank von ihrem Whisky, dann griff sie nach einer Zigarillo. Sie gehörte zu jener Sorte von Frauen, die es verstand, ihr Feuerzeug so herzuschieben, dass man automatisch danach griff, um ihnen Feuer zu geben.

»Sie wissen von dem Mord?«

»Ja, durch Herrn Kümmel.«

»Herr Kümmel?«

»Unser Hausmeister.«

»Haben Sie gestern, Donnerstag, am Nachmittag oder Abend, irgendetwas Verdächtiges gehört, einen Wortwechsel zum Beispiel oder einen Schuss?«

»Nein.«

»Oder etwas gesehen?«

»Ohne versteckte Kamera drüben, in der Wohnung Minges, wie soll das funktionieren?«

Frau Meyer gehörte wohl immer schon zu jener Sorte wenig attraktiver Frauen, die aus Abwehr und Stolz immer darauf aus sind, zu kompensieren, am häufigsten mit ihrem Mundwerk. Für ihresgleichen gibt es nur unbedeutende Männer, die man verachtet, oder den großen Helden, der sich nicht um sie schert. Mit dem Ergebnis, dass sie ihr Äußeres vernachlässigen, wodurch alles nur noch schlimmer wird. Ich habe Mühe, meine Abneigung zu überwinden. Dann sage ich mir, was soll's, auch ungepflegte Frauen können wertvolle Zeuginnen sein. »Ihre Nachbarin, Frau Koch, hat erklärt, freitags öfter einen Mann gesehen und dann auch gehört zu haben, der zu Frau Minges …«

»Lassen Sie mich mit der komischen Alten in Frieden. Sie hört ihr Hundevieh selbst dann nicht bellen, wenn das ganze Haus sich empört. Frau Koch ist taub, will aber Sängerin und später Klavierlehrerin gewesen sein. Dazu die Reklame ›Schreibarbeiten‹ an ihrer Tür. Dabei hat keiner von uns je einen ihrer Klienten gesehen, auch nicht Herr Kümmel, dem sonst nichts entgeht.«

»Bleiben wir bei Ihnen. Darf ich Sie so verstehen, dass Sie nie jemand gesehen hätten, der zu Schwester Minges gegangen wäre?«

»Sie haben nicht von jemand, sondern von einem Mann gesprochen.«

»Soll dies heißen, dass Sie Frauenbesuche beobachtet hätten?«

»Nicht wirklich, Frau Kommissar. Es sei denn, sie fragen nach einer Frau, die sich im Treppenhaus herumgetrieben hat, nach einer schwarzen Frau, um genau zu sein.«

Vorsicht, Frau Meyer sieht Alkoholgespenster, tickt mein Frühwarnsystem, nur Mut, antwortet mein zentralnervöses GPS für vernebeltes Terrain, auch übertriebene Vorsicht kann ein Fehler sein. »Eine schwarze Frau?«

»Ja, eine Frau mit schwarzen Haaren, der ich gestern unten, im ersten Stock, begegnet bin.«

»Und weiter?«

»Dann habe ich gehört, wie sie die Treppe empor zu Schwester Minges oder Frau Koch gegangen ist.«

»Gehört, von unten gehört, was sich in der dritten Etage getan hat?«

»Versuchen Sie nicht, mich für dumm zu verkaufen, Frau Kommissar. Sie wollen doch nicht sagen, dass ich nicht im Stande wäre, bis vier zu zählen. Hier oben, auf dem vierten Treppenabsatz, hat das Geräusch ihrer Schritte aufgehört. Ich wiederhole: Die schwarze Frau muss zu Schwester Minges oder Madame Koch gegangen sein.«

Der Treppenflur – nach Frau Koch nun auch in der Phantasie von Frau Meyer. Ich zwang mich zur Geduld. »Können Sie diese Frau etwas genauer beschreiben?«

Frau Meyer griff nach der nächsten Zigarillo. Diesmal gelang es mir, das Feuerzeug zu übersehen.

»Eine Frau zwischen zwanzig und dreißig mit schwarzem, auffallend hoch toupiertem Haar.«

»Die Sie gestern zum ersten Mal gesehen haben?«

»Als ob ich sonst von einer fremden Frau gesprochen hätte.«

Tabakrauch und Whiskydunst hatten den Grenzwert überschritten, auch meine Geduld mit Frau Meyer. Als ich unvermittelt aufstehe, passiert es. Genervt, hatte ich nicht mehr an den Notizblock auf meinen Knien gedacht. Jetzt fällt er Frau Meyer vor die Füße. Während ich nach dem Block greife, hält Frau Meyer mir ein loses Blatt entgegen, das unter den Couchtisch gesegelt war. »Sieh an, ein Typ, den auch Polizistinnen mögen«, sagt sie und lacht, als hätten wir etwas gemeinsam. Auf dem Blatt ist Dr. Vogt zu sehen, wie ich ihn während des ersten Verhörs skizziert habe. »Wenn so ein Mann bei mir klingeln würde …«, sagt Frau Meyer mit einem Blick, der mich endgültig verjagt.

In der Tür drehte ich mich noch einmal um. »Ihr Mann ist Versicherungsvertreter? Könnte es sein, dass er zum Fall Minges etwas zu sagen hat?«

»Wie sollte er? Mein Mann ist gestern erst gegen neun Uhr abends nach Haus gekommen. Doch abgesehen davon: Im Tagesablauf meines Mannes kann es kaum etwas geben, wovon ich nicht weiß.«

Ich war schon auf der Treppe, als mein Gewissen sich meldete. Wie kam ich dazu, Frau Meyer nicht sofort zu fragen, ob sie Dr. Vogt, den Mann auf meiner Skizze, vielleicht kannte oder ihm hier, im Treppenflur, begegnet war. Bis ich ihren Halbsatz »Wenn so ein Mann bei mir klingeln würde« erinnerte. Ich sah mir das Blatt noch einmal an, riss es in Stücke und warf alles in den nächsten Abfallkorb.

Im Weitergehen brachte das schlechte Wetter mich auf andere Gedanken. Böen fegten bald von Norden, bald von Osten durch die Straßen der Weststadt, mit kalten Schauern, die einem klatschend ins Gesicht fuhren. Dabei war es bis vor kurzem noch ungewöhnlich warm gewesen. Seit Wochen hatten die Mandelbäume und japanischen Quitten geblüht, über viele Zäune hing das freche Gelb der Forsythien. Nun trieb der Wind weiße, pinkfarbene und gelbe Blütenblätter vor sich her. Aprilwetter, auch jetzt noch, im Mai.

Kai hatte vorgeschlagen, uns vor dem Rapport bei Dr. Lück in einem Café am Adenauerplatz zu treffen. Als ich das Lokal betrat, war auch der Hauptkommissar schon da. »Hier, Rita, dein Croissant«, sagte Kai, »der Espresso ist schon unterwegs.«

Von fern hörte man trotz des Straßenlärms eine Turmuhr schlagen. »Zwanzig Uhr – nur noch eine halbe Stunde«, stellte Bronkhorst fest.

»Kein Problem«, sagte ich, »durch die Unterführung sind wir in fünf Minuten im Präsidium.«

»So Gott und die Ampelschaltungen es wollen«, fügte Kai hinzu.

Der Hauptkommissar schob seinen Espresso beiseite. »Zur Sache«, sagte er in einem Ton, der uns in dieser Umgebung überraschte.

Kiefer hatte auf seiner Tour durch die drei unteren Stockwerke von Haus 32 wenig Bemerkenswertes erfahren. Hausmeister Kümmel, der im Untergeschoss wohnte, war bei der Frage, warum er die Polizei alarmiert hatte, auf Zwiebele gekommen, den Dackel von Frau Koch. Das Tier hätte ihn gestern, Donnerstagabend, durch andauerndes Bellen alarmiert. Er war dann hochgegangen, um nach Frau Koch zu sehen. Sobald diese öffnete, war der Hund zur Tür von Frau Minges gerannt, hatte am Türspalt gewinselt und dann im Nonstop gebellt. Als sich nach wiederholtem Klingeln nichts rührte, machte er von seinem Zentralschlüssel Gebrauch. Beim Anblick der Leiche war er nach unten gelaufen, um uns zu verständigen.

Mein Bericht über den Tatort, Frau Koch und Frau Meyer dauerte etwas länger. »Trotz aller Unterschiede«, bemerkt der Hauptkommissar, »haben beide Frauen eines gemeinsam: den zweifelhaften Wert im Zeugenstand. Eine ist taub, hört aber jemand drei Treppen hoch zur Nachbarwohnung gehen, die andere sieht im Alkoholdelirium Gespenster.«

»Frau Meyer hatte ohnehin kaum etwas zu sagen. Anders Frau Koch, die wir nicht abschreiben sollten, bevor sie den Mann mit den Initialen K.M. gesehen hat«, meinte Kai. »Wer weiß, vielleicht ist sie imstande, ihn als Mercedesfahrer zu identifizieren.«

»Den Mann in oder bei seinem Auto, für den Fall, dass es beide tatsächlich gibt und wir sie finden.«

Bronkhorst hatte schon nach seinem Trenchcoat gegriffen, als mir zu Frau Meyer noch etwas einfiel. Ein Detail, das ich wegen ihrer Trunksucht nicht ernst genommen hatte, die Geschichte von der Schwarzen Frau.

»Moment, Chef«, sagte Kiefer, »dazu habe auch ich etwas zu sagen.« Es stellte sich heraus, dass eine Frau mit schwarzen Haaren auch von Hausmeister Kümmel erwähnt worden war, und, in Andeutungen, auch von einem Herrn Gabriel, Rentner im dritten Stock. Kai hatte, wie ich, die Geschichte von einem schwarzen Haarschopf im Treppenhaus nicht recht ernst genommen. Jetzt war er ganz bei der Sache: »Ich behaupte, dass jede noch so flüchtige Beobachtung, falls man sie von drei Seiten zu hören bekommt, zu einer sehr wichtigen werden kann.«

»Zwei Beobachter genügen, wenn es sich um zuverlässige Quellen handelt, die voneinander unabhängig sind«, fügte ich hinzu. »Was in unserem Fall nur mit Einschränkung gegeben ist.«

»Drei fragliche Quellen wiegen zwei zuverlässige auf«, ereiferte sich Kai.

»Zur Sache«, mahnte der Hauptkommissar. »Drei Aussagen, die vielleicht wichtig, vielleicht aber auch wertlos sind. Wir sollten sie auf jeden Fall überprüfen, heute, bei Dr. Lück, aber noch nicht darüber reden.« Dann eilte er in Richtung Präsidium.

Die Zeiger der großen Uhr in der Eingangshalle standen auf 20 Uhr 30. Nahm man die Anweisung des Oberrats wörtlich, blieben uns bis 20 Uhr 37 noch einige Minuten. Bronkhorst schlug vor, im Großraumbüro zu warten. Dort herrschte auch so spät noch reger Betrieb, Drucker und Faxgeräte ratterten, dann und wann klingelte das Telefon, im Hintergrund fand ein Verhör statt. Von draußen war das Quietschen der Straßenbahn zu vernehmen, die in Richtung Bismarckplatz abbog.

Bronkhorst war seit seinem Wechsel nach Heidelberg noch nicht zum Rapport bei Dr. Lück gewesen. Da dies auch für mich galt, glaubte Kai, uns belehren zu müssen. »Wer ungeschoren davonkommen will, darf bei Lück nur reden, wenn er gefragt wird, und auch dann nur so knapp wie möglich, am besten in Stichworten.« Bronkhorst nahm den Hinweis mit einem süßsauren Lächeln zur Kenntnis. Mir würde es nicht schwer fallen zu schweigen.

Dann hörten wir über die Rundsprechanlage auch schon die Stimme von Frau Bose, der Sekretärin des Oberrats: »Hauptkommissar Bronkhorst wird zum Rapport gebeten. Hauptkommissar Bronkhorst bitte zum Rapport.«

Bronkhorst voran, nahmen wir den Fahrstuhl zur vierten Etage. Hier oben, wo ohnehin nur wenig Betrieb war, gab es ausschließlich solide, schalldichte Türen, eine von ihnen mit dem Schild: Dr. Ferdinando Lück, Kriminaloberrat. Bronkhorst klopfte an und wartete, bis Frau Bose öffnete, um uns durch die nächste lärmdichte Tür zum Oberrat zu führen.

Durch Kais Briefing gewarnt, war ich auf einiges gefasst. Dennoch stockte mir jetzt vor Überraschung der Atem. Jenseits der Türschwelle zu Lücks Büro war man in einer anderen Welt, auf keinen Fall mehr im Präsidium. Ich hatte Mühe, meine Eindrücke zu sortieren. Ein großer roter Teppich war da, ein Schreibtisch in der Dimension zweier Tischtennisplatten und Wände, vier lange Wände mit Farbdrucken und Gemälden. Nach einiger Zeit erst war ich so weit, Vermutungen anzustellen. Der riesige Orientteppich, der Schreibtisch war aus edlem Holz gefertigt und an den Wänden hing ein Ausschnitt aus dem Werk von Lionel Feininger, wahrscheinlich Originale. Alles in allem ein Raum, der nach Größe und Aufmachung nichts, buchstäblich nichts mit einer Amtsstube zu tun hatte.

Dazu, hinter dem Schreibtisch, der Höhepunkt: Kriminaloberrat Lück, auf einem Drehstuhl, dessen silbrig glänzende Lehne das Deckenlicht zurückwarf. Lück als Dominator: beeindruckend – wenn Kai mir nicht verraten hätte, dass der Sessel, zum Ausgleich seiner geringen Körpergröße, auf einem Podest stand. Ohne den Telefonhörer vom Ohr zu nehmen, hatte Lück uns auf eine Gruppe von Besucherstühlen verwiesen, gleich links neben dem Eingang.

Ich nutzte die Gelegenheit, um den Oberrat zu studieren. Mit dem schräg nach hinten gekämmten, vollen Haar machte Lück den Eindruck eines Mannes von vielleicht fünfundfünfzig Jahren. Dabei wusste jeder, dass er kurz vor seiner Pensionierung stand. Da er sich betont aufrecht hielt und seine Bewegungen eher quick als bedächtig waren, musste man schon das Gesicht oder, aufschlussreicher, den Hals des Oberrats in Augenschein nehmen, um auf sein Alter zu kommen. Was nur selten möglich war, da Lück unter dem dunklen Kammgarnsakko meist bordeauxrote Rollis trug.

Da auch Landesbeamte vom Rang eines Kriminaloberrats wohl keinen Anspruch auf so viel Luxus haben, nahm ich an, dass vieles von dem, was man hier zu sehen bekam, Lücks persönliches Eigentum war. Kai oder Bronkhorst würden mir sagen können, ob es von Staats wegen erlaubt war, Diensträume mit solchem Aufwand auszustatten.

An dieser Stelle versetzte Lücks Stimme mich wieder in die Wirklichkeit. »Zuerst zu Ihnen, Herr Kiefer.«

Kai brauchte Sekunden, um zu begreifen, dass er gemeint war. »Vorneweg die Sache mit dem Portier«, begann er, bemüht, in Stichworten zu reden. »Herr Kümmel, seit zehn Jahren im Haus, hatte nur fünf oder sechs Mal die Gelegenheit, mit Frau Minges …«

»Geht es auch kürzer, Herr Kommissar?«, unterbrach ihn der Oberrat.

»Der Hausmeister«, fuhr Kiefer fort, »Herr Kümmel war durch einen Hund alarmiert worden, der in der Nachbarwohnung von Frau Minges …«

»Danke«, schnitt Lück ihm das Wort ab. Kai war, selten genug, noch nicht dazu gekommen, seine Stirn in Falten zu legen.

»Und sie, Frau Phelps, Bedeutsames ermittelt?«

Mir fiel zum Stichwort bedeutsam nur die Schwarze Frau ein, die wir zum Tabu erklärt hatten. Daher meine Antwort: »Nein, nichts, Herr Oberrat.«

Worauf Lück, ohne etwas zu sagen, Bronkhorst ansah.

Der Hauptkommissar fasste an meiner Stelle zusammen, was wir über einen Mann mit den Initialen K. M. wussten, der, nach den Worten von Frau Koch, immer freitags zu Schwester Minges gekommen war.

Lück schien in die Betrachtung seiner Handflächen vertieft. »Zum Tatort«, stellte er ohne Übergang fest. »Was halten Sie vom Lebensstandard der Ermordeten?«

»Ich würde ihn bei einem Einkommen von rund zweitausend Euro nicht als bescheiden bezeichnen.«

»Nicht bescheiden? Ich denke, über alle Maßen aufwendig«, stellte Lück fest. »Was halten Sie von der Bettwäsche, dem Teppich, der Garderobe und der Kücheneinrichtung? Haben Sie sich den Fernsehapparat und den Laptop der Verstorbenen angesehen?« Der Oberrat war bei der Betrachtung seiner Nägel angelangt. »Nehmen wir nur den Schreibtisch, Hauptkommissar. Wäre es nicht wichtig zu wissen, was dieser Schreibtisch wert ist? Dazu ein Stichwort: Wiener Barock, der Rest ist Ihre Sache. Wie der Farahan und die Herkunft der aufgewandten Mittel.« Lück sah wie abwesend aus dem nahen Fenster, wo eine Böe nach der anderen gegen die Scheiben trieb. Jenseits der Straße, im Park, waren die letzten Laternen angezündet worden. »Und das Geheimfach, Herr Hauptkommissar?«

»Wir haben alle Wände, auch in der Küche, geprüft, aber keinen Tresor gefunden.«

»Aber das Geheimfach im Schreibtisch übersehen. Doch zurück zu den Wänden. Haben Sie dazu etwas zu berichten?«

»Abwaschbare Tapete«, sagte Bronkhorst, »gehobene Preisklasse.«

»Nicht doch, Hauptkommissar. Muss ich Ihnen sagen, dass die Wohnzimmertapete am Fundort der Leiche, etwas über Kopfhöhe, einen hellen, viereckigen Fleck aufweist? Stellen Sie fest, was, welche Art von Bild der Mörder dort von der Wand genommen hat.« Dann, nach einer Pause: »Und Ihre Pläne?«

Dazu Bronkhorst, immer noch um Stichwörter bemüht: »Fahndung nach dem vermutlichen Liebhaber, Vorsprache bei der Bank von Schwester Minges und, wegen eventueller Erbschaften, beim Amtsgericht.«

»Einverstanden. Und morgen Mittag, wie vereinbart, der nächste Bericht.«

»Dürfte ich Sie daran erinnern, dass heute Freitag ist, Herr Oberrat«, wagte Kiefer zu sagen.

»Und ich Sie daran, dass es gilt, einen Mordfall aufzuklären?!« Dazu, welche Überraschung, ein Lächeln um die Mundwinkel des Oberrats.

Unten nahm Bronkhorst schweigend hinter seinem Schreibtisch Platz. Während ich Kaffeewasser aufsetzte, fragte Kai: »Hast du das Verhalten des Superhirns begriffen? Erst Buddha, wenn auch nicht im Schneidersitz, und dann, mit einem Lächeln, der gute Onkel von nebenan.«

»Mich interessiert vor allem die Frage, wie Lück zu seinen Privilegien gekommen ist. Woher zum Beispiel die Befugnis, sein Büro derart herzurichten?« Dann, mit einem Blick auf Bronkhorst: »Und so mit seinen Mitarbeitern umzugehen.«

»Neulich war in der Sonntagspresse zu lesen, dass Lücks Schwiegervater ›da oben‹ einiges zu sagen hat. Seinen Reichtum hätte Lück von dessen Tochter, seiner verstorbenen Frau. Wahr ist aber auch, dass er als exzellenter, wenn nicht genialer Ermittler gilt.«

»Und im Verlauf seines Berufslebens Einblick in Sachverhalte gewonnen hat, über die hochgestellte Herren nicht gerne reden«, fügte Bronkhorst hinzu.

»In Lücks Büro hängen vielleicht Millionen Euro an den Wänden«, stellte ich fest. »Gibt es dort eine Alarmanlage?«

»Nein«, antwortete Kai, »doch ist das nicht alles. Den Code zu Lücks Dienstzimmer soll außer Frau Bose auch seine Putzfrau, Madame Blaschke, kennen.«

»Gibt es Versicherungen die bereit sind, solche Risiken zu tragen?«

»Und wenn der Oberrat so schlau ist, seine Bilder, ohne Nebenkosten, dort unterzubringen, wo sie am sichersten sind – bei der Polizei?«

Inzwischen war Bronkhorst wieder so weit, über die Arbeit des kommenden Vormittags zu reden. Er selbst würde sich im Umfeld von Schwester Minges nach einem Mann mit den Initialen K.M. umsehen. Kai sollte sich mit dem Notebook von Schwester Minges, ihrem Internetzugang und der Frage beschäftigen, ob neben Telefon- und Adressbüchern auch ein Handy verschwunden war. Ich würde mit Dr. Soell reden und Frau Koch noch einmal aufsuchen. Vielleicht gab es dort, außer Kaffee und Kuchen, auch Näheres über den Grad ihrer Schwerhörigkeit, fachärztliche Befunde zum Beispiel oder ein Gutachten.

Als Bronkhorst ging, war es schon dunkel. Da Kai Nachtdienst hatte, machte ich mich allein auf den Heimweg. Auf der Freitreppe zur Rohrbacher Straße die erste positive Überraschung: warmer Wind aus dem Südwesten, und am Himmel, trotz der städtischen Beleuchtung, eine Auswahl von Sternen. Um den Bismarckplatz herrschte reges Treiben, alle Straßenbahnen und auch die Busse verkehrten noch im Zehnminutentakt. Nicht viel, und die Hauptstraße hatte das Flair eines Corsos, weit drunten im Süden.

Ich wohnte erst seit kurzem in der Altstadt. Daher begann ich am Universitätsplatz die Querstraßen zu zählen. Zuerst die Augustiner-, dann die Heugasse und von dort um die Ecke die Merianstraße. Da ich müde und gleichzeitig aufgekratzt war, brauchte ich eine Doppeldosis Baileys um einzuschlafen.

Am Samstag sorgte das Wetter wieder für Überraschungen. Gegen Mittag waren erste Donnerschläge zu hören, dann zog ein Gewitter das Neckartal hoch. Ich kam, nach Erledigung meiner Aufträge, in einer Regenhaut zum Präsidium, Bronkhorst im Dufflecoat. Kai stellte den Regenschirm beiseite und stieg, nach einem Blick auf das Schuhwerk von uns anderen, mit einem Lächeln aus seinen Überschuhen. Er war noch kurz vor Mitternacht vom Bereitschaftsdienst befreit worden.

Mit den Ergebnissen des Vormittags konnte keiner zufrieden sein. Frau Koch war nicht zu Hause gewesen, während Hausmeister Kümmel es verstand, mit vielen Worten wenig zu sagen. Und Dr. Soell? Er hielt mir einen Vortrag über Leichenflecken und Totenstarre in Abhängigkeit von Zeit und Temperatur, hatte dann aber nicht mehr zu bieten als die Bestätigung des vermuteten Todeszeitpunkts. Frau Minges war Donnerstag, den 10. Mai, zwischen 16 und 18 Uhr erschossen worden.

Kais Experte war mit dem Notebook von Schwester Minges nicht wesentlich weiter gekommen, die Wiederherstellung der gelöschten Daten war und blieb ein Problem. Und was deren Handy betraf: Die monatlichen Rechnungen von T-online hatte Kai zwar gefunden, aber kein Telefon.

»Was unsere Vermutung bestätigt, dass es dem Mörder darum ging, bestimmte Daten aus der Welt zu schaffen«, sagte Bronkhorst. Doch war auch er unzufrieden. Schwester Minges hatte in der Frauenklinik keine Freundschaften geschlossen, so dass über ihr Privatleben kaum etwas zu erfahren war. Keine Post, keine Telefonate und niemals Männerbesuche auf der Krankenstation. Martha Minges, so die Oberschwester, sei eine patientenorientierte, stets freundliche und kompetente Schwester gewesen. Eine Schwester vom alten Schlag, die Wert darauf legte, ihre Einstellung durch das Festhalten an der traditionellen Kleidung auch nach außen hin kund zu tun. Eindeutiger konnte die Frage nach dem Status von Schwester Minges nicht beantwortet werden: Lück hatte auf einen Busch geklopft, in dem nichts versteckt war.

Punkt zwölf ließ der Oberrat uns rufen. »Ergebnisse?«, fragte er nach einem flüchtigen Blick zu uns herüber. Bronkhorst überlegte noch, wo er mit der Liste unserer Misserfolge anfangen sollte, als Lück, wie abwesend, durch eine Handbewegung zu verstehen gab, dass die Unterredung beendet sei. Die Frage, woher er wusste, dass wir nicht weitergekommen waren, habe ich mir erst viel später gestellt.

Unten, im Großraumbüro, brauchte der Hauptkommissar Minuten, um sich zu beruhigen. Sein Hals war dick wie der von Gewichthebern, wenn sie ihre Zentner stemmen. Er trank von seinem Kaffee, öffnete die Fenster und machte sie wieder zu, zwei-, dreimal, bis er sich so weit beruhigt hatte, um über die Arbeit der nächsten Tage zu sprechen. Ich sollte, nach einem letzten Besuch bei Frau Koch, zum Bürgeramt gehen um festzustellen, woher Schwester Minges nach Heidelberg gekommen war. Tatsächlich hatten wir zwischen den vielen Papieren nichts, buchstäblich nichts über ihre Familie gefunden.

Dreizehn Uhr zehn. Für uns, Kai und mich, war es an der Zeit, fortzukommen, das Wochenende würde nicht ewig auf uns warten. Bronkhorst, der an seinem Schreibtisch saß, hatte mit ungewöhnlichem Interesse zugesehen, wie ich in die enge Regenhaut schlüpfte. Und uns, Kai und mich, mit Blicken verfolgt, die alles andere als dienstlich waren. Kai und ich ein Pärchen, Himmel, welch ausgefallene Idee. Bronkhorst, der Mann mit dem hohen Testosteronspiegel – wie schade, dass Lydia, seine Freundin, ihm nicht nach Heidelberg gefolgt war. Stattdessen sein leeres Gerede über Karriere und Selbstverwirklichung – als ob nach Jahrzehnten des Feminismus jetzt eine Welle von Männlichkeitswahn auf uns zukäme. Eine Haltung, für die auch Kai kein schickes Fachwort auf Lager hatte. Maskulinismus würde allzu unbeholfen klingen und Virismus – ob das korrekt war? Später, Monate später, würde ich von Maitre Klausen erfahren, dass Otto Weininger im Gegensatz zu Muliebrität, dem Weiblichen, von Maskulität, dem Männlichen, gesprochen hatte und von Maskularisierung. Sorry, Boys, das mit dem Männlichkeitswahn wird im Vergleich zum Feminismus allein schon der Sprache wegen unter den Tisch fallen.

Montag, der vierzehnte Mai, war ein Arbeitstag, über den ich nichts, null Komma nichts zu berichten hatte. Ganz anders Kai. Er war mit Bronkhorst in der Wohnung Minges verabredet gewesen. Sie hatten einander kaum begrüßt, als jemand an der Tür war. »Schon gut«, brummte Bronkhorst und ging, um nachzusehen.

Draußen stand ein Mann, dessen Züge im schwachen Licht der Flurbeleuchtung nicht deutlich zu erkennen waren. Bronkhorst forderte ihn auf einzutreten. Der Fremde hatte ein rundes Gesicht voller Sommersprossen, gerötete Lidränder und schütteres rotblondes Haar. Im Näherkommen wirkte er schüchtern, vielleicht hatte er auch übertriebenen Respekt vor der Polizei.

»Kommissar Bronkhorst? Herr Kommissar, ich bin, wie Sie wissen, Freitagnachmittag nicht zu Hause gewesen. Am Samstag erst erfuhr ich von meiner Frau, dass Ihre Mitarbeiterin im Zusammenhang mit dem Fall Minges bei uns gewesen ist, um nach männlichen Besuchern zu fragen.«

Bronkhorst, sofort unter Strom, hatte Mühe, sein Interesse herunterzuspielen. »Herr Meyer also von nebenan?«

»Ja, Herr Kommissar. Am Wochenende, dachte ich, macht es keinen Sinn, zur Polizei zu gehen. Als ich soeben losziehen wollte, um dies nachzuholen, sah ich, dass das Siegel zur Wohnung Minges entfernt worden war. Das konnten nur Sie oder jemand aus Ihrer Truppe sein. So habe ich mir erlaubt anzuklopfen.«

»Wegen Männerbesuchen bei Frau Minges?«

»Ja, ich habe einen Mann gesehen, Herr Kommissar, hier vor ihrer Tür. Er ist von Frau Minges, wie soll ich sagen, aufs Herzlichste begrüßt worden.«

Dazu Bronkhorst, immer noch bemüht, cool zu erscheinen: »Wann, Herr Meyer, soll das gewesen sein?«

»Moment, Herr Kommissar. Am Freitag vorletzter Woche um die zwanzig Uhr. Ja, so ist es gewesen.«

»Und letzte Woche?«

Meyer schüttelte den Kopf. »Vorher allerdings bin ich dem Mann auf der Treppe und unten, an der Haustür, wiederholt begegnet. Was damit zu tun hat, dass ich oft um die gleiche Zeit, gegen zwanzig Uhr, nach Hause komme.«

»Auch am vergangenen Donnerstag, dem Tag des Verbrechens?«

»Ich muss, was die letzte Woche betrifft, noch einmal Nein sagen, Herr Kommissar. Ich habe den Mann nur freitags gesehen, immer nur am Freitagabend.«

Bronkhorst und Kai waren fasziniert. Nach dem Mercedesfahrer von Frau Koch jetzt ein Fremder, der Herrn Meyer freitagabends wiederholt über den Weg gelaufen war: zwei übereinstimmende Aussagen, die ihrer Herkunft nach nichts miteinander zu tun hatten – ein glücklicher Zufall ähnlich dem, nein, überzeugender als der von der Schwarzen Frau. Was machte es da schon, dass Thea Koch wegen ihrer Schwerhörigkeit nicht die ideale Zeugin war.

»Können Sie uns den Mann beschreiben?«

»Ein Mann mittleren Alters, wie es Tausende gibt, nur dass dieser im Winter einen Kaschmirmantel und einen Stetson mit auffallend schmaler Krempe trug.«

»Trauen Sie sich zu, den Fremden zu erkennen?«

Meyer, der immer noch auf der Sofakante saß, machte zum ersten Mal ein entschlossenes Gesicht. »Ja, jederzeit, Herr Kommissar.«

»Und uns bei der Herstellung eines Phantombildes an die Hand zu gehen?«

»Selbstverständlich, Herr Kommissar. Doch ein Phantombild – wozu, wo ich den Mann doch kenne, ich sollte sagen an seiner Arbeitsstelle gesehen habe.«

Bronkhorst hatte Mühe, an sich zu halten. »Wo, Herr Meyer? Wo soll das gewesen sein?«

»Bei Minimal, draußen in Rohrbach.«

»Als Verkäufer?«

»Nein, ich hielt ihn für den Leiter des Supermarkts.«

Bronkhorst war aufgesprungen. »Haben Sie Zeit, uns nach Rohrbach zu begleiten?«

»Ja, am Montagmorgen sind meine Kunden ohnehin nicht ansprechbar.«

»Ihre Kunden als ...«

»Versicherungsvertreter, Herr Kommissar.«

»Herr Kiefer«, schlug Bronkhorst vor, »holen Sie doch schon mal den Wagen.«

Draußen fiel ein Nieselregen, der mit dem kalten Wind bis unter die Haut zu dringen schien. Das Fahren auf dem feuchten Kopfsteinpflaster erforderte Konzentration.

Umso einfacher dann der Ablauf im Supermarkt. Der Mann mit dem Stetson hieß Karl Melzer. Wie von braven Ehemännern bekannt, versuchte er seine Liebschaft zu leugnen. Doch dann, als Bronkhorst nach den Taschentüchern mit den Initialen K.M. auf die vielen Fingerabdrücke in der Wohnung des Opfers zu sprechen kam, gab er zu, jeden Freitagabend bei Schwester Minges gewesen zu sein.

Tags darauf, beim offiziellen Verhör, war der Hauptkommissar immer noch auf Wolke sieben. Im Mittelpunkt stand, wie zu erwarten, die Frage, ob Melzer auch am Zehnten, dem Tag des Mordes, in der Kaiserstraße gewesen war. Als er dies bestritt, bluffte Bronkhorst mit der Behauptung, es gäbe Zeugen, die ihn, Melzer, auch an jenem Donnerstag vor der Wohnung Minges gesehen hätten. Bei der Drohung, Frau Melzer vorzuladen, knickte der Beschuldigte ein.

So weit der Bericht von Kai, der es genoss, Bronkhorst, den überkorrekten Beamten, bei einer krummen Tour erlebt zu haben.

Als ich das Verhörzimmer betrat, waren Melzers rote, nicht mehr ganz vollen Haare durch den Angstschweiß von der Stirn her feucht und damit dunkler geworden. »Meine Frau hatte vor, ihre Eltern, anstatt am Freitag, schon am Donnerstag zu besuchen«, sagte er. »Da ich nicht wusste, ob sie auch diese Nacht in Neckargemünd verbringen würde, bin ich schon eine Stunde früher, um neunzehn anstatt um zwanzig Uhr, zur Kaiserstraße gefahren.«

»Und das am Donnerstag, anstatt Freitag Abend.«

»Ja.«

»Und weiter?«

»Ich nahm die vier Treppen, öffnete die Wohnungstüre und ging leise, um Martha zu überraschen, zuerst in die Küche.«

Bronkhorst, immer noch auf Wolke sieben, verzichtete darauf, Melzer zu drängen.

»In der Küche hatte sie, wie immer, für uns beide gedeckt, im Kühlschrank wartete der Champagner. Was ich dann im Wohnzimmer sah, wie soll ich …« Melzer legte sein Gesicht in beide Hände. »Martha lag mit verrenkten Gliedern dicht vor der Wand, als wäre, ja, als wäre sie hingerichtet worden.«

Völlig durcheinander, hatte Melzer die Wohnung fluchtartig verlassen, war dann aber noch einmal zurückgekehrt, um alle Briefe und Postkarten, die seinen Namen trugen, an sich zu nehmen. Nein, nein, das Durcheinander rings um den Schreibtisch hätte nichts, nicht das Geringste mit ihm zu tun.

Im weiteren Verlauf des Verhörs ging es vor allem um Melzers Alibi. Entscheidend, so Bronkhorst, sei die Zeit zwischen sechzehn und neunzehn Uhr.

»Nichts einfacher als das. Ein Dutzend unserer Angestellten kann bezeugen, dass ich im Supermarkt gewesen bin.«

»Ohne die Möglichkeit, Ihren Arbeitsplatz heimlich zu verlassen? Ersparen Sie uns die Mühe, dies im Einzelnen nachzuprüfen.«

»Das wird nicht nötig ein. Ich habe mein Auto um dreizehn Uhr von einem Angestellten der Werkstadt abholen lassen und es wurde erst kurz vor Geschäftsschluss, gegen achtzehn Uhr, wieder zurückgebracht. Wie hätte ich da zur Kaiserstraße fahren sollen?«

»Gut, das wäre leicht zu überprüfen. Doch dann, zwischen achtzehn und neunzehn Uhr?«

»Da Martha meist erst um achtzehn Uhr dreißig nach Hause kam, habe ich im Büro noch einiges erledigt. Am Donnerstag zum Beispiel die Order einiger Artikel auf Band gesprochen. Wenn ich richtig erinnere, vor allem Produkte der Firmen Onken und Natreen.«

»Gibt es dafür einen Zeugen?«

Melzer war von Minute zu Minute ruhiger geworden. »Die Putzfrau, Herr Kommissar«, sagte er jetzt mit einem Anflug von Lächeln, »Frau

Pilz, die für den Verwaltungstrakt zuständig ist. Sie muss bei Ladenschluss schon dagewesen sein. Mit ihr habe ich ein paar Worte gewechselt.«

Bronkhorst, weiß wie die Wand, lehnte sich mit hängenden Schultern wieder zurück. Die Hoffnung, den Oberrat mit einer raschen Aufklärung der Affäre Minges zu überraschen, war innerhalb von Minuten zur Seifenblase geworden. Nun wollte der Hauptkommissar so rasch wie möglich Klarheit. Er gab Kai den Auftrag, in der Werkstatt und bei Frau Pilz anzurufen.

Minuten später kam Kiefer mit der Nachricht, beide Seiten hätten Melzers Angaben bestätigt. Ihr Chef, so Frau Pilz, sei erst kurz vor sieben aus dem Haus gegangen.

Bronkhorst, wieder auf Normalmaß geschrumpft, bat Melzer, anderntags wiederzukommen, um das fällige Protokoll zu unterschreiben.

Melzer nickte, stand wie abwesend auf und ging langsam in Richtung Rohrbach. Das Angebot, ihn mit einem Dienstwagen zum Supermarkt zu fahren, hatte er entschieden abgelehnt.

Am nächsten Morgen erlebten wir einen Hauptkommissar, zu dessen Aussehen mir nur das Wort zerknittert einfiel. »Nun gut«, sagte er, »fangen wir nach der Episode Melzer noch einmal von vorne an.«

»Nicht ganz von vorne«, warf Kai ein. »Mit Melzer haben wir einen Zeugen, der besser als jeder andere über Schwester Minges informiert ist. Zwar dürfte Melzer, bei seinem Einkommen, ihren Luxus nicht finanziert haben. Dennoch könnte er wissen, woher das Geld für den Schreibtisch, das Geschirr und den Teppich gekommen ist. Das Notebook allein dürfte wenigstens 2.000 Euro gekostet haben. Man fragt sich, was jemand wie Frau Minges mit einem Gerät dieser Preisklasse anfängt.«

Bronkhorst saß nur da, nickte und ließ Kai gewähren.

»Bleibt die Frage nach einer Erbschaft«, setzte dieser fort. »Für den Fall, dass Melzer uns darüber nichts sagen kann, müssen wir uns an das zuständige Amtsgericht, vielleicht auch ans Finanzamt wenden.« Verwundert nahm ich zur Kenntnis, dass Kai so weit ging, mich bei diesen Worten herausfordernd anzusehen.

»Doch nun wird es Zeit, über das Tatmotiv nachzudenken. Wie steht es mit Liebe und Eifersucht, Punkt eins auf der üblichen Liste von Motiven?« Und als Bronkhorst immer noch schwieg: »Schwester Minges ist Melzers Geliebte gewesen. Wenn wir über Liebe reden, müsste Mister Unbekannt, unser Mörder, Schwester Minges in einem Anfall von Eifersucht erschossen haben. Das kann ich mir nicht vorstellen. Auch sehe ich nichts, was in unserem Fall für einen Raubmord spricht. Geld, die Scheckkarte und der Schmuck haben den Mörder überhaupt nicht interessiert. Bleibt als dritte Möglichkeit die Rache als Motiv.«

»Rache«, machte ich geltend, »Rache an einer allseits beliebten Krankenschwester, deren Privatleben aus nicht mehr als einem Liebesverhältnis mit Karl Melzer besteht – ist das wahrscheinlich?«

»Du hast vergessen, dass unser erster Eindruck der einer Hinrichtung gewesen ist. Eine Möglichkeit, von der auch Melzer gesprochen hat.«

»Auch Räuber und Eifersüchtige können ihr Opfer exekutieren. Sicher scheint mir nur zu sein, dass Frau Minges den Täter selbst eingelassen, ihn also gekannt hat. Das passt zu jedem denkbaren Motiv. An dieser Stelle nur noch ein Wort zum Thema Eifersucht. Du hast Frau Melzer vergessen. Ist es nicht möglich, dass sie von der Liebschaft ihres Mannes erfahren und ihre Rivalin aus Eifersucht ermordet hat?«

»Theoretisch möglich, doch praktisch ausgeschlossen. Frau Melzer ist zur Tatzeit, wie von ihrem Mann berichtet, tatsächlich in Neckargemünd gewesen.«

Bronkhorst hatte bis zuletzt schweigend zugehört. Die Idee, er hätte nur beobachten wollen, wie weit Kai sich vorwagte, wenn man ihn gewähren ließ, war zweifellos falsch. In Wirklichkeit litt der Hauptkommissar immer noch unter seiner Enttäuschung über das Zwischenspiel Karl Melzer.

Leider blieb auch das zweite Gespräch mit Melzer weit hinter unseren Erwartungen zurück. Schwester Minges hatte nicht gern über Geld geredet, eine Einstellung, die vielleicht der knappen Zeit des abendlichen Rendezvous' geschuldet war. Dass seine Freundin über größere Summen verfügte, ging für Melzer allein schon daraus hervor, dass sie, mit der Ausnahme von Blumen, alle Geschenke zurückwies. Eine Erbschaft hielt Melzer für ausgeschlossen, da, soweit er wusste, die seit langem verstorbenen Eltern von Frau Minges nicht wohlhabend gewesen waren.

Interessant allein die Aussagen Melzers über den von Lück entdeckten hellen Fleck an der Wohnzimmerwand. Melzer gab mit großer Bestimmtheit an, dass dort ein Photo entfernt worden war, ein Gruppenbild mit Schwester Minges im Kreis ihrer Kolleginnen von der Schwesternschule. Aus welchem Jahr das Bild stammte, konnte er nicht sagen.

Für uns, Bronkhorst, Kai und mich, blieb die Frage, warum der Mörder ein Erinnerungsphoto von der Wand genommen hatte. Möglich schien, dass er sich für eine von den Schwesternschülerinnen oder Lehrschwestern interessierte, die auf dem Bild zu sehen waren. Ich übernahm die Aufgabe, in der Schwesternschule nach einer Kopie des Jahrgangsphotos zu fragen. Um es vorwegzunehmen: Die Schwesternschule war vor Jahren in einen Neubau umgezogen, ein Exemplar des Bildes nicht mehr zu finden.

So standen wir nach der Episode Melzer vor einem Wald von Fragezeichen. Unverstanden blieb unter anderem die Tatsache, dass der Mörder sich Zeit gelassen hatte, alle Hinweise auf Telefonnummern und Adressen der Toten zu beseitigen und dann auch noch ein Bild von der Wand zu nehmen. Die tödliche Kugel führte fürs Erste auch nicht weiter, da im Zentralregister kein zweites Projektil aus der Mordwaffe zu finden war. Nahm man hinzu, dass am Tatort neben den Fingerabdrücken von Schwester Minges nur die von Karl Melzer zu finden waren, blieb einzig der von drei Zeugen bestätigte und dennoch vage Hinweis auf eine Frau mit auffallend frisierten schwarzen Haaren. Dunkelhaarige Frauen gibt es allerdings zu Tausenden in jeder Stadt, so dass auch dieser Hinweis vorerst nicht weiter führte. Ähnlich die Sache mit dem vermutlichen Geldgeber. Handelte es sich um einen früheren Liebhaber von Schwester Minges, schien denkbar, dass er aus Eifersucht zum Mörder geworden war. Zu viele Konjunktive, unkte Kai. Nicht lange, und Lück würde den Fall in eigener Regie übernehmen.

Tage vergingen, ohne dass der Oberrat nach dem Fall Minges fragte. Bronkhorst hatte schließlich keine andere Wahl, als Lück aufzusuchen und zu bekennen, dass er im Fall Melzer in eine Sackgasse geraten war. Kleinlaut, wie wir ihn noch nicht erlebt hatten, nahm er den Fahrstuhl zur vierten Etage. Als er Minuten später wiederkam, empfand ich zum ersten Mal eine Spur Mitleid mit dem Mann. Grau wie die Wand des Großraumbüros, berichtete er, was Lück gesagt hatte. »Bin durch das Studium der Protokolle auf dem Laufenden, Hauptkommissar. Und Sie? Immer noch bereit, Ihre Zeit an einen Fall zu verschwenden, der, wie sich zeigt, Sie und Ihr Team überfordert?« Bronkhorsts Einwand, dass noch nicht alle Möglichkeiten ausgeschöpft seien, schien Lück nicht zu interessieren.

»Ein Hoch auf das Superhirn der baden–württembergischen Polizei«, war Kiefers Kommentar, »dessen Neurone Tag und Nacht am Glühen sind.« Worauf Bronkhorst nur müde lächelte. Mir ging erst später auf, dass Kai damit nicht nur Lück, sondern auch Bronkhorst gemeint haben konnte.

Einen Tag später wurde Kai zu einem Mordfall im Berbermilieu abkommandiert, ich erhielt den Auftrag, die Zentraldatei nach einem langzeitverdächtigen Sexualverbrecher durchzusehen. Was uns bedrückte, war die Vermutung, dass der Fall Minges über kurz oder lang in den Untiefen irgendwelcher Festplattenspeicher verschwinden würde.

Und ich, Rita Phelps? Klein Rita hatte während weniger Tage viel über ihre beiden Mitarbeiter und damit auch den XY-Clan insgesamt gelernt. Bronkhorsts Testosteronspiegel konnte mir egal sein, so lange Lück die Funktion einer Antihormonpille übernahm. Und was Kai, meinen Xy-Kollegen betraf, würde die Zukunft zeigen müssen, ob er den hoffentlich bald sattelfesten Hauptkommissar nur vertreten oder beerben wollte.

Dr. Vogt

Seit meiner Rückkehr aus Oberbayern führte ich die Existenz eines Singles, wie man singler nicht sein kann. Aus gutem Grund: Ich hatte es satt, nach den Erlebnissen der letzten Wochen befragt zu werden. Das Dasein eines Maulwurfs also, wenn nicht das eines Nacktmulls, bis alle Karten auf dem Tisch lagen.

Als ob alle spürten, dass ich es so und nicht anders will, hatte seit Tagen niemand von sich hören lassen. Bis gestern Abend Heinz Männen vor der Tür stand. Heinz, mit dem ich schon als Student hier bei Frau Konrad gehaust hatte und der mir, gerade weil er mich am besten kennt, am wenigsten willkommen war.

Männen kommt herein, setzt sich auf den Rohrstuhl in der Fensternische und sieht zu, wie die letzten Fußgänger vom Trottoir der Albert-Mays-Straße verschwinden. Hinter vielen Fensterscheiben ist das Flackerlicht der Tagesschau zu sehen. Als wären keine zehn Jahre vergangen, seit wir hier, in diesem Zimmer, fürs Staatsexamen gepaukt haben.

Klar, dass Männen nicht gekommen ist, um die Abendstimmung zu genießen. Doch anstatt zu sagen, worum es ihm geht, fängt er an, über die alte Bude zu reden. Warum ich, anders als er, die Tapete nie gewechselt hätte. Als ob er nicht wüsste, woran es lag. Frau Konrad, die alte Schreckschraube, konnte kaum der Grund sein. Viel eher eine gewisse Bequemlichkeit, manche nannten es Trägheit, an der Harald Vogt schon als Teenager gelitten haben soll. Später, nach dem Studium, als ich in der Neurologie gutes Geld verdiente, waren es die vielen Reisen, die an meinem Konto zehrten. Und ich bin nur selten allein unterwegs gewesen.

Heinz war die Enge unserer Behausung schon sehr früh auf die Nerven gegangen. Für den Schlaf, hielt ich dagegen, ist mir auch eine Gummizelle recht, den Arbeitstag verbringe ich in der Klinik, und für meine Freizeit ist, wie jeder weiß, das Café Schäfer und nicht die Bude von Frau Konrad erste Wahl. Genauer: das Billardzimmer mit dem Dreibandenspiel. Tatsächlich hatte ich es zeitweise so weit getrieben, dass ich meine Telefongespräche auf die Nummer des Cafés schalten ließ, während Frau Schäfer mich mit ham & eggs plus Käsekuchen am Leben erhielt.

Indessen saß Heinz immer noch wortlos im Dunkeln. Das erinnerte mich daran, wie gut wir uns früher verstanden und, als Gegensätze, ergänzt haben. Um dies zu erklären, komme ich am besten auf die Fachausbildung. Bei uns lernten Neurologen auch manches über die Psychiatrie und, umgekehrt, Psychiater einiges über Neurologie. Manche sind später als Facharzt für beides, andere einfach nur als Neurologe oder Psychiater tätig. Apparatschiks die einen, Seelenklempner die anderen – hier Harald Vogt, die Betriebsnudel, mit Messgeräten auf der Spur von Nervenfunktionen, dort Heinz Männen, der Gelassene, mit einer Extradosis Empathie für psychische Defekte. Zwei vom Temperament her grundverschiedene Typen, die sich immer nur ergänzt und nie miteinander konkurriert haben. So einfach ist das damals gewesen. Heinz hatte gelegentlich von Narziss und Goldmund geredet und mir dazu einen Roman aufgedrängt. Ich weiß nicht mehr, ob ich ihn je gelesen habe.

Nun bittet Heinz, seit längerem Nichtraucher, mich um eine Gauloises. Ich zögere, gebe ihm nach der Zigarette aber auch noch Feuer – und stelle mit Bedauern fest, dass der herbe Duft mir immer noch vertraut ist. Wenn Heinz an der Zigarette zieht, erscheint die obere Hälfte seines Gesichts vor dem dunklen Hintergrund. Seine Lider flattern, Heinz ist nervös, dann bekommt er einen Hustenanfall.

»Nun komm schon, Heinz, lass hören, was dich umtreibt.«

Jetzt, nach einem fahrigen Zug aus der Zigarette, endlich ein paar Worte. »Flamingo hat dein Schreiben herumgereicht«, sagt er so leise, dass ich ihn kaum verstehe. Und als ich, überrascht, nach einer Antwort suche: »Deine Begründung für – für den überzogenen Wochenendurlaub.«

»Nun redest auch du so, als ob ich aus Übermut …«

»Nicht doch, Harry, lass uns in Ruhe darüber reden.«

Womit ein Wortwechsel begann, in dessen Verlauf ich Heinz einen Verräter nannte. Und erklärte, wegen der Verletzung meiner Intimsphäre gegen Oberarzt Flaming vor Gericht zu ziehen.

Heinz ließ sich dadurch nicht beirren. »Früher«, sagte er, »bist du mit allem, selbst der kleinsten Kleinigkeit, zu mir gekommen. Nun gehst du ohne ein Wort zu Flamingo und, seinem Ratschlag folgend, wohl auch zur Polizei. Und nennst mich einen Verräter.«

Heinz hatte einen Nerv getroffen, der mit Reue zu tun hat. Jetzt war ich es, der nach einer Zigarette griff.

»Lass gut sein, Heinz. Ich will dir erklären, wie es dazu gekommen ist. Es geht um meine Rückkehr aus Oberbayern, den Moment, als ich erfuhr, dass du die Station fünf, meine Station, übernommen hattest. Als Freund, sagte ich mir, hättest du dich weigern müssen, eine Erbschaft anzutreten, die noch nicht wirklich frei war. Inzwischen habe ich begriffen, dass man dein Verhalten auch als den Versuch deuten kann, die Station für mich, den Rückkehrer, bereit zu halten. Und das nicht mit, sondern gegen Flamingo und dessen Machenschaften.«

Heinz saß jetzt so vor den Butzenscheiben der Fensternische, dass ich sehen konnte, wie er den Kopf schüttelte. »Verräter, Erbschaft, Flamingo – alles Stichworte, die mich nicht wirklich berühren. Gib mir ein paar Minuten, um zu erklären, worum es mir wirklich geht.«

Ein Tonfall, den ich nicht zum ersten Mal vernahm. Heinz verwendete Worte wie Geschenkpapier, in das er verpackte, was andere nicht gern hören. Doch hatte ich keine Ahnung, worauf er in diesem Fall hinaus wollte.

»Seit gestern bin ich mit nichts anderem beschäftigt, als darüber nachzudenken, was in dir vorgeht. Hier meine Vermutung. Nachdem du deinen Urlaub um anderthalb Wochen überzogen hattest, suchtest du nach einer Rechtfertigung. An sich bist du wohl klug genug, um zwischen glaubwürdigen und unglaubwürdigen Entschuldigungen zu unterscheiden. Die Story von den zwei, drei oder vier Weibern dürfte zu den zweifelhaftesten gehören, die je vorgebracht worden sind. Bleib ruhig, Harald, ich darf, wenn ich dir nützlich sein will, die Affäre nicht nur mit deinen Augen sehen. Halten wir uns an die Reaktion von Flaming mit dem Dutzend Kollegen, die deine Eingabe gelesen haben: Keiner von ihnen war bereit, dir zu glauben.«

»Und du?«

»Darauf werde ich noch kommen. Bist du nach Flamingos Vorschlag bei der Polizei gewesen?«

»Ja.«

»Und deren Reaktion?«

»Wie von einem bulligen Kommissar mit breiten Hosenträgern nicht anders zu erwarten: negativ.«

»Nicht anders zu erwarten – dabei hat der Mann nur wie alle anderen reagiert.« Und als ich schwieg: »Vor allem weiteren eine Zwischenfrage: Kann es sein, dass du mit deiner Geschichte Aufsehen erregen, den Boulevard alarmieren, einen Skandal provozieren wolltest? Publicity, um dein Konto aufzustocken?«

»Gute Idee, Heinz, doch nicht aus meinem Repertoire.«

»Was insgesamt nur eine Schlussfolgerung zulässt, dass du selbst, Harald, du allein von deiner Geschichte überzeugt bist.«

»Was kann Überzeugung in diesem Zusammenhang schon bedeuten? Ich habe, was du Geschichte nennst, erlebt, buchstäblich erlebt, lieber Heinz!«

»O. k., dann hast du an deine Geschichte geglaubt, Harald, aber den Fehler begangen, die Reaktion aller anderen falsch einzuschätzen.«

»So scheint es. Und du?«

»Darauf werde ich noch kommen. Auf der einen Seite Harald Vogt als lonely rider, auf der anderen die Polizei, Flamingo, die Personalabteilung und ein Dutzend Kollegen – sollte das nicht genügen, um, nun ja, um ...«

»Fahr ruhig fort. Ich werde dich nicht mehr unterbrechen.«

Heinz dachte einen Augenblick nach. »O. k.«, sagte er dann, »ich muss fortfahren, auch wenn es schwierig wird, auf verfängliche Weise persönlich. Es gibt, wie jeder Laie weiß, Erlebnisse, Geschichten, denen man Wahrheit zumisst, ohne dass sie sich wirklich, in der realen Welt, ereignet haben.«

»In der virtuellen also?«

»Gewissermaßen. Ich spreche von Träumen und traumähnlichen Erlebnissen im Rahmen von Suggestion oder Hypnose, warum nicht von Halluzination?«

»Harry Vogt als Opfer von Suggestion oder Hypnose, vielleicht gar einer Psychose, nach dem Motto: Wer Unglaubliches glaubt, ist ein Fall für den Psychiater? Das Bild eines Mannes, der von Weibern träumt, die ihm in der Realität entgehen? Das kann nicht dein Ernst sein, als wärst du im Auftrag Flamingos dabei, mich zu verhören?«

Heinz kommt herüber, um mir seine Hand auf die Schulter zu legen. »Was soll der Unsinn, Harald? Meine Absicht war, von der Hypnose auf die Halluzinogene zu kommen, zu LSD, Psyllocibin und alle anderen.«

Ich will widersprechen, dann fängt mein Gehirn gegen meinen Willen an, abzuwägen, zuletzt bin ich sprachlos. Wie konnte es geschehen, dass ich, vom Beruf her mit Drogen vertraut, nicht an Halluzinogene gedacht habe? Sollten meine Erlebnisse, gleichviel ob real oder virtuell, mich verwirrt und in der Verwirrung daran gehindert haben, einen Blick hinter die Kulissen meiner Triebe zu tun? Ins Drastische übersetzt: Sollte ich unter dem Einfluss von Drogen tatsächlich der Sklave halluzinierter Dauererektionen gewesen sein? Mit einer Wünschelrute (welcher Doppelsinn!), die den Affen immer dorthin dirigiert, wo es Zucker gibt? Ich würde Stunden brauchen, um meine Gedanken zu ordnen.

Heinz, der ahnte, was in mir vorging, ließ mir Zeit. Ich griff nach der zweiten Zigarette, auch wenn Frau Konrad bald erscheinen würde, um mich zurechtzuweisen. Zuletzt kommt an meinem inneren Firmament, wie so oft, die Sonne wieder durch, ich kann über meine Dummheit lachen.

»Drogen«, sage ich, »zählt Viagra zu den Drogen?«

»Unter manchen Gesichtspunkten durchaus.«

»O. k., Drogen also. Am besten, wir betrachten meine Rolle im Kastell als Installation: Harry Vogt, durch Drogen high und hohe Viagradosen scharf, mit gespanntem Bogen und spitzem Pfeil nächtelang auf der Jagd nach dem lohnenden Ziel in der Scheibe, d für b, versteht sich. Dabei war selbst ein tölpelhafter Bulle, Kommissar Bronkhorst, so klug, danach zu fragen, ob es nicht möglich gewesen sei, aus jenem Liebesparadies zu fliehen.

Noch eine Frage zu den Drogen. Gibt es Mittel, die einen Dämmerzustand hervorrufen, der vom Kopf nur bis oberhalb der Lenden reicht?«

»Ja, Harald, solche Drogen gibt es.«

»Ihre Wirkung könnte dann darin bestehen, dass weiter unten alles springlebendig bleibt, ein Dildo aus Fleisch und Blut, gewissermaßen.«

»Sehr witzig, Harald. Es gibt aber auch Drogen, die imstande sind, dir alles, buchstäblich alles, wovon du redest, ohne realen Hintergrund einfach nur vorzugaukeln. Chemische Hexenmeister der zentralen Stimulation, mit verführerischen Halluzinationen, auch im Intimbereich.«

»Womit wir wieder bei den als real erinnerten Träumen sind. Ich brauche Zeit, um das alles zu verdauen. Dennoch möchte ich dir jetzt schon danken, Heinz Männen, der …«

»Spar dir weitere Worte, Harald. Nur mach gelegentlich den Versuch, dich daran zu erinnern, dass es Zeit wäre, mit mir zu reden. Für heute nur eins noch. Die Umstände deiner – ich gestatte mir zu sagen sogenannten – Haft im Kastell sind mir aus deinem Schreiben an Professor

Flaming vertraut. Ist dir aus jener Zeit nichts in Erinnerung geblieben, was weiterhelfen könnte? Namen etwa, auch die von Ortschaften und Straßen, oder Zahlen, wie Haus- und Telefonnummern?«

»Danach hat der Kommissar schon gefragt. Nein Heinz, nur Bruchstücke, nichts Brauchbares.«

»Du weißt, dass es Möglichkeiten gibt, das Erinnerungsvermögen zu unterstützen. Mit Autosuggestion zum Beispiel oder autogenem Training und, wenn das nicht weiterführt, durch Hypnose?«

Ich versprach, darüber nachzudenken.

Als Heinz gegen Mitternacht gegangen war, hatte ich wieder so etwas wie einen Freund. Heinz Männen, politisch korrekter Allerweltsbeglücker und empathischer Menschenfreund, der seine Güte wie einen Bauchladen vor sich her trug. Rundum beliebt, das auch, und doch viel mehr: Heinz Männen war liebenswert.

Am nächsten Morgen dann erstes Erstaunen darüber, wie bereitwillig ich den Ideen von Heinz gefolgt war. Keine Frage, dass ich ihm dennoch dankbar gewesen bin. Nur: Zufriedener oder gar glücklich war ich durch ihn nicht geworden. Wer gefällt sich schon bei der Erinnerung, als Tanzbär am Nasenring umhergeführt worden zu sein. Genauer: an einem virtuellen Ring, der weiter unten, am Gegenstück der Nase, befestigt war.

Ein Trost, dass hinter all dem eine Wahrheit steckte, die darauf wartete, entdeckt zu werden.

Am Donnerstag ging das Billard mir nicht wie gewohnt von der Hand. Als ein Rückläufer schon nach zwanzig Zentimetern verhungerte und die Spitze meines Queues bei einem Massé auf das grüne Tuch stieß, gab ich es auf.

Unzufrieden schlenderte ich in Richtung Theodor-Heuss-Brücke. Die Erinnerung an Kommissar Bronkhorst brachte mich auf die Frage, wieso man Witze über die Namen Prominenter aus Politik, Showbusiness und Sport so selten zu hören bekam. Verdeckte Konventionen, wenn es so etwas gibt, ein althergebrachter Komment, mag sein, doch auf welcher Basis? Abseits der Öffentlichkeit tat man sich da leichter. Wie befreiend für alle Betroffenen, sich Oberarzt Flaming als Flamingo vorzustellen. Aber Bronkhorst – schade, dass mir zu seinem Namen kein brauchbares Wortspiel einfiel. Horst Bronck zum Beispiel – ob der Kommissar unter diesem Namen leichter zu ertragen war?

Gegen Ende der Sophienstraße kam Helga, Helga Horger mir wieder in den Sinn. Wie unangenehm die Erinnerung an eine Beziehung, die mit solcher Wucht aus dem Ruder gelaufen war. Ich lehnte mich an das Brückengeländer und sah minutenlang zu, wie die Flut am Bug der Brückenpfeiler ins Strudeln kam. Dabei entstanden Wirbel, deren Sog vieles von dem, was an der Oberfläche trieb, in die Tiefe riss. Helga, die mich verraten und, nach der Meinung von Heinz, mit Drogen vollgepumpt hatte. Und nun Schuld daran war, dass ich zum ersten Mal an meinen Wahrnehmungen und damit an mir selbst zu zweifeln begann. Harry Vogt auch jetzt, Wochen später, an der langen Leine einer Frau – das konnte, durfte nicht sein. Ich zog mein Jackett fester um die Schultern, kehrte um und ging wieder zur Hauptstraße. Es war Zeit, dass etwas geschah.

Im Café Schäfer setzte ich mich an den Computer und öffnete die Gelben Seiten. Unter dem Stichwort Detekteien traf ich auf den Eintrag »Maitre Marcel Klausen, diskrete Ermittlungen«. Das hörte sich gut an.

Kurz nach sechzehn Uhr ging ich die Bergstraße entlang in Richtung Handschuhsheim. Erstaunlich, wie anders die Welt sich ausnahm, wenn man zu wissen glaubte, was zu tun war. Um diese Zeit stand die Sonne noch hoch an einem blauen, wie klar gefegten Firmament. Ich streifte mein Jackett ab und hängte es, mit dem Zeigefinger in der Schlaufe, über die Schulter. In den Zäunen vieler Villen hingen Flieder- und Jasminblüten, mit einem Duft, man war versucht zu sagen, wie zum Greifen. Welcher Unsinn, dachte ich und blieb vor einem Strauch roter Kletterrosen stehen, Grimson Glory stand auf dem frischen Etikett. Dann fiel Heinz mir ein bei seinem Vortrag über Synästhesien. Wenn man Töne sehen und Farben hören kann, warum sollten Düfte nicht zum Greifen sein.

Bergstraße, Alt Handschuhsheim, noch zwei, drei Ecken, dann kommt der Rummerweg. Hier ist es so eng, dass Autos kaum wenden können, und so still, dass man automatisch langsamer geht.

Vor einem Gartentor mit der Inschrift »Maitre Klausen, diskrete Ermittlungen« mache ich halt. Da es keine Klingel gibt, trete ich ein und gehe an blühenden Rhododendrenbüschen vorbei zu einem Gartenhäuschen von der Größe einer Garage. »M. Klausen« steht auf dem kleinen Messingschild. Ich klopfe an und öffne, als sich nichts rührt, die weiß gestrichene Eingangstür.

Auf den ersten Blick scheint der Raum leer zu sein. Erst als ich mich an das Dunkel gewöhnt habe, erblicke ich den Mann. Er hat langes weißes Haar und liegt, wenn ich richtig sehe, mit geschlossenen Augen auf einer Couch. »Ich möchte nicht stören, Maitre«, sage ich, »da … »

»Dennoch tun Sie, was Sie angeblich nicht wollen. Sie stören. Dies ist nicht der Tag für Diskussionen. Konzentration ist gefragt, äußerste Konzentration, die nur aus der Stille kommen kann. Hier, lesen Sie, was gemeint ist.« Unter dem Diktat seiner Worte greife ich wie ein Automat nach der Rhein-Neckar-Zeitung, gehe rückwärts zur Tür, dann die Rhododendrenallee entlang um drei Ecken zur Straßenbahn.

Bei der Haltestelle sah ich mir die Zeitung näher an. Unter Lokales gab es einen bemüht launigen Artikel mit der Überschrift »Gedächtniskünstler in Heidelberg«, darunter »Heute Abend in der Klingenteichturnhalle – ein Wettbewerb mit zirkusreifen Leistungen«. Klausen, der Privatdetektiv, als Gedächtniskünstler? Ich beschloss, die Veranstaltung zu besuchen. Als ich in der Straßenbahn die Zeitung auseinanderfaltete, fiel mir ein Blatt mit handschriftlichen Notizen entgegen. »Wirken durch Nichtwirken« stand da zu lesen, »Sein durch Nichtsein, Stärke durch Schwäche, Härte durch Nachgiebigkeit« und, doppelt unterstrichen, »Erinnerung durch Vergessen«. Maitre Klausen, Privatdetektiv und Gedächtnisakrobat im Bann fernöstlicher Weisheiten – ob ein solcher Flickenteppich von Eigenschaften dabei helfen konnte, Helga zu finden?

Bis zwanzig Uhr waren es noch zwei Stunden. Ich ging von der Uferstraße zum Philosophenweg, den Schlangenweg hinab zur alten Brücke und von dort die Treppen hinauf zum Schloss. Im Schlosshof war trotz des wechselhaften Wetters immer noch reger Betrieb. Von der Scheffelterrasse fiel mein Blick auf das Dächergewirr der Altstadt, dahinter Neuenheim und, im aufziehenden Nebel, eine Gruppe von Sichtbetonkästen, die ich vom Studium her kannte. Beim Rückweg zur Altstadt kam für Augenblicke die Terrasse des Hotel Haarlass in Sicht. Und mit ihr die Erinnerung an glückliche Tage: ein Hauch von Frühling, frisches

Grün, unten der Fluss mit den farbig angestrahlten Fontänen, neben mir Helga, den blauen Schal über der Schulter – ich beschleunigte meinen Schritt, weg, fort jetzt von solchen Bildern.

Als ich die ausgetretenen Stufen zur alten Turnhalle emporstieg, hatte die Veranstaltung schon begonnen. Unten, hinter dem Podium, war eine große Projektionsfläche zu sehen, davor ein Mann mit Lichtzeiger und Mikrophon. Namen wurden genannt, wohl alles Gedächtniskünstler, die von weiß Gott woher gekommen und inzwischen ausgeschieden waren. Nur drei hatten die Vorrunde überstanden, darunter, an zweiter Stelle, Marcel Klausen aus Heidelberg.

Auf der Projektionsfläche war eine Liste von Aufgaben zu sehen, »Spielkartensprint« stand da, »Wörterlauf«, »Spielkartenmarathon« und »Zahlensinfonie«. Sprint, Lauf, Marathon, Sinfonie – Gedächtniskünstler, das war mir neu, gaben sich sportlich und, mit Abstand, auch kultiviert.

Danach erst fiel mein Blick auf den im Halbdunkel stehenden Tisch mit den drei Kandidaten. Obwohl die Tischfläche nur stellenweise ausgeleuchtet war, konnte ich das weiße Haar von Maitre Klausen erkennen. Den Dreien gegenüber, mit dem Rücken zum Publikum, saßen fünf Männer, wahrscheinlich die Juroren.

Erste Disziplin der Endrunde war die »Zahlensinfonie«. Eine Sinfonie, bei der es darum ging, aus einer Reihe dreistelliger Zahlen, die in rascher Folge verlesen wurden, möglichst viele zu behalten. Erstaunt stellte ich fest, dass nicht nur die Kandidaten, sondern auch viele Zuschauer sich an den Tests beteiligten. »Dreihundertfünfzehn« flüsterte ein junges Mädchen im Jeansrock rechts neben mir, »achthundertzwei« ein Mann mit Igelfrisur. Papiere wurden bekritzelt und zerknüllt, Stifte fallen gelassen und wieder zugereicht. Dann war auch schon das Ergebnis auf der Projektionsfläche zu sehen: Herr Klausen, Marcel Klausen aus Heidelberg, hatte die Zahlensinfonie gewonnen.

Bei der »Memowand«, einer Art Puzzle, dessen Fortgang auf der Projektionsfläche zu verfolgen war, erreichte Klausen nur den zweiten Platz.

Für die »Namen- und Gedächtnisgalerie« wurden bunte DIN-A3-Bögen zugereicht. Auf jedem Blatt waren hundert farbige Porträtphotos zu sehen, jedes Porträt mit einem Namen. Fünfzehn Minuten später wurde der erste gegen einen zweiten DIN–A3-Bogen ausgetauscht, auf dem man die Reihenfolge der Photos verändert und die Namen weggelassen hatte. Die Teilnehmer hatten zwanzig Minuten, um die Namen nachzutragen.

Als die Zeit mir zu lang wurde, ging ich dazu über, den Wettbewerb der strapazierten Gehirne mit der Phantasie des Neurologen zu beleben. Anstelle von Hüten, Frisuren und Toupets war ich bald von transparenten Köpfen umgeben, Glasschädeln, in denen irrlichternde Nervenimpulse wie aufgeschreckte Leuchtkäfer ihre Bahn zogen. Hunderttausende, Millionen blinkender Synapsen, alle mit Porträtphotos beschäftigt.

Nach der »Namen- und Gedächtnisgalerie« wurde der »Laufsteg« angekündigt. Vier denkbar chaotisch kostümierte Damen ratterten mit Motorrollern auf das inzwischen leergeräumte, lichterhelle Podium. Sie stiegen ab und defilierten nach der Art von Mannequins über den improvisierten Laufsteg. Die Veranstalter hatten alles getan, um die Gedächtniskünstler zu verwirren, so bizarr und voneinander verschieden waren die vier kostümiert. Ledermantel, Strickkleid, Kostüm und Twinset, Rolli und Lamber, Umhang und Schal, Leinenmütze, Filzhut und Schirmkappe konnte ich unterscheiden, alles bunt durcheinander, nur das Schuhwerk hinter den Köpfen der Juroren verborgen. Auf ein Signal zogen die vier sich wieder zurück, während es für die Kandidaten darum ging, jedem Model die passenden Kleidungsstücke zuzuordnen. In dieser Disziplin kam Klausen nur auf den letzten Platz.

Als jemand mit höchst durchschnittlichem Gedächtnis hatte ich genug gesehen, noch vor dem »Würfeltest« verließ ich den Saal. Auf dem Weg zum Café Schäfer dachte ich noch einmal über Klausen nach, den Gedächtniskünstler, Zenjünger und Privatdetektiv, ein Patchwork–Individuum von Seltenheitswert. Die Frage war, ob es sinnvoll sein konnte, jemand wie ihn für die Suche nach Helga zu engagieren. Zen ja oder nein, das konnte mir egal sein. Und das Supergedächtnis? War es ein Vorteil, wenn Klausen bei seiner Arbeit ohne Hilfsmittel wie Notizblock oder Organizer zurechtkam? Wahrscheinlich, doch war seit langem bekannt, dass auch Superhirne Fehlstellen haben. Als Neurologe kennt man die Geschichte von Sonderbegabten, bei denen zweite und dritte, für den Alltagsbetrieb wichtige Hirnfunktionen defekt waren. Die Frau zum Beispiel, von der kürzlich die Rede war. Sie konnte sich seit ihrem vierzehnten Lebensjahr an jeden Tag genau erinnern, war aber nicht imstande, die fünf Schlüssel ihres Schlüsselbundes auseinanderzuhalten. Ob Klausen der Mann war, mir zu helfen? Ich ließ mir von Frau Schäfer eine Münze geben, um zu knobeln. Dann zählte ich auch noch meine Hemdknöpfe durch, ein-, zwei-, dreimal, bis feststand, dass ich bei Klausen bleiben würde.

Als ich einen Tag später an den Rhododendren vorbei auf das Gartenhaus zuging, rief Klausen, als er meine Schritte hörte, von weitem: »Herein. Ohne anzuklopfen.« Ich öffnete die weiß gestrichene Tür, dann brauchte ich wieder Sekunden, um mich an das Dämmerlicht zu gewöhnen. Was mir an dem Mann hinter dem kleinen Schreibtisch auffiel, war, nach dem schlohweißen Haar, ein gewisser Zwiespalt: Klausen hatte einen fülligen Körper, zu dem das schmale Gesicht mit der scharfen Adlernase nicht recht passen wollte, auch nicht der kurze, exakt gestutzte Schnurrbart. Durch die dicken Gläser seiner Nickelbrille sahen mich zwei hellgraue, wache Augen an.

Vor dem Schreibtisch stand ein Barhocker mit kurzen Beinen. Nachdem ich mich gesetzt hatte, machte auch Klausen es sich bequem. Dann fragte er: »Wie sind Sie auf mich gekommen?«

»Für solche Fälle, Maitre, sind die Gelben Seiten da.«

Klausen verzog seinen Mund, bis der Schnurrbart schief stand. »Ich möchte nicht wissen auf welchem Weg, sondern warum sie zu mir, ausgerechnet zu mir, gekommen sind.«

»Ich liebe Frankreich, und die Bezeichnung Maitre, sie kam mir wie ein Titel, wie eine Auszeichnung vor.«

Der Schnurrbart schien mit meiner Antwort zufrieden. »Und Sie wünschen?«

»Ich suche Hilfe, Unterstützung in einem Fall von Entführung.«

»Für Entführungen ist die Kriminalpolizei zuständig. Dennoch die Frage: Wer ist entführt worden?«

»Ich selbst, so unwahrscheinlich das klingen mag.« Und, als Klausen mich schweigend ansah: »Es geht dabei um eine lange, komplizierte Geschichte.«

»Ich höre mir auch lange Geschichten an, wenn die Voraussetzungen erfüllt sind.« Klausen schob mir ein Vertragsformular herüber. »Dreihundert Euro täglich«, sagte er, »dazu Spesen und zweitausend Euro Vorschuss.«

Ich bin nicht leicht zu überraschen. Gute Nerven, sagen andere dazu, vielleicht ist mir auch vieles nicht wichtig genug, um die Fassung zu verlieren. Klausen, dem Gedächtnisknilch, war es gelungen, mich zu verblüffen. Danke, brachte ich heraus, steckte das Formblatt in die Tasche und empfahl mich, ohne Adieu zu sagen.

Maitre Klausen, Gedächtniskünstler, Zenjünger und private eye jetzt auch noch Beutelschneider – das ist eine Rolle zu viel. Sobald ich den Bismarckplatz erreichte, stand eines fest: Ich würde mein Konto nicht überziehen, um Helga aufzuspüren. So viel, Frau Horger, darf keine Frau mir wert sein.

Während ich in Richtung Weststadt ging, dachte ich noch einmal über meine Erfahrungen mit Klausen nach. Und über die Illusion, andere Spürhunde könnten rentabler sein. Mit dem Ergebnis, dass ich Helga, falls ich es ernst meinte, ohne fremde Hilfe suchen musste. Helga Horger – konnte sie nach allem noch wert sein gesucht, gefunden und geliebt zu werden? Die Antwort war bis vor kurzem nicht immer eindeutig gewesen. Jetzt, nach dem Gespräch mit Heinz, gab es ein weiteres Motiv, die Neugier, wenn nicht den Zwang zu ergründen, was tatsächlich geschehen war. Konnte vieles von dem, woran ich mich erinnerte, das schiere Produkt von Illusionen sein? Die zahlreichen, zugegeben meist recht intimen Details aus meiner Zeit im Kastell – nur der Effekt von Halluzinogenen? Oder von Wahnvorstellungen als erste Symptome einer Psychose?

In der Albert-Mays-Straße drückt Frau Konrad mir den Telefonhörer in die Hand. Seit meinem Abschied aus der Klinik ruft nur ganz selten jemand bei mir an. Ein Billardpartner aus dem Café, der Lust hat, eine Partie Dreiband zu spielen? Umso erstaunter bin ich, eine fremde Männerstimme zu hören »Dr. Vogt? Halten Sie mich bitte nicht für einen Vertreter, Telefondrücker oder sonst jemand, der Ihnen lästig fällt. Ich will nur mit Ihnen reden.« Und, als ich schweige: »Halt, Doktor, legen Sie nicht auf. Hier spricht jemand, der Ihnen helfen will. Sie zweifeln?

Hier ein paar Stichworte zum Beweis, dass ich informiert bin. Helga Horger, Hotel Adlerblick, Oberarzt Flaming und dann die Polizei – wird das genügen?«

Mir fehlen die Worte. Welch unbehagliches Gefühl zu hören, dass irgendjemand, ein Fremder, so gut über mich Bescheid weiß. In meinem Schädel überstürzen sich die Vermutungen. »Sie appellieren an mein Vertrauen, einfach nur so, als namenlose Stimme aus dem Off?«, bringe ich schließlich heraus. »Zuerst Ihren Namen, wenn ich bitten darf, und eine Antwort auf die Frage, woher Sie meine Telefonnummer haben.«

»Sie werden dies und manches andere rechtzeitig erfahren. Für heute nur so viel, dass dieser Anruf weder mit ihrer früheren Klinik noch mit Kommissar Bronkhorst zu tun hat. Doch nun zu meinem Anliegen. Ich bin nahe daran die Geschichte, mit der Sie bei Flaming und Bronkhorst gewesen sind, zu glauben, obwohl sie zu den seltsamsten zählt, von denen ich gehört habe. Wenn wahr ist, was Sie behaupten, sollten Sie alles daran setzen, das Kastell zu finden. Dabei könnte ich Ihnen helfen. Zuvor hätte ich gerne gewusst, ob die Geschichte Ihrer Gefangenschaft wörtlich zu nehmen ist. Es gibt da einen Punkt, der mich stutzig macht. Sie haben Bronkhorst erzählt, von Frauen entführt worden zu sein. Frauen, mit denen Sie, als Gefangener, Nächte verbracht hätten. Gab es unter solchen Umständen tatsächlich keine Gelegenheit zu fliehen? Oder doch und Sie haben darauf verzichtet, weil Ihre Lage alles andere als unerträglich war?«

»Nun kommen auch Sie mir mit Bettgeschichten, Herr ...«

»Nicht so empfindlich, junger Mann. Nennen Sie mich fürs Erste Mister X. Ich kann verstehen, dass Sie heute nicht antworten wollen. Gut denn, lassen wir uns Zeit. Ich bin sicher, dass Sie mir eines Tages vertrauen.«

Ich hielt den Hörer noch in der Hand, als Frau Konrad hinzukam. Ich dankte für ihre Aufmerksamkeit, ging kopfschüttelnd in meine Bude und setzte mich auf die Fensterbank. Die Stimme von Bronkhorst konnte es nicht gewesen sein, auch nicht die seines Adjutanten. Flamingos krächzendes Organ hätte ich unter Tausenden erkannt. Doch hatte Flaming meinen Brief im Kreis der Assistenten herumgereicht. Vielleicht gab es dort einen, dessen Stimme ich nicht kannte. Fakt blieb, dass jemand, von dessen Identität ich keine Ahnung hatte, hinter mir und meiner Geschichte her war.

Ich startete meinen Laptop um aufzulisten, was mir an Möglichkeiten und Motiven einfiel.

1.) Bewerbung um eine neue Stelle
  a) im Inland, in der Schweiz oder in Österreich – wegen der Buschtrommel zwischen den Kliniken und Universitäten aussichtslos
  b) in Frankreich und Italien – aufgrund der Sprachprobleme aussichtslos
  c) in England oder den USA – uninteressant
2.) Gründe für die Suche nach dem Kastell
  a) Abrechnung mit Flaming und Bronkhorst
  b) Auseinandersetzung mit Helga
  c) Unterscheidung zwischen Traum und Wirklichkeit, Wahrheit und Illusion
3.) Mittel und Möglichkeiten, um 2) a,b,c zu realisieren:
  a) Polizei – negativ
  b) Private eye – negativ
  c) Mister X – illusionär
  d) Dr. Vogt
  d 1) durch autosuggestiv unterstützte Erinnerung – positiv
  d 2) durch die Suche nach dem Kastell – illusorisch

Der Computerausdruck dieser Liste brachte mich zum Lachen. Als ob ich noch in der Klinik und dort mit der Planung wissenschaftlicher Untersuchungen beschäftigt wäre. Doch wie auch immer: Ich hatte endlich, in Times New Roman, schwarz auf weiß vor mir, was zu tun oder zu lassen war.

Ich sah mir die autosuggestiven Verfahren im Internet noch einmal an, darunter ältere, wie das Autogene Training, und neuere, wie die visuelle Autosuggestion mit dem Computer als Instrument. Dann machte ich mich ans Werk. Bald gingen mir, stabiler als zuvor, Ziffernreihen durch den Kopf, sechs- oder achtstellige Zahlen, wie Telefonnummern, mit der Zeit auch andere, die kürzer waren, vielleicht Hausnummern.

Wesentlich seltener die Andeutung von Namen, darunter italienische wie Cento oder Celio.

Rita

Nach Melzer, der tauben Nuss, gab es im Fall Minges nichts mehr zu knacken. Lück, dem die Geduld schon sehr früh ausgegangen war, gab sich seit einiger Zeit ironisch, worauf Bronkhorst, nach Tagen schlechter Laune, mit einem Anflug von Depression reagierte. Für Machos, die sich als solche geben, haben coole Frauen ein Arsenal von Abwehrreaktionen bereit, doch wehe, ein XY-Knilch kommt auf die Idee, bei einer von uns Trost zu suchen. In solchen Fällen gibt es nur eins: Stacheln raus und ohne Verzögerung klarstellen, dass Mutti woanders zu suchen ist. Was Bronkhorst zum Glück sehr bald begriff.

Wir anderen, Kai und ich, hatten reichlich Gelegenheit, uns im Gähnen zu üben.

Printmedien füllen das Sommerloch mit dem Bermudadreieck, mit Vineta, dem Yeti, Nessie, David Beckham oder Paris Hilton. Was Kai und ich uns wünschten, war endlich ein Fall, der imstande war, mit Loch Ness zu konkurrieren. Nicht viel, und ich hätte beschlossen, das Polizeibüro wieder mit einem Hörsaal zu vertauschen.

Zum Glück bekam Bronkhorst gegen Ende Mai den Auftrag, einen Crashkurs über Rasterfahndung zu besuchen, in Karlsruhe, wo sein Freund und Lehrer, Kriminalrat Junker, immer noch tätig war. Einen Tag vor seiner Abreise kam Bronkhorst auf mich zu. »Hatten Sie dieser Tage mit dem Oberrat zu tun?« Überrascht vergaß ich Nein zu sagen. Seine zusammengekniffenen Augen signalisierten Misstrauen. »Erstaunlich. Dr. Lück gibt mir den Auftrag, Sie nach Karlsruhe mitzunehmen.«

Mit Blick auf den Bürokram war mir jede Abwechslung willkommen, selbst bei der Aussicht, dass Bronkhorst Teil dieser Abwechslung war. Ich lächelte und versprach, am nächsten Morgen mit einem Gepäck für drei Tage zur Stelle zu sein.

Der Kurs war nicht uninteressant, aber auch nicht weltbewegend. Und Bronkhorst? Er verbrachte, zum Glück, jede freie Minute mit Kommissar Junker, seinem Freund, der allein wohnte. So ergab es sich, dass Bronkhorst bei ihm schlief und jeden Abend mit ihm zusammen war.

Am zweiten Tag luden Bronkhorst und Junker mich zum Abendessen in den Goldenen Löwen ein. Bronkhorst als Gentleman? Kommissar Junker in der Rolle des Gastgebers? Gleichviel. Zwei Männer waren ohnehin leichter zu ertragen als nur einer oder eine Horde von Kerlen aus dem XY–Clan. Zumal Junker sich bald als Experte für badische Weine zu erkennen gab.

Beim dritten Glas Lützelsachsener Spätburgunder kamen die beiden Herren aufs Dienstliche. Nachdem Bronkhorst die Affäre Vogt zum Besten gegeben hatte, schilderte Junker einen rätselhaften Fall.

»Ja, rätselhaft«, fasste er zusammen. »Allseits beliebte Frau, seit längerer Zeit Single, weit und breit kein Motiv und nirgends auch nur die geringste Spur eines Verdächtigen, bis auf das Gerede von einer dunkelhaarigen Frau im Treppenflur des Wohnblocks. Dabei ist das Opfer eines Abends mit einer Pistole – man muss schon sagen – hingerichtet worden. Als hätte die Mafia, hier in Karlsruhe …«

»Moment, Hans, hast du hingerichtet gesagt?«

»Wie würdest du es nennen? Jemand treibt sein Opfer in einen Winkel hinter dem Klavier, hebt die Pistole und schießt ihm ein Loch in die Stirn. Worauf die Frau, anstatt umzufallen, mit vorgebeugtem Oberkörper im Stehen stirbt und in dieser Haltung dann auch starr wird. Geld und Wertsachen – alles noch da, nur der Schreibtisch und eine Kommode durchwühlt.«

»Nun sag bloß, dass es sich um eine Krankenschwester handelt.«

»Wie, zum Teufel, bist du darauf gekommen?«

Bronkhorst saß eine Weile wie vom Schlag getroffen da, an seinen Schläfen pulsierten die Arterien. Dann winkte er der Bedienung und bestellte drei Kännchen Kaffee. Ich brauche nicht zu sagen, dass auch ich wegen der Parallelen zum Fall Minges hellwach geworden war. Darunter, zum vierten Mal, das Gerede von einer schwarzen Frau.

»Was hat der Kaffee zu bedeuten?«

»Dass es an der Zeit ist, etwas gegen den Alkoholspiegel in unseren Gehirnen zu tun.«

Als Junker mehr wissen wollte, winkte Bronkhorst ab. »Wenn ich dich richtig verstehe, ist der Tatort noch im Originalzustand?«

»Ja.«

»Ich muss ihn sehen.«

»Jetzt, mitten in der Nacht?«

»Ja, jetzt, gleich, sofort!« Und als Junker zögerte: »Wie ich dich kenne, hast du den Schlüssel bei dir. Nein, Hans, nicht den vom Dienstwagen. Auf, lass uns ein Taxi nehmen.«

»Kaiserstraße 45«, gab Junker die Adresse an.

»Auch das noch«, brummte Bronkhorst und war, als der Wagen hielt, als Erster auf dem Trottoir.

Anita Mehlhorn, die Tote, hatte sich, anders als Martha Minges, im Penthouse eines vornehmen Wohnblocks eingerichtet.

»Zwei Schwestern mit erstaunlichem Lebensstandard«, stellte Bronkhorst beim Gang durch die Wohnung fest. Vier feudale Zimmer, draußen ein Flachdach mit fahrbaren Palmen, Orangen- und Zitronenbäumen.

Kommissar Junker zeigte uns den Tatort. Neben der üblichen Markierung war auf der Decke des Flügels ein Fleck aus getrocknetem Blut zu sehen.

In der gegenüberliegenden Ecke, rings um den Schreibtisch und vor einer Kommode, lag ein Durcheinander von Papieren auf dem Parkett. Wie bei Schwester Minges, stellte Bronkhorst fest. Mir war, zwischen zwei Fenstertüren, ein gerahmtes Photo aufgefallen. Ein Gruppenbild, auf dem im Halbkreis junge Frauen zu sehen waren, in ihrer Mitte zwei Krankenschwestern in Uniform.

»Das Erinnerungsbild eines Jahrgangs der Heidelberger Schwesternschule, wie von Karl Melzer im Fall Minges beschrieben«, sagte Bronkhorst. »Sollte es sich um das gleiche Photo handeln, können wir davon ausgehen, dass die beiden Schwestern einander gekannt haben. Lass mich raten, Hans: Auch hier, bei Schwester Mehlhorn, sind alle Adressen und Telefonnummern verschwunden, und auf den Bankauszügen keinerlei Hinweis auf Summen, wie man sie braucht, um so viel Luxus zu finanzieren.«

»Ja«, brummte Junker, der auf einem Sofa Platz genommen hatte. »Doch nun endlich heraus mit der Sprache: Was hat sich in Heidelberg abgespielt?«

»Nur eines noch. Du hast von einer dunkelhaarigen Frau gesprochen, die hier, in diesem Haus gesehen worden sein soll. Von glaubwürdigen Zeugen?«

»Nur vom Portier. Seine Angaben waren von einer gewissen, wie soll ich es sagen, übertriebenen Deutlichkeit und daher nur mit Abstrichen verwertbar.«

»Nimmt man hinzu, was wir aus Heidelberg wissen, könnte man glauben, dass eine weibliche Person im Spiel ist, die, hier wie dort, Wert darauf legte, gesehen zu werden. Unglaublich. Doch nun der Reihe nach.« Und Bronkhorst schilderte seinem Freund in aller Ausführlichkeit den Fall Minges. Ein Mord, der dem an Frau Mehlhorn so ähnlich war, dass man nicht umhin konnte, von einem Doppelmord auszugehen. »Fehlt nur eine Kleinigkeit, um sicher zu sein, dass es sich um denselben Täter handelt.«

»Ein Vergleich der tödlichen Kugeln«, ergänzte Junker.

»Ja. Hat eure Spurensicherung das Karlsruher Exemplar schon im Computer? Gut, dann werden wir spätestens morgen Mittag wissen, woran wir sind. Und noch etwas. Ich möchte eine Kopie des Gruppenbildes mitnehmen, um sie dem früheren Liebhaber von Frau Minges vorzulegen. Nach allem kann man wohl davon ausgehen, dass beide, Frau Minges und Frau Mehlhorn, auf dem Photo zu sehen und damit Absolventen derselben Schwesternschule sind.«

»Die nächste Querverbindung zwischen unseren Fällen?«

»Mehr noch, ein erster Hinweis auf das Motiv der beiden Morde: der gemeinsame Beruf. Ist auch Schwester Mehlhorn in einer Frauenklinik beschäftigt gewesen?«

»So weit ich mich erinnere, ja.«

Bronkhorst nickte. Zum ersten Mal seit Tagen schien er zufrieden. Die Zusammenarbeit mit Junker, seinem Lehrer, und ein Ergebnis, das den Hauptkommissar überraschte, mehr brauchte er nicht, um glücklich zu sein. Arme Lydia, ging mir durch den Kopf, während ich hinter den beiden Männern her zum nächsten Taxistand lief.

Den Vorträgen des nächsten Vormittags folgten die beiden Kommissare nur mit geteilter Aufmerksamkeit. Am Mittag eilten sie, mit Klein Rita im Schlepptau, ins Kasino des Karlsruher Präsidiums. Wir waren beim Nachtisch, als Junkers Sekretärin ihnen das Fax überbrachte. Kai bestätigte, was ohnehin zu vermuten war: Die Kugeln der Fälle Minges und Mehlhorn stammten aus derselben Pistole.

Am Abend saßen wir wieder im Goldenen Löwen. Von der Rindersuppe über den Sauerbraten bis zum warmen Apfelkuchen mit Vanillesauce war nur von den Mordfällen Mehlhorn und Minges die Rede.

Nach dem Sauerbraten kam Bronkhorst zur ersten Übersicht. »Ein Täter also, der zwei unbescholtene Krankenschwestern, vielleicht aus Rache, exekutiert hat.«

»Und sich, aus welchen Gründen auch immer, für Telefonnummern und Adressen interessiert.«

»Außer dem Anschein von Rache ist uns über das Motiv der beiden Verbrechen so gut wie nichts bekannt, doch gibt es eine Reihe von Querverbindungen, die mit dem Motiv zu tun haben könnten: die gemeinsame Schwesternschule, der Umstand, dass beide, Frau Minges und Frau Mehlhorn, in einer Frauenklinik beschäftigt waren und, nicht zuletzt, ihr rätselhafter, ungewöhnlich hoher Lebensstandard. Woraus zu schließen wäre, dass wir das Motiv der beiden Morde eher im beruflichen als im privaten Umfeld der beiden Opfer suchen sollten.«

»Sehr wohl, Kommissar Bronkhorst«, flachste Junker, »mit einer Einschränkung. Ich sehe nicht, wie eine Krankenschwester durch ihren Beruf zu besonderem Luxus kommen soll. Spendable Geldgeber gibt es weiß Gott eher im privaten Bereich, Sponsoren der Weiblichkeit sozusagen.«

An diesem Punkt hätte ich mich am liebsten hinter meinem Glas Dornfelder verkrochen, war doch damit zu rechnen, dass die beiden Knacker jetzt der stammtischüblichen Schleimspur in Richtung weiblicher Feuchtgebiete folgen. Das war, zum Glück, aber nicht der Fall.

»Im Hinblick auf den Luxus«, sagte Junker, »sollten uns die Konten der beiden Schwestern interessieren, ein Jahrzehnt oder noch weiter zurück, Nummernkonten eingeschlossen. Zum Schluss etwas ganz anderes. Was hältst du von der Schwarzen Frau?«

»Bei uns sind drei, ich wiederhole: drei Zeugen daran gescheitert, ein Phantombild zu erstellen. Nun kommt, aus Karlsruhe, ein vierter Zeuge hinzu. Was soll man davon halten. Alle haben, so weit ich sehe, das überdeutliche Schema einer Frau mit auffallend schwarzen Haaren gesehen, ohne jedes persönliche Merkmal. Als hätte die Dame sich nicht gescheut, ja Wert darauf gelegt, gesehen zu werden. Und gewusst, dass sie nicht als Individuum registriert wird.«

Im Interregio von Karlsruhe nach Heidelberg ging Bronkhorst die schriftlichen Unterlagen des Lehrgangs noch einmal durch. Ich schaute aus dem Fenster. Der Wind trieb Wanderwellen durch die grünen Saaten, über den Pfählen der Hopfenfelder zogen von Osten her Schönwetterwolken auf, die den Sommer ankündigten.

Als wir Heidelberg erreichten, war es Punkt siebzehn Uhr. Bronkhorst hatte keinen Bock aufs Präsidium. In der Gewissheit, Lück bald überraschen zu können, war er in Siegerlaune. So lud er mich und, per Handy, auch Kai für neunzehn Uhr in den Ritter ein. Ich nahm den Bus zum Uniplatz, ging heim, setzte mich in die Badewanne und trieb, wie seit langem nicht mehr, Kult mit meiner Körperlichkeit. Kurz vor sieben ging ich zum Rathausplatz. Klein Rita im nachtblauen Kostüm mit kragenlosem Blazer, dreiviertellangen Ärmeln und Besätzen aus Lacklederimitat – wow, welches Gefühl.

Im Ritter bestellte Bronkhorst zur Feier des Tages Filetstücke von Rind, Hirsch, Reh und Wildschein, dazu einen Saint Emillion. Auch das Dessert war wunderbar, selbst wenn die beiden Männer bis zuletzt nicht von ihrer Fachsimpelei loskamen. Der Hauptkommissar hatte den Fall Minges nur widerstrebend aus der Hand gegeben. Nun war aus dem Fall Minges der Doppelfall Minges/Mehlhorn geworden, für den, was Heidelberg betraf, ohne Zweifel er, Bronkhorst, zuständig sein würde. Genüsslich machte er seinen Assistenten mit allem bekannt, was wir in Karlsruhe erlebt hatten. Kai hörte erst staunend, dann mit wachsender Begeisterung zu.

Bei der dritten Flasche schwebte Bronkhorst auf Wolke siebeneinhalb, mit dem unerwünschten Nebeneffekt, dass er Schwierigkeiten hatte, meine und Kais Beine von denen des schweren Eichentisches zu unterscheiden. Erstaunlich, dass er den Fall Mehlhorn und anderthalb Flaschen Saint Emillion gebraucht hatte, um sein Glück zu versuchen. Für Kai das Signal, nach der Rechnung zu fragen.

Vom Ritter zur Hirschgasse war es nicht allzu weit. Kai übernahm die Aufgabe, Bronkhorst nach Hause zu bringen. Unterwegs sei der Kommissar, wie ich am nächsten Tag erfuhr, schwer wie Blei aber gefügig gewesen, wie ein angeschlagener Boxer. Anderthalb Flaschen Bordeaux bringen jede, auch die einfachste Hirnchemie durcheinander.

Freitagvormittag fuhr Bronkhorst nach Rohrbach, um mit Melzer über das Gruppenbild aus der Wohnung Mehlhorn zu reden. Melzer hatte nicht den geringsten Zweifel, dass es sich um ein Gegenstück des verschwundenen Photos aus der Wohnung von Schwester Minges handelte. Womit sicher war, dass die Schwestern Mehlhorn und Minges sich seit langem gekannt hatten. Unklar blieb, weshalb der Mörder das erste Bild an sich genommen hatte, ohne sich für das zweite zu interessieren.

Zwei Tage später rief Junker aus Karlsruhe an. Nach seinen Ermittlungen hatten die Schwestern Minges und Mehlhorn sich vor mehr als zwanzig Jahren gemeinsam in Rom aufgehalten und dort im selben Hotel gewohnt. Und noch etwas: Der gemeinsame Romaufenthalt hatte mit sechs Wochen außerordentlich lange gedauert, obwohl die beiden Schwestern sonst nie zusammen verreist waren. Aus dem Karlsruher Klinikum war zu hören, dass Schwester Mehlhorn damals unbezahlten Urlaub genommen hatte.

Aufs Höchste interessiert, hatte Kriminalrat Junker seinen Kollegen Del Monte in Rom angerufen. Die Frage war, ob die beiden Schwestern dort in einer Frauenklinik beschäftigt gewesen waren. Zwei Tage später kam aus Rom die Nachricht, dies sei, so weit Del Monte sehe, nicht der Fall gewesen. Daher die Vermutung, dass es sich beim gemeinsamen Romaufenthalt nur um unbedeutende Episoden aus dem Privatleben zweier Krankenschwestern handelte.

Enttäuschend auch die Suche nach Zweit- oder Drittkonten der beiden Schwestern. Dennoch konnte Junker sich nicht vorstellen, dass zwei sonst eher biedere Schwestern mit fünf- oder sechsstelligen Summen Bargeld umgegangen waren. Geld, das, bei den vielen Querverbindungen zwischen beiden Fällen, vielleicht aus derselben Quelle stammte.

Bronkhorst sah sich nach solchen Nachrichten gezwungen, den Ball wieder flach zu halten oder, nach einer anderen Phrase aus dem Fußballermilieu, auf halblang zu machen. Mit Lück wollte er bei diesem Stand der Dinge nun doch noch nicht reden.

Anfang Juni erhielt Bronkhorst die Anweisung, mich auch zum zweiten Teil des Lehrgangs über Rasterfahndung nach Karlsruhe mitzunehmen.

Dienstag, am zweiten Abend unseres Karlsruher Aufenthalts, hatte Junker zwar Bereitschaftsdienst, konnte sich mit seinem Handy aber frei bewegen. So kam es, dass wir zu dritt wieder im Goldenen Ochsen landeten, die beiden Kommissare beim Vergleich des Lützelsachsener mit einem Kaiserstühler Burgunder. Ich war schon beim Nachtisch, als das Handy von Junker schnarrte. Nach Mitteilung der Zentrale hatte eine Frau Blaschke, Kaiserstraße 45, einen Einbruch im Penthouse ihres Wohnblocks angezeigt. »Die Dame kenne ich«, stöhnte der Kommissar. »Sie wohnt zwar gleich unter dem Apartment von Schwester Mehlhorn, gehört aber zu jener Sorte von Zeugen, die jederzeit alles und daher nie Brauchbares wahrnehmen. Doch was soll's, ich muss hin.«

Nach kurzer Diskussion über meinen im Vergleich zu Junkers Alkoholspiegel einigten wir uns darauf, dass ich das Steuer seines Wagens übernahm. In der Kaiserstraße erwartete Frau Blaschke den Polizeiwagen schon auf dem Trottoir. »Gut, dass Sie gleich kommen, Herr Kommissar«, sagte sie im Flüsterton, »der Täter ist zurückgekehrt.«

»Was soll das heißen?«

»Vor einer halben Stunde glaubte ich, oben, in der Wohnung der ermordeten Schwester, Schritte zu hören. Ich ging die Treppe hoch, machte aber sofort wieder kehrt. Sie hatten die Wohnungstüre doch versiegelt, Herr Kommissar?«

»Ja, mit eigenen Händen.«

»Wusste ich's doch, jetzt ist das Siegel zerrissen. Ich hatte die Klinke schon in der Hand, als mir die Geschichte vom Mörder einfiel, der an den Ort seines Verbrechens zurückkommt. Da ging ich wieder nach unten, um bei Ihnen anzurufen.«

Bronkhorst hatte keine Lust, sieben Stockwerke hochzufahren, nur weil Frau Blaschke den Hausdetektiv gab. Als ich Anstalten machte, Junker zu folgen, stieg auch er in den Fahrstuhl.

Junker fuhr nur bis zur sechsten Etage, dann ging er, mit entsicherter Waffe, die Treppe zum Penthouse empor. Trotz der schwachen Beleuchtung war der Riss im Siegel der Eingangstür deutlich zu sehen. Die beiden Kommissare lauschten eine Weile. Aus der Wohnung waren keinerlei Geräusche zu hören.

Junker holte den Patentschlüssel aus seiner Brieftasche, öffnete, trat einen Schritt beiseite und schob den Türflügel nach innen. Aus dem Wohnzimmer fiel ein schmaler Streifen Licht über das Parkett der Diele. Junker ging vorsichtig weiter und trat, die Pistole im Anschlag, unvermittelt ins Wohnzimmer. Als der Kommissar das Blickfeld freigab, sahen auch wir den Einbrecher, einen Mann mit kurz geschnittenem blondem Haar, der, auf den Knien, mit dem Inhalt der Schreibtischfächer beschäftigt war.

»Aufstehen und Hände über den Kopf«, fuhr Junker den Eindringling an. »Was zum Teufel haben Sie in einer versiegelten Wohnung zu suchen?«

»Moment, Hans«, trat Bronkhorst dazwischen, »dieser Vogel ist mir nicht unbekannt. Guten Abend, Herr Dr. Vogt. Wenn Sie die Güte hätten, die Frage von Kriminalrat Junker zu beantworten?!«

Erstaunt sah ich zu, wie der Angesprochene im Zeitlupentempo aufstand und sich, die Hände über dem Kopf, in den nahen Schreibtischsessel fallen ließ. Ein Verhalten, das Bronkhorst die Zornesröte bis in den breiten Nacken trieb.

Im hellen Licht der Deckenlampe sah Vogt ungepflegt, wenn nicht verwahrlost aus. Mit Fünftagebart, zerknülltem Hemdkragen und staubigen Schuhen wirkte er wie ein verwahrloster Bruder jenes anderen Dr. Vogt, den ich aus Heidelberg kannte. Freundin Kerstin würde sofort erraten, warum mir bei seinem Anblick die Bezeichnung Sandler einfiel, die weniger abwertend klingt als Obdachloser, Berber oder, im Polizeijargon, Individuum ohne festen Wohnsitz.

»Nun?«, drängte Junker.

»Kommissar Bronkhorst, dürfte ich Sie um die Freundlichkeit bitten, mich mit Ihrem Begleiter bekannt zu machen?«

»Lass dich nicht aus der Ruhe bringen, Hans«, sagte Bronkhorst. »Ich halte es für einen Glücksfall, ihm hier zu begegnen, Herrn Dr. Vogt und seinem Märchen von einem Trupp sexistischer Weiber, die Männer entführen, um sie wochenlang zu missbrauchen. Reihenweise Notzucht mit umgekehrtem Vorzeichen, sozusagen. Ich glaube nicht, dass man die Pistole braucht, um sich mit ihm zu unterhalten.«

»Mindestens zwei, höchstens vier Frauen, Herr Kommissar«, berichtigte Vogt mit einem Lächeln, dessen Gelassenheit auch mich überraschte. War es möglich, dass Vogt nicht wusste, was auf ihn zukam, wenn er an einem Tatort wie dem hier in der Kaiserstraße erwischt wurde, und das auch noch von Hauptkommissar Bronkhorst?

»Schluss jetzt mit der Maskerade«, fuhr Bronkhorst ihn an. »Sie, Dr. Vogt, sind in eine behördlich versiegelte Wohnung eingedrungen. Was war der Grund dafür und für Ihr – wollen wir es Aktenstudium nennen?«

»Als Kriminalist der Sonderklasse sollten Sie erraten, was mich umtreibt, Herr Kommissar. Ich suche Beweise für eine Geschichte, die Sie, wenn ich richtig erinnere, verquer zu nennen beliebten.«

»Beweise, hier, unter den Papieren einer kürzlich ermordeten Krankenschwester?«

»So ist es.«

»Und woher die Idee?«

»Haben Sie neulich nicht selbst nach konkreten Anhaltspunkten für meine ›Geschichte‹ gefragt?« Vogt, der sich zurück gelehnt und die Hände vom Kopf genommen hatte, ließ sich Zeit mit seiner Antwort. »Die Adresse Kaiserstraße 45 war eine der wenigen Brücken zwischen meinen Erlebnissen und dem, was Sie von mir verlangen: Beweise.«

»Die Adresse Kaiserstraße – wie und wo wären Sie zu dieser Adresse gekommen?«

»Haben Sie schon vergessen, was ich Ihnen erzählt habe, Kommissar Bronkhorst? Dass meine Aufseherinnen, nein, Bewacherinnen, Hüterinnen, Gefängniswärterinnen – Mann o Meter, Kommissar, wie lasse ich das ewige -innen hinter mir? Leider trifft Amazonen auch nicht den wirklichen Sachverhalt – dass also Helga Horger mit den anderen -innen nicht viel und immer nur im Flüsterton gesprochen hat. So, dass ich nur einzelne Worte oder Wortfetzen zu hören bekam, darunter, selten genug, auch Zahlen oder Straßennamen, die man für Adressen halten konnte. Um zu beweisen, dass ich die Wahrheit sage, blieb mir keine andere Wahl, als jeder vermeintlichen Adresse nachzugehen.«

Bronkhorst war unruhig geworden, doch Vogt ließ sich nicht beirren. »Ursprünglich hatte ich gehofft, Sie würden die Initiative ergreifen, in einem Entführungsfall, wie er nicht alle Jahre vorkommt. Doch Sie, Kommissar, haben mich abgewiesen. Was blieb mir übrig, als selbst aktiv zu werden?« Vogt erhob sich und trat neben den Flügel. »Ich habe Ihnen gesagt, wie ich zur Adresse der Toten gekommen bin. Woher hätte ich wissen sollen, dass hier ein Mord geschehen war, zumal es keinen Grund gab, Helga und den anderen einen Mord zu unterstellen.« Und nach einer Pause, während der die Kommissare Bronkhorst und Junker sich berieten, mit einem unbestimmten Lächeln: »Ich nehme an, Sie sehen ein, dass ich immer schon Ihr Verbündeter gewesen bin, Herr Kommissar. Ich werde alles tun, um Ihnen bei der Suche nach Helga und den anderen zu helfen, auch wenn ich nicht glaube, dass sie eines Mordes fähig sind.«

Da Bronkhorst, empört, nach Worten suchte, übernahm Junker das Gespräch. »Wo, Doktor, wollen Sie mehrere Wochen eingesperrt gewesen sein?«

»Elf Tage, Herr Kommissar, in einem Kastell in der Umgebung von Tegernsee.«

»Worte, Gesprächsfetzen – gibt es da, außer der Adresse Kaiserstraße 45, noch andere Beispiele?«

Vogt setzte sich wieder, gähnte und schüttelte seinen Kopf. »Nichts, was auch nur den geringsten Sinn ergeben würde.«

»Bleiben Sie immer noch dabei, dass Sie im Dunkeln nicht sehen konnten, wer da mit wem gesprochen hat?«

Vogt nickte.

Bronkhorst nahm Junker ein zweites Mal beiseite. Wenn ich richtig verstand, schlug er seinem Freund vor, Vogt als Einbrecher vorläufig festzunehmen, um ihn anderntags, wie er sich ausdrückte, »richtig« zu verhören.

Junker, der es sich bequem gemacht hatte, war dagegen. »Es ist zwar schon lange nach Mitternacht, doch sitze ich hier bequem, wie auf einem Logenplatz für absurdes Theater. Zumal ich, anders als du, noch nicht das Vergnügen hatte.« Und zu Dr. Vogt: »Wie, Herr Doktor, wären Sie damals nach Oberbayern gekommen?«

Voller Staunen nahm ich zur Kenntnis, was vorging. Anstatt Vogt die entscheidenden Fragen im Zusammenhang mit dem Mord an Schwester Mehlhorn zu stellen, darunter die nach seinem Alibi, erging nach

Bronkhorst nun auch Junker sich in einem Dialog über Nebensächlichkeiten. Entweder, die beiden Kommissare gefielen sich in der Rolle von Katzen, die mit ihrer Beute erst noch spielen, oder sie standen im Bann von Intimitäten, an deren Realität sie zweifelten, was ihnen erlaubte, ein weiteres Mal darüber zu reden. Im Klartext: Bronkhorst und Junker in der Rolle von Sadisten oder von Undercover-Voyeuren im Staatsdienst.

»Sie wollen wissen, wie ich nach Tegernsee gekommen bin?«, hatte Vogt inzwischen gefragt. »Im Verlauf eines Wochenendvergnügens per Eisenbahn, Herr Kommissar.«

»Mit einer Frau?«

»Ja, mit Helga Horger, damals Patientin unserer Klinik, der Heidelberger Neurologie.«

»Was Sie nicht daran hinderte, sie zu Ihrer Geliebten zu machen.« Und als Vogt schwieg: »Eine Reise mit dem Ziel … »

»Hotel Adlerblick, Tegernsee, Herr …«

»Kriminalrat Junker. Und dann?«

»Dort, im Hotel, muss es, drei oder vier Tage nach unserer Ankunft, geschehen sein. Ich legte mich nach einem langen Morgenspaziergang auf die Couch, um für den Nachmittag wieder fit zu sein. Als ich aufwachte, lag ich in einem dunklen Raum, hatte Kopfschmerzen und versuchte, mich zu erinnern. Als Arzt, auch das habe ich schon zu Protokoll gegeben, fiel es mir nicht schwer zu erraten, dass ich im Schlaf betäubt worden war.«

»Und das Haus, in dem man Sie nach Ihrer Aussage gefangen hielt – wo, an welchem Ort, hätte es sich befunden?«

»Auf dem Hinweg bin ich, wie gesagt, bewusstlos gewesen. Später haben zwei, vielleicht auch drei Frauen mich mit verbundenen Augen ausgesetzt, in einem Tannenwald, kein Zweifel, so ist es gewesen.«

»In einem Tannenwald?«

»Ja, in der Nähe von Bad Tölz.«

»Und wie, Dr. Vogt, hätten diese Frauen es geschafft, einen Mann Ihrer Statur zu überwältigen und dann auch noch heimlich aus einem Grandhotel zu schaffen?«

»Ich möchte Sie, Kommissar, einmal als Löwen sehen.«

Nun hatte Vogt auch Junker dazu gebracht, die Geduld zu verlieren. »Was soll das dumme Gerede?«

»O. k., wenn Sie es wünschen, auch im Original: dic mihi, si tu fis leo, qualis eris – zufrieden, Herr Kommissar? Würden Sie, im Zustand der Betäubung, imstande sein zu beobachten, was mit Ihnen geschieht?«

»Genug der Faxen«, griff Bronkhorst ein. »Hier die entscheidenden Fragen. Sind Sie, Dr. Vogt, Schwester Minges aus Heidelberg je persönlich begegnet?«

»Schwester Minges aus Heidelberg – nicht, dass ich mich erinnere. Doch sollte ich vielleicht fragen, wo sie beschäftigt ist.«

»Beschäftigt war – in der Universitätsfrauenklinik Heidelberg.«

»In diesem Fall, Kommissar, kann es wohl sein, dass man sich gelegentlich über den Weg lief.«

»Und Schwester Mehlhorn, haben Sie Schwester Mehlhorn gekannt?«

»Wollen Sie noch einmal hören, welche Mühe ich hatte, die Adresse Kaiserstraße 45 zu erinnern?«

»Meine Frage war, ob Sie Schwester Mehlhorn gekannt haben.«

»Nein, Herr Kommissar.«

»Tatsächlich? Wo, Dr. Vogt, sind Sie Samstag, den 19. Mai dieses Jahres, gewesen?«

»Am 19. Mai – erstaunlich, dass Sie nicht auch nach der Uhrzeit fragen. Dürfte ich erfahren, wie Sie auf dieses Datum kommen?«

»Warum nicht, Dr. Vogt, es ist der Tag des Mordes an Schwester Mehlhorn.«

»Sie bringen mich zum Nachdenken, Kommissar. Neunzehnter Mai – in der dritten Maiwoche dürfte ich in Bad Tölz gewesen sein.«

»Zu welchem Zweck?«

»Auf der leider vergeblichen Suche nach dem Ort meiner Gefangenschaft, dem so genannten Kastell.«

»Wofür es dann wohl auch Zeugen geben dürfte.«

»Selbstverständlich, Herr Kommissar, die gibt es.« Und Vogt begann, den Inhalt seiner Taschen auf der Schreibtischplatte auszubreiten. »Hier«, sagte er nach einer Weile, »eine Rechnung des Hotels Zum Riesen aus Bad Tölz für die Zeit vom 16. bis 20. Mai, mit allen Koordinaten für den Fall, dass Sie meine Angaben überprüfen wollen. Ich bin zwar viel unterwegs, zu den Mahlzeiten aber meist im Hotelrestaurant gewesen. Und abends im Billardzimmer, der zuständige Kellner heißt Slavidovic, ja, Mirko Slavidovic, Herr Kommissar.«

Bronkhorst sah Junker, Junker Bronkhorst an. Mit einer solchen, für Vogt denkbar günstigen Wendung hatte auch ich nicht gerechnet. Doch Bronkhorst schien, anders als Junker, nicht bereit, einzulenken. Dabei war mir damals schon klar, dass ein Alibi für den Fall Mehlhorn Vogt auch für den Fall Minges entlasten würde: Da die beiden Schwestern mit ein und derselben Waffe, und das hieß von einem Täter erschossen worden waren, kam Vogt auch für den Fall Minges als Täter nicht in Frage. Ich will gerne gestehen, dass ich mich im Stillen über diesen Gang der Dinge freute, und dies nicht nur wegen der Genugtuung, Vogt von Anfang an richtig beurteilt zu haben.

Nach einer letzten Beratung der beiden Kommissare trat Junker in Aktion. »Dr. Vogt, Sie befinden sich wegen Einbruchs im vorläufigen Gewahrsam.«

»Kommissar Junker wird ein sicheres Plätzchen für Sie haben«, brummte Bronkhorst. »Und morgen geht es nach Heidelberg. Warum sollte ich es Ihnen nicht heute schon sagen: Wir werden Ihre Wohnung in der Albert-Mays-Straße, das ist doch Ihre Adresse, gründlich durchsuchen. Danach reden wir weiter. So, jetzt aber nach unten. Und keine Faxen, wenn ich bitten darf.«

Für die Fahrt zum Karlsruher Präsidium hatte Junker sich wieder ans Steuer gesetzt. Das gab mir Gelegenheit, die Auseinandersetzung zwischen Vogt, Bronkhorst und Junker noch einmal durchzugehen. Frech und flexibel hatte Vogt die Kommissare wie Tanzbären vorgeführt. War es möglich zu verkennen, dass Vogt, gelassen, wie er sich gab, als Mörder von Schwester Mehlhorn niemals in Frage kam? War es möglich zu glauben, Vogt wäre so dumm oder verrückt, zwei Wochen nach der Tat zurückzukehren, um in Unterlagen zu wühlen, die er vorher schon durchsucht hatte? Als wir beim Präsidium ankamen, war ich so weit, mich über Klein Rita zu wundern. Dr. Vogt, und kein Ende. Hatte ich Vogt nicht mit den Attributen frech, flexibel, entspannt und gelassen versehen? Und unschuldig … Vorsicht, Rita Phelps, so lange du im Dienst bist.

Nachdem wir Vogt beim Untersuchungsgefängnis abgeliefert hatten, saßen wir, die beiden Kommissare und ich, trotz der späten Stunde noch eine Weile beisammen. Junkers Meinung wich nicht allzu sehr von meiner ab, auch wenn er, als Mann, Vogt mit anderen Augen sah. Zuletzt warnte er Bronkhorst davor, sich durch Vogts lässige, wenn nicht provokante Art aus der Ruhe bringen zu lassen.

»Nichts für ungut, Karl. Du bist alt genug, um zu wissen, was zu tun ist. Ich kann mir Vogt zwar nicht als Mörder vorstellen, dennoch wäre es interessant zu wissen, was hinter seiner Geschichte vom Kastell und den vielen Weibern steckt. Genau genommen ist Vogt als Einbrecher auch mein Klient. Ich werde euch nach Heidelberg begleiten.«

Donnerstagmorgen fuhren wir zu viert nach Heidelberg. Junker am Steuer, ich neben ihm, hinter uns Dr. Vogt in der Obhut von Kommissar Bronkhorst.

Zu Beginn der Fahrt herrschte Schweigen. In der Nähe von Bruchsal konnte Bronkhorst nicht mehr umhin, das Frage- und Antwortspiel wieder in Gang zu setzen.

»Helga Horger, so hat Ihre Patientin und Geliebte doch geheißen, Dr. Vogt. Haben Sie ein Bild von der Dame?«

»Gehabt, Kommissar Bronkhorst, vor meiner Entführung.«

»Würden Sie uns eine Beschreibung der Dame geben? Hatte sie auffallend dunkle, vielleicht gar schwarze Haare?«

»Nicht doch, Kommissar. Helga war blond, hellblond, mit auffallend schönen grünen Augen. Dazu die Figur einer Tänzerin, eine von denen, die nicht allzu schlank sind.«

Ich spitzte die Ohren. Ein Dr. Vogt, der, selten genug, aus sich herausging?

»Würden Sie uns bei der Herstellung eines Phantombildes zur Hand gehen?«

»Ein Phantombild von Helga – haben Sie endlich begriffen, dass wir im selben Boot sitzen, Herr Kommissar? Nichts lieber als das.«

Dr. Vogt und sein Kommissar – wer spielte das bessere Theater?

Kommissar Junker, der den Wortlaut der Heidelberger Verhöre nicht kannte, hatte immer noch Schwierigkeiten bei der Vorstellung, wie es einem Trupp Frauen gelungen war, Vogt im Zustand der Narkose heimlich aus einem Hotel zu schaffen, und das am hellen Nachmittag.

»Keine Vollnarkose, Kommissar. Eher ein durch Drogen verursachter Halbschlaf, der das Opfer gefügig macht, ähnlich dem Zustand einer Hypnose. Alles Weitere dürfte sich dann von selbst erklären.«

»Und der Name jenes Hotels?«

»Ich will auch das gerne wiederholen, das Grandhotel Adlerblick in der Nähe von Tegernsee.«

»Sie sagen, Ihre Geliebte sei eine blonde, höchst attraktive Dame gewesen. Und die anderen Frauen?«

»Ob auch sie attraktiv waren? Ja, durchaus, Herr Kommissar.«

»Moment«, sagte Bronkhorst. »Sie haben wiederholt behauptet, mit drei oder vier Frauen geschlafen, aber nur eine gesehen zu haben. Und nun reden Sie über die Attraktivität der anderen Frauen. Danach müssen Sie jene doch gesehen haben.«

»Nicht doch, Herr Kommissar. Außer Helga habe ich keine zu Gesicht bekommen.«

»Woher dann Ihr Wissen über deren Attraktivität? Wollen Sie damit sagen, Sie hätten sich am Duft ihres Parfums orientiert?«

»In gewisser Hinsicht durchaus. Soll ich Ihre Frage so verstehen, dass es Ihnen um Intimes geht? Das könnten Sie haben, meine Herren, wenn wir nicht in Begleitung einer Dame wären. Für den Augenblick nur so viel: Kommerzielle Parfums können, da austauschbar, zu Verwechslungen führen. Anders der unverwechselbare Körpergeruch, wie er jeder Frau eigen ist. Darunter das Aroma einer in bestimmten Situationen besonders eindringlich duftenden Körperpartie.«

»Warum so zimperlich, Doktor? Frau Phelps wird, als Polizistin, nicht in Ohnmacht fallen, wenn Sie von Fotze, Möse oder Muschi reden.«

»Jeder hat seine Art, sich auszudrücken, Herr Kommissar. Doch ist das nicht alles. Schließlich gibt es, außer dem Sehen und Riechen, noch andere Sinnesqualitäten, um die Attraktivität, den erotischen Flair einer Frau zu beurteilen.«

»Ins Konkrete übersetzt soll dies heißen, sie hätten im Dunkeln eine Gruppe von Frauen, während sie gebumst wurden, miteinander verglichen«, stellte Bronkhorst fest, und Junker brummte: »Erotische Wunschträume eines Möchtegern-Don-Juan.«

»Sie sind unfair, Kommissar Junker«, sagte Vogt. »Ich hab den Zipfel der Bettdecke, meiner Bettdecke im Kastell, nur gelüftet, weil es um meine Glaubwürdigkeit ging. Anstatt zu höhnen, hätten Sie besser darüber nachgedacht, ob die Umstände meiner Gefangenschaft anstatt unglaubwürdig nicht eher unglaublich sind.« Und nach einer Weile so leise, dass ich ihn kaum verstand: »Und das auch für den Fall, dass Heinz Männen recht hat.«

In der folgenden Stille hatte ich Zeit, das abgelaufene Rededuell zu bewerten. Eins zu null für Harald Vogt gegen Bronkhorst und Junker. Für einen Dr. Vogt, der, ernster als am vergangenen Abend, immer noch ritterlich war. Im Gegensatz zu den rüden Umgangsformen der Kommissare.

Inzwischen hatten wir die Ausfahrt Heidelberg erreicht. Im Hintergrund war der Königstuhl zu sehen, und gleich darauf, bevor wir zur Montpellierbrücke kamen, das Schloss.

Sobald Vogt zum Untersuchungsgefängnis gebracht worden war, saßen wir noch eine Weile im Kommissariat beisammen. Bronkhorst holte einen Scotch aus der hintersten Ecke seines Schreibtisches, Kai wusste, wo Pappbecher waren. Wie so oft, verlor unter der Wirkung des Alkohols bald alles seine scharfen Konturen. Kommissar Junker konnte über die Geschichte von den drei oder vier Weibern, die Dr. Vogt, ausgerechnet Harald Vogt, tagelang verwöhnten, nur noch lachen. Bronkhorst gelang es erst nach dem dritten Whiskey zu entspannen. Dennoch blieb Vogt in seinen Augen ein Mörder, den er anderntags Dr. Lück vorführen wollte.

»Ein Mörder, der zum Präsidium kommt, um dich mit seiner Geschichte zu unterhalten?«, fragte Junker.

Dagegen Bronkhorst: »Angenommen, Vogt hätte damit gerechnet, eines Tages in Verdacht zu kommen. Wäre es dann nicht sinnvoll gewesen, uns mit seiner Geschichte abzulenken, wie es ihm bei dir gelungen ist?«

»Ich habe nicht gesagt, dass ich seine Geschichte glaube. Nur ist Vogt in meinen Augen weniger raffiniert als zwanghaft lügnerisch.«

»Vogt als Pseudologist«, fragte Kai, »ein zwanghafter Lügner, der die Wohnung einer kürzlich ermordeten Frau auf den Kopf stellt, um in Akten zu kramen, die er schon einmal durchsucht hat?«

Worauf es zu einer Diskussion kam, in deren Verlauf Bronkhorst wieder laut wurde.

Am Freitag ließ Bronkhorst sich vom Amtsrichter, ohne Rücksprache mit dem Oberrat, einen Durchsuchungsbefehl für die Wohnung Vogt geben. So gingen wir, der Hauptkommissar, Kai und ich, gegen Mittag zur Albert-Mays-Straße Nr. 1. In den Vorgärten der Weststadt, vor allem in der Goethestraße, blühten die Rosen und Lupinen dieses Jahr besonders schön. Man brauchte keinen Wetterbericht um zu wissen, dass der herrliche Sonnenschein noch tagelang anhalten würde. Bronkhorst allerdings schien von all dem nichts zu sehen.

Vogt wohnte in der ersten Etage. Auf dem Türschild stand K. Konrad, Rentier. Auf Dr. Vogt verwies nur eine Visitenkarte mit verbeulten Ecken. Bronkhorst zeigte Frau Konrad, der Wirtin, seinen Ausweis und den Durchsuchungsbefehl. Auf die Frage, was mit Dr. Vogt wäre, ging er nicht ein.

Harald Vogt, so Frau Konrad, hatte schon als Student in dem möblierten Zimmer gleich neben der Eingangstür gewohnt. Dessen Einrichtung konnte nicht einfacher sein. Ein Bett, an der gegenüberliegenden Wand eine Kommode, dazu ein Tisch mit zwei Stühlen, ein Schrank und ein Bücherregal. Der auffallend hohe Raum hatte in der rechten Ecke einen kleinen Erker mit Butzenscheiben, auf der Fensterbrüstung standen zwei Blumenkästen mit Geranien.

»Wie großzügig man während der Gründerzeit mit dem umging, was wir heute umbauten Raum nennen«, bemerkte Kai. »Dazu die Andeutung von Stuck rings um die Hängelampe.«

»Zur Sache, Herr Kiefer«, tönte Bronkhorst. »Wir sind nicht als Innenarchitekten hier. Ich übernehme die Kommode, Sie das Bücherregal, Frau Phelps den Rest.«

Kai brauchte für das Regal nur wenige Minuten. Fachbücher, Romane und ein Dutzend Krimis – mehr hatte Vogt dort nicht stehen. Im oberen Schubfach der Kommode lagen Urkunden, Akten, Postkarten und Photos, meist aus seiner Studentenzeit. Die beiden unteren Fächer enthielten ausschließlich Wäsche.

Wie Kai und ich hatte auch Bronkhorst nichts Außergewöhnliches entdeckt. Dr. Vogt schien eher das Leben eines Studenten als das eines Assistenzarztes zu führen. »Erstaunlich«, sagte Kai, »im Zusammenhang mit unserem Anliegen aber auch uninteressant.«

Bronkhorst war schon auf dem Weg zur Tür, als er noch einmal stehen blieb. Auf dem Tisch lag die Rhein-Neckar-Zeitung, das war keinem entgangen. Nur dass der Kommissar jetzt genauer hinsah. »Mord an Karlsruher Krankenschwester« lautete eine Überschrift, dazu ein Text mit allem, was Kommissar Junker der Presse mitgeteilt hatte.

Nun ging Bronkhorst selbst zum Bücherregal. Dort lagen nur verstaubte Nummern von Illustrierten und Magazinen. »Dr. Vogt ist offenbar nicht am Tagesgeschehen interessiert. Dennoch liegt auf dem Tisch eines Mannes, der sonst keine Zeitungen liest, ein aktueller Bericht über den Mord an einer Krankenschwester, in deren Wohnung wir ihn als Einbrecher überrascht haben.«

Bronkhorst sah noch einmal unter die Matratze, dann fing er an, die Wäsche Stück für Stück auf den Tisch zu legen. »Da«, sagte er unvermittelt und knallte ein, zwei, drei, vier Bündel Banknoten auf den Tisch. »Alles große Scheine, zusammen an die zweihunderttausend Euro.« Er steckte die Banknoten mit der Zeitung in seine Aktenmappe und verließ die Wohnung, ohne Frau Konrad zu beachten.

»So, das dürfte genügen«, sagte Bronkhorst und schwieg auf dem weiteren Weg zum Präsidium.

Dr. Vogt hatte die Nacht offenbar gut überstanden. Gelassen saß er im zweiten Verhörzimmer und lächelte, als wir hinzukamen. Kommissar Bronkhorst setzte sich schweigend hinter den Schreibtisch, rückte seinen Stuhl mit gespielter Gelassenheit zurecht, griff nach seiner Aktenmappe und warf die Zeitung mit dem Artikel über den Mord an Schwester Mehlhorn auf die Tischplatte. Vogt zeigte keinerlei Anzeichen von Überraschung. »Aus meinem Zimmer in der Albert-Mays-Straße? Wie gut, dass Sie dort waren, ich meine wegen Frau Konrad, die mich sonst vermisst hätte.«

Bronkhorst war wieder nahe daran, die Geduld zu verlieren. »Wie sind Sie zu diesem Blatt gekommen«, fragte er, »Sie, der sonst doch wohl keine Zeitungen liest?«

»Ganz einfach, Herr Kommissar. Ich bin am Bismarckplatz auf den Artikel gestoßen. Während ich ihn überflog, tauchten verschwommene Erinnerungen auf, so, als hätte dieser Text mit mir zu tun. Daher kaufte ich das Blatt. Als ich den Artikel am Abend noch einmal durchging, wurden die Erinnerungen konkreter. Kaiserstraße 45, Karlsruhe: Das war eine Adresse, von der ich schon einmal gehört hatte.«

»Und vorgestern Nacht, an Ort und Stelle, warum haben Sie das nicht gleich gesagt?«

Worauf Vogt nur die rechte Schulter hob.

»Kommen wir zu den entscheidenden Fakten. Wo, Dr. Vogt, sind Sie Donnerstag, den zehnten Mai, dem Tag des Mordes an Schwester Minges, zwischen sechzehn und zwanzig Uhr gewesen?«

»Das ist zu lange her, um mich genau zu erinnern. Sicher weiß ich nur, dass ich damals tagelang nach dem Kastell gesucht habe, in der Umgebung von Tegernsee, dann auch von Bad Tölz. Querfeldein und auch in den Wäldern. Mir war während jener Zeit nicht danach, Tagebuch zu führen, und sagen Sie nicht, ich hätte ahnen sollen, dass Sie mich eines Tages danach fragen.«

»Tagebuch?«

»Ja, gesprochen, Kommissar, auf meinem MP3-Player.«

Bronkhorst griff erneut in seine Mappe und knallte ein Bündel mit Fünfhunderteuroscheinen auf den Tisch.

»Eine Viertelmillion in Banknoten«, sagte er. »Woher kommt dieses Geld, und warum halten Sie es zwischen Ihrer Wäsche versteckt?«

Vogt schien sekundenlang verblüfft. Dann setzte er wieder jenes Lächeln auf, das Bronkhorst auf Touren brachte. »Leicht zu erklären, Herr Kommissar. Helga hat wohl damit gerechnet, dass es schwierig sein würde, mein früheres Leben wieder aufzunehmen. Daher das Abschiedsgeschenk.«

»Zweihundertfünfzigtausend als Belohnung für Ihre Liebesdienste? Ein Festessen für jeden Staatsanwalt. Er wird Sie auch fragen, welchen Grund Sie hatten, sauberes, redlich verdientes Geld zwischen Ihrer Wäsche zu verstecken.«

»Sie wollen wissen, warum ich die Scheine nicht zur Bank getragen habe? Auch das ist einfach zu beantworten, Herr Kommissar: Weil es Wichtigeres zu tun gab.«

»Das reicht, Doktor Vogt. Der Staatsanwalt wird entscheiden, ob er Sie als Raubmörder vor Gericht bringt. Hier ein Wort zur Begründung Ihrer vorläufigen Festnahme. Sie halten Hunderttausende in einer Kommode versteckt. Mit großen Summen Bargeld sind auch die Schwestern Minges und Mehlhorn umgegangen. Dass Sie in den Fall Mehlhorn verwickelt sind, steht auf Grund Ihrer Anwesenheit am Tatort ohnehin außer Frage. Nun haben Sie für die Zeit des Mordes an Schwester Minges kein Alibi. Was liegt da näher als die Annahme, Sie hätten beide wegen ihres Geldes umgebracht?«

Bronkhorst ließ Vogt wieder ins Untersuchungsgefängnis bringen. Junker, mit dem er sich noch einmal beriet, war nachdenklich. »Du wirst es nicht gerne hören, Karl. Ich hatte dich als nüchternen Polizisten in Erinnerung. Hier, in der Sache Vogt, sind zu viele Emotionen im Spiel. Anstatt auf nüchterne Distanz zu achten, bist du persönlich engagiert, anstatt Sachverhalte zu klären, gehst du mit Vogt in den Clinch. Als ob zwischen dir und deinem Klienten ein Zweikampf auszutragen wäre. Ich will noch einen Schritt weiter gehen und dich fragen, ob von deiner Seite nicht Voreingenommenheit, vielleicht gar Hass oder Neid im Spiel sind?«

»Neid?«

»Ja, vor allem wegen der Geschichte von den vier Frauen. Mit der Konsequenz, dass nicht alle wichtigen Aspekte der Affären Minges/Mehlhorn zur Sprache gekommen sind.«

Chapeau Kommissar Junker, so viel Vernunft und Menschenkenntnis hatte ich Bronkhorsts Lehrer noch vor kurzem nicht zugetraut. Ganz anders Bronkhorst, der den Verdacht, Vogt zu beneiden, weit von sich wies. »Wie kommst du auf die Idee, ich würde Vogt die paar Nächte mit liebestollen Frauen nicht gönnen, zumal diese, wie du selber sagst, nur in seiner Phantasie existieren. Dennoch«, fuhr er fort, »will ich Vogt, bevor ich zum Staatsanwalt gehe, eine Chance geben. Macht er dabei eine gute Figur, will ich deine Mahnung überdenken. Im anderen Fall wird Vogt erkennungsdienstlich behandelt und dem Staatsanwalt vorgeführt.«

Der Kommissar, zum dritten Mal auf Wolke sieben, gab uns, Kai und mir, den Auftrag, Phantombilder herzurichten. Phantombilder à la Bronkhorst, die es so noch nie gegeben hätte. Mit Argumenten, die, um das mindeste zu sagen, ebenfalls einmalig waren: Ging man davon aus, dass die Schwarze Frau kein Phantasiegebilde und Dr. Vogt ein Doppelmörder war, lag der Verdacht nahe, er hätte sich in beiden Fällen hinter der Maske einer schwarzen Frau versteckt. Grundlage des Phantombildes sollte daher ein Photo sein, auf dem wir den Kopf von Dr. Vogt mit einer Serie von Frauenfrisuren kombinierten. Sobald wir mit unseren Montagen fertig waren, brauchte man die Bilder nur allen Zeugen vorzulegen, die eine Schwarze Frau gesehen hatten, und Vogt wäre überführt. Bis dahin würde Bronkhorst sich mit dem Haftrichter besprechen, um sicher zu sein, dass Vogt nicht gegen Recht und Gesetz zu lange festgehalten wurde.

So machten wir uns daran, eine Reihe passender Frisuren aus Modezeitschriften einzuscannen. Da alle Zeugen von auffallend hohen Haartrachten berichtet hatten, achteten wir auf besonders üppiges schwarzes Haar. Als zwölf Modelle beisammen waren, begannen wir mit der Montage. Kai war von einem, wie ich fand, übertriebenen Styling mit prunkvoll hochgesteckten Schlaufen beeindruckt, mir gefiel eine Hochsteckfrisur mit betonten Strähnen besser. Zum Schluss lagen zwölf Photomontagen vor uns, zwölf Mal das Gesicht von Dr. Vogt mit einem Dutzend weiblicher Frisuren. Bronkhorst war zufrieden.

Gemessen an den Mühen unserer Vorarbeit war das Ergebnis der folgenden Befragung enttäuschend: vier Zeugen aus Heidelberg und Karlsruhe, und keiner bereit, die Schwarze Frau auf einer der zwölf Montagen zu erkennen. Alle, die Damen Koch und Meyer wie auch die Herren Kümmel und Gabriel, legten die Phantombilder kopfschüttelnd beiseite.

Dennoch ließ Bronkhorst sich auch von Junker nicht davon abhalten, Vogt ein letztes Mal zu befragen. Wie ein Stier hinter der Muleta war er hinter seiner Idee her, Vogt als Doppelmörder zu entlarven. Dabei war alles, was er noch fragte, nicht mehr als der vergebliche Versuch, frühere Versäumnisse wettzumachen. Rückzugsgefechte in einer Corrida, die ohnehin verloren war.

»Herr Vogt«, fing Bronkhorst an, »Sie haben uns erzählt, um den zwanzigsten April aus der Haft Ihrer sagenhaften Gruppe von Frauen entlassen worden zu sein. Wie soll man sich das im Einzelnen vorstellen?«

»Erst haben zwei oder drei von ihnen mich mit verbundenen Augen und einer Pistole im Rücken zu einem Auto geführt. Eine setzte sich ans Steuer, eine andere, vermutlich Helga Horger, auf den Rücksitz neben mich. Nach einer Fahrt von vielleicht anderthalb Stunden stoppte der Wagen. Ich durfte aussteigen und sollte, immer noch mit der Binde vor den Augen, weitergehen, bis das Auto sich entfernt hatte. Als ich wagte, mich umzusehen, war das Auto, ohne Lichter, hinter einem Tannengehölz verschwunden.«

»So dass Sie weder Kennzeichen noch Typ erkennen konnten. Wie weit waren Sie nach Ihrer Schätzung während dieser anderthalb Stunden gefahren?«

»Vielleicht hundert, vielleicht auch hundertfünfzig Kilometer, für den Fall, dass wir nicht im Kreis gefahren sind.« Mehr war von Vogt darüber nicht zu erfahren. Federung, Motorengeräusch, Material des Rücksitzes und so fort – alles Fehlanzeige. Konkret nur die Angabe, dass er etwa zehn Kilometer vor Bad Tölz freigelassen worden war. Dann doch ein konkretes Detail: Der Wagen hatte nie angehalten, ein Zeichen, dass man durch einsame Gegenden gekommen war, nein, nicht auf der Autobahn, da man nur selten das Fahrgeräusch anderer Wägen zu hören bekam.

In der Folge war dann wieder von Vogts Gefängnis die Rede. Nach der Größe des Raums, in dem man ihn festgehalten hatte, und der Art von Geräuschen, wie dem seltenen Schlagen von Türen, müsste es sich um ein stattliches Haus gehandelt haben. Von außerhalb seien keinerlei Geräusche zu hören gewesen, kein Hundegebell, kein Autoverkehr und das Läuten von Glocken nur aus weiter Ferne. Eine Art Kastell also und eher abseits gelegen.

»Eine ganz andere Frage. Wer, Dr. Vogt, hat Ihren Aufenthalt im Adlerblick, einem Viersternehotel, finanziert?«

»Frau Horger. Sie hatte kurz vor unserer Bekanntschaft Millionen geerbt. Daher wohl auch die zweihundertfünfzigtausend Euro, mit denen ich entlassen worden bin.«

»Anderes Thema. Frau Horger und Sie waren zu Beginn jener Reise ein Liebespaar. Hat die Frau Ihre Liebe erwidert?«

»Wahrheitsfindung, zur Abwechslung wieder im Intimbereich, Herr Kommissar? Nun gut, wenn Sie es wissen wollen: Anfangs war ich fest davon überzeugt, dass Helga mich liebte. Was dann geschah, will allerdings nicht gut zu großen Gefühlen passen. Vielleicht haben Sie eine Erklärung für alles, was ich später erlebt habe.« Und wieder ein Lächeln, das Bronkhorst irritierte. Wie überhaupt das Gespräch zwischen den beiden seit einiger Zeit eher einem Interview als einer Befragung oder einem Verhör glich.

»An Ihrer Stelle«, fuhr der Kommissar fort, »an Ihrer Stelle würde ich behaupten, Helga und die anderen hätten als Erstes daran gedacht, Sie als Werkzeug zu missbrauchen. Ich denke dabei weniger an eine Serie zauberhafter Nächte als an zwei Morde, die man Ihnen unterschieben konnte. Später, würde ich weiter argumentieren, hätte man sich anders besonnen und Sie, Dr. Vogt, als lästigen Mitwisser behandelt. Diese Art von Märchen würde ich der Polizei erzählen, um von zwei Morden abzulenken, die ich …«

»Zauberhafte Nächte – erstaunlich, wie rasch Sie gelernt haben, sich in meine Lage einzufühlen, Kommissar Bronkhorst. Auch für den Rest Ihres Vorschlags Note eins plus, Herr Kommissar.«

»Anstatt mich zu unterbrechen, sollten Sie lieber an Beweise, handfeste Beweise Ihrer Unschuld denken.«

»Verstehe ich richtig, Kommissar Bronkhorst, dass die Beweislast Ihrer Meinung nach bei mir, dem Beschuldigten liegt? Ist es, umgekehrt, nicht Ihre Aufgabe, meine Schuld zu beweisen?«

Jetzt erst, als ihm die Argumente ausgingen, machte Bronkhorst den Eindruck eines lecken Fesselballons, der mit jeder Minute schlaffer wird. Zuletzt stand er mit hängenden Schultern auf und ließ Vogt wieder zum Untersuchungsgefängnis bringen.

In der Kantine des Präsidiums sah Bronkhorst uns anderen beim Essen zu. Er würde Tage brauchen, um mit seiner Niederlage fertig zu werden. Junker, der wieder nach Karlsruhe musste, ermahnte seinen Freund zu mehr Disziplin, Besonnenheit und Selbstkritik. Emotionen seien bei Kriminalfällen nur ganz selten angebracht. Zu Junkers Bemerkungen aus dem Fußballermilieu brachte Bronkhorst nur ein süßsaures Lächeln zustande. »Vogt hat dich mit seinen Geschichten, ob wahr oder erfunden, schwindelig gespielt und dir mit seinen Finten Knoten in die Beine gedribbelt!«

Dennoch ging Bronkhorst erst einen Tag später zum Staatsanwalt. Dr. Wolters hörte sich den Bericht des Kommissars ohne sichtbare Regung an. Dann fasste er das Gehörte mit einem bedauernden Lächeln zusammen. »Viel Drum und Dran, lieber Bronkhorst, aber keine brauchbaren Beweise. Dr. Vogt ist aus eigenem Entschluss zu Ihnen gekommen. Was immer er erzählt hat – ich kann daran kaum Rechtswidriges erkennen. Vogt ist von Ihnen und Kommissar Junker zwar in der Wohnung einer ermordeten Schwester überrascht worden. Was er zur Begründung angibt, ist in meinen Augen aber nicht weniger plausibel als die Annahme, er hätte etwas mit den beiden Morden zu tun. Bleiben die zweihundertfünfzigtausend Euro, deren Herkunft er nicht nachweisen kann. Der Besitz solcher Summen mag verdächtig sein, strafbar ist er nicht. Und noch etwas: Hätte ein Verbrecher seine Beute nicht besser versteckt? Was Sie in Händen haben, ist letzten Endes nur der Einbruch. Womit wir bei der Frage sind, ob es rechtens war, Vogt so lange festzuhalten. Lassen Sie Vogt frei, Kommissar, und seien Sie zufrieden, wenn er davon absieht, Sie der Freiheitsberaubung zu bezichtigen. Ob es sinnvoll wäre, die Affäre Vogt weiter zu verfolgen, mag Dr. Lück entscheiden.«

Bei diesem Stand der Dinge blieb Bronkhorst keine andere Wahl, als den Oberrat ins Bild zu setzen. Dass er Kai und mich aufforderte, ihn zu begleiten, quittierte Kai mit der Bemerkung: Personenschutz beim Gang zum Oberrat, Frau Phelps, das können wir einem Chef wie Bronkhorst nicht verwehren.

Lück unterbrach Bronkhorst schon nach den ersten Sätzen. »Sparen Sie sich weitere Worte, ich weiß, weshalb Sie, ich sollte betonen erst jetzt, zu mir kommen, Herr Hauptkommissar. Sie haben einen Fall wieder aufgegriffen, den ich als erledigt erklärt hatte. Wie richtig meine Auffassung war, geht aus der Tatsache hervor, dass Sie nichts, überhaupt nichts erreicht haben. Ein Glück, dass es Ihnen dabei nicht gelang, sich und uns alle lächerlich zu machen. Denn wehe, Vogt kommt auf die Idee, seine Erfahrungen an die Regenbogenpresse zu verkaufen. Die Geschichte eines Neurologen, der nach liebestollen Frauen in die Gewalt eines Hauptkommissars der Heidelberger Kriminalpolizei gerät – er könnte damit noch einmal zweihunderttausend verdienen.«

Womit Bronkhorst wieder für den Mord im Berbermilieu zuständig war. Er brauchte, wie zu erwarten, Tage, um sich zu fassen. Dennoch war der Fall Dr. Vogt nach seinem Verständnis noch längst nicht abgeschlossen. Das, gab er uns zu wissen, würde er Dr. Lück eines Tages beweisen.

Jeder wird gemerkt haben, dass meine und Bronkhorsts Sicht auf Harald Vogt weit auseinandergingen. Kommissar Junker hatte am Tatort Mehlhorn von einem Logenplatz für absurdes Theater gesprochen. Für mich war Vogt der Held eines Verwirrspiels, einer Verwechslungskomödie, die viel zu früh, und dann auch noch ohne Lösung zu Ende ging. Dennoch trafen meine und Bronkhorsts Wünsche sich in einem Punkt: in der Hoffnung, es möge nach dem ersten zumindest einen zweiten Akt geben.

ZWEITER TEIL

Dr. Vogt

Gegen neun wurde ich aus dem Untersuchungsgefängnis entlassen. Ich hatte gut geschlafen, auf Staatskosten gefrühstückt und mich zurechtgemacht, so gut es nach zwei verbummelten Wochen und vier Tagen Untersuchungshaft ging. Schade, dass die nette Polizistin mich in der Verfassung eines Stadtstreichers gesehen hatte: unrasiert, mit zerknitterten Hosen, Speckkragen und staubigen Schuhen.

Auf dem Weg zur Weststadt überzeugte ich mich davon, dass man mir mit den anderen Habseligkeiten auch die 250.000 Euro ausgehändigt hatte. Ich würde jetzt nicht mehr zögern, das Geld unter die Leute zu bringen. In der Albert-Mays-Straße ordnete ich meine Sachen, sagte meiner alten Bude, dann auch Frau Konrad ade und ging wieder in Richtung Bismarckplatz.

Im Kaiserhof ließ ich mir ein Zimmer mit Blick auf den hoteleigenen Park geben. Zehntausend Euro behielt ich bei mir, den Rest verwahrte ich im Hotelsafe. Dann ging ich zum Friseur, nach dem Friseur zum nahen Bekleidungsgeschäft. Gegen Mittag lieferten zwei Boten meinen Einkauf im Hotel ab. Nachdem ich geduscht hatte, entschied ich mich für eine beige Flanellhose, ein rotgestreiftes Hemd, einen hellblauen Sakko und weiße Leinensneakers, die alten Klamotten warf ich in den Container. Zuletzt prüfte ich, ob der Abschied von meinem früheren Leben mich überzeugte. Aus dem Spiegel sah mir ein sympathischer, zufrieden lächelnder Mann mit gestyltem Haarschopf entgegen. Ein Mann, der noch 240.000 Euro im Tresor liegen hatte.

Anschließend folgten der Reihe nach: das Mittagsmahl im Hotelrestaurant, eine Siesta, die Besorgung eines iPhones, zwei Stunden Billard im Café Schäfer und, zuletzt, ein Anruf bei Heinz Männen.

Zu Beginn des Gesprächs irritierte mich die Vorstellung, wie Heinz sich drüben, in der Neurologischen Klinik, als mein Nachfolger breit machte, in meinem Zimmer, auf meinem Sessel und vor meinem Telefon. Ein Apparat, dessen Sockel ich im Verlauf der vielen Gespräche mit Smilies bemalt hatte, dem freundlichen Mondgesicht, in rot, gelb und, auf der Rückseite, in grün. Links über dem Schreibtisch hing wohl immer noch der Wochenkalender von Pharmintern mit meinen Terminen und rechts ein Farbdruck, auf dem, neben einer Eiche im XXL-Format, ein altertümliches Dorf mit Pfahlbauten zu sehen war. Ein Geburtstagsgeschenk nach dem Geschmack von Heinz, der den Tümpel Weiher und das Dörfchen Weiler genannt und behauptet hatte, es handle sich um ein Aquarell von Albrecht Dürer. – Dr. Männen, ein Brutusverschnitt im Arztkittel. Bis ich mir in Erinnerung rief, dass Heinz meine Station ja nur übernommen hatte, um sie mir später, wenn alles erledigt war, wieder zu überlassen.

Heinz hörte sich meine Zusammenfassung der letzten Tage schweigend an. Als ich auf die 250.000 Euro zu sprechen kam, hakte er ein. »Warum«, wollte er wissen, »hast du mir nicht früher von dem Geld erzählt?«

»Wirst du mir glauben, dass ich die 250.000 Euro vergessen, vielleicht auch verdrängt hatte? Schließlich gab es Gründe, das Geld nicht anzutasten, darunter den Verdacht, es könnte aus dunklen Quellen stammen. Oder die Wut, von Helga und den anderen wie ein Callboy abgefertigt worden zu sein.«

»Harald Vogt als Gigolo?«, lachte Heinz und gab sich, wenn auch zögernd, zufrieden. Mein Bericht über den Nutzen autosuggestiver Techniken, die er mir empfohlen hatte, versöhnte ihn vollends. Mehr noch: Das Wiederauftauchen vereinzelter Daten faszinierte Heinz, und er gab keine Ruhe, bis ich ihm alles erzählt hatte, was ich über den Mord an Schwester Mehlhorn wusste.

»Erstaunlich«, sagte er, »dein Gedächtnis hat die Adresse Kaiserstraße 45 nach Wochen rekonstruiert. Die Adresse eines Tatorts, erstaunlich.« Doch dann, nach kurzem Nachdenken: »Vorsicht Harald, da tun sich Abgründe auf. Vorausgesetzt, deine Bewacher hätten außer der Adresse auch das Opfer, Schwester Mehlhorn, gekannt – müsste man von dort aus nicht einen Schritt weiter gehen und annehmen, sie hätten mit dem Mordfall zu tun?«

»Ja, Heinz, eine Idee, die mich seit Tagen verfolgt: Helga im Kreis der anderen als Mörderin – erstaunlich, wie rasch du darauf gekommen bist.

Und nicht weniger erstaunlich, wie zwei Kriminalkommissare sich so sehr auf mich konzentrierten, dass sie an Helga und ihre Helferinnen erst gar nicht gedacht haben.«

»Wahr ist aber auch«, fuhr ich nach einer Weile fort, »dass von der Adresse Kaiserstraße 45, einem winziges Bruchstück meiner Erinnerung aus dem Kastell, nur ein schmaler Steg herüber führt in die Gegenwart. Kein Wunder, dass Dummköpfe ihn verfehlen. Nur ein Bruchstück, Heinz, nicht mehr als ein seidener Faden, an dem allerdings, wer weiß, vielleicht Serien wichtiger Entdeckungen hängen.«

Heinz reagierte, wie immer, wenn es Ernst wird, mit übertriebenen Warnungen. Ich hielt es daher nicht für sinnvoll, ihn mit meinen Plänen vertraut zu machen, auch nicht mit der Absicht, Maitre Klausen nun doch zu engagieren. Zuletzt verzichtete ich sogar auf die Idee, Heinz daran zu erinnern, dass er, bei seinem Besuch in der Albert-Mays-Straße, meine Erinnerungen aus dem Kastell in die Nähe von Halluzinationen gerückt hatte.

Was mich selbst betraf, hatte sich mit der Erinnerung an die Adresse von Schwester Mehlhorn nur eine Kleinigkeit und doch so viel verändert. Jetzt, mit der Witterung einer konkreten Spur, war ich entschlossen, zu handeln.

Während ich am späten Nachmittag in Richtung Handschuhsheim gehe, kommen mir die Vorgärten der Bergstraße noch einen Tick gepflegter, bunter und schöner vor. Ich bleibe einen Moment stehen und lasse dem Duft der Rosen Zeit, dichter zu werden. Drüben, über dem Heiligenberg, kreist ein Segelflieger. Ich sehe ihm eine Weile zu, dann gehe ich, nach drei Ecken, die Rhododendren entlang zur weißen Tür mit dem Schild Maitre Klausen.

»Herein ohne anzuklopfen«, ruft Klausen mir beim Näherkommen wieder zu. An diesem Dienstag, den zwölften Juni, werden wir miteinander reden.

Sobald ich mich an das Dämmerlicht gewöhnt habe, sehe ich den Gedächtniskünstler mit dem weißen Haarschopf hinter seinem Schreibtisch sitzen. Ich kann mich irren, doch kommt er mir an diesem Abend noch fülliger, seine Nase noch dünner, sein Blick noch schärfer vor. Während ich mich setze, gaukelt die Phantasie mir Klausen, den Meister der Zen-Parolen, beim Qi-Gong vor. Ein Mann mit Wohlstandsbauch bei den zeitlupenhaften Bewegungen jahrhundertealter Rituale, Maitre Klausen als energetischer Körper – konnte das funktionieren?

Klausen scheint sich nicht zu wundern, dass ich wieder da bin. Mehr noch: Er tut, als hätte er auf mich gewartet. Wortlos schiebt er mir seinen Vertragsentwurf herüber und sieht zu, wie ich unterschreibe. Erst als ich den Vorschuss von zweitausend Euro auf den Schreibtisch blättere, scheint er sich zu wundern. Dann steckt er das Geld, immer noch schweigend, in die oberste Schublade, verschwindet in seiner Kochnische und kommt mit einer Kanne Kaffee und zwei großen Schalen wieder. »Ich höre«, sagt er und zündet sich eine Zigarre an.

Ich habe im Umgang mit der Polizei gelernt, Kurzfassungen meiner Geschichte vorzutragen. Nach Helga Horger als Patientin, Geliebte und Gefängniswärterin komme ich auf die Kommissare Bronkhorst und Junker zu sprechen, wobei ich es Klausen überlasse, Schlüsse zu ziehen. Im Zusammenhang mit dem Doppelmord an den beiden Krankenschwestern erwähne ich auch die Schwarze Frau und gebe vieles von dem wieder, was ich mit Heinz besprochen habe. Hätten Helga und ihre Gehilfinnen die Schwestern Mehlhorn und Minges gekannt, läge es nahe, sie mit den Morden in Zusammenhang zu bringen. Meine Erfahrungen mit autosuggestiven Praktiken verschweige ich ebenso wie meinen Kontakt mit Mister X.

»Suchen Sie meine Hilfe aus Angst vor dem Staatsanwalt?«, fragt Klausen und sieht mich durch seine Nickelbrille mit einer Beharrlichkeit an, die mich irritiert. »Selbst für den Fall, dass Ihre Geschichte wahr ist – es fällt auch mir schwer, sie zu glauben – selbst für diesen Fall haben Sie nichts, hören Sie, überhaupt nichts zu befürchten. Woraus sich ergibt, dass Sie dann auch keine Hilfe brauchen.«

Als ich mit dem Finger auf den Vertrag zeige, den auch er unterschrieben hat, nickt Klausen und schiebt das Papier unter den Briefbeschwerer. »Ihre Geschichte hört sich zwar wie ein Märchen an«, sagt er nach einer Pause. »Doch sehe ich keinen Grund, solche Geschichten zu erfinden, nur um sie der Polizei oder einem Privatdetektiv zu erzählen. Auch sind Sie, so viel ich davon verstehe, kein Fall für den Psychiater. Und wer gibt vierstellige Summen aus, nur um als Lügner entlarvt zu werden. Denn am Ende, das sollte Ihnen klar sein, werde ich Sie mit der Wahrheit konfrontieren.« Klausen zieht an seiner Zigarre. »Gehen wir für den Moment also davon aus, dass Ihre Geschichte wahr ist. Dennoch die Frage: Haben Sie jemals Drogen genommen, Dr. Vogt?«

»Mit achtzehn ein paar Joints.«

»Und keine Psychedelika vom Typ LSD oder Peyotl?«

An diesem Punkt stellte sich die Frage, ob ich die Ideen von Heinz Männen erwähnen soll. »Sie wissen gut Bescheid, Maitre«, versuchte ich auszuweichen.

»Ja oder Nein?«

»Sie wollen wissen, ob ich Halluzinogene genommen habe? Nein, um die Zeit meiner Begegnung mit Helga nicht die Spur eines Fentogramms.«

Klausen sah mich einen Augenblick zweifelnd an, dann fragte er: »Sie sind Arzt?«

»Ja, Neurologe.«

»Als solcher haben Sie zweifellos darüber nachgedacht, ob Ihre Erlebnisse nicht in den Bereich des Virtuellen, zu den Träumen gehören. Es wäre dann eine Geschichte, die für Sie selbst wahr sein mag, für andere aber nicht mehr ist als eben nur dies – eine Geschichte.«

Ich dachte nicht daran zuzugeben, dass ich nach den bohrenden Fragen von Heinz selbst ins Grübeln gekommen war. Dennoch: Wenn Klausen mir helfen sollte, musste er an die realistische Version meiner Geschichte glauben. »Mit solchen Bedenken, Maitre, war nach meinen Erfahrungen im Kommissariat zu rechnen. Auch muss ich zugeben, dass ich während meiner Gefangenschaft nicht immer gewusst habe, ob ich wach bin oder träume. Zuerst das verwirrende Erlebnis mit einer schönen Frau, dann die Gefangenschaft in den Armen ihrer Freundinnen – wer würde da nicht an Träume denken? Und später hat Kommissar Bronkhorst alles getan, mich durcheinander zu bringen. Dennoch, Maitre: Meine Geschichte ist nicht weniger wahr als die Feststellung, dass ich hier vor Ihnen sitze. Die Tatsache zum Beispiel, dass Helga und ihre Gehilfinnen Schwester Mehlhorn gekannt haben …«

»Sie sprechen von Ihrer Besinnung auf deren Karlsruher Adresse?«

»Ja.«

Klausen nickte. »Ihre Geschichte mag unwahrscheinlich sein, Dr. Vogt, unmöglich ist sie nicht. Doch nun zu Ihren Motiven. Warum liegt Ihnen so viel daran, Ihr früheres Gefängnis und mit ihm jene Frau Horger aufzuspüren?«

»Vom Verlust meiner Stelle an der Neurologischen Klinik war schon die Rede. Dort steht mit dem Titel Facharzt meine Karriere auf dem Spiel. Einen Assistenzarzt, den man fristlos entlassen hat, wird so rasch niemand einstellen. Ich bin, Maitre, nicht gewillt, dies ohne Gegenwehr hinzunehmen. Sie sollen mir helfen, die Klinikleitung davon zu überzeugen, dass ich meinen Urlaub nicht aus freiem Willen überzogen habe. Zweitens und nicht weniger wichtig: Ich bin von Helga verraten und, zu meinem Schaden, tagelang festgehalten worden. Auch dies kann und will ich nicht einfach so hinnehmen.«

»Sie wollen sich rächen«, sagte Klausen, nickte und sah eine Weile vor sich hin. »Achilles und Penthesilea und deren sadomasochistisches Knäuel aus Hass und Liebe. Jetzt müssen Sie mir helfen, Dr. Vogt: Wer von beiden soll wen umgebracht haben?« Und, als ich schwieg, mit dem Lächeln des Zen-Jüngers: »Gut, Dr. Vogt, Sie werden das besagte Kastell und Frau Horger wiedersehen – wenn auch nur für den Fall, dass beide tatsächlich existieren.« Klausen nahm seine Zigarre wieder aus dem Aschbecher. »Lassen Sie uns überlegen, was zu tun ist. Die Kommissare Bronkhorst und Junker noch einmal anzusprechen, wäre sinnlos, wenn nicht kontraproduktiv. Den Tatort Mehlhorn haben Sie gesehen, der Tatort Minges dürfte als solcher nicht mehr existieren. Alle Zeugen im Umfeld der beiden Morde sind von der Polizei wiederholt befragt worden. Nimmt man hinzu, dass die Beteiligung Ihrer Geliebten an diesen Morden nicht mehr ist als eine Hypothese, kommt man zu dem Schluss, dass andere, neue Ansätze gefragt sind. Wenn ich richtig verstehe, haben Sie keine Ahnung, wo das von Ihnen sogenannte Kastell liegt.«

»Keine Ahnung, das habe ich nicht sagen wollen. Das Kastell muss in Oberbayern liegen, nicht weit von Tegernsee, in einer einsamen Gegend.«

»Haben Sie dort nicht nach dem von Ihnen so genannten Kastell gesucht?«

»Doch Maitre, tagelang, mit Google Maps und Navigationsgerät, nur: Wie groß ist die Chance, ein Gebäude, dessen Größe und Gestalt man nicht kennt, in einem hunderte Quadratkilometer großen Gelände zu finden?«

»Und die Räume, in denen Sie gefangen gehalten wurden, das Bild der näheren Umgebung?«

»Fenster hat die Zelle, in der ich tagsüber eingesperrt war, nicht gehabt. Nach den Geräuschen zu urteilen, muss sie Teil eines größeren Hauses gewesen sein, vielleicht ein Kellerverlies.«

»Und nachts, Dr. Vogt?«

»Die meisten Nächte habe ich in einem Schlafzimmer verbracht, gleich neben meiner Zelle.«

»War auch dieses Zimmer ohne Fenster?«

»Ja.«

»Sie haben eine Pistole erwähnt. Wann wären Sie damit bedroht worden?«

»Das letzte Mal bei meiner Freilassung.«

»Sie weichen der Frage aus, ob Sie nie den Versuch gemacht hätten, zu fliehen.«

»Danach hatten Sie nicht gefragt, Maitre Klausen.«

»Gut, Dr. Vogt, kommen wir zu unserer Agenda. Es gibt Beispiele von Entführten, deren Angaben zu allem, was sie hören oder sonst wahrnehmen konnten, dazu beitrugen, den Fall aufzuklären. Da kann es um das Klopfen der Zentralheizung, um die Geräusche einer Fahrbahn, den Klang ferner Glocken oder um einen Lichtschimmer gehen, der in das improvisierte Gefängnis fällt. Ich verzichte darauf, Sie danach zu fragen. Oberrat Lück und seine Leute, die über schier unbegrenzte Mittel verfügen, hielten es offenbar nicht für sinnvoll, diese Linie zu verfolgen. Und wir beide, auf uns allein gestellt, wären falsch beraten, in einer Gegend, deren Grenzen wir nicht kennen, nach solchen Indizien zu suchen.«

Klausen zog nachdenklich an seiner Zigarre. »Ich sehe eine andere, praktikable Möglichkeit. Nach Ihrem Bericht sind Sie mit Ihrer Geliebten längere Zeit im Hotel Adlerblick gewesen.«

»Vom achten bis zum zwölften April.«

»Helga, darin sind wir uns einig, kann Ihre Entführung, so, wie Sie diese schildern, nicht allein ausgeführt haben. Hatte ihre Freundin sich für einige Zeit aus dem Hotel entfernt? Nein? Dennoch muss sie, um die Entführung vorzubereiten, mit ihren Helfern in Kontakt gewesen sein. Hatte sie im Adlerblick die Möglichkeit, online zu gehen? Nein? Ist Frau Horger im Besitz eines Handys gewesen? Auch nicht? Dann muss es Telefongespräche geben, die dort, im Hotel, registriert worden sind. Können Sie sich an Ihre Telefonrechnung erinnern?«

»Wie sollte ich, da Helga alle Kosten unserer Reise übernommen hat.«

»Zweihundertfünfzigtausend Euro als Abschiedsgeschenk, dazu die Unkosten der Reise – Sie scheinen dieser Frau einiges wert gewesen sein. Dennoch, mit Verlaub und in Parenthese, Doktor Vogt: Die Natur hat mir die Gabe versagt, Männer mit den Augen einer Frau zu betrachten. Halte ich mich an Indizien, erscheint es mir nicht sehr wahrscheinlich, dass drei, vier oder gar fünf Frauen bereit wären, so viel für Sie, oder besser für zehn Tage mit Ihnen, zu investieren – an Zeit, Geld und dem Risiko, strafbar zu werden. Pardon, und zurück zu den Fakten. Hat Ihre Geliebte größere Summen Bargeld mit sich geführt? Nein? Dann haben wir die Chance, über den Adlerblick auch an die Bankverbindung von Frau Horger zu kommen.« Klausen stand auf. »Ich werde nach Tegernsee reisen, um mich dort umzusehen. Ein kostspieliger Aufenthalt, Dr. Vogt. Ich muss Sie bitten, den Vorschuss um zweitausend Euro aufzustocken.«

Im Stehen sah ich mir den redseligen Gnom, der es wagte, über mein Standing bei Frauen zu spekulieren, von schräg oben an. Aus dieser Perspektive fiel es mir leichter, ihm die Banknoten zuzuschieben.

»Da ist noch etwas«, sagte Klausen und tat, als ob das Geld ihn nicht interessiere. »Ihre Telefonnummer und Email-Adresse habe ich notiert. Sehen Sie zu, dass Sie immer erreichbar sind. Denn Rückfragen, Doktor, Rückfragen wird es bestimmt geben.«

Klausens Händedruck war nicht fest und nicht schlaff, nicht warm und nicht kalt, dafür schneckenartig langsam. Als das Gartentor hinter mir zufiel, betrachtete ich die Innenfläche meiner Rechten. Dann ging ich lachend in Richtung Neuenheim.

Gegen Ende der Bergstraße waren von der Johanneskirche her acht Glockenschläge zu vernehmen. Kurz vor der Theodor-Heuss-Brücke fiel mir ein, dass ich meine Entlassung aus dem Untersuchungsgefängnis noch nicht gefeiert habe. Ich rief Heinz an. Heinz gab vor, den Abend seit längerem verplant zu haben. So ging ich allein über den Neckarstaden zur Altstadt. Geld, sagte ich mir, geschenktes Geld sollte man nicht im Sparstrumpf verkommen lassen.

Während der nächsten Tage dachte ich gelegentlich daran, mich um eine Stelle zu bewerben. Es mochte an den zweihunderttausend Euro im Hotelsafe gelegen haben, dass ich es vorzog, die Tage im Tennisclub oder im Billardzimmer des Café Schäfer zu verbringen.

Von Maitre Klausen war tagelang nichts zu hören. Tennis und Billard, sagte ich mir, sind auch in Oberbayern möglich. So orderte ich einen Leihwagen, fuhr Mitte Juni nach Tegernsee und ließ mir, im Adlerblick, das Doppelzimmer mit der Nummer 705 geben.

Ich entlohnte den Hotelboy, stellte meinen Handkoffer ab und setzte mich auf die Fensterbank. Unter dem Eindruck der vertrauten Umgebung war unvermittelt Helga wieder da, im hellblauen Kostüm, das so gut zu ihrem blonden Haar und den grünen Augen passte. Ich genehmigte mir einen Whiskey und trat auf den Balkon, Helga, den Kopf an meiner Schulter, immer dicht neben mir.

Ich kehrte dem Balkon mit allem, Seeblick, Gebirgskette und Helga, den Rücken. Das Zimmer mit der Nummer 705 war vielleicht doch nicht die richtige Wahl gewesen. Ich rief bei der Rezeption an, fragte nach Klausen und ging zwei Treppen tiefer zum Zimmer 510.

Klausen, ein tropfnasses Glas Genever in der Hand, lag auf einem Plüschsofa, das rechte Bein auf dem Boden, das linke auf der niedrigen Lehne. Zounds! Maitre Klausen, der Gedächtnisakrobat, als Dandyverschnitt im Viersternehotel – ohne den weißen Haarschopf hätte ich länger gebraucht, daran zu glauben. Klausen sagte Guten Tag, sah nach der Uhr, stand gemächlich auf, strich seinen Schnurrbart glatt und schlug vor, zum Hotelrestaurant zu gehen.

Ich habe vergessen, was alles Klausen damals zu sich nahm, Filetspitzen Stroganoff sind dabei gewesen, dazu ein Margaux. »Ja, die Weine von Entre-Deux-Mers«, sagte er und schloss bei jedem Schluck die Augen. Zu seinem Auftrag äußerte Klausen sich erst bei Erdbeeren und Sahne, mit grünem Pfeffer bestreut. »Es gibt Neues«, sagte er. »Frau Horger hat Anfang April ein Girokonto bei der Deutschen Bank in Bad Tölz eröffnet. Unter dem uns bekannten Namen, der mit größter Wahrscheinlichkeit falsch ist, das war nicht anders zu erwarten. Das Konto ist damals mit zehntausend Euro in bar alimentiert worden, inzwischen aber aufgelöst. An eine Frau mit hellblondem Haar und grünen Augen kann sich in der Bank niemand erinnern.«

Das mag neu sein, dachte ich, weiterführend ist es auf keinen Fall, indes Klausen Rauchringen nachsah und sich die Käseplatte noch einmal reichen ließ. Den Margaux hatte er gegen eine braune Flüssigkeit im Schwenker getauscht, die ich nur so lange für Kognak hielt, bis ich, beim Nachschenken, auf der Bauchbinde seiner Zigarre das Label Havanna Club entdeckte. Je größer und dicker die Zigarre, umso älter und dunkler der karibische Rum.

»Ich habe mit dem Nachtportier Schach gespielt und zwei Flaschen vom Besten getrunken«, fuhr Klausen fort. »Er hat mir eine Liste aller Telefonate versprochen, die über den Anschluss von Zimmer 705 geführt worden sind. Die Nummern werden, wie er sagt, immer erst zum Jahresende gelöscht. Da er über den passenden Code verfügt, können wir mit einem Ausdruck aller Ferngespräche rechnen, die während der fraglichen Zeit geführt worden sind.«

Ich ließ Klausen sitzen und ging hinunter zum See. Beim Anblick der Uferbank, auf der ich mit Helga gesessen hatte, machte ich kehrt und ging wieder zum Hotel. Im Halbschlaf bekräftigte ich noch einmal den Entschluss, Klausen zu nehmen wie er war und nur zu bewerten, was er im Rahmen seines Auftrags unternahm.

Am nächsten Morgen stand ich noch unter der Dusche, als Klausen erschien. »Hier ist der Ausdruck«, sagte er und schwenkte ein Bündel Endlospapier. Ich gürtete meinen Bademantel und nahm den Ausdruck entgegen. In der schier endlosen Liste von Telefonverbindungen waren einige rot markiert. Helga hatte über den Apparat von Zimmer 705 sechs Gespräche geführt, eines am achten, die anderen am elften und zwölften April, kurz vor meiner Entführung. Und die Überraschung: Helga hatte fünfmal dieselbe Nummer gewählt, Bad Tölz 345578.

»Endlich ein Zipfel Konkretes!«, sagte ich und schlüpfte in meine Hose. »Nun gilt es nur noch herauszufinden, wem dieser Apparat gehört.«

»Habe ich über den Laptop des Portiers schon erledigt. Der Anschluss gehört einer Frau Mia Meier, Goethestraße 25.«

Das schmale Haus mit der Nummer 25 hatte drei Stockwerke, Mia Meier wohnte im Hochparterre. Klausen klingelte. In der Tür erschien eine ältere Frau von ländlichem Zuschnitt, gegen Mittag noch im Negligé. Klausen zeigte ihr einen gelbgrünen Ausweis und murmelte Unverständliches, ich glaubte das Wort Polizei zu vernehmen.

»Wir interessieren uns für den Telefonanschluss mit der Nummer 345578 – gehört er zu Ihnen?«

»Ja und nein, Herr Kommissar. Die Wohnungen der zweiten und dritten Etage sind vermietet. Die Endziffer 78 gehört zur zweiten.«

»Der Name Ihres Mieters?«

»Eine Frau, Kommissar, Hanna Hagen.«

»Ist sie oben?«

»Nein. Frau Hagen ist seit Wochen nicht mehr hier gewesen. Und ich bezweifle, dass sie jemals wiederkommen wird.«

»Wie das, Frau Meier?«

»Weil sie das Apartment Ende April verlassen hat.« Es stellte sich heraus, dass Frau Meier die beiden oberen Stockwerke vermietete, auch für eine Saison, wenn dies gewünscht wurde.

»Kein Namensschild«, bemerkte Klausen in der zweiten Etage, dann öffnete er die Tür mit dem Reserveschlüssel. Die Dreizimmerwohnung war, bis auf die Möbel, tatsächlich geräumt worden. »Nichts«, stellte Klausen nach einem Rundgang fest, »auch der Kühlschrank ist leer.«

Dann verschloss er die Wohnung und drückte Frau Meier den Schlüssel in die Hand.

»Eine Zechprellerin also?«

»Wo denken Sie hin, Herr Kommissar. Frau Hagen hat eine Jahresmiete im Voraus bezahlt, obwohl sie die Wohnung keine fünf Monate genutzt hat.«

»Als Absteige?«

»Auch dies geht an den Tatsachen vorbei, Herr Kommissar. Frau Hagen hat hier nie, ich wiederhole: nie Besuch empfangen. Zumal sie selbst meist nur für Stunden hier gewesen ist.« Und, als Klausen erstaunt tat: »Sie musste als Vertreterin einer Pharmazeutischen Firma viel reisen.«

»Eine Pharmavertreterin – und die Firma?«

»Ich hatte keinen Grund, danach zu fragen.«

»Sie haben einen Vorschuss erwähnt – und Bares dafür genommen?«

»Wäre das strafbar, Herr Kommissar?«

Klausen tat unbeteiligt. »Was wir noch brauchen, ist eine Beschreibung Ihrer Mieterin, und das möglichst genau, wenn ich bitten darf.«

»Eine stattliche, meist sportlich gekleidete, hübsche Frau im Alter von vielleicht dreißig Jahren.«

»Besondere Kennzeichen?«

»Keine.«

»Und die Frisur?«

»Frau Hagen hatte auffallend dunkle, ich sollte sagen schwarze Haare, meist nach der Art eines Vogelnestes toupiert.«

Klausen nickte, während er mich ansah. »Vielen Dank, Frau Meier, Sie haben uns sehr geholfen. Ist in der dritten Etage jemand zu Hause?«

»Da müssen Sie selbst nachsehen, Herr Kommissar.«

Oben wohnte ein Rentner, der Frau Hagen ganz ähnlich beschrieb: Auffallend schönes schwarzes Haar und eine stattliche Figur, ja, das konnte keiner übersehen.

Auf dem Rückweg zum Adlerblick gab Klausen sich schweigsam. Meine Frage, warum er weder an Fingerabdrücke noch an Material für den genetischen Fingerprint gedacht hatte, überging er. Erst in der Nähe des Hotels wurde er gesprächig. »Im Zusammenhang mit den Mordfällen Minges und Mehlhorn ist nach Ihrem Bekunden von einer Schwarzen Frau die Rede gewesen«, stellte er fest. »Und Sie, Doktor, haben laut darüber nachgedacht, ob Helga Horger und ihre Partnerinnen nicht mit den beiden Morden zu tun haben. Was soll man unter solchen Voraussetzungen von der Tatsache halten, dass Frau Horger einen Tag vor Ihrer Entführung mit einer Frau telefoniert hat, deren Aufmachung fatal an jene Schwarze Frau erinnert, eine Person, die sich Hanna Hagen nennt, aus dem Nichts auftaucht und dorthin wieder verschwindet? Wäre es unter solchen Voraussetzungen nicht an der Zeit, neu, ich will sagen unbefangen über Helga Horger nachzudenken?«

Was Klausen da von sich gab, war vorhin, beim Gespräch mit Frau Meier, auch mir durch den Kopf gegangen. Jetzt, aus dem Mund eines Zigarre rauchenden Zenjüngers, ging es mir auf die Nerven. »Sie machen es sich zu einfach, Maitre. Stattliche Frauen mit auffallend schwarzem Haar dürfte es zu Tausenden geben.«

»Unbestritten. Dennoch könnte man den Eindruck gewinnen, Sie würden Frau Horger, an der Sie sich vor kurzem noch rächen wollten, jetzt, wo es Ernst wird, in Schutz nehmen. Ich möchte Sie warnen, Doktor. Liebe, heißt es im Volksmund, Liebe macht blind. Da sind Selbsttäuschungen vorprogrammiert.«

»Unsinn, werter Herr Klausen. Die Schwarze Frau als Mörderin der Schwestern Minges und Mehlhorn, das war nicht mehr als eine von vielen Theorien. Und nun kommen Sie und türmen auf die erste noch weitere, wesentlich gewagtere Hypothesen.«

»Sie lenken ab, Doktor. Für den weiteren Verlauf unserer Zusammenarbeit wäre es fatal, wenn Sie nicht wüssten, ob Sie Frau Horger in die Arme schließen oder, ich zitiere, einer gerechten Strafe zuführen wollen. Mit der Gefahr, von Ihrer Entführerin verführt zu werden.«

»Das reicht«, sagte ich und stoppte den Wagen vor der Freitreppe des Adlerblick so hart, dass die Reifen quietschten. »Sie werden nicht dafür bezahlt, Monsieur Klausen, darüber nachzudenken, ob und wen ich liebe. Ich gebe Ihnen noch fünf Tage im Adlerblick. Dann Schluss und Bericht samt Spesenrechnung an den Kaiserhof.«

In Klausens Gesicht kommt mit einem mal Leben. Augenbrauen, Wimpern und Schnurrbart scheinen im Takt zu vibrieren, seine Wangen, zuerst dunkelrot, dann violett, sind weiß geworden. Er steigt aus und geht mit hängenden Schultern über die Freitreppe zum Portal des Adlerblick.

Ich überhole ihn, fahre zur siebten Etage und packe meine Reisetasche. Dann setze ich mich noch einmal ans Fenster von Zimmer 705 und nehme Abschied vom sonnigen Panorama der Alpen über dem spiegelnden See. Helga Horger und ihre Kontakte mit einer schwarzhaarigen Frau – ich weigere mich, darüber nachzudenken, warum ich, unten, im Auto, so heftig reagiert habe. Ich nehme die Reisetasche, streife den

Balkon und die gelbe Bettdecke mit einem letzten Blick, steige in den Leihwagen und fahre in Richtung Heidelberg. Bei der Idee, dass mein Verhältnis zu Klausen dem zwischen Teenagern ähnlich ist, muss ich lachen.

Am späten Abend war ich wieder im Kaiserhof, ließ mir einen doppelten Whiskey geben und versuchte einzuschlafen. Im Traum arbeitete mein Gehirn sich an Szenarien ab, in denen Helga, in der Macht fremder Gewalten, mich nur unter Zwang verriet. Beim Frühstück löschte ich Klausen von der Adressliste meines iPhones.

Zwei Tage dolce far niente zwischen Tennis und Billard, dann stöberte Heinz mich im Kaiserhof auf. Schweigend hörte er sich meinen Bericht über Tegernsee, Hotel Adlerblick und die Zusammenarbeit mit Maitre Klausen an. Meine Reaktion auf die Vorhaltungen Klausens nannte er pennälerhaft. »Zweihunderttausend Euro sind viel Geld«, sagte er nach einer Pause, »aber kein Ruhekissen, am wenigsten für den Fall, dass du einen Lebenskünstler finanzierst, der kostspielige Rauchringe in die Luft bläst und so tut, als sei es eine Kleinigkeit, Märchen in Wirklichkeit zu verwandeln. Ich denke, es wird Zeit, dich nach einer Stelle umzusehen. Und, verzeih die Frage: Dieses fürstliche Gemach im Kaiserhof – muss das wirklich sein?«

Ich drückte mich noch drei Tage herum, dann machte ich mich an die Arbeit. Da der Direktor meiner alten Klinik immer noch nicht bereit war, mit mir zu reden, blieb nur die Lösung, mein Glück außerhalb von Heidelberg zu versuchen. Ich zog ein Dutzend Kopien aller Akten, die zu einer Bewerbung gehörten, löschte vier Entwürfe, vervielfältigte den fünften und eilte mit einem Stapel brauner DIN A 4 – Umschläge zur Post. Wie zu befürchten, ging alles, von Darmstadt über Karlsruhe, Stuttgart und Tübingen bis Freiburg und Konstanz, schief. Da gab es Personalabteilungen, die höflich absagten und andere, die überhaupt nicht reagierten. Kein Zweifel, Oberarzt Flaming war in den meisten, wenn nicht allen Fällen kontaktiert und über mich befragt worden. Worauf alle Verantwortlichen wie Miesmuscheln reagierten – Klappe dicht und, wenn das nicht reichte, eine Wolke Abwehrschleim gegen alles Unwillkommene. Wie gut, dass zumindest Heinz zufrieden war.

Um Maitre Klausen nicht zu vergessen: Seine Abrechnung war wesentlich umfangreicher als sein Arbeitsbericht.

Als ich an einem der nächsten Tage gegen zehn noch im Frühstückszimmer saß, brachte ein Page mir das Mobiltelefon. »Hier Mr. X«, hörte ich die tiefe Stimme sagen. »Nur Mut, Dr. Vogt, jeder macht gelegentlich Fehler. Jetzt aber Kopf hoch, es gibt Neues. In Heidelberg findet zurzeit ein Kongress zum Thema künstliche Befruchtung statt. Unter den Vortragenden ist ein Professor Di Cinno, Frauenarzt aus Rom. Der Mann, er ist nicht zum ersten Mal in Heidelberg, wohnt zufällig in Ihrem Hotel. Sie werden fragen, was diese Nachricht soll. Sie, Dr. Vogt, haben im Verlauf Ihrer Verhöre sicher davon erfahren, dass Schwester Minges, wie auch Schwester Mehlhorn, in einer Frauenklinik beschäftigt war, Frau Minges hier in Heidelberg, Frau Mehlhorn in Karlsruhe. Dazu ein Detail, das Ihnen wohl noch nicht bekannt ist: Die beiden Schwestern sind vor Jahren zusammen in Rom gewesen, wochenlang, wo sie, wie man hört, mit Di Cinno, einem Frauenarzt, zu tun hatten. Braucht es mehr, um Sie für Professor Di Cinno zu interessieren? Ich meine für den Fall, dass Sie im Zusammenhang mit dem Doppelmord Minges/Mehlhorn an Ihre frühere Geliebte denken.« Freizeichen – und ich, nicht zum ersten Mal nach einem Anruf von Mr. X, ratlos, das Telefon in der Hand.

Celto, Celio – das waren Namen aus der Zeit meines autosuggestiven Gedächtnistrainings, und nun der konkrete Hinweis auf einen Professor Di Cinno. Wie hätte ich nicht alarmiert sein sollen, zumal es möglich war, die Angaben von Mr. X zu überprüfen. Ich rief die Rezeption an. Ja, hieß es, ein Professor Di Cinno sei zurzeit tatsächlich Gast des Hotels. Auf meine Frage nach der Nummer seines Zimmers hieß es, Suiten hätten keine Nummern, Di Cinno logiere in der Prinzregentensuite. Nein, der Herr sei zurzeit nicht im Hause. Eine Gelegenheit, ihn zu sprechen, würde sich vielleicht am frühen Nachmittag ergeben.

Niemand wird sich darüber wundern, dass der Anruf des Mr. X mich wachgerüttelt hatte. Das Ziel, Helga und dem Kastell nachzuspüren, würde ich nicht aufgeben. Und wenn Klausen versagte, blieb mir keine andere Wahl, als selbst jede Spur aufzunehmen, auch wenn sie in das

Umfeld zweier Morde führte. Schließlich stammte die Annahme, Helga und ihre Helferinnen hätten etwas mit dem Tod der beiden Schwestern zu tun, von mir selber. Schluss also mit jeder Nostalgie, und auf zu Di Cinno.

Bis zum frühen Nachmittag waren es noch mehrere Stunden. Voller Ungeduld machte ich mich auf, den Luxustrakt des Kaiserhof zu inspizieren. Suiten mochten früher zur Beletage gehört haben, heute war, neben dem Loft, immer noch das Penthouse aktuell. Anstatt nach dem Fahrstuhl für die Suiten zu fragen, sah ich mich nach einer Treppe zur achten Etage um. Erstaunlich, wie viel Plüsch und Plunder sich hinter einer unscheinbaren Metalltür verbarg, darunter ein Geländer aus grau geädertem Marmor und bordeauxrot belegte Treppenstufen, die so niedrig waren, dass man, überrascht, ins Stolpern kam.

In der achten Etage zog sich ein verglaster Rundgang wie ein Wintergarten rings um das Gebäude. Kamelien standen hier, Orchideen und blühende Zitrusbäume, die nach Zimt und Limonenschale dufteten. Über diesen Rundgang gelangte ich durch eine automatische Schiebetür mit der Inschrift Prinzregentensuite zum dazugehörigen neobarocken Portal. Neben der schallgedämmten Tür war eine Klingel zu sehen, darüber ein Messingschild mit dem Namen Alberto Di Cinno. Woraus ich schloss, dass der römische Professor nicht zum ersten Mal im Kaiserhof residierte, es sei denn, das Namensschild zählte zum Bestand seines Reisegepäcks. Direktor einer Frauenklinik müsste man sein, dachte ich, bis mir einfiel, dass bei weitem nicht alle Frauenärzte so viel verdienten. Ich machte kehrt und ging über den Rundlauf zurück zur Treppe, tief unter mir die regennassen Dächer der City, dahinter, trotz einiger Nebelfetzen zum Greifen nahe, das Schloss.

Die Mittagszeit verbrachte ich in der Fürstenstube des Europäischen Hof. Im Lokalteil der Rhein-Neckar-Zeitung fand ich einen Artikel über den von Mister X angesprochenen Kongress. Das letzte, zusammenfassende Referat würde Professor Di Cinno halten, eine Koryphäe auf dem Gebiet der künstlichen Befruchtung. Koryphäe hin oder her – ich würde Di Cinno aufsuchen, auch wenn ich einsah, dass es nicht ohne weiteres anging, den Professor nach irgendeinem Detail seiner Vergangenheit zu fragen. Was ich bis zum frühen Nachmittag brauchte, war eine plausible Begründung für mein Interesse an den Schwestern Minges und Mehlhorn.

Um halb drei ging ich die Wendeltreppe zur achten Etage hoch und läutete bei der Prinzregentensuite. Die schwere Eingangstür öffnete sich wie von selbst, desgleichen eine zweite, leichtere Tür, die aus einem hellen Vorzimmer in einen großen, nur halb ausgeleuchteten Raum führte. Hinter dem schweren Mahagonischreibtisch saß im Schimmer der Tischlampe Di Cinno, ein kleiner Mann mit üppig gelocktem grauen Haar, dunklen Augen und einem wie Schildpatt funkelnden Brillengestell. Als er von seiner Lektüre aufsah, nannte ich meinen Namen und kam, wie geplant, ohne Umschweife zur Sache. »Professor Di Cinno, ich nehme mir die Freiheit, in einer für Sie zweifellos unbedeutenden Sache vorzusprechen, eine Sache allerdings, die mir, wie Sie gleich sehen werden, sehr am Herzen liegt. Eine Tante hat mir kürzlich ihre Erbschaft hinterlassen, für mich, als Assistenzarzt, ein Vermögen. Unverdient, wie ich gestehen muss. Aus Dankbarkeit und Reue bin ich jetzt dabei, das Leben dieser Frau zu rekonstruieren, Monat für Monat, Jahr für Jahr. Anhand von Briefen, Tagebuchaufzeichnungen, einem ewigen Kalender und, nicht zuletzt, aus den Erinnerungen von Bekannten. Nun gibt es eine Reise, die im Leben meiner Tante einmalig war, aber nur wenig Spuren hinterließ. Es handelt sich um eine Reise nach Rom, und es scheint, als ob die Verstorbene dort mit Ihnen in Verbindung gestanden wäre. Da Sie nun einmal in Heidelberg sind, Professor Di Cinno, wage ich, bei Ihnen vorzusprechen, in der Hoffnung, diese Lücke mit Ihrer Hilfe zu schließen.« Und als mein Gegenüber nur große Augen machte: »Sie wollen sicher wissen, um wen es sich handelt. Die Tote hieß Martha Minges, Herr Professor.«

»Martha Minges – und ihr Beruf?«

»Sie ist Krankenschwester gewesen, in der Universitätsfrauenklinik, hier, in Heidelberg.«

»Wann ist sie gestorben?«

»Sie ist vor kurzem ermordet worden, Professor.«

Di Cinno saß mit dem Rücken zum Fenster. Dennoch glaubte ich zu erkennen, wie jetzt, erst jetzt, Spannung, ängstliche Spannung in sein Gesicht gekommen war.

Als er um die Ecken des Schreibtischs auf mich zukam, wurde deutlich, wie klein und zierlich Di Cinno geraten war. »Mein Beileid zum Tod Ihrer Tante, Herr ...«

»Vogt, Dr. Vogt, Herr Professor.«

»Herr Dr. Vogt«, Di Cinno sah nach seiner Rolex, »ich würde gern mehr über Schwester Minges erfahren, doch muss ich jetzt zum Kongress. Darf ich Sie bitten, um neunzehn Uhr wiederzukommen?«

Auf der Treppe zur siebten Etage und dann weiter, während der Fahrt nach unten, stand für mich fest, dass Di Cinno bei der Nachricht von Schwester Minges' Tod erschrocken war. Das Spiel der Falten rings um seine Augen, der Griff nach der Sessellehne – dennoch schüttelte ich den Kopf, um mich zur Ordnung zu rufen. Wenn ich mich nicht vorsah, würde Di Cinno in meiner Phantasie bald auf einer Brücke stehen, den Mund im Schrei offen wie ein Scheunentor, beide Handflächen fest an den Schläfen. Dennoch wurde ich den Eindruck nicht los, dass die Nachricht von Schwester Minges' Ermordung ihn schwer getroffen hatte.

Um nicht ins Grübeln zu kommen, verbrachte ich den Nachmittag im Tennisclub. Das Wetter war wieder besser geworden, die Sandplätze in der warmen Sonne längst wieder trocken.

Gegen Abend schlüpfte ich in einen taubenblauen Zweireiher, überprüfte den Sitz meiner Fliege und nahm die Treppe zur Prinzregentensuite. Als ich oben ankam, waren es noch fünf Minuten bis neunzehn Uhr. Während ich noch zögerte, war von der Suite her ein fremdes Geräusch zu hören, ein gedämpftes Plopp, als hätte jemand eine Sektflasche entkorkt.

Für mich, Harry Vogt, würde in der Prinzregentensuite niemand eine Flasche köpfen. Ich trat zur Brüstung des Rundgangs und sah zur Altstadt hinüber.

Auf dem Neckar kamen die Passagierboote von ihrer Fahrt zum Dilsberg zurück, drüben, am rechten Ufer, leuchteten die Girlanden des Bootsrestaurants. Ich sah noch einmal nach der Uhr und machte kehrt, um bei Di Cinno zu klingeln. Von der Schiebetür aus sah ich eine weibliche Gestalt, die, mit weißer Schürze und gestärkter Haube, zum Treppenabgang eilte, wohl eine von den Bediensteten. Als sich auch nach dem dritten Klingelton nichts rührte, wollte ich schon gehen, als ich bemerkte, dass die massive Eingangstür nur angelehnt war. Die zweite, weiß gestrichene Tür stand sperrangelweit offen. Ich betrat den Salon.

Im abendlichen Dämmer war zuerst nur Di Cinnos weißgrauer Schopf zu sehen. Der Professor, dachte ich, muss kurzsichtig sein. Erst als ich hinzutrat, wurde klar, dass er mit der rechten Wange auf der Schreibtischplatte lag. Ich eilte hinzu, um nach Di Cinno zu sehen. Im Begriff, nach seiner Halsschlagader zu tasten, bemerkte ich das rot geränderte Loch über seiner Nasenwurzel, aus dem Blut auf die grüne Schreibtischunterlage sickerte. Auch Di Cinnos warme Haut war ein Zeichen dafür, dass der Schuss erst vor Minuten gefallen war. Eine Champagnerflasche hatte hier niemand geöffnet.

Bestürzt verließ ich die Suite und das Hotel so schnell es ging, ohne Aufsehen zu erregen. Gleich darauf, im Café Schäfer, bereute ich meine Flucht. Sobald Bronkhorst erfuhr, dass ich nach Di Cinno gefragt hatte, würde er nicht zögern, mich zu verdächtigen, vor allem wenn er wusste, dass die Schwestern Minges und Mehlhorn Di Cinno gekannt hatten. Fehlte nur noch, dass ich um die Zeit des Verbrechens in der Nähe des Tatorts gesehen worden war.

Ich ging zur Neckarpromenade, um mich zu beruhigen. Auf der Höhe des Marstalls hatte ich meine Gedanken wieder in der Gewalt. Kurz vor der alten Brücke blieb ich stehen. Dann machte ich kehrt und ging wieder zum Kaiserhof.

Rita

Kai und ich waren am siebenundzwanzigsten Juni noch sehr spät mit einer Schlägerei am Heumarkt beschäftigt, als Bronkhorst anrief. Geheimnisvoller Mord in der Prinzregentensuite des Kaiserhof, ein neues Rätsel, das helfen würde, alte Rätsel zu lösen. Bronkhorst im Stil eines Orakels, murmelte Kai, da kann man gespannt sein.

Als wir das Grandhotel erreichten, war eine Wache damit beschäftigt, den Personenverkehr zu kontrollieren. Im Foyer war der Teufel los. Links, im Bereich der Rezeption, hatte das Personal des Hotels sich versammelt, vom Pagen bis zum leitenden Direktor an die dreißig Personen. Auf den Sofas und Sesseln der Eingangshalle sowie den Stühlen des Frühstückzimmers, dessen Doppeltür weit offen stand, hatten die Gäste Platz genommen. Bronkhorst, auf den untersten Stufen der Wendeltreppe, war dabei, eine Rede zu halten. Kai voran, ich hinterher, drängten wir uns bis zum Standort des Kommissars durch. Von hier oben war im Hintergrund Dr. Vogt zu sehen, der, eine Hand in der Hosentasche, am Türrahmen lehnte. Und in seinem hellblauen Sakko mit Fliege gut, verdammt gut aussah.

»Verehrte Hotelgäste«, hörte ich Bronkhorst sagen, »so viel zur Vorgeschichte. Wie ich höre, hat keiner von Ihnen Professor Di Cinno gekannt oder, an diesem Nachmittag, das oberste Stockwerk betreten. Die drei Herrschaften der Kaisersuite hatten das Hotel gleich nach dem Frühstück verlassen, die Prinzessinnensuite war nicht belegt und die Prinzregentensuite allein von Professor Di Cinno bewohnt. Unter diesen Umständen wollen wir Sie nicht länger daran hindern, Ihre Zimmer aufzusuchen. Das Hotel verlassen sollten Sie bis auf weiteres aber auf keinen Fall. Sie wollen wissen, wie lange dieser Zustand noch dauern kann?« Bronkhorst sah zuerst Kai, dann mich an. »Ich nehme an, nicht mehr als eine Stunde.«

Worauf die Gäste sich zerstreuten. Einige gingen über die Treppe nach oben, andere warteten auf einen der drei Fahrstühle.

»Einen Augenblick, Dr. Vogt«, rief Bronkhorst. »Zwei Fragen. Kennen Sie einen Herrn Di Cinno, Professor Di Cinno, aus Rom?«

»Nein.«

»Sind Sie heute in der Prinzregentensuite gewesen?«

»Nein.«

»Wie ich höre, haben Sie das Hotel um die Zeit des Mordes in großer Eile verlassen. Würden Sie uns sagen, warum?«

Vogt zuckte die Schultern. »Nicht eiliger als sonst. Mir war nach einem Spaziergang, in diesem Fall entlang der Neckarpromenade, falls auch das Sie interessiert.«

Während Vogt, an uns vorbei, die Treppe hochging, wandte Bronkhorst sich an das Hotelpersonal: »Wer von Ihnen ist heute Nachmittag in der obersten Etage gewesen?«

Ein Page meldete sich, eine Raumpflegerin und zwei Stubenmädchen.

»Hat jemand von Ihnen, außer Kolleginnen oder Kollegen, sonst jemand in der obersten Etage gesehen?«

»Ich«, antwortete eines der beiden Mädchen. »Einen Mann, Herr Kommissar, vor der Prinzregentensuite.«

»Können Sie ihn beschreiben?«

»Das wird nicht nötig sein. Es ist der Herr gewesen, mit dem Sie zuletzt gesprochen haben.«

»Dr. Vogt?«

»Ja, so haben Sie ihn vorhin genannt.«

Bronkhorst fragte den Portier nach dem Zimmer von Dr. Vogt. Dann wies er uns an, die Fahrstühle im Auge zu behalten, er selbst würde die Treppe zur siebten Etage nehmen.

Als wir hinzukamen, standen Vogt und Bronkhorst sich im Flur der siebten Etage gegenüber. »Sie haben vorhin geleugnet, in der Prinzregentensuite gewesen zu sein. Es gibt eine Zeugin, die Sie um neunzehn Uhr dort oben gesehen hat.«

»Ich bin nicht in der Suite, sondern nur im Rundgang gewesen.«

»Zu welchem Zweck?«

»Um das Panorama der Stadt zu bewundern. Nicht zum ersten Mal, um auch dies zu gestehen.«

»Sieh an, Dr. Vogt, immer noch zum Scherzen aufgelegt, das wird sich bald ändern. Raffen Sie zusammen, was für eine Nacht gebraucht wird, und folgen Sie mir.«

Während ich noch darüber nachdachte, was in Bronkhorst vorging, war der Kommissar mit Vogt schon unterwegs. So gingen wir, links der Hauptkommissar, halbrechts vor ihm Dr. Vogt, dahinter Kai und ich, zum Präsidium. Im Vergleich zu Bronkhorst, der sich dem Superschwergewicht näherte, bewegte Vogt sich mit der Leichtigkeit eines Mittelgewichtlers über den auch jetzt, am späten Abend, noch warmen Asphalt. Kurz vor dem Portal glaubte ich Kerstins Stimme zu vernehmen: Vorsicht, Rita, Vogt mag unbeschwert wirken, die Unschuld vom Lande kann er wohl nicht sein. Ja Kerstin, simste ich ihr in Gedanken zurück, und das ist gut so. Eine Antwort, die Kerstin so, ohne jeden Kommentar, sicher nicht verstand.

Den Anblick des zweiten Verhörzimmers quittierte Vogt mit einem Lächeln. Der billige Schreibtisch, die unbequemen Stühle, das unvermeidliche Mikrophon – hier würde sich so rasch nichts ändern, nur dass über dem Schreibtisch das Porträt des neuen Bundespräsidenten hing.

»Wie, Dr. Vogt«, begann Bronkhorst das Verhör, »wie sind Sie auf Professor Di Cinno gekommen?«

»Eine Fangfrage, Herr Hauptkommissar? Doch will ich gerne wiederholen, dass ich nicht bei jenem Herrn, sondern auf einem Balkon gewesen bin, von dem ich nicht wissen konnte, dass er zur Suite eines Mordopfers führt.«

Die Frage nach seinem Alibi für die Zeit des Mordes an Di Cinno beantwortete Vogt mit Verwunderung, auch die nach seiner Eile, vorhin, beim Verlassen des Hotels. Als Bronkhorst so weit ging, ihm den Mord an Di Cinno anzulasten, bat Vogt, immer noch lächelnd, um Vorschläge für ein Motiv, das ihn veranlassen konnte, einen römischen Professor der Frauenheilkunde zu töten.

Bronkhorst blieb hartnäckig, Vogt gelassen, bis kurz vor Mitternacht. Als der Kommissar sich zum dritten Mal wiederholte, wechselte Vogt die Tonart. »Schluss jetzt mit dem ewigen Hin und Her. Anstatt sich um Kopf und Kragen zu reden, sollten Sie endlich nachdenken, Herr Kommissar. Es gibt zwingende Gründe für die Annahme, dass der Fall Di Cinno mit den Morden an den Schwestern Minges und Mehlhorn zusammenhängt. Jedem Laien würde allein schon der Schuss in die Stirn genügen, um auf solche Ideen zu kommen. Die Frage kann doch nur sein, wie lange Ihre Spezialisten brauchen, um die dritte Kugel mit den beiden anderen zu vergleichen.«

Der Kommissar war aufgesprungen. Erstaunlich, wie rasch er sich durch Dr. Vogt aus der Fassung bringen ließ. Dabei war uns, Kai und mir, längst klar geworden, woher Vogt seine Unbefangenheit nahm. Anders Bronkhorst, der bereit schien, sich ein weiteres Mal zu vergaloppieren, bis es Kai und mir gelang, ihn beiseite zu nehmen. Der Kommissar brauchte eine Viertelstunde, um unseren Argumenten zu folgen. Dann schickte er Kai ins Verhörzimmer, um Vogt zu entlassen.

Am nächsten Tag brachte die Rhein-Neckar-Zeitung einen ausführlichen Bericht über den geheimnisvollen Mord an Professor Di Cinno, Kongressteilnehmer aus Rom. Von Vogt oder sonst einem Verdächtigen war in dem Artikel nicht die Rede. Einen Tag später erst war zu lesen, dass die Tat mit derselben Waffe ausgeführt worden war wie die vieldiskutierten Morde an den Krankenschwestern Minges und Mehlhorn. Über den Täter gab es nur Spekulationen, denen anzusehen war, dass sie nicht von der Polizei stammten. Handelte es sich um dieselbe Waffe, hätte man es wohl auch mit nur einem Täter zu tun. Dass im Fall Di Cinno keine Frau mit schwarzen Haaren gesehen worden war, spräche nicht gegen diese Annahme.

Vogt hatte sich nach meiner Überzeugung auf das Verhör im Präsidium nur eingelassen, um den Kommissar bloßzustellen. Ihm war wohl schon sehr früh klar geworden, was die drei Morde miteinander verband. Die beiden Schwestern hatten einander und auch Professor Di Cinno gekannt. Mehr noch, sie waren in Rom für Di Cinno tätig gewesen und jetzt, wie er, durch einen Schuss in die Stirn exekutiert worden. Drei Morde, mit großer Wahrscheinlichkeit aber nur ein Täter. Vogts Interesse für den dritten Mord mochte verdächtig sein. Doch wenn er nach Meinung der Staatsanwaltschaft und von Dr. Lück für die ersten beiden Morde nicht in Frage kam, war es sinnlos, ihm den dritten anhängen zu wollen. Bei diesem Argument erst hatte Bronkhorst eingesehen, dass er sich zurückhalten musste, bis die tödliche Kugel untersucht worden war. Um zuletzt, als das Ergebnis vorlag, Rache zu schwören. Er, Kommissar Bronkhorst, würde Vogt so rasch nicht vergessen.

Vogt zu vergessen – das, Kommissar, würde auch mir so leicht nicht gelingen. Tatsächlich erschien mir der Alltag im Büro bald unerträglich. Im Licht der Leuchtstoffröhren verlor der Ficus seine Blätter, die Zimmerazaleen waren voller Läuse, die laute Klimaanlage verursachte eine Grippewelle nach der anderen und die Schimmelflecken über der alten Kaffeemaschine gingen nicht nur mir auf die Nerven.

Wie zu erwarten, hielt meine Freude über den Reinfall des Kommissars nicht lange vor. Zwei Tage später schon saß ich in übler Laune am Frühstückstisch. Der Kaffee war mir zu kalt, die Croissants zu wenig kross und der Honig zu fest. Ich wusste auch jetzt, nach dem Mord an Di Cinno, nicht, was zu tun war.

Mein Problem hieß immer noch Helga Horger. Seit dem tödlichen Schuss in der Prinzregentensuite kreisten meine Gedanken immer wieder um die gleiche Frage: Konnte es sein, dass Helga, nach den beiden Krankenschwestern, nun auch am Mord an Di Cinno beteiligt war? Meine Stimmung war umso schlechter, als ich den ersten Verdacht selbst in die Welt gesetzt hatte, wenn auch nur, um die Kommissare Bronkhorst und Junker abzulenken. Ein fragwürdiges Unterfangen, das erst später, durch die Entdeckung der Ferngespräche zwischen Helga und der Schwarzen Frau, Konturen angenommen hatte. Und nun, nach dem Mord an Di Cinno, Gefahr lief, zur fixen Idee zu werden. Tatsächlich war durch den Anruf des Mister X eine Spur aufgetaucht, die mit einiger Wahrscheinlichkeit helfen würde, Helgas Rolle in diesem tödlichen Spiel zu verstehen. Ein roter Faden, dessen Ende in Rom zu finden war.

Da mein Italienisch nicht reichte, brauchte ich Hilfe. Einen zweiten Privatdetektiv würde ich auf keinen Fall engagieren, zumal ich keine Lust mehr hatte, Fragen über meine Nächte im Kastell zu beantworten. Als ob Intimes geeignet wäre, der Wahrheitsfindung zu dienen. Vielleicht, sagte ich mir, zählt der flotte Dreier zum Standardrepertoire der Träume älterer Männer. Zurück zu Klausen also, dessen Fragestunde ich seit längerem hinter mir hatte.

Klausen gab sich am Telefon zuerst reserviert. Doch gleich darauf, als von Rom und einer Verdoppelung seiner Gage die Rede war, sagte er zu, wenn auch unter dem Vorbehalt spezieller Bedingungen, über die noch zu verhandeln wäre.

Montag Nachmittag empfing Klausen mich, wie erwartet, mit einiger Reserve. Sobald ich den neuen Vertrag unterzeichnet und meinen Bericht über die Affäre Di Cinno beendet hatte, kam er aufs Grundsätzliche. »Zu meinen Geschäftsregeln gehört die Gewohnheit, mir ein

Bild über neue Klienten zu machen, vor allem über deren Motive. Eine Maxime, der ich in Ihrem Fall leider nicht ausreichend gefolgt war. Um dann, vor der Freitreppe zum Hotel Adlerblick, zu erleben, wie Versäumnisse dieser Art sich gelegentlich rächen. Sie werden verstehen, dass ich mich jetzt, da Sie wieder zu mir kommen, gezwungen sehe, einiges nachzuholen. Daher vor allem anderen die Frage: Welches, Dr. Vogt, sind Ihre Motive, mich ein zweites Mal aufzusuchen?«

»Alles Motive, die mich vor Wochen zur Polizei und dann auch zu Ihnen geführt hatten.«

»Ich erinnere jedes Wort, jede Einzelheit, von der Sie mir damals erzählt haben. Sollte das alles sein, Dr. Vogt?«

O. k., Maitre, sagte ich mir und packte noch einmal aus, was ich Bronkhorst, Heinz und auch ihm, Klausen, bereits aufgetischt hatte. Neu war wohl nur, was mir zu Helgas Verrat eingefallen war: Entweder, sie hatte sich, aus welchen Gründen auch immer, von Anfang an verstellt, was ich für unwahrscheinlich hielt. Oder es war später, im Hotel Adlerblick, etwas vorgefallen, das Helga zwang, mich zu verraten, vielleicht eine Erpressung im Zusammenhang mit irgendeinem dunklen Punkt ihrer Vergangenheit. Was blieb, fügte ich hinzu, ist mein Bedürfnis nach Aufklärung und, für den Fall Nummer eins, auch nach Rache. Schließlich hätte ich durch Helgas Verrat Rückschläge erlitten, die mit zweihundertfünfzigtausend Euro nicht aus der Welt zu schaffen wären.

Klausen schüttelte den Kopf. »Sie hatten sich vor kurzem noch echauffiert, als ich mir erlaubte, Helga Horger mit der Schwarzen Frau und dem Doppelmord an den beiden Krankenschwestern in Verbindung zu bringen. Woher die Kehrtwende?« Und als ich schwieg: »Auch sonst fällt es mir schwer, Ihrer Logik zu folgen. Daher die Frage, ob sich hinter allem, was Sie mir erzählen, nicht ein ganz anderes Motiv verbirgt.«

»Meine Auseinandersetzung mit Kommissar Bronkhorst? Richtig ist, dass er zum dritten Mal versucht hat, mich zu übertölpeln. Daher, Maitre, liegt mir in der Tat einiges daran, Bronkhorst ins Unrecht zu setzen. Ein Nebenziel, sozusagen.«

»Ein Fernduell, mit mir als Sekundanten? Sie können vieles haben, Dr. Vogt, nur keine Kooperation à la Dr. Watson und Sherlock Holmes – welch abenteuerliche Vorstellung! Zurück also zum Wesentlichen, ich spreche von den Gefühlen. Wie verhält es sich mit Ihren Gefühlen gegenüber einer Frau, die Sie nach eigenem Bekunden doch geliebt haben?«

»Ich sehe nicht, was meine Gefühle mit Ihren Recherchen zu tun haben. Dennoch will ich versuchen, offen zu sein. Es gibt da eine bunte Mischung wechselnder Empfindungen, wie in einem Patchwork, an dem noch gearbeitet wird. Anfangs, kurz nachdem ich Helga kennen gelernt hatte, stand mein Verlangen im Vordergrund. Dann, während der Gefangenschaft im Kastell, erotische Erlebnisse, unter Umständen, die nicht geeignet waren, über Gefühle nachzudenken. Später, kurz nach meiner Befreiung, überwog der Wunsch, mich an Helga zu rächen. Tagelang habe ich damals, wie neulich zum zweiten Mal, nach dem Kastell gesucht. Als ich …«

»Moment, Doktor, Sie bringen da etwas durcheinander. Ich erinnere sehr wohl, welchen Zeitrahmen Sie mir seinerzeit aufgetischt hatten. Nach elf Tagen ›Gefangenschaft‹ wären Sie, um den 23. April, geradewegs zur Polizei gegangen. Jetzt, Wochen später, heißt es, sie hätten nach Ihrer Befreiung erst tagelang nach dem Kastell gesucht.«

»Eins zu Null für Ihr Gedächtnis, Maitre. Gut, dann also heraus mit der Wahrheit. Als ich erfuhr, dass mein Arbeitgeber, die Universität, mir fristlos gekündigt hatte, war ich auf der Suche nach einer plausiblen Begründung für die verspätete Rückkehr aus meinem Wochenendurlaub. Da bot es sich an, von einer elftägigen Gefangenschaft zu reden.«

»Obwohl Sie … »

»Obwohl ich nicht elf, sondern nur drei, vier oder fünf Tage festgehalten worden war.«

»Interessant, Ihre Bekanntschaft gemacht zu haben, Dr. Vogt.« Klausen war so rasch aufgestanden, dass sein Bauch ihn für Sekunden aus dem Gleichgewicht brachte. »Nach dem Märchen von den 2, 3 oder 4 Frauen nun die Geschichte von den 3, 4 oder 5 Tagen Gefangenschaft. Sie haben die Adresse verfehlt, werter Herr, und damit auf Nimmerwiedersehen.«

»Gemach, Maitre. So geht man nicht mit jemand um, der, das Gehirn voller Drogen, im ewigen Dunkel aus dem Zeitrahmen gefallen war. Es gibt Gründe für die Annahme, dass ich am fünften Tag in Bad Tölz angekommen bin.«

Klausen hatte sich, nicht ohne Anzeichen von Widerwillen, wieder hinter seinen Schreibtisch geklemmt.

»Wir hatten nach meinen Gefühlen gefragt. Da ich mit der Suche nach dem Kastell nicht weiter kam, bin ich Tage später, immer noch mit dem Wunsch, mich zu rächen, zur Polizei gegangen. Zuletzt erst, während der Verhöre und im Untersuchungsgefängnis, habe ich zu einer entspannteren Einstellung gefunden. Seit Neuestem stelle ich nicht ohne Erstaunen fest, dass auch Neugier im Spiel ist. Die Neugier, endlich herauszufinden, warum Helga mich verraten und, nun ja, anderen Frauen überlassen hat.«

Klausen war immer noch nicht zufrieden. »Und die Gefühle Ihrer Geliebten?«

»Ich bin auch heute noch davon überzeugt, dass Helga meine Gefühle erwidert hat.«

»Gibt es dafür glaubhafte Indizien?«

»Indizien, Maitre Klausen? Auf Worte, das habe ich inzwischen gelernt, kann man nicht viel geben. Doch Indizien, glaubhafte Indizien, wenn es um Gefühle geht? Mir genügt die Erinnerung an Helgas Verhalten, an ihre Reaktionen, wenn wir beisammen waren.« Und da Klausen immer noch schwieg: »Sie wollen, wie Kommissar Bronkhorst, noch mehr wissen? Muss ich in Zahlen fassen, was sich ereignet hat, damit Sie mich verstehen? Wie oft und mit welcher Leidenschaft wir uns im Hotel Adlerblick geliebt haben? Wie es mit Helgas Orgasmen stand, der Lautstärke ihres Stöhnens und den Veränderungen ihres Körpergeruchs, wenn sie zum Höhepunkt kam? Nein, werter Herr Klausen, die Weite von Helgas Pupillen habe ich nicht gemessen, Ihren Herzschlag und ihre Atemzüge nicht gezählt. Auch kann ich die Kraft nicht zahlenmäßig angeben, mit der Helga mich umfasst hat, nicht nur mit Armen und Beinen. Doch wären Zahlen wirklich beweisend, bei Reaktionen, die man auch vortäuschen, manipulieren kann?«

»Sie haben mich zumindest davon überzeugt, dass Sie Frau Horger geliebt haben. Und jetzt, Doktor, wie steht es heute mit Ihren Gefühlen?«

Ich schüttelte den Kopf und kniff mich in den Arm, um wach zu werden. Endlich wurde mir bewusst, was da vor sich ging. Klausen hat es verstanden, mich mit den einfachsten Mitteln, durch Schweigen und Zuhören, zum Reden zu bringen, so, wie selbst Heinz es nie geschafft hat. Dabei saß ich nur darum wieder bei Klausen, weil ich zu vermeiden hoffte, was nun doch wieder in Gang war: das ewige Frage-und-Antwort-Spiel. So, Maitre, haben wir nicht gewettet, auch gegen hinterhältige Gedächtniskünstler kann man sich wehren. Meine Rache wird darin bestehen, dass ich übertreibe. »Meine Erinnerungen und so auch meine Gefühle in Richtung Helga sind von quälender Zweideutigkeit«, sage ich. »Zuerst, in Rosarot, die Frau meines Lebens und dann, in düsterem Violett, ein weibliches Monster, das mich tagelang gefangen hielt. Erst eine Geliebte, die auf jedes weibliche Wesen im Umkreis von Kilometern eifersüchtig war, dann eine Frau, die mich ohne ein Wort mit anderen Frauen geteilt hat. Wie soll ich für Helga noch viel empfinden?«

»Mir kommen Zweifel, Dr. Vogt. Könnte es nicht sein«, fragte er, »dass Sie diese Frau immer noch begehren und nur zu mir gekommen sind, um sie mit meiner Hilfe wieder zu erobern? Und jetzt nur so tun, als ob Sie bereit wären, ihr drei Morde anzulasten? Oder muss ich davon ausgehen, dass Sie Ihre Meinung wechseln wie Papiertaschentücher, und das angebliche Patchwork Ihrer Gefühle nicht aus übermäßig vielen, sondern allzu rasch wechselnden Farben besteht?«

Während Klausen in seine Kochnische ging, um neuen Kaffee aufzusetzen, hatte ich Zeit, die Wand hinter seine Sessellehne zu betrachten. Ein Genrebild hing dort, mit Leuten, die in den Terrassen eines Weinbergs Trauben schneiden. Daneben, direkt über der Lehne, ein Spiegel im Goldrahmen. Der Spiegel war so angebracht, dass er das Bild der Schreibtischplatte zurückwirft. Auf dieser lag ein Abreißkalender, den er vor kurzem bekritzelt hat. »Einfältig, aber undurchsichtig« stand dort zu lesen, damit konnte der Gnom nur mich gemeint haben. Gleich darauf musste ich zusehen, wie Klausen sich über ein Stück Nusstorte hermachte. Ich konnte es kaum glauben: Vor mir saß immer noch der Mann mit dem scharfen Profil und einem Blick, der an Eis erinnerte – aber seinen Bauch hinter der Schreibtischplatte verbarg. Bis mir auffiel, dass ich das »Einfältig aber undurchsichtig« ohne Mühe gelesen hatte. Im Spiegel lesen, ohne Mühe lesen, kann man nur Spiegelschrift. Klausen, Zenjünger, Gedächtniskünstler, private eye und Gourmet jetzt auch noch mit einer Geheimschrift à la Leonardo da Vinci. Ein Gnom, nein, Maitre der Gnome, Obergnom, auch Ghob genannt, der sich berufen fühlte, über mich zu urteilen. Ich bekräftigte meinen Entschluss, zu übertreiben. Ich würde Klausen so mit Details überhäufen, dass er jede Orientierung verlor.

Nach Torte und Zigarre wandte er sich mir wieder zu. »Sie haben mit Kommissar Bronkhorst schon darüber gesprochen, wie schwierig es sein kann, Frauen im Dunkeln zu identifizieren. Sie lieferten dazu mehrere, ich darf wohl sagen intime Details, die alle nicht weiterführen. Bis auf die Sache mit den Dialekten, die Sie herausgehört haben wollen, neben Hochdeutsch Anklänge an Schwyzerdetsch und Französisch, wenn ich richtig erinnere. Ihre Angaben sind auch in diesem Punkt nicht sehr deutlich gewesen. Nächtelang mit jemand zusammen – kann es da Zweifel über dessen Aussprache geben?«

»Das Problem lag darin, dass immer nur wenig und dann leise, im Flüsterton, gesprochen wurde, von Mund zu Ohr, sozusagen.« Und, in Erinnerung an meinen Vorsatz: »Ausgenommen gewisse Äußerungen der Leidenschaft.«

»Sie meinen Lustschreie?«

»Wenn Sie so wollen. Nur: Lustschreie und Stöhnen gehorchen keinem Dialekt, Maitre Klausen. Sie sind auch aus einem ganz anderen Grund nicht geeignet, Frauen zu identifizieren. Ich darf wohl davon ausgehen, dass Sie wissen, wie in Pornofilmen gestöhnt wird. Neulich haben Wissenschaftler – Sexologen, Psychologen, Soziologen oder Anthropologen, das geht bei mir etwas durcheinander – Wissenschaftler also sich die Mühe gemacht, das Stöhnen koitierender Paare aufzuzeichnen. Weltweit, will sagen politisch korrekt, und, darum ging es vor allem: Amateure im Vergleich zu Profis, den Schauspielern des sexuellen Vollzugs. Sie ahnen sicher schon, worauf ich hinaus will: Stöhnen, vor allem das Liebesgestöhn von Frauen, soll überall, in Ost und West, Nord und Süd, zum Verwechseln ähnlich und daher keiner Sprache zugeordnet sein. Und auch beim Vergleich zwischen Profis und Amateuren nicht zu unterscheiden. Was nur bedeuten kann, dass Pornofilme den Geschlechtsakt, vor allem dessen Akustik, wie infektiöse Viren globalisiert haben.

Doch zurück zu meinen Nächten im Kastell. Eine meiner Partnerinnen hatte die Gewohnheit, Schimpfworte auszustoßen, Schimpfworte der vulgärsten Art, je näher dem Orgasmus, um so lauter. Leider in einer ganzen Reihe von Sprachen, von Portugal bis Rumänien und Russland. Ich überlasse es Ihrem Scharfsinn zu entscheiden, ob solche Beobachtungen geeignet sind, uns bei der Suche nach Helga und dem Kastell weiterzuhelfen.«

Und als Klausen schwieg: »Dass ich von den drei oder vier Frauen immer nur Helga gesehen habe, ist Ihnen aus meinem Bericht über die Verhöre durch die Kommissare Bronkhorst und Junker bekannt. Sie ist auch bei Licht zu mir gekommen, die anderen nur im Dunkeln. Verräterisch hätte der Augenblick sein können, an dem eine von ihnen durch die schwere Eichenholztür in meine Schlafkammer geschlüpft ist. Da ich diesen Moment stets verpasste, bleibt nur der Schluss, dass man draußen genau wusste, ob ich die Tür im Blick habe. Videoüberwachung also, vom Technischen her kein Problem.

Kommissar Junker hat sich für die Frage interessiert, was, außer Hören und Sehen, dazu dienen könnte, eine Frau zu identifizieren. Er hatte den Geruchsinn vergessen. Ich denke dabei nicht an Chanel, Parfüme, die jede sich hinter die Ohren oder sonst wohin tupfen kann. Treffsicherheit würde nur der natürliche Körpergeruch einer Frau garantieren, der, als angebliches Zeichen mangelnder Pflege, von unseren Damen mit allen Mitteln übertüncht wird. Ich bin keiner von denen, die dicke Bücher lesen. Umso größer mein Erstaunen über russische Erzählungen, in denen vom verführerischen Duft feuchter Achselhöhlen die Rede ist. Ja, Maitre, während meiner Nächte im Kastell habe ich gelernt, Körperdüfte zu lesen, nicht nur in der Achsel. Und den Wechsel dieser Düfte, je nach dem Pegelstand der Erregung. Dazu ein Detail, wenn auch nicht aus eigener Erfahrung. Es soll Männer geben, die imstande sind, den Eisprung und damit die Empfängnisbereitschaft einer Frau aus deren Duft, ja selbst aus ihrem Mundgeruch zu erraten. Eine heute, im einundzwanzigsten Jahrhundert, in Konkurrenz mit Wrigleys Peppermint überholte Errungenschaft der Evolution.

Bleibt das Getast. Der Tastsinn von Männerhänden, Maitre, nachdem die Gier gestillt, der erste Rausch verflogen ist. Orte: Hügel, Täler, Wälder und Nassflächen am Körper einer Frau, Landschaften, deren Beschaffenheit man im Gedächtnis behalten und von einem Körper zum anderen vergleichen kann. Doch zurück zu meinen Nächten im Kastell. Sie dürfen mir glauben, Maitre, dass ich Zeit genug und Gelegenheit hatte, auf all das zu achten. Doch seltsam genug: Unterschiede, eindeutige Unterschiede von einer Frau zur anderen, habe ich dabei nur ganz selten entdeckt, auch nicht im Vollzug des Liebesakts, bei dem es im Wesentlichen doch wieder um den Tastsinn geht. Als ob immer nur Helga bei mir gewesen wäre.«

So, dachte ich, das wird dem alten Knacker genügen. Schluss jetzt mit dem Gerede über das Blindekuhspiel und endlich zu meiner Idee, die Suche nach Helga und dem Kastell in Rom fortzusetzen.

»Eine andere Frage«, fuhr Klausen dennoch fort. »Nach Ihrem Bericht waren Sie mit einer dieser Frauen, Helga Horger, längere Zeit zusammen, zuerst als Patientin, dann als Geliebte und Reisegefährtin. Da muss es gemeinsame Erlebnisse und daraus Erinnerungen geben, die keiner so rasch vergisst. Haben Sie nie versucht, Ihre Konkubinen nach solchen Erinnerungen zu befragen, um herauszufinden, welche von ihnen Helga Horger war?«

Klausen, Zenjünger, Gedächtniskünstler, private eye und Gourmet, jetzt auch noch Voyeur – das waren drei Eigenschaften zu viel. Wenn er den lüsternen Hals nicht voll bekam, lag es jetzt an mir, den Spieß umzudrehen. »Maitre«, sagte ich, »ist es nicht an der Zeit, dass auch ich einmal Fragen stelle? O. k., dann gleich im Dreierpack. Wie würden Sie jemand beschreiben, der andere verhört, wie Sie mich seit einer Stunde verhören? Als Beichtvater, Psychologen oder Voyeur – im Beichtstuhl also, hinter der Couch des Analytikers oder vor einem Souterrainfenster, hinter dem eine Frau Toilette macht?«

Klausen stellte den Kuchenteller so hart auf die Schreibtischplatte, dass die Gabel zur Seite flog. Dann stand er auf und trug das Geschirr zur Kochnische, während ich mich nach seiner Gabel bückte. »Gut«, sagte Klausen, nachdem er sich wieder im Griff hatte, »sprechen wir darüber, was zu tun ist.« Und, als er wieder hinter dem Schreibtisch saß: »Vorher nur noch zu einer Lücke in Ihrem Bericht, auch wenn es Ihnen schwer fällt, mich als das zu sehen, was ich alleine bin und sein möchte: der von Ihnen engagierte Privatdetektiv.«

Lücken in einem Bericht, der ohnehin weit über alles hinausging, was ein Privatdetektiv zu wissen braucht? War Klausen ein Grenzfall, borderline, wie Heinz zu sagen pflegte, am Rand zur Neurose? Dann wurde es Zeit, die Grenze meines Claims eindeutig abzustecken. »Ich bin es leid, über Intimitäten befragt zu werden, die letztlich nicht zählen. Was liegt schon daran, ob es Frauen gibt, die einander in jeder, buchstäblich jeder Hinsicht ähnlich sind?« Und, da Klausen sich immer noch nicht rührte: »Was halten Sie von der Möglichkeit, dass ich während der ersten Tage meiner Gefangenschaft gar nicht wissen wollte, wer bei mir war. So, und nun Schluss damit.«

»Woraus hervorgeht, dass Sie nie den Mut aufgebracht haben, zu fliehen. Wie gut, dass auch das nun geklärt ist.«

»Nicht doch, Maitre«, sage ich in einem Anflug von Zorn. Dann fuhr ich meine Empörung herunter und beschloss, wie schon bei Bronkhorst, dieses Thema zu umgehen. Schließlich war ich nach Handschuhsheim gekommen, um einen Privatdetektiv zu engagieren.

Nach einigem Hin und Her verlangte Klausen einen Vorschuss von viertausend Euro und erklärte sich bereit, am nächsten Tag nach Rom zu fliegen. Ich konnte von Glück sagen, dass er mir zwischen Tür und Angel verriet, was er in Rom vorhatte. Klausen wollte als Erstes untersuchen, ob tatsächlich und zu welchem Zweck die beiden Schwestern Minges und Mehlhorn seinerzeit, vor mehr als zwanzig Jahren, mit Di Cinno in Verbindung gestanden haben. Alles Weitere würde sich daraus von selbst ergeben.

Als ich den Neckar erreichte, atmete ich erleichtert auf, als ob ich dem Beichtstuhl, vielleicht auch der Couch eines Analytikers entronnen wäre. Dreimal Klausen. Ein viertes Mal würde es wohl nicht geben.

An der Rezeption des Kaiserhofs wartete ein handtellergroßer Umschlag auf mich. Als ich ihn öffnete, fiel mir eine CD in die Hand, die mit MX gezeichnet war. Ich ließ mir einen CD-Player bringen und legte die Scheibe ein.

Als Erstes war die Stimme von Bronkhorst zu hören. Der Kommissar wollte wissen, was seine Mitarbeiter von Dr. Vogt hielten.

»Nicht viel«, das war die Stimme von Kai Kiefer, »nur bin ich mir immer noch nicht sicher, ob Dr. Vogt, die Karikatur eines Nervenarztes, besonders einfältig oder vielleicht doch raffiniert ist.«

Mister X war, wie es schien, immer für eine Überraschung gut. Konnte es sein, dass er mir die Kopie eines Gesprächs zuspielte, das kurz nach meiner Entlassung aus dem Untersuchungsgefängnis geführt worden war?

»Für meine Begriffe ist Vogt weder einfältig noch raffiniert«, hörte ich Rita sagen. »Soll ich das begründen? Gut, beginnen wir mit der Frage, was Vogt antreibt – Geld, Rache oder Liebe. Vogt hat zwar von Rache gesprochen, allerdings, wenn ich richtig erinnere, vor allem aus enttäuschter Liebe. Sonst könnte man kaum verstehen, dass er alles daran setzt, eine Frau wiederzusehen, die ihn, mit anderen, als Lustobjekt benützt und dann auf die Straße gesetzt hat. Nach Rache und Liebe drittens zum Geld. Ich halte es für möglich, dass Vogt auch hinter dem Geld jener Frau her ist.«

»Geld, woher diese Idee?«, wollte Kiefer wissen.

»Hatte Frau Horger nicht die Kosten der gemeinsamen Reise nach Tegernsee übernommen und Vogt dann auch noch 250.000 Euro zugesteckt? Bei jemand, der so mit Geld um sich wirft, dürfte noch viel mehr zu holen sein. Neben Helga, wer weiß, vielleicht auch bei den übrigen Damen.« Die beiden Männer lachten. »Wer sagt uns«, fuhr Rita fort, »dass Vogt nicht von Anfang an hinter dem Geld her war? So viel zu den Motiven unseres Dr. Vogt. Und nun zu ihm selber. Kai hat von Einfalt und Raffinesse gesprochen. Das sehe ich anders. Die Beharrlichkeit zum Beispiel, mit der Vogt sein Ziel verfolgt, und der Weg, den er dabei einschlägt – sind das Merkmale von jemand, der einfältig ist? Anstatt Einfalt oder Raffinesse sehe ich bei Vogt eher die Anzeichen einer gewissen Unerfahrenheit gepaart mit Schläue.«

»Als ob Schläue und Raffinesse sich nicht überschneiden würden. Doch lassen wir die Haarspalterei. Du hast von einem Weg gesprochen, den Vogt bei der Suche nach seiner früheren Geliebten verfolgt. Was soll man darunter verstehen?«

»Vogt hat zuerst im Alleingang versucht, seine Geliebte zu finden. Als er merkte, wie schwierig dies war, ist er zu uns gekommen, um sich helfen zu lassen, auf Staatskosten, meine Herren. Bei der ersten Begegnung haben wir uns noch über seine Geschichte lustig gemacht. Doch dann, das sollten wir nicht verdrängen, sind wir ihm zeitweise auf den Leim gegangen. Ein Zeichen von Schläue ist vor allem auch Vogts Versuch, seine Geschichte mit dem Doppelmord an den beiden Krankenschwestern zu verknüpfen. Was ihm mit der Behauptung, während seiner Gefangenschaft die Adresse von Schwester Mehlhorn aufgeschnappt zu haben, nicht schlecht gelungen ist.«

»Ausgezeichnet«, sagte Bronkhorst, der schweigend zugehört hatte. »Erstaunlich, wie gut meine Assistentin es versteht, sich in die Lage eines Dr. Vogt zu versetzen. Wobei sie nicht zögert, ihre Mitarbeiter als Puppen darzustellen, die Vogt nach Belieben manipuliert. Schluss jetzt, für immer Schluss mit der Debatte. Vogt ist nach meiner Meinung beides, einfältig und raffiniert. Und vor allem unverschämt.«

Als Bronkhorst gegangen war, fragte Kiefer: »Ist Dr. Vogt in deinen Augen ein attraktiver Mann?« Rita gab keine Antwort, obwohl Kiefer seine Frage wiederholte. Und damit Ende der Durchsage.

Mir blieb nur die Feststellung, dass Mister X es wieder geschafft hatte, mich zu überraschen, nur dass ich diesmal anstatt des Telefons eine CD in der Hand hatte. Der Mann war, wie es schien, über alles informiert, was bei der Polizei vorging. Ich hatte keine Ahnung, wer alles im Besitz solcher Informationen war, neben Bronkhorst und seinen Leuten wohl auch Hauptkommissar Lück. Doch erschien mir die Annahme, dass jemand aus diesem Kreis interne Details nach außen trug, nahezu absurd. So blieben nur zwei Möglichkeiten: Entweder, es gab sonst jemand im Präsidium, der so gut informiert war, oder Mister X war ein Hacker, der Gefallen daran fand, der Polizei einen Streich zu spielen. Umso wertvoller die Gewissheit, dass er auf meiner Seite stand.

Minuten später erst die Frage nach Rita, Bronkhorsts Assistentin, die mich gegen Bronkhorst und Kiefer in Schutz nahm. Konnte es sein, dass Rita so weit ging, mir unter dem Namen Mister X Informationen zuzuspielen? Rita, die es mit Hilfe von Frequenzmodulatoren verstand, ihre Stimme um eine Oktave zu senken? Mach dich nicht zum Narren, Harry, hörte ich Heinz im Hintergrund sagen. Schon gut Heinz. Dennoch tat es mir wohl zu wissen, dass Rita mich, anders als ihre Kollegen, nicht als Randfigur wahrnahm, über die man sich während einer Arbeitspause amüsiert. Und was Bronkhorst betraf – ich war fest davon überzeugt, dass unsere Wege sich noch einmal kreuzen würden.

Am fünften Tag seines Romaufenthalts meldete Klausen sich mit Neuigkeiten. Commissario Del Monte, ein Kriminalist der Spitzenklasse, war mit der Aufklärung des Falles Di Cinno beauftragt worden. Die Tageszeitungen hatten ausführlich über den geheimnisvollen Mord berichtet, neuerdings auch in Verbindung mit dem Doppelmord an den beiden deutschen Schwestern. Zuerst war nur bekannt gewesen, dass manche Tatbestände der drei Morde miteinander übereinstimmten. Dann hatte es sich auch in Rom herumgesprochen, dass die drei tödlichen Kugeln aus ein und derselben Waffe stammten und daher nur mit einem Täter zu rechnen war. Über die Motive der drei Morde gab es nur vage Vermutungen. Indessen hatte Klausen etwas entdeckt, das wegweisend werden konnte: Die beiden Schwestern waren vor 25 Jahren, während ihres Romaufenthalts, tatsächlich bei Di Cinno, damals Direktor der Frauenklinik, beschäftigt gewesen.

So unbedeutend die Nachrichten aus Rom erscheinen mochten: Mich hatte der Anruf Klausens elektrisiert. Nach wochenlangem Blindflug endlich die Aussicht auf eine Zwischenlandung und die Hoffnung, mit dem Mord an Di Cinno auch andere Rätsel zu lösen. Ich beschloss, nach Rom zu fahren, um Klausen zu unterstützen. Wobei es mir auch darum ging, Bronkhorst zuvorzukommen, der sich von Amts wegen mit dem Fall Di Cinno beschäftigen würde.

Ich holte fünfzigtausend Euro aus dem Hotelsafe, steckte fünftausend in meine Brieftasche, brachte den Rest zur Deutschen Bank und stellte sicher, dass meine Visakarte noch gültig war. Dann ließ ich mir ein Schlafwagenabteil reservieren und verbrachte den Rest des Abends im Filmpalast.

Im Roxy lief Destry Rides Again mit Marlene Dietrich und James Stuart, neben Vertigo und dem Malteser Falken mein dritter Lieblingsfilm. Köstlich die linkische Art von Jimmy Stuart als Sheriff, wie er Frenchy und Missis Callahan, die sich raufend am Boden wälzen, mit einem Wasserguss zur Vernunft bringt. Dann das zu Herzen gehende Finale, in dem Frenchy ihr bewegtes Leben für einen Kuss von Destry hingibt.

Kurz nach zehn ließ ich mich zum Bahnhof fahren. Stuttgart hörte ich ansagen, dann, kurz vor dem Einschlafen, Basel.

Obwohl ich mich wohl gefühlt hatte, verbrachte ich eine unruhige Nacht. Von Zeit zu Zeit Lichter, die das Abteilfenster kreuzten, dazu das monotone Tamtam der Räder und, aus der Erinnerung, Fetzen einer Musik, die ich seit langem nicht gehört hatte. Synthesizer, Flöte mit Echo- und Halleffekt, Elektrogitarre – frühe Aufnahmen der Gruppe Kraftwerk: Klingklang, Atem und Tanzlied. Tanzlied, immer wieder Tanzlied, als ob der Schlagzeuger geahnt hätte, in welchem Rhythmus die Räder meines Schlafwagens durch diese Nacht rollen würden. Dazwischen zwei Träume, die mir in Erinnerung blieben. In einem Helga Horger im Gerangel mit Rita Phelps, bis ich, Harald Vogt, sie in der Manier von James Stuart zur Raison brachte. Auch beim zweiten Traum eine Rolle für Dr. Vogt, in einem dunklen Wald mit verwirrend vielen Wegen, die irgendwohin und doch alle in die gleiche Richtung führten. Als ich schweißgebadet hochfuhr, hörte ich Bellinzona ausrufen. Dann schlief ich, beruhigt, wieder ein. Am Morgen, in Rom, musste ich lachen. Zwei Träume, die ihre Deutung wie Plakate vor sich hertragen.

Von der Statione Termini ließ ich mich zum Dei Borgognoni an der Piazza di Spagna fahren, wo Klausen abgestiegen war.

Nach dem Einchecken führte der Meister mich zu einem zweiten Frühstück in die Cafeteria. Leider hatte er zum Thema Di Cinno kaum Neues zu bieten, und als ich ihn fragte, wie ich mich nützlich machen könnte, gab Klausen sich reserviert. Was ich behielt, sind Ergänzungen zu seinem Porträt, die ich auch in Heidelberg hätte haben können. Klausen, der Meisterdetektiv mit dem Raubvogelblick, vor allem für Speisekarten, in der Rolle des Bonvivants mit Resten von Tomatensauce im Schnurrbart.

Klausen

Mittwoch, 11.7.

Vier Tage Rom ohne auch nur einen Gedanken an Di Cinno. Dafür ein Vivat auf Dr. Vogt, den teutonischen Tölpel jenseits des Limes. Er wird noch einige Zeit auf den Verstand der Verständigen angewiesen sein, um weiterzukommen.

Gestern, am zehnten Juli, ein erstes Telefongespräch mit dem Sponsor meines Romaufenthalts. Sein Enthusiasmus über den Stand meiner Ermittlungen dünkt mich übertrieben. Dass zwei Krankenschwestern bei einem Arbeitsurlaub Geld verdienen – aus der Perspektive der Pineta Borghese, wo ich viel Zeit verbringe, nicht mehr als ein Wimpernschlag.

Heute gegen Mittag dann die Katastrophe und Schluss mit den schönen Tagen von Aranjuez. Vogt ante portas, das allein war schon verstörend. Nun nimmt er auch noch in meinem Hotel Quartier.

Freitag, 13.7.

Zwei Tage mit Vogt sind zwei zu viel. Ohne Tausend Wörter Italienisch für Touristen nach Rom zu fahren, welcher Unsinn, mit einem Pidginenglisch wie aus den Slums hinterindischer Millionenstädte. Wenn der Mann wenigstens imstande wäre, Speisekarten zu lesen. Maitre Klausen qua, Maitre Klausen là, als ob ich das Faktotum der Stadt wäre.

Vogt, immer dicht hinter mir her, ruht nicht, bis ich ihm jedes Wort übersetze, das in seinem Beisein gesprochen wird. Als ob in Rom immer und überall von Professor Di Cinno die Rede wäre. Da muss etwas geschehen.

Samstag, 14.7.

Vogt ist fort, mit einem Leihwagen auf der Suche nach den Schönheiten Italiens. Gestern Abend, auf der Piazza San Silvestro beim secondo platto, ist es mir gelungen, ihn bei der Ehre zu packen. Auf meine Frage, ob von seinen 250.000 Euro noch genügend übrig sei, antwortete er mit der Gegenfrage, woher ich wüsste, dass und wie viel … bis ich ihn an die Rhein-Neckar-Zeitung erinnerte, die, mit ironischen Kommentaren, auch über die Geschichte von den Zweihundertfünfzigtausend berichtet hatte.

»Es langt noch«, antworte Vogt und zwang sich zu einem Lächeln.

»Wollen Sie hören, was ich an Ihrer Stelle tun würde? Eh bien: einen Italienischlehrer, vielleicht auch eine Lehrerin mit den Qualitäten eines Fremdenführers engagieren und Italien bereisen. Sie haben von Rom bislang nur das Kolosseum gesehen, nicht zu reden von Neapel, Capri,

Pompeji und den anderen Sehenswürdigkeiten Mittelitaliens. Anstatt nutzlos hinter mir herzulaufen, könnten Sie sich ein Bild von allem machen, was unter gebildeten Europäern zählt.«

Vogt schwieg eine Weile. Dann, beim zweiten Glas Whiskey, fing er an von hochfliegenden Erwartungen zu reden, mit denen er nach Rom gekommen sei. Von sonnenhellen Tagen und lauschigen Abenden an römischen Brunnen habe er geträumt und von Erfolgen, die ihn, auf dem Umweg über Di Cinno, bald zum Kastell führen würden. Und jetzt? Der burgundische Palazzo, in dem wir wohnten, hatte seinen Charme eingebüßt, die Sonne war ihm zu heiß, der Autoverkehr zu laut und das Gedränge auf den Gehsteigen schier unerträglich. Dazu der Andrang von Touristen, auch dort, wo es nichts zu sehen gab. Zum Schluss die angenehme Überraschung: Vogt nahm meinen Vorschlag an.

Am nächsten Vormittag ging alles sehr schnell. Mein Anruf bei der nächsten Agentur, ein improvisiertes Casting in der Lobby unseres Hotels, das Engagement einer neapolitanischen Kunststudentin, die Miete eines Lamborghini – und Adieu, Dr. Vogt. Man darf wohl annehmen, dass er, nach dem Kolosseum, auch von Rom noch einiges zu sehen bekommt.

Montag, 16.7.

Di Cinno war drei Jahre vor seiner Ermordung pensioniert worden. Wie üblich, hatte mit dem neuen Chef auch neues Personal die Klinik bevölkert. Mit der Konsequenz, dass es schwierig geworden war, über vergangene Zeiten zu reden, erst recht, wenn diese, wie in unserem Fall, mehr als zwanzig Jahre zurücklagen. Dennoch gelang es mir, einen Hausmeister und eine Pflegerin aufzutun, die damals schon für Di Cinno gearbeitet hatten. Nach ihren Aussagen gab es keinen Zweifel: Deutsche Schwestern waren, auch für Wochen, nie in der Klinik beschäftigt gewesen. Belegbetten in einem anderen Krankenhaus oder einer Privatklinik hatte Di Cinno, so weit sie wussten, nicht genutzt. Was zur Frage führte, wo, wenn überhaupt, fremde Schwestern für den Professor tätig sein konnten.

Anders Del Monte, der zuständige Kriminalkommissar. Ich sah mir die betreffenden Tages- und Wochenzeitungen noch einmal durch.

Del Monte ließ durchblicken, dass die Schwestern Minges und Mehlhorn tatsächlich für Di Cinno gearbeitet hatten. Über alles Nähere schwieg der Kommissar sich aus. Vielleicht war auch er erstaunt gewesen, wie wenig über die Nebentätigkeiten des Professors zu erfahren war.

Dass Di Cinno, als Einzelgänger und Millionär, Spezialist für künstliche Befruchtung gewesen war, hatte schon die Rhein-Neckar-Zeitung gewusst. Bis auf ein Detail, von dem ich erst hier, in Rom, erfuhr: In Di Cinnos Villa am Rand der Zona Merulana war um die Zeit des Mordes eingebrochen worden. Obwohl Einbrüche bei jemand, der verreist oder verstorben war, immer wieder vorkamen, würde es sich vielleicht lohnen, mit den Nachbarn Di Cinnos zu reden.

Mittwoch, 18.7.

Vogt ruft, mit allen Anzeichen von Ungeduld, in immer kürzeren Abständen an. Leider gibt es nicht viel, um ihn zufrieden zu stellen.

Freitag, 20,7.

Nach einem Messaggero-Interview mit Del Monte ist Di Cinno Kunde der Banca Populare gewesen, hat den Schwestern Minges und Mehlhorn vor fünfundzwanzig Jahren je zehntausend D-Mark überwiesen, und zwar auf Nummernkonten einer Baseler Bank. Was einerseits bewies, dass die beiden Schwestern tatsächlich für Di Cinno tätig gewesen waren. Andererseits aber nicht reichte, um ihren luxuriösen Lebensstandard zu erklären. Woraus folgt, dass es einen zweiten Sponsor geben muss, der nach allem, was man über ihn weiß, nicht Karl Melzer sein kann.

»Und die Nummernkonten der beiden Schwestern?«, fragt Vogt am Telefon.

»Auf legalem Weg unerreichbar, wie die Goldbarren von Ford Knox«, antworte ich. Und, nach einer Weile: »Sind Ihre Finanzen noch belastbar?«

»Für eine Reise nach Basel allemal«, sagt Vogt. »Ist das alles?«

»Es gibt Hinweise, dass auch Di Cinno Schweizer Nummernkonten genutzt hat, in Zürich allerdings und nicht in Basel.«

Vogt zögert, als ob er wusste, wie viel mir an den Züricher Confiserien Honold und Sprüngli liegt. Dann ist er auch mit Zürich einverstanden.

Montag, 22.7.

Wieder in Rom. Da Vogt sein Handy links liegen lässt, weiß er auch heute noch nicht, was sich in Basel und Zürich getan hat.

Ich nutze die Zeit, um die Geschichte von Bildern wie David mit dem Haupte Goliaths aus der Villa Borghese zu verfolgen, zuletzt bis in die Biblioteca Nazionale. Interessant, wie sich die Beurteilung von Gemälden mit dem Aufkommen der Ikonographie geändert hat.

Dienstag, 23.7.

Vogt meldet sich aus Rimini. »Wie zu vermuten«, berichte ich, »hat neben Di Cinno ein zweiter Sponsor existiert. Ein Geldgeber, der den beiden Schwestern vor vierundzwanzig Jahren je hunderttausend D-Mark überwiesen hat, von einem Züricher Nummernkonto, was so viel heißt wie anonym. Woraus folgt, dass es nur einen Weg gibt, unser Problem zu lösen, den über Di Cinno. Was immer vor fünfundzwanzig Jahren in Rom geschehen sein mag, bei Di Cinno laufen die Fäden zusammen.«

Mittwoch 25.7.

Leider sah ich mich gezwungen, Vogt um Geduld zu bitten. Dafür nun die Bescherung: Vogt ist aus Rimini nach Rom zurückgekehrt, um mir bei der Suche nach dem zweiten Geldgeber zu helfen.

Aus Unmut über sein Erscheinen lasse ich mich dazu verleiten, Vogt ein weiteres Mal zu testen. »Ich sitze über dem Sommerrätsel meiner Wochenzeitung«, sage ich beim Abendessen. »Gefragt wird, wer, welcher Forscher, die vier großen Gs: Geld, Glück, Geduld und noch einmal Geld als Voraussetzung großer Entdeckungen genannt hat. Und als Vogt schweigt: Er soll Salvarsan, das erste Mittel gegen Mikroben, zur Behandlung der Syphilis entdeckt haben.« Vogt, der Paul Ehrlich nicht kennt und immer noch nicht merkt, dass ich ihn gelegentlich aufs Eis führe, ist auch in seinem Fach ein Ignorant. Die Frage, warum ich solche Tests durchführe, gehört zu den Kinderfragen. Legt nicht jeder Wert darauf, seinen Platz im Koordinatensystem der Umgebung gelegentlich auszumessen?

Klausen ist mit dem Bauch eines Falstaff und dem Gesicht des Hungerkünstlers Cetti aus Zürich zurückgekehrt. Grotesk, der immer größere Gegensatz zwischen Leibesumfang und Nasenpartie bei einem Mann von nicht mehr als eins fünfundsechzig.

Während des Frühstücks redete Klausen wiederholt über Di Cinnos Haus in der Via Merulana. Dort sei, wegen Erbstreitigkeiten, alles beim Alten geblieben, bis auf einen Einbruch um die Zeit seiner Ermordung.

Zwei Tage später nervte Klausen mich wieder mit der Via Merulana. »In der Nachbarschaft wird über geheimnisvolle Umbauten im Haus Di Cinnos geredet, die umso erstaunlicher sind, als der Professor seit jeher Junggeselle und alles andere als häuslich gewesen sein soll. Und was mich noch mehr wundert: Damals, vor Jahren, sind durch die Gartentür mehrere Wagen Bauschutt fortgeschafft worden, insgesamt so viel, wie beim Abriss einiger Wände nicht anfallen kann. Und noch etwas: Alle Arbeiten sind von Ausländern durchgeführt worden, die kein Wort italienisch sprachen, vermutlich aus dem Osten.«

Zum Schluss schlug Klausen vor, Di Cinnos Haus zu inspizieren, heimlich, ohne Erlaubnis der Behörden, am besten um die Mittagszeit, bei großem Betrieb in der Gegend des Esquilino.

So folge ich Klausen gegen halb zwölf zur Zona Merulana. Umstellt von klassizistischen Gebäuden entlockt die so ganz andere Villa Di Cinnos mir Ausdrücke der Bewunderung.

»Nicht doch, Doktor«, wirft Klausen sich in Positur. »Kenner würden dieses Haus als Schöpfung zweiter oder dritter Hand bezeichnen, mit bescheidenen Leihgaben aus dem späten Jugendstil. Ein Haus, das durch seinen Hauptturm an mittelalterliche Schlösser erinnern soll, deren Strenge durch Ecktürme, Galerien und Balkone gemildert wird.«

»Und das blaugrüne Band, das wie ein Gürtel rings um das Gebäude läuft?«

»Ein Fries mit stilisierter Iris, den die Sommersonne zum Leuchten bringt. Im Internet können Sie Originale finden, aus denen Di Cinnos

Architekt sich bedient hat. Gefällige Details, die den kritischen Verstand nicht auf die Dauer beeindrucken.«

Von der Straße ist das Anwesen durch eine Umfassungsmauer mit spiralförmigem Gitter getrennt, das den Blick auf den Vorgarten freigibt, eine von Rosen eingefasste Rasenfläche, die schon bessere Zeiten erlebt hat.

Klausen öffnet das schmiedeeiserne Tor und die Sicherheitsschlösser der bronzebeschlagenen Eingangstür wie ein gelernter Einbrecher. Im Hintergrund der dämmrigen Diele ist Licht aus Di Cinnos Arbeitszimmer zu sehen. Im Arbeitszimmer dann die Überraschung: Die Türen des Schreibtisches stehen offen, die Fächer sind ausgeräumt, auf dem Boden liegen im bunten Durcheinander Photos, Akten und Papiere, dazwischen ein Notebook. Als ob ein fliegender Teppich mich aus der Via Merulana zum Tatort Mehlhorn nach Karlsruhe getragen hätte. Oder zum Tatort Minges, wie er in der Rhein-Neckar-Zeitung beschrieben worden war. »Übereinstimmungen«, sage ich, »die wohl nur so zu erklären sind, dass der Mörder des Schwesternpaares Minges/Mehlhorn auch hier in der Via Merulana gewesen ist.«

Klausen scheint weniger beeindruckt. »Del Monte ist der Meinung, dass hier, nach Di Cinnos Tod, routinierte Einbrecher am Werk gewesen, bei ihrem Coup aber gestört worden sind. Tatsächlich soll von den vielen Schätzen, die es hier gibt, nicht das Geringste fehlen.«

Womit Klausen wieder bei der Inneneinrichtung ist. »Welche Kulisse aus der Wende zum XX. Jahrhundert«, rief er, »und welcher Unterschied zum Exterieur. Am Boden der ›Tempel‹ von Josef Hoffmann aus der Wiener Werkstätte, auf ihm, in bester Harmonie, der Renaissanceschreibtisch von Majorelle, vier Riemerschmidstühle und ein Zeitschriftenständer mit Messinggestänge.«

Anstatt an seinen Job als Privatdetektiv zu denken, nervt Klausen mich in seiner Paraderolle als wandelndes Lexikon. Dennoch muss ich zugeben, dass Di Cinno einen Aufwand getrieben hat, den nicht jeder Frauenarzt sich leisten kann. Im Wohnzimmer sind die Wände mit blauem, im Schlafzimmer mit rotem Samt ausgeschlagen. In den Goldrahmen hängen Bilder, deren Farben, auch ohne Punktstrahler, erstaunliche Leuchtkraft entwickeln. Klausen sagt, wie beiläufig, etwas über einen italienischen Maler, dessen Namen auch ich schon gehört habe, dann betastet er einen Bilderrahmen. »Raffinierte Kontaktsicherung«, sagt er, »verständlich, dass Di Cinno auf eine Alarmanlage verzichtet hatte.«

Zur oberen Etage gelangte man über eine Wendeltreppe. Di Cinnos Bibliothek glich einem Konferenzsaal mit Bücherwänden, die bis zur Decke reichten. An der Längswand stand eine Bibliotheksleiter, daneben ein Lesepult, rings um den Tisch Sessel mit verwirrenden Ornamenten, die sich wie Schlangen um die Lehnen wanden. Der kleine, weit offene Tresor war von der Polizei längst ausgeräumt worden.

»Alles im Stil der Gründerzeit«, dozierte Klausen auf dem Weg nach unten, »mit dem wie spielerischen Versuch, Metallen Fluidität, Hölzern Schwingung, Marmor Elastizität und Glas Undurchsichtigkeit zu verleihen, immer in der Absicht, Kanten und tragende Teile, auch des Mauerwerks, hinter wellenden Formen zu verstecken. Sehen Sie nur den Majolikaofen des Speisesaals, auf dem ein schwarzer Panther thront und die perlmuttintarsierten Möbel. Besonders wertvoll das Stövchen und der silberne Samowar mit den geschwungenen Henkeln aus Ebenholz. Die Einrichtung dieses Hauses muss, zusammen mit dem Gebäude, Millionen gekostet haben.«

Klausen ein Ästhet wie Di Cinno oder doch nur ein Gnom mit eidetischem Gedächtnis, der mich davon abhielt zu registrieren, was wichtiger war als sein Gerede? Tatsächlich fiel mir erst am Fuß der Wendeltreppe auf, dass nirgends Hinweise auf den Beruf Di Cinnos zu entdecken waren. Selbst Fachbücher und medizinische Zeitschriften schien der Professor in seiner Wohnung nicht geduldet zu haben. Das musste etwas bedeuten.

»O. k. Maitre«, sagte ich, »jetzt, nach der Kür, endlich zur Pflicht und damit zur Frage, welcher Art die Beziehung von Di Cinno zu den beiden Schwestern gewesen ist und, von dort her, auch zu den Frauen im Kastell. Sie haben im Zusammenhang mit seiner Villa von verdächtigem Bauschutt geredet. Woher sollen Wagenladungen von Bauschutt aus diesem zwar geräumigen, insgesamt aber recht übersichtlichen Haus gekommen sein?«

Klausen hatte Mühe, vom Jugendstil auf das Problem Bauschutt zu kommen. »Ich kann mir nicht vorstellen, dass gleich drei Nachbarn sich geirrt hätten. Gibt es in dieser Villa kein Kellergeschoss?« Klausen machte einen Rundgang durch alle Räume der unteren Etage, dann blickte er enttäuscht durch das Küchenfenster in den Garten. »Nebengebäude hat es hier wohl nie gegeben. Dennoch sollten wir uns den Garten ansehen, auch die Gartenpforte, von der die Nachbarn gesprochen haben.«

Durch die Hintertür von Di Cinnos Villa kamen wir auf einen Kiesweg, der sich nach wenigen Schritten in einem Dickicht von japanischen Quitten verlor. Auch Flieder- und Jasminbüsche gab es, die seit Jahren nicht geschnitten worden sind. Klausen drängte sich durch das Gezweig, bis wir vor einem schmiedeeisernen Gartentor standen.

Klausen öffnete. »Eine Sackgasse«, stellt er fest.

»Ja, eine Gasse mit fünf Gartentoren ohne Hausnummer und Briefkasten. Di Cinno dürfte nur selten hier gewesen sein.«

»Dennoch ist auch dieses Tor genutzt worden.« Tatsächlich gab es zum Garten hin eine Klingel, eine Videosprechanlage und ein Schloss, das per Stellmotor vom Haus her geöffnet werden konnte.

»Man gewinnt den Eindruck, dass Di Cinno hier insgeheim Besucher eingelassen hat.«

»Männer«, fragte Klausen, »oder Patientinnen?«

»Patientinnen hätte Di Cinno, der Frauenarzt, ohne Untersuchungsstuhl weder untersuchen noch behandeln können.«

»Womit wir wieder beim Bauschutt und mit diesem bei der Frage sind, ob es in seiner Villa nicht doch verborgene Räume gibt. Geheimkonten und Geheimkammern – hört sich das nicht plausibel an? Ich werde den Bodenbelag der unteren Etage noch einmal überprüfen.«

Wieder im Haus, ging Klausen von Zimmer zu Zimmer und stampfte mit seinem Absatz auf das Parkett. Privatdetektiv, Gedächtniskünstler, Zenjünger, Gourmet, Ästhet und jetzt auch noch Rumpelstilzchen. Ich genoss den Anblick, bis Klausen enttäuscht aufgab.

Bevor wir das Anwesen verließen, machte er noch einen Rundgang um Di Cinnos Haus, um sicher zu sein, dass es keine Kellerfenster gab. Dann folgte Klausen mir kopfschüttelnd über die Sackgasse zur Via Merulana.

Ich hatte mir von unserer Unternehmung nicht viel versprochen, dennoch war ich auf der Rückfahrt zum Borgognoni enttäuscht. Wir hatten in der Via Merulana nicht den geringsten Hinweis auf privatärztliche Tätigkeiten des Professors gefunden, und damit auch nichts, was mit den beiden Krankenschwestern oder Helga Horger auch nur im Entferntesten zusammenhing.

So saßen wir, ich und mein Detektiv, gegen Abend schweigend in der Nähe der Piazza Fiume unter einem Sonnenschirm. Selbst die späte Sonne war mir an diesem Tag zu heiß, der Himmel, wie auf Postkarten, zu blau und die römischen Brunnen nur etwas für Touristen. Nicht zu reden vom Lambrusco mit seiner unangemessenen Lieblichkeit. Während ich noch in meinem Carpaccio di manza stocherte, machte Klausen, die Serviette im Hemdkragen, sich über die zweite Portion Trippa her. Falstaff und Adlerauge – eine schwer zu ertragende Kombination bei einem Mann, der sich auf meine Kosten gütlich tat. Im Wechsel von Bewunderung, Verachtung und Gleichgültigkeit war es zum wiederholten Mal Verachtung, die in meinem Verhältnis zu Klausen überwog.

Später, auf dem Balkon meines Zimmers, stellte ich mir die Frage, warum ich immer noch in Rom war. Wollte ich wirklich wissen, ob Helga mit ihren Gehilfinnen einen Professor Di Cinno und zwei Krankenschwestern ermordet hatte? Und mir erzählen lassen, wie gut die Wachteln in Feigensauce beim Relais de Jardin des Lord Byron schmeckten?

Rita

Als ich kurz nach Mitternacht die Bar des Borgognoni betrat, war nicht mehr viel Betrieb. Ich setzte mich an die Theke, bestellte einen Gin Fizz und beobachtete die Umgebung. In Heidelberg hatte man mir gesagt, wo Vogt logierte. Daher mein Entschluss, in der Nähe der Via del Bufalo abzusteigen, auch wenn die Preise hier, im Rione Colonna, gepfeffert waren. Dennoch – tolle Gegend, schicke Bar und prima Drink für ein kleines Mädchen aus Heidelberg.

Die Bar des Borgognoni hatte mir schon beim ersten Besuch gefallen. Wollte jemand, wie ich, gesehen werden, setzte er sich ins Licht der kreisförmigen Theke. Von Astrid, die in Fotostudios ein und aus geht, wusste ich, was diffuses Licht, sie nennt es Beauty-Light, wert ist, nicht nur gegen Krähenfüße. Daher brauchte ich keinen Lichttechniker um mir zu erklären, warum hier, an der Theke des Borgognoni, alle, auch unrasierte Männer und vierzigjährige Lolitas, gut aussahen. Verdeckte Punktstrahler warfen ihr Licht so auf die Mittelsäule, dass es, von hundert Spiegeln und tausend Gläsern reflektiert, jeden Schatten vertrieb. So weit die Lichtregie. Doch wer beschreibt das Gefühl, in einer Flut wohlmeinender Photonen zu baden, so, als würde der Kalender rückwärts laufen, in eine Vergangenheit, die sich, für eine Weile, als Zukunft gab.

Ich habe tausend Gläser erwähnt. Sie waren wirklich da und hingen, mit der Öffnung nach unten, rings um die Mittelsäule in Reichweite des Miscelatore. Ein Mann mit irgendeinem süßlich duftenden Gelee im Haar, der eins von den länglichen Gläsern herunternimmt, um mir den Gin Fizz zu servieren. Brillantine, Richard Tauber und Rodolfo Valentino, das müssen Zeiten gewesen sein.

Zweimal hatte ich hier unten vergeblich auf Vogt gewartet. Jetzt kam er, endlich, durch die Tür zur Lobby und setzte sich an einen der kleineren Tische im Hintergrund. Meinen Vorsatz, cool zu bleiben, würde ich so rasch nicht vergessen. Dennoch war ich erstaunt zu erleben, wie meine Hirnchemie auf seinen Anblick reagiert. Als käme die Luft rings um Vogt ins Flirren, und mit ihr alle Farben und Konturen. Eine Mandorla um die Figur eines Mannes, Rita, das sollte es nur in Dreigroschenromanen geben. Ich gebiete meinem Kopf, sich nach dem Miscelatore zu richten und verfolge Vogt aus dem Augenwinkel. Er wartet auf einen Drink, dann schaut er sich um, steht auf, nimmt sein Glas und kommt herüber.

Kein Zweifel: Vogt hat mich erblickt und kommt im Schutz der Mittelsäule näher um zu prüfen, ob er sich nicht irrte. Nur Mut, Doktor, hier sitzt Rita Phelps, die kleine Polizistin aus Heidelberg. In einem engen, cremefarbenen Zweiteiler, das braune, bis zur Hüfte fallende Haar im besten Salon des Rione arrangiert. Ich konzentriere mich auf meinen Drink und lasse Vogt Zeit, sich zu wundern. In Heidelberg und Karlsruhe hatte ich ausreichend Gelegenheit darüber nachzudenken, wie er als Mann funktioniert. Vogt gehörte zweifellos zu jener Sorte von Männern, die sich in der Rolle des Eroberers gefallen und irritiert sind, wenn man auf sie zugeht.

Während Vogt näher kommt, läuft eine Wärmewelle mir von der Stirn über Wangen und Hals bis zu den Brustwarzen. Ein Flush, nichts weiter, denke ich, bis ich fühle, wie die Wärme unterhalb meines Nabels nach Plätzen sucht, um sich einzunisten. Nähere Angaben zur Anatomie dürft ihr, Kerstin und Astrid, nicht erwarten. Wie schwer es ist, cool zu bleiben, wenn ein Mann wie Vogt mit einem Sender für Wirbelströme daherkommt, wisst ihr ohnehin.

»Sieh an, Frau Phelps«, sagt er und rückt sich einen Barhocker zurecht, »auf Urlaub im schönen Rom? Welcher Zufall, wenn, unter Millionen von Touristen, zwei aus dem schönen Heidelberg sich an der Bar des Borgognoni begegnen.«

»Und Sie, Dr. Vogt?« Mein Herz verteilt einen Schub heißer Hormone an eine Auswahl innerer Organe, während der Rücken Gänsehaut signalisiert.

Vogts Gehirn hat offenbar Mühe, Schaltkreise zu vernetzen, die mit mir und dem Fall Di Cinno zu tun haben. Nicht lange, und er wird nach den Kommissaren Bronkhorst und Del Monte fragen. Doch sollte man Vogt nie unterschätzen, nun fängt er an, über die Bar des Borgognoni zu reden. Wie angenehm, sagt er, dass die hohen Wände, zwei in gelborange, die beiden anderen in blaugrün, nur im oberen Bereich ausgeleuchtet sind. Der untere, fügt er hinzu, verschwindet in einem Dämmerlicht, das, wie dunkle Watte, auch zwischen den Tischen lagert und, anders als die blendend helle Theke, zu Intimitäten einlädt. Vogt als Lyriker einer Cocktailbar, bewundernswert, bis mir einfällt, dass Ähnliches in der Homepage des Borgognoni zu finden ist. Dort mit der Einladung, das Design der Bar, als Schöpfung eines namhaften Architekten, vormittags zwischen 9 und 11 als Kunstwerk zu besichtigen.

Aus einem kleinen Raum gleich nebenan ist seit Längerem Tanzmusik zu hören, südamerikanische Rhythmen, bei denen man sich besonders rasch näher kommt. Vogt war später wohl der Meinung, er hätte mich zur Tanzfläche geführt. Gleichviel, sobald ich in seinem Arm liege, laufe ich Gefahr, mit allem anderen auch den Fall Di Cinno zu vergessen. Vogt ist ein passabler Tänzer, aber kein Muster an Geschmeidigkeit. Daher seine Mühe, jene Passform zwischen unseren Körpern herzustellen, zu der ein Tango einlädt, vor allem dort, wo es darauf ankommt. Zum

Glück, Astrid, hielt mein Entschluss, mich so weit zurückzunehmen, dass für Vogt noch etwas zu erobern bleibt. Schließlich war ich nicht als Touristin nach Rom und zum Borgognoni gekommen. Apropos Tango. Du weißt, Astrid, wie gut ein Tango sich dazu eignet, den Testosteronspiegel des Partners zu taxieren. Der von Vogt scheint beträchtlich zu sein.

Der Rest des Abends ist rasch erzählt. Vogts Phantasien, das war leicht zu erraten, folgten irgendeinem in die Jahre gekommenen Liebesfilm: Einer spürt den Körper des anderen bis ins kleinste Detail, man tanzt Wange an Wange, sieht sich in die Augen und tauscht Küsse, die sich steigern, bis man nach ungeduldigen Handreichungen nackt auf einem Bett liegt – in seiner Phantasie dem Bett des Dr. Vogt im Borgognoni. So viel zu seinem Drehbuch. Fakt ist, dass Vogt mich schon gegen zwei mit einem Taxi zum Collonati brachte. Und zum Dank ein Küsschen bekam.

Der Wahrheit zuliebe sei hinzugefügt, dass auch mein Plan nicht aufging. Über Di Cinno hat Vogt mir an jenem Abend so gut wie nichts verraten.

Klausen

Freitag, 27.7.

Endlich etwas, um Vogt zufrieden zu stellen.

An der Rezeption des Borgognoni heißt es, Vogt sei in der Minibar. Ich gehe nach unten. Dort sitzt eine Gruppe Amerikaner, jeder mit einem Longdrink, dem unvermeidlichen Tom Collins, in der Hand. Von nebenan ist das Klick Klack von Billardkugeln zu hören. Da Vogt gelegentlich über Billard redet, gehe ich hinüber, um nach ihm zum sehen. Im hellen Licht von vier bronzefarbenen Hängelampen erblicke ich Vogt, der sich, in Hemdsärmeln, über den Billardtisch lehnt. Nach ihm, in ähnlicher Pose, ein Italiener. Sie praktizieren ein Spiel, das ich nicht kenne, ein Billard ohne Queue, bei dem man die Kugeln aus der Hand spielt, Nach einer Weile begreife ich, worum es geht. Jeder Spieler hat zu Beginn eines Durchgangs vier Kugeln, Vogt vier weiße, sein Partner vier rote. In der Mitte des Tisches steht eine Gruppe schmächtiger Kegel, die offenbar tabu sind. Ziel aller Bemühungen scheint es zu sein, die eigenen Kugeln in der Nähe des Treffpunktes zu platzieren, einer kleineren, blauen Kugel, die Vogt, in perfektem Italienisch, pallido nennt.

»Es gibt Neues, Doktor«, versuche ich Vogt anzusprechen. Als mein Sponsor nicht reagiert, bleibt mir nur, das Ende der Partie abzuwarten. Mit einem Glas Schweppes in der Hand sehe ich zu bis, im Wechsel von roten und weißen Kugeln, alle rings um die blaue versammelt sind. Auf dem Rand des Billardtisches liegen zwei Bündel Zwanzigeuroscheine. Vogt legt einen Zwanziger vom linken auf das rechte Bündel, gibt seinem Gegner die Hand, greift nach seinem Sakko und ist endlich bereit, mir zu folgen. Am Abend erfahre ich vom Mann hinter der Theke, dass es sich bei dem Spiel um Boccette gehandelt hat, eine Art Boccia auf dem Billardtisch.

»Es ist mir gelungen, einen Doktor Totti zu sprechen«, berichte ich auf dem Weg zur Lobby. »Er hat, bis zu Di Cinnos Pensionierung, für den Professor gearbeitet, auf Station, im Operationssaal und im Labor. Und jetzt die Überraschung: Di Cinno hat neben seinem modernen Labor in der neuen Frauenklinik längere Zeit auch sein früheres in der alten Klinik genutzt. Doch ist das nicht alles: Dr. Totti hat seinen Schlüssel noch nicht abgegeben, und er ist bereit, uns das alte Labor zu zeigen. Die Frage, warum er uns helfen will, beantwortet sich von selbst: Ich habe ihm gesagt, dass wir an der Aufklärung des Mordes an Di Cinno interessiert sind.«

Vogt hört nur mit halbem Ohr zu, als würde mein Bericht ihn nicht wirklich interessieren, schließlich erklärt er sich bereit, mich zu begleiten.

Gegen Abend treffen wir Dr. Totti am Portal der Policlinica Umberto I. in der Viale Regina Elena. Ich mache Vogt mit Totti bekannt, einem mittelgroßen, kräftigen Gynäkologen in den besten Jahren. Wir, Vogt und ich, können von Glück sagen: Totti ist als Sohn eines Gastarbeiters in Deutschland aufgewachsen, sodass Vogt sich ohne weiteres mit ihm unterhalten kann.

Das verwaiste Labor des Professors befindet sich in einem Anbau der alten Frauenklinik, die schon vor Jahren zu einem Wohnheim für Studenten umfunktioniert worden ist. Dort hängt es wie ein Schwalbennest am rechten Flügel des großen Gebäudes, zwischen Nachbarhäusern eingeklemmt. Auch der Zugang zum alten Labor ist eine Sache für sich. Zuerst geht es, eine Treppe über der letzten Fahrstuhlstation, zum Dachgeschoss der alten Klinik, ein großer, nur notdürftig beleuchteter Raum, in dem die Schlafzimmer für den Nachtdienst untergebracht waren und der jetzt, Jahre später, im Staub erstickt. Aus dem Giebelfenster fällt mein Blick auf ein schier endloses Gewirr alter Dächer, da und dort sind Wäscheleinen zu sehen oder ein Balkon mit verrostetem Gatter, dazwischen Laufstege und eiserne Leitern, die das Ganze miteinander verbinden. Fehlt nur der Golem, denke ich, dann folge ich den beiden anderen.

Fünf, sechs Meter neben dem letzten Fenster befindet sich eine Metallplatte von der Größe einer Tür, an der weder Schloss noch Riegel zu erkennen sind. Wie ein Mensch ohne Nabel, geht mir durch den Kopf, dann holt Totti eine Fernbedienung aus der Innentasche seines Jacketts und öffnet. Das Wort Verblüffung ist zu schwach um zu beschreiben, was uns erwartet. Ringsum, im Dämmer des Dachstuhls, fingerdicker Staub und vor uns, im blendenden Licht von Leuchtstoffröhren, ein stahl- und chromblitzendes Labor. Zwar hatte Di Cinno, wie Totti berichtet, einen Teil der Ausstattung in sein neues Labor überführen lassen. Dennoch ist erstaunlich, was man hier noch zu sehen bekommt. »Eine Maschine zur Herstellung von flüssigem Stickstoff«, bemerkt Vogt, und Totti ergänzt: »Ja, ein funktionsfähiger Kompressor, und dahinter, über Tische und Regale verteilt, vieles von dem, was man für Zellkulturen braucht. Hier haben wir, Di Cinno und seine Schüler, schon sehr früh mit Stammzellen experimentiert, Zellen aus den Eierstöcken von Patientinnen. Nein, nein, nicht was Sie denken«, sagt er, »aus Eierstöcken, die, wegen eines Karzinoms, ohnehin entfernt werden mussten.« Und, als Vogt mehr wissen will: »Ziel unserer Versuche ist gewesen, Eierstöcke zum Zweck der Transplantation, als Organersatz, zu züchten.«

Im Hintergrund des Labors gibt es eine zweite Stahltür. Als Totti sie öffnet, kommt ein Aufzug zum Vorschein. »Für den Transport von Sachen und Geräten. Stellen Sie sich vor, wie mühsam es gewesen wäre, alles ohne diesen Aufzug hier herauf zu schaffen.«

Beim Rückweg zur Straße skizziert Totti Di Cinnos Arbeitstag. Als vorzüglicher Operateur und Wissenschaftler tagaus, tagein in der Klinik oder im neuen Labor, sei der Professor zuletzt nur noch selten hier, im alten Labor, gewesen. Bevor er sich verabschiedet, zeigt Totti uns im Hof der früheren Klinik noch eine dritte Stahltür, den Zugang zum Beladen des Aufzugs. Dann reicht er mir die Fernbedienung zu, nimmt unseren Dank entgegen und steigt in den Bus der Linie 310. Die Labortür, hatte er mir noch gesagt, reagiere auf die Ziffernfolge 1010.

Als Totti gegangen war, machte ich kehrt und ging, mit Vogt im Schlepptau, wieder nach oben. Im regen Betrieb des Studentenwohnheims fiel niemand auf, dass wir Fremde waren. Als Vogt mich erreichte, stand die Labortür schon offen. Bezeichnend, dass er nicht bemerkt hatte, wie ich die Fernbedienung übernahm.

»Von der Straße her kann niemand sehen, wenn hier Betrieb ist«, stellte ich fest, machte Licht und setzte mich an den kleinen Schreibtisch. Obenauf lagen vergilbte Versuchsprotokolle, in den Seitenfächern Kopien, alte Bestellungen, Lieferscheine und Briefe, meist von Kollegen Di Cinnos, alles Unterlagen, mit denen nichts anzufangen war. Auf einem Bord standen Leitzordner aus den Jahren 1975 bis 2001, alles Drucksachen mit Namen wie »Nature« und »Science«. »Sonderdrucke aus wissenschaftlichen Zeitschriften«, bemerkte Vogt, »die Wissenschaftlern damals, ohne Internet, den Weg zur Bibliothek ersparten. Das reicht«, fügte er gelangweilt hinzu und wandte sich zum Gehen.

Anstatt Vogt zu folgen, wandte ich mich dem Aufzug zu. Die Tür der Kabine war, auf Italienisch, mit NUR FÜR DEN GÜTERTRANSPORT beschriftet, darunter VORSICHT – LEBENSGEFAHR. Auf der Schalttafel rechts neben der Kabine gab es ein L und ein P, wahrscheinlich für »Laboratorio« und »Pianoterra«. Als ich den unteren Knopf drückte, setzte die Tür sich mit quietschenden Scharnieren in Bewegung. Ich stieg ein und fuhr nach unten.

Wieder oben, schlug ich Vogt vor, mich auf einer zweiten Fahrt zu begleiten. »Achten sie auf die Wände«, sagte ich unterwegs. »Der Fahrstuhl ist nur auf zwei Seiten geschlossen. Daher sieht man rechts und links zwei Wände vorübergleiten, eine aus rotem Sandstein, die andere mit einem grauen Verputz. Und dort, in dieser grauen Wand – schade, die Fahrt war zu schnell, um es zu bemerken.«

Vogt, der nur missmutig zugestiegen war, ließ erkennen, dass unser Verhältnis sich einem kritischen Punkt näherte. Ein falsches Wort, die nächste Enttäuschung, und Vogt würde sich ein zweites Mal von mir trennen. Das wollte, musste ich verhindern, nicht nur wegen des fremdfinanzierten Romaufenthalts. Tatsächlich hatte mich nach dem Jagdfieber jetzt auch der Ehrgeiz gepackt.

»Zwischen oben und unten liegen fünf Stockwerke«, sagte er, »entsprechend viel ist von beiden Wänden zu sehen, was soll es da schon geben?«

»Ich glaubte Anzeichen für eine Zwischenstation zu erkennen, für einen Ausstieg in Höhe der dritten oder vierten Etage.«

Gleich darauf, bei der Rückfahrt zum Labor, schüttelte Vogt wieder nur seinen Kopf.

»Ein Lastenaufzug, Maitre«, sagte er, »mit zwei, nur zwei Stationen, um Material nach unten oder, umgekehrt, ins Labor zu schaffen, mehr ist da nicht zu holen.«

»Davon ist wohl auch Dr. Totti ausgegangen. Was vielleicht nur bedeutet, dass Di Cinno den Zwischenstop heimlich genutzt hat. Ein Hexenmeister mag der Professor nicht gewesen sein, aber ein Geheimniskrämer. Er könnte einen Geheimcode eingerichtet haben, einen binären Code, der über die Buchstaben L und P leicht zu realisieren war.«

»Welche Idee, Maitre. Mit dem P geht es abwärts, mit dem L aufwärts, das haben Sie soeben doch selbst erlebt«, höhnte Vogt.

Von Vogt, meinem Sponsor, korrigiert zu werden, war ärgerlich. Bis mir einfiel, dass Totti die Labortür mit der Ziffernfolge 1010 geöffnet hatte. Ich sah mir die Tastatur der Fernbedienung genauer an. Wie es schien, waren die Ziffern Null, Eins und Zwei besonders häufig genutzt worden. »Die Anzahl binärer Kombinationen, die leicht zu behalten sind, dürfte überschaubar sein«, sagte ich und betrat die Kabine. Vogt, der mir gefolgt war, sah mit höhnischem Lächeln zu, wie ich die Eins und die Zwei in wechselnder Folge eingab. »Welcher Unsinn, Maitre, unsere Zeit …«, bis die Kabine nach der Folge 12 22 21 losfuhr – und auf halber Höhe stehen blieb.

Dort waren durch die seitlichen Öffnungen der Kabine Ausschnitte der Begrenzungsmauern zu sehen, rechts roter Sandstein, links grauer Verputz, doch keinerlei Hinweis auf eine Tür. »Der Zwischenstop wäre sinnlos, wenn man nicht aussteigen könnte. Eine Tür in der äußeren Wand des Fahrstuhlschachts würde ins Leere führen. Daher kann der Ausstieg nur in Richtung Studentenwohnheim liegen.« Dennoch war auf der schrundigen Fläche des alten Gemäuers auch bei genauerem Hinsehen keine Tür zu entdecken. Doch gleich darauf, als ich nach einigen Fehlversuchen den Code 21 11 12 eingab, glitt die Wand zuerst um Zentimeter zurück und dann beiseite. Eine Schiebetür, deren Rahmen die Öffnung der Kabine nach allen Seiten überragte und daher bei ruhendem Fahrstuhl nicht zu sehen war.

Jenseits der Tür lag ein Raum, in dem man beim schwachen Licht, das aus der Kabine fiel, nur die Umrisse eines Schreibtisches erkannte. Ich fand rechts, gleich neben der Tür, einen Schalter und machte Licht. Nun kamen außer dem Schreibtisch auch ein Stuhl und eine Liege mit einem rotblauen Kelim ins Bild. Mehr hätte in dem knapp drei mal vier Meter großen Raum auch nicht untergebracht werden können. Unter dem Lichtschalter gab es ein kleines Tastenfeld mit zwei Pfeilen, von denen einer nach oben, der andere nach unten wies. »Di Cinnos Arbeitszimmer oder doch eher ein Liebesnest?«, fragte ich, als die Tür sich hinter Vogt wieder vor die Fahrstuhlkabine schob.

Während ich mich dem Schreibtisch zuwandte, machte Vogt es sich auf der Liege bequem. Seine Miene drückte im Wechsel Überraschung, üble Laune und Neugierde aus.

Die Glasplatte des Schreibtisches war bis auf eine elektrische Schreibmaschine leer. In den rechten Schubfächern fand sich eine Sammlung roter, blauer und grüner Mappen mit den Jahreszahlen, 2007, 2006, 2005 und so fort in absteigender Folge bis 1980. Jede Mappe enthielt, außer Notizen und Rechnungen, auch Belege eines Züricher Nummernkontos. »Ecco«, entfuhr es mir, »Unterlagen, nach denen ich in der Schweiz vergebens gesucht habe. So weit ich weiß, sind die Schwestern Minges und Mehlhorn im August 1982 in Rom gewesen.«

Vogt nickte.

»Hier«, sagte ich und reichte die Mappe mit der Jahreszahl 1982 hinüber. »Ende November hat Di Cinno an jede der beiden Damen hunderttausend Schweizer Franken überwiesen, das lässt sich hören, vor allem wenn man die zehntausend hinzunimmt, über die Del Monte berichtet hat.« Ich nahm die Mappe wieder an mich. »Höhere Summen hat Di Cinno nur für Gemälde und antike Möbel ausgegeben. Doch hier, Doktor, hier wird es spannend: Einen Monat vor der Überweisung an die beiden Schwestern hat Di Cinno zwei Millionen Schweizer Franken kassiert.«

Vogt war aufgesprungen: »Der geheimnisvolle Geldgeber? Wer ist, wie heißt er?«

»N.N.«, sagte ich, »Nondum Nominatus oder Nomen Nescio, vielleicht auch G.G., für den Geheimnisvollen Geldgeber. Zwei Millionen, anonym, von einem Schweizer Nummernkonto, mehr ist hier nicht zu erfahren. Was uns bleibt, ist die Reihenfolge der Geldbewegungen. Erst ein Plus von zwei Millionen, dann ein Minus von zweihunderttausend zugunsten der beiden Schwestern, dazwischen kleinere Summen – das könnte bedeuten, dass der anonyme Geldgeber einen Eingriff honoriert hat, an dem die Schwestern Minges und Mehlhorn während ihres Romaufenthalts beteiligt waren.«

»Zwei Millionen«, sagte Vogt, der nachdenklich geworden war, »das sprengt alle Maßstäbe. Ein frauenärztlicher Eingriff, der so viel wert gewesen sein soll? Geburten, Kaiserschnitte, selbst Reagenzglasbefruchtungen waren damals wohl schon im Dutzend billiger zu haben, und Abtreibungen in manchen Ländern nahezu umsonst.«

»Und weiter?«

»Aufwendige Tumorbehandlungen oder Manipulationen am Genom von Retortenbabys gehörten, wie wir von Totti wissen, nicht zu Di Cinnos Repertoire.«

»Vielleicht hilft die Tatsache weiter, dass der geheimnisvolle Geldgeber Wert darauf gelegt hat, ungenannt zu bleiben. Ein verbotener Eingriff, an dessen Geheimhaltung auch Di Cinno interessiert war?«

»Verbotener Eingriff – dazu fallen mir Reagenzglasbefruchtungen ein, bei denen der Embryo von Leihmüttern ausgetragen wird. Ein Verfahren, das laut Embryonenschutzgesetz in Deutschland verboten ist, ähnlich in der Schweiz, in Frankreich und besonders in Italien. Dennoch könnte das Engagement von Leihmüttern zwar die Geheimniskrämerei, aber niemals Honorare dieser Größenordnung erklären, zumal das Verfahren in anderen Ländern erlaubt ist. Hinter den zwei Millionen des Geldgebers muss etwas völlig anderes, Geheimnisvolles stecken.«

»Was bleibt, ist die Tatsache, dass wir es, neben Di Cinno, Minges und Mehlhorn, mit einer vierten Person zu tun haben. Mit N.N., dem anonymen Geldgeber, der sich die Dienstleistungen unseres Trios Millionen kosten ließ.

Womit wir vor dem nächsten, größeren Rätsel stehen. Damals, 1982, geheimnisvolle Dienstleistungen gegen erstaunliche Honorare, und jetzt, nach mehr als zwanzig Jahren, drei Morde an den Empfängern dieser Summen, von ein und demselben Täter ausgeführt. Soll, muss man daraus nicht schließen, dass die drei Morde, trotz des Zeitsprungs, mit den Vorgängen von damals zu tun haben?«

Vogt gab sich skeptisch. »Ein Geldgeber oder eine Patientin, deren Dankbarkeit nach fünfundzwanzig Jahren in Rache umschlägt? Rache auf Kredit – passt das nicht eher zu einem Mörder, der wegen einer Haftstrafe nicht Herr seiner Entschlüsse gewesen ist?«

Ich war immer noch bei den Mappen der frühen achtziger Jahre. »Hier, Doktor«, sagte ich, »hier geht es noch einmal um auffallend hohe Summen. Ein Jahr nach dem Eingang der zwei Millionen hat Di Cinno Bauarbeiter entlohnt. Darunter Beträge, mit denen man auch die Diskretion eines Bauunternehmers erkaufen kann. Womit ich wieder bei den geheimnisvollen Umbauten in der Via Merulana bin.«

Vogt tat, als würde er mich nicht hören. Er brachte aus dem kleinen Schrank, links unter dem offenen Schreibtischfach, zwei Ordner zum Vorschein. Der erste Ordner enthielt Jahreslisten von Frauen, die Di Cinno von 1980 bis 1998 aufgesucht hatten. Zu Beginn, 1980, gab es eine Erklärung, wie die Listen zu lesen waren. Nach dem Datum der ersten Vorsprache bei ihm, Professor Di Cinno, folgten der Name, das Geburtsdatum und die Anschrift jeder Patientin. Als erste war, am 7. 2. 1980, Teresa Belloni, geboren am 25.6.1941, aus Padua nach Rom gekommen. Im weiteren Verlauf hatten von Jahr zu Jahr zwischen 40 und 60 Patientinnen aus Italien, Deutschland, Frankreich und der Schweiz

Di Cinno aufgesucht. Auf den zweiten Blick wurde klar, dass die weitaus meisten Frauen dieses Ordners 35 bis 50 Jahre alt gewesen waren. .

Im Unterschied zum ersten Ordner enthielten die Jahreslisten des zweiten nie mehr als fünfzehn Frauen, die alle jünger als 30 Jahre und, ohne Ausnahme, aus Osteuropa nach Rom gekommen waren.

Ein Blick in die Kontoauszüge ergab einen weiteren, wesentlichen Unterschied. Die älteren Frauen von Ordner eins hatten Di Cinnos Dienste mit Summen zwischen 500 und 15.000 Franken honoriert. Den Frauen des zweiten Ordners waren, umgekehrt, je 7.000 Franken überwiesen worden. »Diese Zahlen sprechen dafür, dass die jüngeren Frauen, als Leihmütter, die Retortenbabys älterer Patientinnen ausgetragen haben, die sich den Vorgang 15.000 Franken kosten ließen. Bei den vielen Honoraren um 5.000 Franken dürfte es sich um Reagenzglasbefruchtungen ohne Embryotransfer gehandelt haben.«

»Künstliche Befruchtungen lassen sich wohl nicht im Alleingang durchführen. Ob die Schwestern Minges und Mehlhorn daran beteiligt waren?«

»Die Vermutung liegt nahe«, antwortete Vogt, »doch sind die beiden Schwestern nur für Wochen in Rom gewesen. Wir haben uns die Daten des Jahres 1982 und dort vor allem den Monat August noch nicht angesehen.«

Die Listen des Jahrgangs 82 enthielten in Ordner eins 75, in Ordner zwei nur 13 Namen. Durchschnittswerte, stellte Vogt fest, die nicht aus dem Rahmen fallen.

Im August hatten nur zwei Patientinnen Di Cinno aufgesucht, und auch sie erst spät, am 26. und 28. des Monats.

»Enttäuschend«, sagte Vogt, »doch setzen künstliche Befruchtungen in der Regel umfangreiche Vorbereitungen voraus. Hier, etwas weiter zurück: im Juni 82 haben fünf, im Juli sechs Patientinnen Di Cinno aufgesucht, das sind Zahlen, die im Rahmen vieler Monate liegen. Die Liste des zweiten Ordners weist während dieser Periode im Juni und Juli nur je drei Einträge auf.«

»Womit rätselhaft bleibt, warum Di Cinno die Schwestern Minges und Mehlhorn für einen Monat, den August 82, nach Rom kommen ließ.«

»Ja«, antwortete Vogt, »zumal Di Cinno im Herbst 1982 Millionen kassiert und den beiden Schwestern je hunderttausend Franken überwiesen hat. Honorare, die durch die Teilnahme an fünf oder sechs künstlichen Befruchtungen nicht zu erklären sind. Was bleibt, ist die Vermutung, dass die Schwestern Minges und Mehlhorn an einer größeren, um nicht zu sagen unerhörten Dienstleistung beteiligt waren.«

»Für die sie fünfundzwanzig Jahre später mit ihrem Leben bezahlt haben.«

Inzwischen war die Luft in Di Cinnos Schwalbennest zäh geworden, wie erstarrender Aspik. Enttäuscht, schlug ich vor, die Diskussion in einem Gartenrestaurant fortzusetzen. Mit Hilfe der Fernbedienung würde es jederzeit möglich sein, Di Cinnos Refugium wieder aufzusuchen. Dennoch raffte ich alle Schriftstücke zusammen, die mir wichtig erschienen, darunter die Namenslisten des Jahres 1982. Wir waren, dank Totti, zwar vor der Polizei im alten Labor gewesen, doch würde es nicht ewig dauern, bis auch Del Monte das Schwalbennest entdeckte.

Da der Aufzug sich von der Zwischenstation nur nach oben dirigieren ließ, sahen wir uns gezwungen, erst zum Dachgeschoss zu fahren. Von dort gelangten wir über die Wendeltreppe des Studentenwohnheims ohne Zwischenfälle ins Freie.

Auf der Straße will Vogt, in Siegerlaune, nichts von einem Gartenrestaurant wissen. Er holt den Reiseführer aus der Seitentasche seines Leinenjacketts und schlägt, nach einem Blick auf den Abschnitt Gourmettempel, La Pergola auf der Dachterrasse des Cavalieri Hilton vor. Dann wagt er, mich mit einem Exkurs über Michelinsterne einschließlich deutscher Spitzenköche in Rom zu langweilen. Vogt winkt ein Taxi herbei und lässt, nach dem Beispiel von Humphrey Bogart, den Zielort aus einem schlaffen Mundwinkel fallen. Dann, auf dem Weg zur Zona Trionfale, ist er wieder bei unserer (unserer!) Entdeckung. Zwei Tentakel mehr, urteile ich über die erzielten Fortschritte, aber noch lange kein Tintenfisch. Ich taste nach der Innentasche meines Jacketts. Die Kontoauszüge und auch die Namenslisten aus Di Cinnos Schwalbennest sind noch da und mit ihnen die Hoffnung, das Bild unseres Geldgebers zu einem kompletten Oktopus zu ergänzen.

Ein Wort zum Taxi. Dummies kann man daran erkennen, dass sie sich, in fremden Städten, um zwei Ecken zum Friseur fahren lassen. Wie Dr. Vogt, der die Bushaltestellen der Piazza S. Silvestro, fünf Schritte vor dem Portal des Borgognoni, ignoriert. Bus, Metro, Straßenbahn oder Taxi: Ich würde nicht darüber reden, wenn das Budget meines Sponsors unerschöpflich wäre. Eine Nacht im Borgognoni für hundertfünfzig Euro, mal zwei und mal 30 für einen Monat, dazu zwei mal vier mal dreißig Mahlzeiten – da ist man gleich bei sechsstelligen Beträgen, und siebenstellige standen Vogt nie zur Verfügung.

Zu unserem Essen in der Pergola nur so viel, dass Vogt sich in Erinnerung an seinen Fremdenführer mit Langustenravioli begnügte. Mir ist der dunkle karibische Rum zu meiner Cohiba Cubana in Erinnerung geblieben.

Irgendwann, beim Dessert, kam Vogt vom Panorama der ewigen Stadt wieder auf Di Cinno. »Ein wohlsituierter Fachmann als willfähriger Diener zahlungskräftiger Klienten«, hörte ich ihn bei einem Löffel Champagnereis sagen, »ein achtbarer Hochschullehrer auf der Flucht vor dem Finanzamt und ein honoriger Professor im lauschigen Liebesnest – halten Sie es für möglich, dass Di Cinno mit den beiden Schwestern dort oben …«

»... erlebt hat, was Dr. Vogt von seinem Aufenthalt im Kastell erzählt?« Kaum heraus, bereue ich meine Worte. Marcel Klausen zum wiederholten Mal dabei, Wunschträume auf andere zu projizieren. »Nein, Doktor, so weit würde ich nicht gehen«, sage ich und halte mich an den karibischen Rum.

Was vor allem zählte, war die beruhigende Erkenntnis, dass Di Cinnos Schwalbennest die Laune meines Geldgebers wesentlich verbessert hatte.

Samstag, 28.7.

Am Samstag war der Asphalt vor unserem Hotel schon sehr früh heiß und weich wie frisch gegossene Seife. Weit und breit, nirgends frisches Grün, kein Wunder, dass die Luft an diesem Hochsommertag dick war wie abgestandene Sauermilch, oder, wie es im Volksmund heißt, zum Schneiden.

Im Gegensatz zu Nero Wolfe, dem orchideenzüchtenden Kollegen, trinke ich nur ganz selten Bier. An diesem Samstag folge ich Vogt in ein teutonisches Restaurant, wo es Sauerbraten mit Rotkohl und Semmelknödeln gibt. Dazu Pils vom Fass als kohlensaure Oase im römischen Wüstentag.

Beim Dessert und einer Partagàs, wie immer tripa larga, hecho en Cuba, fasste ich unsere Erfahrungen noch einmal zusammen. »Wir wissen, dass Di Cinno mit seinen Eingriffen, vorwiegend künstlichen Befruchtungen, sehr gut verdient hat. Einnahmen, die, um Steuern zu sparen, auf ein Nummernkonto geflossen sind. In der Regel plausible Summen, mit einer Ausnahme: 1982 hat ihm jemand, N.N., unser ›Geldgeber‹, Millionen überwiesen. Für einen schwierigen Eingriff, an dem, auch hinsichtlich des Honorars, die beiden Schwestern Mehlhorn und Minges beteiligt waren. Was uns zur Frage führt, ob Di Cinno und die beiden Schwestern im Zusammenhang mit diesem Eingriff ermordet worden sind.«

»Von einem Täter, der das außergewöhnliche Honorar überwiesen und jetzt, zwanzig Jahre später, zur Pistole gegriffen hat?«

»Ein Zeitsprung, der auch mir zu denken gibt. Wir werden an diesem Punkt erst weiterkommen, wenn die Art jenes Eingriffs bekannt und die Rolle des Geldgebers geklärt ist. Bevor wir über ihn reden, möchte ich fragen, ob Sie immer noch an Helga Horger und der Suche nach dem Kastell interessiert sind?«

»Keine Frage.«

»Und nach wie vor keine Chance sehen, das Kastell mit Google Maps oder einem Navigationsgerät nach dem Muster von Spürhunden zu entdecken?«

»So ist es.«

»Dann bleibt nur noch der geheimnisvolle Geldgeber mit der nächsten, entscheidenden Frage: Was können wir tun, um Mister N.N. zu identifizieren? Wir haben im Schwalbennest zwar entdeckt, dass er 1982 zwei Millionen an Di Cinno überwiesen hat. Doch war dort nichts, absolut nichts darüber zu erfahren, welche medizinischen Dienstleistungen damit honoriert worden sind. Was fehlt, sind Krankengeschichten mit Labordaten, Untersuchungsbefunde, Operationsberichte und Medikationen. Würden Sie als Mediziner glauben, dass Di Cinno seine Privatpraxis ohne Dokumentation geführt haben kann?«

»Nein, auf keinen Fall.«

»Gut, dann müssen wir uns fragen, wo Di Cinno die zugehörigen Dokumente verborgen, vor allem aber auch, wo er seine Patientinnen empfangen, untersucht und behandelt hat. Dazu sind Räumlichkeiten erforderlich und ein Minimum an Ausstattung. Ich habe den Eindruck, dass selbst Dr. Totti, sein Privatassistent, nichts darüber weiß. Die Frauenklinik der Universität kommt für jede Art geheimer Dienstleistungen nicht in Frage, im alten Labor fehlt die Ausstattung, das Schwalbennest wäre viel zu klein …«

»… und in Di Cinnos Haus gibt es nichts, was einem Behandlungsraum ähnlich sieht.«

»Ja, Di Cinnos Villa in der Via Merulana, sie geht mir seit Tagen nicht aus dem Kopf. Mit den kürzlich entdeckten Überweisungen an Baufirmen und dem Bauschutt, für den es keine Erklärung gibt. Vielleicht existieren in der Via Merulana doch okkulte Räume für Patientinnen, die Di Cinno auf dem Weg über die Gartenpforte empfing. Wir sollten uns dort noch einmal umsehen.«

»Sie wollen noch einmal nach verborgenen Räumen suchen, in einem übersichtlich gegliederten Haus, das wir bis in den letzten Winkel durchstöbert haben?«

»Dazu die Gegenfrage: Sehen Sie, auf unserem verschlungenen Weg in Richtung Kastell, eine Alternative zur Suche nach N.N., dem großen Geldgeber?«

Vogt wollte sich die Zeit bis zum späten Nachmittag im Billardzimmer des Borgognoni vertreiben, beim boccette, wie leicht zu erraten war. Ich selbst war in seiner Kneipe nicht satt geworden. Daher ließ ich mir im Hotelrestaurant noch eine Mulligatawnysuppe geben, lauwarme Lachsschnitte »Label Rouge« auf confiertem Gemüse mit Maracujabutter, dann gefüllten Kalbsschwanz mit gebratener Gänseleber auf Sesam-Rahmnudeln. Den Bierdunst vertrieb ich mit einem fünfjährigen Merlot aus Sardinien.

Dr. Vogt

Der erste Abschnitt unseres zweiten Besuchs in der Via Merulana ist rasch erzählt. Durch die Gartenpforte ohne jedes Aufsehen in Di Cinnos Haus, fuhr Klausen fort, Fußböden und Wände nach versteckten Räumen abzuklopfen, in diesem Fall mit einem Holzhammer, den er mitgebracht hatte. Ein Weißkopfspecht, der gelernt hat, Werkzeuge zu nutzen, sagte ich mir und suchte nach einem Zollstock, um das Gebäude zu vermessen. Als das Ergebnis feststand, ging ich zu Klausen. »In diesem Haus, Maitre, ist nach den einfachsten Regeln der Geometrie kein Platz für geheimnisumwitterte Räume. Schluss also mit der unsinnigen Klopferei.« Klausen willigte nur zögernd ein, war nach einigem Hin und Her aber bereit, die Villa zu verlassen.

Wir waren durch die Gartentür schon bei den japanischen Quitten, als er, mit einem langen Blick auf den Rasen, stehen blieb. »Moment, Doktor«, sagte er. »Sehen Sie sich das an. Der gute Zustand des Rasens ist mir schon früher aufgefallen, jetzt auch die Grenze, die scharfe Grenze zwischen Rasenfläche und Gebüsch. Die Hecken sind, bis auf den schmalen Durchgang zum Gartentor, verwildert. Alle Sträucher, Quitten, Jasmin und auch der Flieder, haben Schösslinge bis in die Nachbargärten getrieben. Nur hier, zwischen Gebüsch und Rasenfläche, ist die Grenze scharf, wie mit dem Lineal gezogen. Wie lässt sich das erklären? In meiner Nachbarschaft, ich spreche von Heidelberg, gibt es eine Tiefgarage. Der Hausmeister war jahrelang bemüht, das Garagendach mit Sträuchern zu bepflanzen. Bis er einsah, dass die Aufschüttung über dem Beton für das Wurzelgeflecht von Sträuchern zu flach war. Er hat dann, mit bestem Ergebnis, Rasen gepflanzt. Könnten Di Cinnos Behandlungsräume nicht unter dieser Rasenfläche liegen? Nach Hohlräumen kann man den Rasen nicht abklopfen. Ich will noch einmal ins Haus, um alle Ecken und Wände, die in Richtung Garten liegen, sorgfältiger zu inspizieren.«

Ich unterdrückte meinen Ärger, folgte ins Innere der Villa und setzte mich in Di Cinnos Arbeitszimmer, um über Klausen nachzudenken. Erstaunlich, wie wenig kontrolliert ich, als angehender Psychiater, seit Wochen agierte. Kam Klausen voran, gab ich mich wohlwollend, wenn nicht begeistert. Gab es Flauten, schlug meine Stimmung in Richtung

Missmut, wenn nicht Feindseligkeit um, besonders in Fällen, wo Klausen selbst unsicher war. Ich erneuerte den Entschluss, mich besser zu kontrollieren und ließ Klausen gewähren. Dass Rita an meinem Stimmungswechsel beteiligt war, realisierte ich erst später.

Inzwischen hatte Klausen sich alle Räume des Erdgeschosses, so weit sie an den Garten grenzten, noch einmal vorgenommen: das Arbeitszimmer, die Küche, einen Vorratsraum und das WC. Standen Möbel an der Außenwand, ruhte er nicht, bis ich ihm half, die Stelle freizulegen. Eine Stunde später war Klausen bereit, aufzugeben. Doch dann, auf dem Weg zur Hintertür, der Auftakt zum dritten Abschnitt unserer Unternehmung.

Klausen war beim Fahrstuhl stehen geblieben. In Di Cinnos Haus gab es nur zwei Etagen. So kam es, dass wir den Fahrstuhl nicht beachtet hatten.

»Ein Fahrstuhl in einem Haus mit zwei Etagen – wozu?«

»Für Gehbehinderte.«

»Zu denen Di Cinno nicht gehört hat.«

»Dann für den Transport von Lasten.«

»Die es im oberen Stockwerk nicht gibt. Di Cinno war ein Meister des Versteckspiels. Er hat drüben, in der alten Klinik, den Fahrstuhl dazu benutzt, sein Schwalbennest zu tarnen. Warum nicht hier, in seinem Haus, die Praxisräume?«

Auf dem Tastenfeld der Kabine gab es, wie zu erwarten, zwei Pfeile, von denen einer nach oben, der andere nach unten wies. Klausen untersuchte den Boden der Kabine. Als dabei ein hohles Geräusch zu hören war, stutzte er, um gleich darauf zu lachen. Undenkbar, dass der Boden einer Fahrstuhlkabine bündig mit der Unterlage abschloss. Doch Klausen gab sich nicht zufrieden, Zoll für Zoll tastete er die Innenwand des Fahrstuhls ab, wie jemand der versucht, sich im Dunkeln zurechtzufinden. Bis er auf die Idee kam, die Pfeile, wie in Di Cinnos altem Labor, in der Folge 122221 zu drücken – und die Kabine mit ihm nach unten fuhr. Als Klausen wieder hoch kam, forderte er mich auf, einzusteigen.

Der Fahrstuhl hielt vor einem Raum, der in Größe und Ausstattung an das Schwalbennest erinnerte. Von dort ging es durch eine Schiebetür in ein größeres Zimmer mit einem Untersuchungsstuhl, einem Schrank voller Instrumente und, an der Rückwand, einer Liege.

»Di Cinnos Ordination«, sagte Klausen. »Gut beleuchtet, voll klimatisiert und, außer einem Ultraschallgerät, wohl mit allem versehen, was zur Praxis eines Frauenarztes gehört.«

»Im Hinblick auf künstliche Befruchtungen scheint vieles zu fehlen, was man für Zellkulturen braucht. Doch kann Di Cinno die implantationsreifen Embryonen anderswo gezüchtet haben.«

Klausen war inzwischen dazu übergegangen, beide Räume nach schriftlichen Unterlagen zu durchsuchen. Enttäuscht, gab er schon nach Minuten wieder auf. »Di Cinno muss alle patientenbezogenen Daten anderswo verwahrt haben.«

»Vielleicht«, sagte ich, »auf Speicherchips oder der Festplatte eines Notebooks. Nein, nicht dem von oben, aus seinem Arbeitszimmer. Es enthält keine Daten, die uns interessieren könnten. Ich denke an ein zweites, sozusagen intimes Notebook von der Qualität eines iPod. »

»Das von der Polizei hier oder in Heidelberg konfisziert worden ist.«

Klausen, nach der kurzen Jubellaune doppelt enttäuscht, ließ nach seinen Mundwinkeln auch die Schultern hängen. Dann, auf dem Rückweg über das Gartentor, versuchte er, unser Erlebnis schönzureden. »Wir wissen nun mit absoluter Sicherheit, dass Di Cinno sein geheimes Handwerk hier, in der Via Merulana, betrieben hat. Fest steht auch, dass die Schaffung der unterirdischen Räume sehr teuer gewesen sein muss. Di Cinno dürfte mit seiner geheimen Praxis wesentlich mehr verdient haben, als wir dachten.«

Ich verzichtete auf jeden Kommentar.

Am nächsten Morgen kam Klausen, selten genug, mit einem Lächeln zum Frühstückstisch. Und einem Gesicht, das, wenn ich mich nicht täuschte, bis zum Rand mit Empathie gefüllt war. Ghob, der bekennende Oberknilch aller Knilche, mit einer Geschenkpackung voller Menschlichkeit, welche Überraschung.

»Ich habe gestern Abend lange über alles nachgedacht, Doktor Vogt. Lassen Sie mich danken, ja, danken für den interessanten, dazu fürstlich entlohnten Auftrag hier in Rom, der Stadt meiner Träume. Auf die Gefahr hin, Sie zu enttäuschen: Wir sind, was Di Cinno betrifft, mit unserem Latein am Ende. Schluss also mit dem Blindflug. Um Peinlichkeiten zu vermeiden, sollten wir uns gütlich trennen. Ich würde an Ihrer Stelle wieder zur Polizei gehen.«

»Zu Bronkhorst? Warum sollte er sich jetzt, Monate später, für die Probleme einer Randfigur interessieren?«

»Sie, mit allem, was Sie über Di Cinno und die beiden Krankenschwestern wissen, eine Randfigur? So dumm kann selbst Bronkhorst nicht sein. Ich bin sicher, dass er Ihnen auf der Suche nach dem Kastell in die Hände arbeiten würde.«

»Geben Sie sich keine Mühe, Maitre. Bronkhorst wird nie wieder Gelegenheit bekommen, mich zu schikanieren. Auch bin ich mir nicht sicher, ob ich den Behörden helfen will, Helga festzunehmen. Schließlich wissen wir so gut wie nichts darüber, welche Rolle sie bei den drei Morden gespielt hat.«

Klausen zuckte die Schultern und übergab mir mit Tottis Fernbedienung auch einige Papiere, darunter die Namenslisten aus Di Cinnos Schwalbennest. Er würde, um meine Großzügigkeit nicht zu überfordern, auf eigene Rechnung nach Frankfurt fliegen.

Während Klausen aufstand, um Adieu zu sagen, suchte ich nach einer Möglichkeit, ihm zu danken. Fest stand seit Tagen ohnehin, dass ich Klausen als Gedächtniskünstler, Zenjünger und Privatdetektiv nie wieder unterschätzen würde. Nun spürte ich, wie ein Anflug von Rührung mir in der Kehle steckte.

»Einen Augenblick noch, Maitre«, sagte ich. Und, während Klausen noch einmal zur Thermoskanne griff: »Sie haben schon sehr früh danach gefragt, ob ich nie versucht hätte, aus dem Kastell zu fliehen. Es wird Zeit, die Antwort nachzuliefern: Doch Maitre, in meiner Erinnerung gibt es diesen Versuch, nur dass es mir, wie oft beim Kastell, schwer fällt, zwischen Wirklichkeit und Drogenrausch zu unterscheiden. Daher nur unter Vorbehalt ein Abriss der Szenerie: Harald Vogt, für Augenblicke weniger zugedröhnt, versucht eine Frau zu überwältigen, die ihn als Domina bedrängt. Und fällt nach einem Blitz, der ihn dort trifft, wo es an meisten weh tut, wie ein welkes Blatt in sich zusammen. Ein Vorfall, den ich lieber für mich behielt, wie auch meinen Verzicht auf weitere Revolten.«

»Übertriebener Stolz. Unter der Wirkung eines Tasers würde jeder ...«

»Eines Tasers?«

»Ja, ein Elektroschockgerät, vielleicht der handliche Pocket-Paralyser von K-H-Security.«

Worauf Klausen, nach einer letzten Lektion aus Wikipedia, mich umarmte und ein Taxi zum Flugplatz nahm. Ich würde, wie gewohnt, mit dem Zug nach Heidelberg fahren.

Als Klausen gegangen war, rief ich Rita an. Dabei stellte sich heraus, dass auch sie nicht mehr lange in Rom bleiben würde. Ich schlug ihr vor, uns Freitagabend zum Diner im Borgognoni zu treffen.

Rita

Eine Woche nach unserem ersten Treffen lud Vogt mich zum Diner ins Borgognoni ein. Du hättest sehen sollen, Astrid, was alles er auftischen und einschenken ließ. Und wie er, als ungelenker Charmeur, endlich damit anfing, über Di Cinno zu reden. Von der Villa des Professors in der Via Merulana war die Rede und dem Verdacht, Di Cinno hätte es dort – nicht nur fachlich – mit Patientinnen der Extraklasse getrieben.

Unter solchen Umständen würde selbst Kerstin es verstehen, dass der Rest des Abends dann doch nach Vogts Drehbuch aus der Stummfilmzeit ablief. Einer spürt den Körper des anderen bis ins kleinste Detail, man tanzt Wange an Wange, sieht sich in die Augen und tauscht Küsse, die leidenschaftlicher werden, bis man nach ungeduldigen Handreichungen nackt auf einem Bett liegt – wo anders als im Bett des Dr. Vogt im Hotel Borgognoni.

Den Rest der Nacht verschlief ich in einem seidenen Kokon aus Duft und Wärme. Bis Vogt gegen Morgen wie ein Fremder auf der Bettkante saß. »Damit ich es nicht vergesse«, sagte er, »schönen Gruß von Mister X aus Heidelberg.« Konnte es sein, dass Vogt, der Routinier, nach einer einzigen Nacht mit mir schon eifersüchtig geworden war? Ich versuchte ihn zu beruhigen. »Originelle Art, nach der Existenz eines Rivalen zu fragen. Fehlanzeige, Harald, weit und breit kein Mister X und auch kein Mister Y in Sicht.«

Vogt schien irritiert, als würde meine Antwort nicht zu seinen Worten passen, schwieg aber. Erst viel später, in Heidelberg, hat er dann offen über Mister X und dessen vertrauliche Botschaften aus dem Milieu des Kommissariats geredet. Damals, in Rom, hatte er durch seine Attacke nur versucht herauszufinden, ob ich davon wusste. Und aus Rücksicht auf seinen Informanten nicht gewagt, mir, der Polizistin, reinen Wein einzuschenken.

Das englische Frühstück hat Vogt auf dem Balkon seines Zimmers servieren lassen. Später, unter dem großen Sonnenschirm, brachte er das Gespräch auf die Geschichte unserer Begegnungen, vom Heidelberger Präsidium bis zum Balkon des Borgognoni. »Endlich Zeit und Gelegenheit, dir zu danken.« Und als ich ihn verständnislos ansah: »Ja, Dank, Rita, vor allem dafür, dass du nie gefragt hast, ob ich die Geschichte mit den zwei, drei oder vier Frauen tatsächlich erlebt habe.«

»Warum sollte ich, wenn ich am Kern deiner Geschichte nie ernstlich gezweifelt habe. Rätselhaft schien mir allerdings das Motiv, dich über die Polizei an die Öffentlichkeit zu wenden. Eine meiner Annahmen war, du wolltest Bronkhorst für deine Suche nach Frau Horger gewinnen. Als dies nicht funktionierte, hättest du dich entschlossen, deine Geschichte durch die Verknüpfung mit einer kapitalen Straftat aufzuwerten. Um dich, in Verbindung mit dieser Idee, am Tatort Mehlhorn überraschen zu lassen, so, als hättest du die Adresse Kaiserstraße 45 während deiner Gefangenschaft aufgeschnappt. Genial, aber auch mit dem Glück, dass Bronkhorst damals in Karlsruhe war.«

»Ja«, lachte er, »Bronkhorst in Begleitung von Rita Phelps, der attraktiven Polizistin. Ein Kompliment für deine Schlussfolgerungen, auch wenn sie nicht immer schlüssig sind.« Und nach einer Weile: »Doch nun zu dir und deinen Plänen. Aus purem Zufall bist du neulich wohl nicht in der Bar des Borgognoni gewesen. Dazu eine Frage: Hat Bronkhorst dich auf mich angesetzt?«

»Nein, Harald, mein Romaufenthalt hat nichts mit Bronkhorst zu tun. Und doch ein Treffer: Ich bin nicht zufällig in der Bar gewesen, sondern – den Rest des Satzes magst du nach Belieben ergänzen.«

Vogt lachte. »Zum Auftrag, mich zu observieren, hätte wohl auch nie das Detail gehört, mir so nahe zu kommen«, sagte er und zog mich an sich. Womit, für den Augenblick, alle Fragen beantwortet waren.

Als ich nach der Uhr sah, war es schon kurz vor elf. Ich raffte meine Sachen zusammen und verschwand so rasch, dass kaum Zeit blieb, ihm die Nummer meines Handys zu diktieren.

Auf dem Weg zur Direzione Centrale war ich mir sicher, dass Vogt demnächst noch einmal und wesentlich ausführlicher auf Di Cinno kommen würde.

Montagnachmittag, bei unserem dritten und letzten Treffen in der Bar des Borgognoni, brachte ich, nach dem Austausch unserer Email-Adressen, das Gespräch auf Commissario Del Monte und dessen Schwierigkeiten mit der Affäre Di Cinno. Vogt dachte eine Weile nach, dann begann er zu reden.

Nach ergänzenden Details über die geheimen Kellerräume in der Via Merulana kam er auf das alte Labor von Di Cinno in der früheren Universitätsklinik. Erstaunt nahm ich zur Kenntnis, dass es auch dort verborgene Räumlichkeiten gab, darunter eine Kammer, die von Di Cinno als Sekretariat, vielleicht auch als Liebesnest genutzt worden war. Zuletzt ließ Vogt ein Taxi kommen, um mir die frühere Frauenklinik zu zeigen. Dort, im Dachgeschoss des neu hergerichteten Studentenwohnheims, erzählte er von Dr. Totti, öffnete das alte Labor und fuhr mit mir zu Di Cinnos Schwalbennest. Zuletzt überreichte er mir Di Cinnos Fernbedienung und verriet mir den Code für die abenteuerliche Fahrt. Dass er ein Bündel Papiere für sich behalten hatte, erfuhr ich erst viel später.

»Nun bin ich an der Reihe, dir zu danken, Harald«, sagte ich, als wir wieder auf der Straße standen. »Dazu gleich die Frage: Warum hast du mir das alles erzählt?«

»Freundschaftsdienst für die Karriere einer viel versprechenden Kommissarin«, antwortete Vogt. »Du könntest Del Monte mit Hilfe dieser Informationen dazu bringen, noch einmal in der Via Merulana und dann auch hier, in der alten Frauenklinik, zu recherchieren. Keine Frage, dass man von deiner Initiative auch in Heidelberg hören und darüber begeistert sein wird, vor allem Dr. Lück, der Oberrat. Doch gibt es für mein Entgegenkommen noch einen ganz anderen, persönlichen Grund.« Vogt gab mir einen Kuss, Astrid, einen Kuss, der lang war, wie eine Mittsommernacht.

Später, beim Abschied, fragte ich, ob es nicht doch noch andere Motive gäbe, ausgerechnet mich, die kleine Polizistin, derart großzügig zu beschenken. »Ich will es gerne wiederholen«, entgegnete er, »es geht um meinen Dank dafür, dass du, anders als alle anderen, nicht danach gefragt hast, ob ich meine Geschichte tatsächlich erlebt habe.«

DRITTER TEIL

Dr. Vogt

In Heidelberg saß ich während der ersten Tage stundenlang im Café Schäfer. Meine Stimmung war nicht besser als das trübe Augustwetter. Ein kalter Nordwind fegte die regennassen Blätter von den Bäumen, und drüben, auf dem Bismarckplatz, trudelten die ersten, noch grünen Schoten aus den mächtigen Gleditschien. Was fehlte, war ein Scheibenwischer für den trüben Himmel, um sicher zu sein, dass es hinter dem vielen Grau noch ein strahlendes Blau gab.

Und Rita? Rita saß in Rom fest. Mit Del Monte auf Erfolgsspur, halt mir die Daumen, hieß es in ihrer letzten SMS. Eine Erfolgsspur, auf die ich Rita Phelps mit dem Stichwort Schwalbennest selbst gesetzt hatte. Dumm gelaufen, Dr. Vogt. Dennoch, alles nur Peanuts, mit einer Ausnahme: Klausen hatte mich durch seinen Verzicht auf die Rückfahrtkosten an meine Finanzen erinnert. Maitre Klausen, der wohl zu stolz gewesen war, einem armen Mann in die Tasche zu greifen.

Noch zwei Tage Lummerland, dann war ich bereit, der Wahrheit ins Auge zu sehen. Ich holte mir einen Kontoauszug und sah im Hotelsafe nach. Zusammengerechnet waren von den zweihundertfünfzigtausend Euro nur noch knapp zehntausend übrig geblieben.

Ich setzte mich in die Hotelbar und ließ mir einen doppelten Gin Tonic geben, um über Gott, die Welt und meinen Zustand nachzudenken. Diagnose Gürtelrose – das war einer von den Kalauern meiner Studentenzeit gewesen. Jetzt, im Ernstfall, wies die Diagnose eher in Richtung Psychoneurose, einer Déprime im XXL-Format. Ein Leiden, dessen Therapie, mit dem restlichen Geld vernünftig umzugehen, nicht ohne Entzugssymptome zu haben war. Den Kaiserhof zum Beispiel würde ich mir auf keinen Fall mehr leisten können. Am einfachsten, ich zog wieder bei Frau Konrad ein. Himmel, welcher Abstieg: Von Zimmer 705 im Adlerblick, Zimmer 75 im Kaiserhof und Zimmer 24 im Borgognoni jetzt wieder in die Bude von Frau Konrad.

Beim Stichwort Abstieg erschien Heinz Männen auf der Leinwand meines Retrokinos, mit dem vergeblichen Versuch, mich für E-Musik zu interessieren. »Hör dir das an«, sagte er und drückt auf die Rückspieltaste, »was Beethoven mit dieser utopischen Terzenkette anstellt, vom höchsten bis zum tiefsten Punkt über elf imaginäre Oktaven! Welch kühner Abstieg, vom viergestrichenen ces bis zum unvorstellbar tiefen gis!« Lass gut sein, Heinz, mein Sturz vom Kaiserhof in die Arme von Frau Konrad wird schwindelerregender sein.

Ich stieg noch einmal unter die Dusche, legte mir das superflauschige Badetuch mit dem Salvador-Dali-Motiv noch einmal um die Schultern und schlüpfte in Klamotten, die zu meinem Vorhaben passten: Jeans, Allwetterjacke und Wanderschuhe. Dann räumte ich mein Fach im Hotelsafe. Sechstausend Euro habe ich zur Deutschen Bank getragen, den Rest behielt ich in kleinen Scheinen bei mir.

Im Verlauf der letzten Monate habe ich wie ein Weltmeister eingekauft, jetzt fallen die vielen Sachen mir zur Last. Ich bestellte drei Seemannskoffer. In den ersten und zweiten kamen Dinge, die ich so rasch nicht wieder brauchen würde. Sie mussten in den Keller von Frau Konrad. Der dritte Koffer hatte hoffentlich in meiner Bude Platz.

Während ich auf den Kleintransporter wartete, sah ich durch, was, außer den Banknoten, sonst noch im Hotelsafe gewesen war. Die Spesenkonten von Maitre Klausen warf ich in den Papierkorb, dazu alle Rechnungen und Kontoauszüge aus Di Cinnos Schwalbennest. Die beiden Jahrgänge mit Namenslisten zum Thema Künstliche Befruchtung steckte ich in die Innentasche meines Jacketts.

Frau Konrad wunderte sich weniger über die Rückkehr ihres Untermieters als über dessen Gepäck. Hoffentlich ist im Keller noch Platz für derart große Koffer, sagte sie, strich nach der Kittelschürze auch ihr schütteres Haar glatt und setzte sich wieder zu ihrem Kaffee. Unnötige Sorge, gute Frau, zur Gründerzeit hat man noch Wert auf tiefe, kühle und geräumige Keller gelegt.

Ich gehöre nicht zu den Ängstlichen. Umso erstaunlicher mein Erschrecken, als ich, gegen Abend, das Fenster meiner Bude öffnete: Als stürzten die Fassaden der Nachbarhäuser über mir zusammen. Kaum zu glauben, wie sehr ich mich an die Aussicht auf den geräumigen Park des Kaiserhof gewöhnt hatte. Anstelle von Trompetenbäumen, Rosskastanien und Linden fiel mein Blick hier, auf der gegenüberliegenden Seite der Albert-Mays-Straße, in Gesichter, die im Flimmerlicht der TV-Geräte an Halloween erinnerten: Masken mit zwei kleinen und einem großen Loch im Gesicht. Als ich das Fenster schloss, lag die kahle Enge meiner Bude mir mit Zentnerlasten auf der Brust. Ich schlüpfte in den Trenchcoat und ging zu Fischers Weinstube.

Beim zweiten Glas Dornfelder nahm ich mir die Listen aus Di Cinnos Schwalbennest noch einmal vor. Nach dem Debakel von Rom machte es keinen Sinn, dem Kastell nachzutrauern wie Parsifal seiner Gralsburg. Harald Vogt als Parsifalverschnitt, das würde es so rasch nicht wieder geben. Und Helga Horger – war es nicht an der Zeit, überzählige Dateien auf der Festplatte meines Langzeitgedächtnisses zu tilgen, jetzt, da es mir in Erinnerung an Rita Phelps wesentlich leichter fiel, die Löschtaste zu drücken?

Abschied also auch von Di Cinnos Listen, zwei Papiere im DIN-A4-Format, über die in Rom viel geredet worden war. Damals hatten wir versucht, der vagen Spur zu folgen, die vom Kastell zu Di Cinno und den drei Morden zu führen schien. Was nur gelingen konnte, wenn zumindest eine der von Di Cinno aufgelisteten Frauen den Schwestern Minges und Mehlhorn begegnet war. Dies aber ließ sich, so weit ich mich erinnere, den Daten von Di Cinnos Listen nicht entnehmen. Die beiden Schwestern waren im August 1982 in Rom gewesen. Ich sah noch einmal nach. Von den 75 Patientinnen der ersten Liste hatten fünf im Juni, sechs im Juli und zwei gegen Ende August bei Di Cinno vorgesprochen.

Klausen hatte vorgeschlagen, zumindest eine dieser Frauen aufzusuchen. Nicht die von Ende August, ein zu später Termin. Da künstliche Befruchtungen zeitraubende Vorbereitungen erforderten, würden eher die im Juli 82 aufgelisteten Patientinnen von den Schwestern Minges und Mehlhorn betreut worden sein. So weit Klausen. Ich hielt, wie damals, auch jetzt wenig von dieser Idee. Sechs Frauen, die Di Cinno im Juli 82 aufgesucht hatten – was konnte, was sollte ich sie nach mehr als zwanzig Jahren fragen? Guten Tag, Frau Schöne, so hieß eine von ihnen, hier kommt ein Doktor aus Heidelberg, der gerne wüsste, ob sie 1982 wegen einer künstlichen Befruchtung bei Dr. Di Cinno gewesen waren. Und später, im Privatlabor des Herrn Professor, von den Schwestern Minges und Mehlhorn betreut worden sind. Warum ich danach frage? Weil ich auf der Suche nach dem Mörder des Professors und seiner Helferinnen bin.

Blieb die Liste von 13 jüngeren Frauen, die sich 1982 als Leihmütter angeboten hatten. Klausen war dafür gewesen, auch eine von ihnen aufzusuchen. Die Liste enthielt während der Sommermonate sechs Namen, alles Frauen mit Migrationshintergrund, wie man heute sagen würde, Margit Király zum Beispiel, ein ungarischer Name, das hatte Klausen mir gesteckt, gefolgt von Namen mit –ici oder mit –escu, serbokroatischen und rumänischen Ursprungs. Welche Idee, eine von ihnen aufzusuchen. Guten Tag, Frau Király, jó napot, oder bunâ ziua, Frau Negrescu, wie ist das damals, vor dreißig Jahren, bei Professor Di Cinno und seinen deutschen Krankenschwestern gewesen? Ein Horror, mir solche Szenen auch nur vorzustellen.

Tempi passati, auch diese Liste war reif für den Papierkorb. Da kein Abfallkorb zu sehen war, schob ich sie mit der ersten beiseite.

Beim dritten Glas Dornfelder kam ich auf Heinz Männen und mit ihm auf Professor Flaming und die Neurologische Klinik. Klausen hatte, mit Blick auf meine Karriere, zuletzt vorgeschlagen, Kommissar Bronkhorst um Hilfe anzugehen. Welche Idee, Bronkhorst als letzter Strohhalm zur Rettung meiner Karriere. Bronkhorst als letztes Aufgebot – dann doch lieber eine von Di Cinnos Patientinnen. Ich trank noch einen Schluck, dann nahm ich, widerstrebend, die Liste mit den 75 Namen wieder zur Hand. Frau Schöne zum Beispiel – Moment: War es möglich, konnte es sein, dass Frau Schöne in Esslingen wohnte? Esslingen, nicht weit von Stuttgart, und keine Bahnstunde von Heidelberg entfernt? Die fünf anderen Frauen des Monats Juli 82 waren in Berlin, Luzerne, Locarno, Udine und Largentière zu Hause, einem Städtchen in Südfrankreich.

Ich steckte die Listen wieder in die Innentasche meines Jacketts, klemmte einen Zwanziger unter die Weinflasche, zog den Trenchcoat über und ging fröstelnd zur Albert-Mays-Straße.

Unterwegs versuchte ich zu verstehen, was in den alkoholgetränkten Zellen meines Großhirns vor sich ging: Die grauen Zellen waren dabei, Dateien, die sie vor kurzem gelöscht hatten, aus irgendeinem Winkel meines neuronalen Papierkorbs wiederherzustellen: Das Kastell, Helga Horger und das Umfeld dreier Leichen – sie kamen, wie auf Knopfdruck, eine nach der anderen wieder zum Vorschein. Beiseite schieben, verdrängen und jetzt wieder erinnern, wie leicht dies mit Hilfe einer Flasche Dornfelder vor sich ging.

Im Einschlafen schwärmten meine Gedanken nach der Vorgabe von Heinz Männen in Richtung Beethoven und Einstein aus. Auch wenn ich das Kastell um Lichtjahre hinter mir gelassen hatte – wenn es Abstürze bis zum tiefen gis gab, warum sollten virtuelle Lichtjahre nicht bis zur Echtzeit von Stunden und Tagen komprimierbar sein?

Am nächsten Morgen lag das corpus delicti immer noch auf meiner Kommode, ein DIN-A4-Blatt, auf dem Di Cinno, ein römischer Professor, die Koordinaten von Privatpatientinnen festgehalten hatte, unter ihnen die von Frau Magdalena Schöne aus Esslingen. Sollte, würde ich jetzt, nachdem der Alkohol verdampft war, bei der Idee bleiben, beim Versuch festzustellen, ob Frau Schöne im August 1982 den Schwestern Minges und Mehlhorn begegnet war?

Den ersten Impuls, Klausen anzurufen, verwarf ich. Klausen war jetzt, Wochen nach unserer Trennung, sicher längst mit anderen Fällen beschäftigt. Und Heinz Männen? Heinz würde mich mit erhobenem Zeigefinger davor warnen, aus einer Depression in sinnlosen Aktionismus zu flüchten. Dabei war ich im Grunde schon entschlossen, etwas zu unternehmen. Schließlich hatte ich als arbeitsloser Minutenmillionär die freie Wahl zwischen Tennis, Billard und dem nächsten Versuch, die Teile des Puzzles um den römischen Frauenarzt Di Cinno sinnvoller zu ordnen.

Ich steckte Di Cinnos Listen ein und ging zum Café Schäfer. Unterwegs kam ich am Polizeipräsidium und dann auch am Kaiserhof vorbei, mit gemischten Gefühlen, wie hätte es anders sein sollen. Im Café Schäfer ließ ich mir ein kleines Frühstück servieren, dann bestellte ich mir, online, eine Fahrkarte nach Esslingen.

Am nächsten Morgen fuhr ich mit dem Intercity nach Stuttgart und von dort mit der S-Bahn nach Esslingen.

Klausen hatte die Bemerkung fallen lassen, Dummies würden sich in fremden Städten nur mit der Hilfe von Taxichauffeuren zurechtfinden. O. k., Maitre, Taxis müssen nicht immer sein. Ich betrat den Bahnhofsbuchladen, kaufte einen Stadtführer und suchte nach Sehenswürdigkeiten, um mir die Zeit bis zum Nachmittag zu vertreiben.

Die Esslinger Innenstadt war nicht groß, der Hafenmarkt, ein erstes Ziel, daher leicht zu finden. Im Stadtführer stand zu lesen, dass es verkehrt sei, am Roßneckar nach einem Hafen zu suchen. Der Platz, um den es ging, hieß Hafenmarkt, weil dort früher Häfele (schwäbisch für Töpfe) verkauft worden waren.

Über den Hängen rings um Esslingen war der Himmel postkartenblau, wie seit langem nicht mehr. Ich ließ ein größeres Backsteingebäude mit der Inschrift ES links liegen und ging über die Bahnhofstraße an der Stadtkirche und dem Zehnthof vorbei in Richtung Hafenmarkt. Unterwegs war mir ein Turm aufgefallen, der eine Zigarette rauchen wollte, aber nicht dazu kam, weil ein Kerl nach der Art des Till Eulenspiegel auf dem kalten Glimmstengel balancierte. Nach dem Wortlaut des Stadtführers handelte es sich um den Schelztorturm, auf dem ein Künstler, als Blickfang, einen Stahlträger mit dem so genannten Skywalker befestigt hatte.

Am Hafenmarkt malte die Sonne blendend helle Figuren in den Halbschatten der Platanen, doch war es nebenan, auf den Treppen zur Deutschen Bank, noch angenehm kühl. Wie vom Stadtführer empfohlen, bewunderte ich linker Hand, in Richtung Altes Rathaus, die älteste Zeile deutscher Fachwerkhäuser aus der Zeit um 1330 und dann, rechts, das Gelbe Haus, die nächste Berühmtheit, zuletzt auch den Eisernen Brunnen.

Jahrhundertealte Fachwerkhäuser gab es auch auf dem nahen Marktplatz, dazu ein Café-Restaurant mit Straßenbetrieb. Ich setzte mich unter einen rotweißgrünen Sonnenschirm und ließ mir ein Stück Baumkuchen, einen Espresso und die Tageszeitung geben. Am frühen Nachmittag sah ich, in Di Cinnos Liste, noch einmal nach der Adresse. Frau Magdalena Schöne wohnte in der Rüdenerstraße, Nummer 77. Die Rüdenerstraße war als Teil der Neckarhalde auf dem Stadtplan leicht zu finden und, per Luftlinie, nicht weiter als ein paar hundert Meter entfernt. Dennoch hielt meine Lust sich in Grenzen, den oberen Neckarhaldenweg in der prallen Sonne hochzugehen. Ich nahm den Bus der Linie 109, der mich nach zwanzig Kurven und einer Spitzkehre oben absetzte.

Die Rüdenerstraße führte in sanftem Bogen bergauf. Zwischen den nicht sehr dicht stehenden Häusern der Südseite sah man Weingärten, manche auf steilen Terrassen. Unten ahnte man den Neckar, dahinter waren, Werkhalle an Werkhalle, die Tentakel des Stuttgarter Autooktopus zu sehen.

Nummer 77 war der Lage nach ursprünglich wohl ein Wochenendhaus gewesen, das man nach dem zweiten Weltkrieg umgebaut und seither in Stand gehalten hatte. Im Gartentor der Nachbarvilla erschien ein älterer Mann mit blauer Kittelschürze, der geneigt schien zu reden. Ich gab mich als Vertreter einer Immobilienfirma aus, die sich für das Haus mit der Nummer 77 interessierte. Da werden Sie nicht viel Glück haben, sagte der Mann und zeigte mit dem Daumen hinüber. So lange Frau Schöne lebt, wird das Haus nicht zum Verkauf stehen, und sie ist erst knapp über die sechzig. Anders ihr Fräulein Tochter, ergänzte seine Frau, während sie hinzukam, Annemarie komme nur selten nach Esslingen.

Nun brauchte es nicht viel, das Gespräch in Gang zu halten. Frau Schöne war gut situiert, wenn auch keine Millionärin. Sie hatte eine Tochter, mit Namen Annemarie, ein spät geborenes Schmerzenskind, das mit der Mutter oft, zu oft, verschiedener Meinung war. Ein Beispiel? Der soignierte, nicht mehr ganze junge Herr mit Mercedes und Chauffeur, der sich um Annemarie bemühte. Frau Schöne hätte ihn wohl gern als Schwiegersohn begrüßt, während Annemarie die Mutter wiederholt mit ihm allein ließ. Inzwischen sei Fräulein Tochter seit Monaten verschwunden, ohne dass Frau Schöne sagen könnte, wohin. Kein Wunder, fügte der Mann hinzu, dass so viel daneben geht, wenn Kinder ohne ihre Väter aufwüchsen. Das Alter von Annemarie? An die dreißig Jahre, doch seine Frau widersprach. Annemarie sei nicht mehr als achtundzwanzig. Ihr Beruf? Lehrerin. Und sonst? Nun ja: Annemarie, früher genügsam, lebte seit kurzem auf großem Fuß. Als ob sie im Lotto gewonnen hätte.

Woher sonst das Geld für monatelange Reisen? Ich bedankte mich für das Gespräch, grüßte und ging von dannen.

Auf dem Weg zur Kelterstraße machte ich den Versuch, das Gehörte einzuordnen. Frau Schöne hatte eine achtundzwanzigjährige, uneheliche Tochter. Daher konnte sie, wie die Schwestern Minges und Mehlhorn, 1982 bei Di Cinno gewesen sein. Woraus weiter zu vermuten war, dass Annemarie Schöne ihre Existenz einem Eingriff des Professors, am wahrscheinlichsten einer künstlichen Befruchtung, verdankte, an der die beiden Schwestern beteiligt waren.

Ich kehrte um und ging über den mit Natursteinen ausgelegten Weg zum Eingang des Hauses Nummer 77. Dort gab es zwei Messingschilder, das untere mit einem M. für Magdalena, das obere mit einem A. für Annemarie Schöne. Annemarie, die in der oberen Etage wohnte, schien tatsächlich Wert auf ihre Unabhängigkeit zu legen.

Frau Schöne war eine füllige Frau von gut sechzig Jahren, die mir mit freundlichem Gruß entgegenkam. Ich gab vor, Annemarie vom Studium her zu kennen.

»Sieh an, auch Sie haben in München Germanistik studiert?«

»In München, ja, doch nicht Germanistik, sondern Medizin. Ist Annemarie zu sprechen?«

»Sie würden vergebens klingeln, Annemarie ist im Augenblick nicht da.«

»Ich werde auf Einladung einer Firma bis Freitag in Esslingen sein. Würden Sie mir Annemaries Telefonnummer geben?«

»Ich glaube nicht, dass sie so bald wieder zurück sein wird.«

»Dann vielleicht ihre Handynummer oder ihre Adresse?«

Frau Schönes Miene hatte sich mit jeder Frage weiter eingetrübt. Aus Freundlichkeit war gespannte Aufmerksamkeit und dann Abweisung geworden. Jetzt trat sie einen Schritt zurück und zog die Hausjacke enger um ihre Schultern. »Das wird nicht gehen, Herr Doktor …«

»Haller, Frau Schöne, Dr. Harald Haller.«

»Annemarie ist seit dem Ende ihres Studiums viel auf Reisen, oft weiß man nicht, wo sie sich aufhält.«

Frau Schöne stand inzwischen auf der Schwelle ihrer Eingangstür. Wenn ich mehr wissen wollte, war es an der Zeit, zum Punkt zu kommen.

»Schade, dass Annemarie nicht hier ist. Sie hat, wenn ich richtig erinnere, viel über das Geheimnis ihrer Herkunft nachgedacht. Ein Thema, über das ich jetzt, als angehender Psychotherapeut, gern noch einmal mit ihr gesprochen hätte.«

Die rechte Hand am Türgriff, sah Frau Schöne mit schreckhaft großen Augen an mir vorbei. Höchste Zeit, nach Di Cinno zu fragen. »Kann es sein, dass es dabei um einen römischen Professor ging, der, wie man hört ...« Den Rest des Satzes sprach ich gegen die geschlossene Eingangstür.

Auf dem Rückweg zum Bus dachte ich darüber nach, ob Klausen an meiner Stelle Frau Schöne dazu gebracht hätte, über ihre Vergangenheit zu reden. Dennoch war es auch mir gelungen, einiges zu erfahren. Frau Schöne hatte eine Tochter, deren Dasein Professor Di Cinno und, mit einiger Wahrscheinlichkeit, den Schwestern Minges und Mehlhorn zu verdanken war. Interessant auch Frau Schönes schreckhafte Reaktion bei der Erwähnung des römischen Professors, ein Verhalten, das an Di Cinnos Geheimniskrämerei erinnerte. War es möglich, dass es um eine künstliche Befruchtung aus dem Jahr 1982 Geheimnisse gab, die mit den Morden an Di Cinno und den beiden Krankenschwestern zusammenhingen?

Die Frage, ob es sich nach solchen Erfahrungen lohnte, mein Glück nun auch in Berlin, Udine oder Locarno zu versuchen, hätte ich gerne mit Klausen besprochen. Wie schade, dass meine Finanzlage nicht danach war, einfach loszufahren. Und schon gar nicht danach, Klausen zu engagieren.

Einen Tag später, in Heidelberg, machte ich den Fehler, mit Frau Schäfer über meine Finanzen zu reden. Ihren Vorschlag, Arbeitslosengeld zu beantragen, finde ich lächerlich, wenn nicht obszön. Welche Idee, dem Steuerzahler wegen meiner höchst persönlichen Eskapaden in die Tasche zu greifen. Lieber werde ich die lästige Bewerbungsnummer noch einmal durchziehen.

Aus Tübingen, Konstanz und Frankfurt habe ich schon vor Monaten Absagen kassiert. Nun sind Mannheim, Ludwigshafen und Karlsruhe, dazu einige Kreiskrankenhäuser in der Umgebung von Heidelberg an der Reihe. Auch bei Landesheilanstalten reiche ich Bewerbungen ein.

Ich nehme vorweg, was nicht schwer zu erraten ist: Es hagelte auch diesmal Absagen. Einige Anstalten gaben sich nicht einmal die Mühe zu antworten. In zwei Fällen wurde ich gefragt, warum ich die Heidelberger Nervenklinik verlassen hatte. Niemand wird sich wundern, dass ich nicht im Entferntesten daran dachte, die Geschichte meiner Gefangenschaft noch einmal zu wiederholen.

Eine Woche danach, im Kalender steht Dienstag, der sechste August, trage ich immer noch zwei Probleme wie einen Rucksack voller Steine mit mir herum. Die Flaute meiner Finanzen und die Frage, ob es sich lohnt, nach Magdalena Schöne noch eine zweite oder gar dritte der sechs Frauen aus Di Cinnos Liste vom Juli 1982 aufzusuchen.

Bewegung bringe Depressive in Stimmung, habe ich neulich in der Bildzeitung gelesen. Dazu mein Fachwissen aus der Neurologie: Ja, Bewegung setzt Endorphine und wer weiß welch anderen Botenstoffe frei, sogar Cannabinoide, alles Leckerbissen für das Belohnungszentrum, den nucleus accumbens. Dabei fiel mir der schottische Snookerspieler ein, den man in Eurosport sehen kann. Er hatte überall, wo es Turniere gab, jemand sitzen, der darauf wartete, ihn beim Jogging zu begleiten. Auf also, Dr. Vogt, zum Königstuhl, am besten über die Himmelsleiter.

Beim Anstieg in Richtung Siebenlinden war das Belohnungszentrum schon eifrig dabei, meine Schritte zu beflügeln. Beflügeln, welch irre Vorstellung: Hermes der Götterbote, mit Taubenschwingen an den Sandalen kurz vor dem Abheben. Bei Siebenlinden klingelte mein Handy. Genau genommen schnarrte es, viele sagen dazu, mein Handy vibriert. In Wirklichkeit machten die meisten Handys Musik. Wo bleibt der Volksmund mit einem passenden Ersatz für das »Klingeln« dieser Geräte – oder gibt es dergleichen schon?

»Marcel Klausen am Apparat. Come va, come sta, dottore.«

Um ein Haar, und ich hätte vor Überraschung die Aus-Taste gedrückt. »Danke Maitre. Ich kämpfe seit Tagen mit der Idee, Sie anzurufen.«

»Probleme?«

Während ich auf dem Johannes-Hoops-Weg in Richtung Molkenkur ging, fasste ich zusammen, was ich während der letzten Tage erlebt hatte, im Mittelpunkt Di Cinnos Liste, meine Fahrt nach Esslingen, die Reaktion von Frau Schöne bei der Erinnerung an das Jahr 1982.

Klausen gab sich interessiert, wenn nicht begeistert. Wie schade, sagte er, dass ich nicht mehr dabei bin. Dann wollte er wissen, was ich als Nächstes vorhabe.

»Das ist genau der Punkt, über den ich mit Ihnen reden wollte. Würden Sie, an meiner Stelle, jetzt auch nach Berlin fahren, um eine zweite von den sechs Patientinnen Di Cinnos vom Juli 82 aufzusuchen?«

Während Klausen sich Zeit ließ, beobachtete ich eine Gruppe von Lichtreflexen jenseits der Theodor-Heuss-Brücke, dort musste der Yachthafen liegen.

»Nach allem, was Sie in die Affäre Di Cinno/Minges/Mehlhorn investiert haben, sollten Sie nicht aufgeben, jetzt, wo nach ihrem Besuch bei Frau Schöne endlich Bewegung in die Affäre zu kommen scheint. Dreifaches Ja also zur Frage, ob es sich lohnt, noch eine von Di Cinnos Patientinnen aufzusuchen, geht es doch um das Motiv für drei Morde an Personen, die mit diesen Frauen zu tun hatten. So viel dürfte unstrittig sein. Nur: Wie kommen Sie auf Berlin? Ich würde an Ihrer Stelle nach Locarno fahren.« Und als ich zögerte: »Ach so, Ihre Finanzen.«

»Getroffen, Maitre.«

»Gut, dann wird es Zeit zu gestehen, warum ich Sie angerufen habe. Es gibt frohe Botschaft für Ihr Portemonnaie.«

Während ich der neuen Bergbahn in Richtung Königstuhl nachsah, legte Klausen los. »Vorweg die Mitteilung, dass ich mir erlaubt habe, als Ihr Manager aufzutreten. Einverstanden?«

»Durchaus, Maitre. Bleibt die Frage, was es bei mir zu managen gibt?«

»Ihre Geschichte, Dr. Vogt, es geht um den Wert Ihrer Geschichte.«

»Für wen?«

»Für die Öffentlichkeit, Doktor, und, als Vermittler und Multiplikator, für alle Medien.«

Ich bin, jenseits der Bergbahn, am Fuß der Himmelsleiter angelangt. Bergauf hätte ich Mühe, mit Klausen zu reden. Ich setze mich auf den Wegweiser, ein Trumm von rotem Sandstein mit den Inschriften Königstuhl, Felsenmeerweg und Heidelberg.

»Ich war neulich mit einem freien Journalisten zusammen«, setzte Klausen fort. »Leute wie er haben die Nase immer im Wind, auch wenn sie nur so viel wissen, als über die Ticker der Agenturen geht. Um es kurz zu machen: Da er alle Lokalzeitungen links liegen lässt, hatte mein Gewährsmann keine Ahnung von den Morden an Di Cinno und den beiden Krankenschwestern. Ich riskierte einige Details Ihrer Geschichte … »

»Moment Maitre, Details meiner Geschichte?«

»Gemach Doktor, nicht mehr als Andeutungen von allem, was im Raum Heidelberg – Mannheim – Karlsruhe ohnehin jeder weiß. Doch zurück zu meinem Gesprächspartner. Die Geschichte Ihrer Entführung zum Beispiel war dem Mann Zehntausend wert. Dann der Umstand, dass eine Frau Sie entführt und ….«

»… drei oder vier Frauen mich festgehalten haben. Verdammt, Maitre, Sie waren nicht befugt, meine, ich wiederhole, meine Erlebnisse feilzubieten. Muss ich Sie daran erinnern, dass in unserem Vertrag auch von Schweigepflicht die Rede war?«

»Ja, das heißt nein, Doktor, doch hören Sie zu. Mit jeder Frau, um die das Tableau meiner, Pardon, Ihrer Geschichte reicher wurde, stieg das Angebot meines Gewährsmannes. Zuletzt, mit der dritten, waren wir bei sechsstelligen Zahlen angelangt.«

»Sechsstellige Zahlen?«

»Ja, Hunderttausende für das exklusive Recht, Ihre Geschichte zu vermarkten.«

»Sie tun, als ob Sie nicht wüssten, wie sehr Voyeure mir verhasst sind, die nach dem Zipfel meiner Bettdecke grapschen. Mein Intimleben ist unverkäuflich, Maitre. Schluss also mit dem Gerede und zurück zur Schweigepflicht.«

»Ich glaube nicht, dass ich zu weit gegangen bin. Muss ich Sie daran erinnern, was alles über die drei Morde in der Lokalpresse zu lesen stand, auch über Sie, Dr. Vogt? Ganz abgesehen davon, dass der Fall Di Cinno/Minges/Mehlhorn eines Tages vor Gericht kommen wird. Versuchen Sie, einen Staatsanwalt zu imaginieren, der sich damit begnügt, nur den Zipfel Ihrer Bettdecke zu lüpfen. Wäre es nicht klüger, rechtzeitig zu verkaufen, was einem ohnehin genommen wird? Jetzt, da Sie Geld brauchen, um zu Ihrem Recht zu kommen?«

Und als ich schwieg: »Sie wissen, Doktor, was im Immobilienhandel Vorverkaufsrecht genannt wird? Nach diesem Muster bin ich mit Ihrer Geschichte verfahren. Sollten Sie sich entschließen, Ihre Story zu verkaufen, geht sie an meinen Gewährsmann, es sei denn, es gibt höhere Angebote. Ein Zugeständnis, das dem Mann fünfzigtausend Euro wert war. Fünfzigtausend, die Ihrem Konto inzwischen gutgeschrieben worden sind. Den ultimativen Deal können wir später realisieren, zumal der Wert Ihrer Story mit jeder Episode, die hinzukommt, nur steigen kann, zum Beispiel durch eine Fahrt nach Locarno.«

Während Klausen redete, startete ein kleiner Vogel Scheinangriffe gegen meinen Kopf. Ich ging die Himmelsleiter einige Stufen hoch, damit der Winzling Zeit hatte, sich zu beruhigen.

Klausen, den mein Schweigen irritierte, hielt mir einen Vortrag über intime Details in den Medien. Von Prominenten war die Rede, die zur Regenbogenpresse drängen, mit Photos von Hochzeit, Himmelbett, Baby, Scheidung, neuer Heirat und nächstem Baby. Im Vergleich zu alldem habe die Geschichte von Dr. Vogt und dem Kastell doch eher den Anstrich eines fantastischen Ritterromans, phantasy in Echtzeit, sozusagen.

Während Klausen redete, sah ich, was den kleinen Vogel irritiert hatte. Auf der breiten, schräg abfallenden Kante des Wegweisers befand sich ein kleines Loch im porösen Sandstein, in dem der Winzling ein ums andere Mal verschwand. Ich hatte einen Zaunkönig daran gehindert, seine Brut zu versorgen. Auf dem falschen Loch gesessen, Dr. Vogt.

Klausen spielte mit mir und meinen Argumenten noch eine Weile Ping Pong, dann sagte ich o. k. Maitre, ich werde nach Locarno fahren.

Aufgezwungenes Glück ist eins der schönsten Glücke, auch wenn es Glück laut Wörterbuch nur im Singular gibt, dachte ich und ging die Himmelsleiter hoch bis zur Bergbahnstation. Dort gab es eine Bank mit Blick in die Rheinebene, es sei denn, Mannheim versteckte sich im Smog. Das war heute nicht der Fall, es gab Sonnenreflexe, auch vom alten Necker und, in der Ferne, sogar vom Rhein.

Später, auf dem Rückweg über Blockhaus und Wolfshöhle, trübte das Wetter sich ein. Es wurde immer schwüler, Gewitterwolken zogen auf und gegen Ende des oberen Gaisbergwegs regnete es in Strömen. Dennoch, ein Stern für die Bildzeitung, Bewegung brachte Depressive tatsächlich in Stimmung, auch Dr. Harald Vogt.

So kam es, dass ich Montagnacht in einem Schweizer Schlafwagenabteil Richtung Süden fuhr. Anders als sonst wirkte das monotone Geräusch der Räder in diesem Fall leider nicht beruhigend. Die Folge war, dass ich unruhig schlief und morgens Mühe hatte, mich in der Wirklichkeit zurechtzufinden.

Ich hatte in Heidelberg versäumt, nach dem Wetter zu fragen. Nun kam blendend helles Sonnenlicht aus einem Firmament, das blau war, wie auf Werbeprospekten aus dem Tessin. Zwischen Bellinzona und Locarno verkehrte die Eisenbahn im Stundentakt. Und wie sonst bei unseren Nachbarn saß man ohne Reservierung bequem in einem Zug, der auf die Minute pünktlich war.

Im Officio turistica empfahl man mir ein Hotel, das um die Wende zum XX. Jahrhundert in einem Palazzo untergebracht worden war. Erstaunlich, wie wenig ich von dem bemerkenswerten Etablissement behalten habe: den altehrwürdigen Innenhof, in dem alle Gespräche laut widerhallten, sowie Bad und Toilette, die nur über den Flur zu erreichen waren. Auch von Locarno selbst ist mir nicht viel in Erinnerung geblieben, die Seepromenade vor allem, gleich links neben dem Embarcadero, mit Palmenstämmen, die man mit Kletterrosen dekoriert hatte und, einsamer als vieles andere, die Isola dei pescadori. Vielleicht war ich gleich zu Anfang schon zu sehr drauf konzentriert, mein Vorhaben dort, in Locarno, besser zu realisieren als in Esslingen.

Am frühen Nachmittag faltete ich Di Cinnos Liste noch einmal auf. Frau Viktoria Firneis wohnte in Contra, Via al Falò Nr. 107. Im Reisebüro war zu erfahren, dass Contra acht Kilometer außerhalb von Locarno lag: Zwei rebenbestandene, sonnenverwöhnte Terrassen hoch über dem Eingang zum Verzaska-Tal, mit prächtigem Blick über den Lago Maggiore bis in die Magadino-Ebene. Das klang auch im Jargon des Reiseführers nicht schlecht, konnte mich aber erst interessieren, wenn meine Aufgabe erledigt war.

Im Gegensatz zur Neckarhalde gab es in Contra keine Nachbarn, die am Gartentor auf mich warteten. An einem Pfosten aus weißem Beton, der das helle Licht ungebrochen zurückwarf, war ein Schild mit den Namen V. und M. Firneis zu sehen. Das V stand zweifellos für Viktoria Firneis, die Kontoinhaberin, das M konnte einem Sohn, einer Tochter oder einem Ehemann gehören. Ich legte mich in Erinnerung an Esslingen auf eine Tochter fest.

Familie Firneis wohnte in einer Villa, deren Anlage mich verwirrte. Soeben noch auf einem Gartenweg, fand ich mich unversehens unter einem Betondach wieder, das weit über den Rand des Gebäudes hinausging. Noch ein paar Schritte, die Bewegung einer ersten, dann einer zweiten Schiebetür, und ich wusste nicht mehr, ob ich auf einer Terrasse, in einem Wohnzimmer oder wieder im Garten war. Zwei blaue Lehnsessel, ein couchähnlicher Doppelsitz und zwischen ihnen ein Tisch aus Buchenholz erweckten eher den Eindruck eines Zimmers. Mehr Farbe war nicht im Raum, dafür ungebrochenes Sonnenlicht. Und, beim Blick über die Schulter, das Panorama des Lago Maggiore.

Kein Wunder, dass ich erst später, beim Rückweg nach Locarno, die Grundidee des Architekten erriet: Die nur schwer erkennbare, zweideutige Beziehung zwischen Innen- und Außenraum. Mit der Folge, dass man sich ständig fragte, ob man noch draußen oder schon drinnen, im Gebäude, war.

Verfehlter Impuls, hier, im Haus der Familie Firneis, an Türen klopfen zu wollen. So blieb ich stehen und wartete, bis jemand auf mich zukam: eine Frau von vielleicht sechzig Jahren mit bläulich schimmernder, weißer Haarkrone, in einem Twinset, dessen unscheinbare Eleganz man erst auf den zweiten Blick wahrnahm. Diskreter Reichtum, Reichtum mit Schonbezügen, sozusagen. Heiliger Sankt Klausen, rief ich im Stillen und versuchte, mich zu fassen.

»Ist Fräulein Firneis zu sprechen?«

»Meine Tochter? In welcher Angelegenheit, wenn ich bitten darf?«

Eine Tochter also, wie in Esslingen, das ließ sich gut an. »Wenn meine Erinnerung mich nicht täuscht, sind wir Studienkollegen gewesen. Und da ich nun einmal in Locarno war, habe ich im Adressbuch nachgeschlagen. Firneis, das war der Name, den ich in Erinnerung hatte.«

»Darf ich fragen wo Sie studiert haben, junger Mann?«

Bern, Genf, Lausanne, Bellinzona – ich legte mich auf Zürich fest und versuchte zu lächeln.

»Sieh an«, sagte Frau Firneis und bat mich, Platz zu nehmen. Dann folgten einige Sätze auf Italienisch, in denen der Name Maria vorkam.

Sekunden später bemerkte ich im Hintergrund eine Bewegung wie die Vierteldrehung eines Wandschranks, wenn so etwas möglich ist, und hier, im Hause Firneis, schien alles möglich. Ich wandte meinen Kopf, um die zwischen den Wänden auftauchende Gestalt zu begrüßen. Und erstarrte.

Mit der Beschreibung dessen, was damals in mir vorging, komme ich auch heute noch nicht zurecht. Die Salzsäule, zu der man vor Schreck erstarrt oder das Lächeln, das einem im Gesicht festfriert – Klischees, Worthülsen, die in die Irre führen. Am besten, ich halte mich an den Fachjargon. Vor mir stand eine schmächtige junge Frau mit flachem, ausdruckslosem Gesicht, schräg stehenden Augen, Speichel in den Mundwinkeln und einer Zunge, die für den kleinen Mund zu groß war. Mongolismus, Trisomie 21, Down-Syndrom – so weit die Diagnose, die mir auch damals, in Contra, half, mich zu fassen. Wie von einer Überdosis Botox gelähmt nahm ich wahr, wie Frau Firneis ihre Tochter, um die Schulter gefasst, aus dem Zimmer führte.

Auf dem Rückweg nach Locarno war mir anfangs nur bewusst, dass ich mich noch nie so geschämt hatte. Mit der Zeit erst gingen vereinzelte Regionen meines Gehirns dazu über, Verbindungen herzustellen, Links und Superlinks in Richtung Di Cinno und dessen Liste mit den sechs anonymen Überweisungen. War es möglich, dass Di Cinno für eine jämmerlich misslungene künstliche Befruchtung, einen Kunstfehler, Tausende kassiert und die Familie Firneis so schwer getroffen hatte? Als ob es damals, in den achtziger Jahren, noch keine Fruchtwasserkontrollen oder Chorionbiopsien gegeben hätte.

Unten, in Locarno, wusste ich nicht mehr, wie ich das Haus Via al Falò Nr. 107 verlassen hatte. Dumm gelaufen, Dr. Vogt – welch ärmlicher Spruch nach so viel Elend.

Stunden später erhielt meine Erinnerung an Maria Firneis noch einen anderen, schier unerträglichen Beigeschmack. Ich wurde den Zwang nicht los, im Schattenriss der Behinderten Helga Horger zu sehen. Das Profil von Helga, meiner früheren Geliebten, auf die Silhouette von Maria Firneis projiziert – je mehr ich mich dagegen wehrte, um so stärker revoltierte mein Zwerchfell. Ich stürzte ins Freie, um den Brechreiz loszuwerden. Wie hatte ich es wagen können, den Frieden einer Familie zu stören, nur wegen der Hoffnung, über die Affäre Di Cinno einen Fehler zu korrigieren, der bei einiger Vernunft vermeidbar gewesen wäre – den Fehler, zum Honeymoon mit Helga, einer Patientin, nach Tegernsee zu fahren.

Ich beglich meine Rechnung und ging auf gutes Glück zum Bahnhof. Spät abends, in Heidelberg, nahm ich die doppelte Dosis Bromazepam, um endlich Ruhe zu finden. Im Einschlafen ging Luzern mir durch den Kopf, das ich hinter mir gelassen hatte ohne daran zu denken, dass eine der sechs Patientinnen Di Cinnos vom Juli 1982 dort zu Hause war. Doch lag mir nichts ferner, als jetzt auch noch an Berlin oder Udine zu denken.

Am späten Dienstagnachmittag ging ich nach Handschuhsheim, um mit Klausen zu reden. Klausen, der aufmerksam zuhörte, wunderte sich über meine Schuldgefühle. Für den Zustand der Behinderten wären andere verantwortlich: Di Cinno mit seiner Geldgier und, daran hätte ich als Arzt längst denken sollen, die Mutter. Hatte Frau Firneis nicht gewusst, dass Mongolismus bei den Kindern älterer Frauen besonders häufig vorkam? Warum war sie so spät bei Di Cinno aufgetaucht, dazu, wie es schien, als Alleinstehende? Zuletzt gab Klausen mir den Rat, zumindest noch eine der übrigen vier Frauen aus Di Cinnos Liste aufzusuchen. Berlin, Luzern, Udine oder Largentière – wenn ich keine Lust hätte, würde er die Aufgabe übernehmen, für nicht mehr als die Spesen.

Klausen brachte mich, seit seinem Verzicht auf Erstattung des Rückflugs nach Frankfurt, immer häufiger zum Erstaunen. Auch gemeinsame Misserfolge, sagte ich mir, können verbinden. Dennoch stand schon auf dem Rückweg zum Bismarckplatz fest, dass ich Klausens Rat nicht befolgen würde.

Am zehnten August war Rita immer noch bei Del Monte, mit Klausen hatte ich gesprochen und Frau Schäfer war es leid, mir zuzuhören. Blieb

Frau Konrad. Doch wer setzt sich schon zu einer Frau, die, zum Andenken ihres Verstorbenen, Tag für Tag ein halbes Dutzend Robustos in die Luft bläst.

Heinz Männen also, der Allesversteher und Allesumarmer. In der Klinik hieß es, Dr. Männen sei wegen einer Magen-Darm-Infektion zu Hause geblieben. O. k., sagte ich mir, es war ohnehin Zeit, Heinz aufzusuchen.

Heinz wohnte seit Jahren am Westrand von Nussloch, nicht weit hinter Leimen. Wer Heidelberg kennt, weiß, dass man Nussloch auch über Wald- und Feldwege erreichen kann. So ging ich über Sieben Linden und den unteren Dachsbauweg zum Ehrenfriedhof und von dort über den Boxberg in Richtung Leimen. Ich hatte die Gaiberger Straße soeben überquert, als ich in der Nähe eines Wildgeheges drei Männer sah. Ich trat hinzu, um nach dem Weg zu fragen. Da standen sie, der Rote, der Dicke und der mit dem Polohemd, und diskutierten über einen Hund, der zwischen ihnen auf dem Boden lag.

»Guten Tag allerseits. Ein Dobermann?«, fragte ich.

»Ein Doberweib«, antwortete der Rothaarige, ein kräftiger Mann im ölverschmierten Overall. »Wollen Sie die Dame haben?«

Ein Angebot, das ich, schon wegen Frau Konrad, nicht ernst nahm. Dennoch sah ich mir das Tier genauer an. Ein eher zierliches Geschöpf, das, mit dem Kinn auf dem Boden, reglos im Staub des Feldweges lag. Welcher Gegensatz zur Horde blindwütiger Dobermänner vom Typ Baskerville, wie man sie in angloamerikanischen Filmen zu sehen bekommt. Beim zweiten Blick erst merkte ich, worüber die drei sich nicht einig waren. Das schwarze Fell des Tieres sah einem gepflügten Acker ähnlich, zerfurcht und voller Schrunden, vor allem am Hals und auf dem Rücken.

»Die Braut hat die Räude«, sagte der Dicke.

»Die Krätze«, korrigierte der Rote.

»Und stinkt nach faulen Eiern«, ergänzte der mit dem Polohemd.

Kein Zweifel: Das Tier litt an einer Scabies, die mit vorsintflutlichen Schwefelzubereitungen behandelt worden war.

»Schade«, sagte der Dicke zum Roten und zog sein blauweiß gemustertes Taschentuch. »Du wirst sie zum Abdecker bringen müssen.«

»Mann oh Mann, zum Abdecker, den es seit Ewigkeiten nicht mehr gibt! Zum Doktor muss dass Vieh, damit er es tot spritzt.«

»Oder im Tierheim abliefern, das ist billiger.«

Ich sagte Adieu und ging den Feldweg entlang in Richtung Nussloch. Fünfzig Schritte weiter blieb ich stehen, weil meine Hand von etwas Nasskaltem berührt wurde. Neben mir saß der Hund und sah zu mir hoch, als ob ich etwas zu verschenken hätte.

»Sieh an, Liebe auf den ersten Blick«, rief der Rote und warf etwas hinter mir her. Ein Strick, der als Leine zu kurz, zu dick und auch noch dreckig war. Der Hund tastete mit seiner Schnauze zum zweiten Mal nach meiner Hand. Vom nahen Schießplatz, den die Amis eingerichtet hatten, waren Kleinkalibersalven zu hören. Was soll's, in meiner Bude war kein Platz für einen Hund. Die Sonne stand hoch, ich wollte weiter, in den Schatten der Akazien- und Mispelbäume.

Ich hatte die nächsten fünfzig Schritte noch nicht hinter mir, als drüben, an der Gaiberger Straße, geschimpft, gewinselt und geschrien wurde. Der Rote hatte die Hündin inzwischen angeseilt und zerrte an dem Strick, bis das Tier auch mit seinen Hinterläufen in der Luft hing. Die Hündin ruderte mit allen Vieren durch die Luft, dann fiel sie jaulend zu Boden, raffte sich auf und lief hinter mir her. »Auf Nimmerwiedersehen!«, rief der Mann und schickte sich an, den Strick ein zweites Mal hinter mir her zu werfen. »Hella heißt die Prinzessin«, fügte er schreiend hinzu, »Hella vom Hollerhof.«

Unbedachte Entscheidungen fällt man mit dem Bauch, heißt es. Vielleicht ist es mein Bauch gewesen, der mich damals veranlasste weiterzugehen, auch wenn der Hund hinter mir herlief.

So kam es, dass ich auf dem Weg zu Heinz Männen Herr einer Rassehündin vom Typ Dobermann geworden war. Einer wohlerzogenen Hundedame, die mir unterwegs vorführte, wie man auf die Kommandos Sitz, Platz und bei Fuß reagiert. Alles ohne Leine, denn das stand nach kurzem fest: Eine Leine würde ich bei Hella nicht brauchen.

Heinz war zu meiner Überraschung weit davon entfernt, mich wegen der unbedachten Adoption zu rügen. Im Gegenteil, Heinz Männen, der Alleswisser und Allesumarmer, machte mich auch noch mit den Kommandos Gib Laut und Pass auf bekannt. Anstatt Pass auf! habe man früher, weitab aller politischen Korrektheit, Fass an! gerufen, wenn auch mit demselben Ziel: dem Ärmel von Ganoven. Gib Laut, fügte Heinz hinzu, sei ein probates Mittel, die Bellautomatik dressierter Hunde in Gang zu setzen. Ein Kommando, dem Hella besonders gerne nachkam. Und ein Grund mehr, dass wir an jenem Nachmittag viel über Hella vom Hollerhof und nur wenig über Helga Horger und die Folgen redeten.

Hinsichtlich der Diagnose Krätze meldete Heinz Zweifel an. Krätze kommt von Kratzen, sagte er, das Tier kratzt sich nicht, das will nicht recht zum notorischen Juckreiz einer Scabies passen. Doch Krätze hin oder her – das scharfe Schwefelzeug muss ohnehin weg von der geschundenen Haut. Heinz suchte ein paar weiche Lappen zusammen, dann machten wir uns daran, die Hündin von der übelriechenden Schmiere zu befreien. Hella genoss die Prozedur, als hätte sie gelernt, Streicheleinheiten durch die Poren ihrer Haut aufzunehmen. Später suchten wir im Internet nach einem Insektizid gegen Krätzemilben, es hieß Permethrin. Ich versprach, mit einem Tierarzt darüber zu reden.

Am frühen Nachmittag, als Hella das Interesse am Kühlfach für Fleischwaren verloren hatte, wurde es Zeit, über die Zukunft der Hündin zu reden. Bei Frau Konrad herrschte strenges Damen- und Tierverbot, das war Heinz aus eigener Erfahrung bekannt. Da er selbst Hella nicht mit in die Klinik nehmen konnte, blieb nur das Heidelberger Tierheim, auf jeden Fall so lange, bis die Haut der Hündin wieder in Ordnung war.

Die Sonne war schon über den Berg, als mir einfiel, dass ich nach Nussloch gekommen war, um mit Heinz über Di Cinnos Liste und meine Erfahrungen in Esslingen und Locarno zu reden.

Heinz hörte sich meinen Bericht an, nickte und schwieg eine Weile. Dann wurde er unruhig, stand auf, streichelte Hella und setzte sich wieder.

»Heraus mit der Sprache«, forderte ich ihn auf, »dir fällt es doch sonst nicht schwer, mich zu kritisieren.«

»Was heißt schon kritisieren. Es geht um – um eine Frage, die ich dir schon vor Monaten hätte stellen sollen. »

»Wozu der Konjunktiv?«

»Es geht um die Frage, ob es nicht an der Zeit wäre, dich im Ausland zu bewerben. In der Schweiz oder in Österreich zum Beispiel.«

Überrascht, wusste ich sekundenlang nicht, ob ich wache oder träume. Kein Traum, da saßen wir, Heinz und ich, auf dem Balkon seiner Wohnung, zu meinen Füssen Hella, weit drüben, im Dunst des Spätsommertags, die Rheinebene, davor die Dampfwolke aus den Schornsteinen des Leimener Zementwerks. Kein Traum, Heinz, der Allesverzeiher und Allesumarmer, sonst die Nachsicht in Person, hatte sich meinen Bericht zwar angehört. Doch dann war er, anstatt beim Thema zu bleiben, auf Realitäten gekommen, die ich im Schutz einer Viertelmillion Euro seit Monaten verdrängte. Und jetzt, seit Klausen sich um meine Finanzen kümmerte, auch weiterhin bereit war zu verdrängen. Ursprünglich hatte ich mit Heinz auch über Klausen und dessen Ideen zur Vermarktung meiner Geschichte reden wollen. Warum hätte Heinz nicht wissen sollen, wie viel meine Story den Medien wert war. Da er mir, anstatt bei Esslingen und Locarno zu bleiben, Vorhaltungen wegen meiner Zukunft gemacht hatte, kam dies jetzt nicht mehr in Frage. Schlecht gelaufen, Dr. Männen, das ist es dann wohl für heute gewesen.

Doch Heinz, der Allesversteher und Allesverzeiher, ging noch weiter. Einen Hans-guck-in-die-Luft wagte er mich zu nennen, der sich in seiner Leberecht-Hühnchen-Traumulus-Wolkenkuckucksheim-Mentalität wohnlich eingerichtet hätte.

Wow, Heinz, dachte ich im ersten Augenblick, es wird nicht leicht sein, diese Worte zu vergessen, dennoch gelang es mir zu schweigen. Wer mit Heinz umging, musste damit rechnen, dass er die Keule auspackte, um Gutes zu stiften.

Zwei, drei tiefe Atemzüge, dann versprach ich Heinz, über seinen Vorschlag nachzudenken und lenkte das Gespräch noch einmal auf die Zukunft von Hella. Dobermann, so der Name des Stammvaters aus Apolda, hatte durch die Kreuzung von Pinscher-, Schäfer- und Jagdhundearten eine Rasse von Einpersonen-Hunden kreiert, Tiere mit der Neigung, sich einem Menschen besonders eng anzuschließen. Dieser Eine konnte weder Heinz Männen noch Harry Vogt sein. Blieb die Alternative, dafür zu sorgen, dass Hella im Tierheim behandelt wurde, bis sie wieder hoffähig war. Und dann nach jemand zu suchen, dem man sie anvertrauen konnte.

Auf dem Rückweg schien Hella auszuleben, was sie seit langem entbehrt hatte. Acht Kilometer bis Heidelberg und zwei mal acht querfeldein durch Weingärten, Buschwerk und Wiesen – wie gut, dass, bis auf ihre Haut, alle Organe intakt waren.

Wenn Schwalben tief fliegen, sagt man, gibt es Regen. Manchmal fliegen Schwalben auch tief, um mit Hunden zu spielen, die nach ihnen schnappen. Hella schien verrückt nach diesem Spiel, wie ihr Partner, eine Mehlschwalbe, die ihren Sturzflug erst dicht über Hellas Ohren abfing. Krähen allerdings konnte die Hündin nur von weitem beobachten, wirre Haufen schwarzblauer Federn, die vom Himmel trudelten, um gleich darauf, im Aufwind, wie Segelflugzeuge zu steigen.

Welches Vergnügen, Hella zuzusehen. Der Herr und sein Hund – diese Überschrift gefiel mir nicht. In Heidelberg ging ich über die Montpellierbrücke am alten Schlachthof vorbei zum Tierheim, Hella ohne Leine immer an meinem Knie. Die Bedingungen ihrer Unterbringung waren bald geregelt, Hella würde, wie es sich für eine Dame mit Pedigree gehört, ein Einzelzimmer bekommen. Nach ihrer Haut würde der zuständige Tierarzt sehen, und Permethrin war, wie der Pfleger versicherte, ohnehin im Arzneischrank.

Blieb das Problem, Adieu zu sagen. Gelassen ging Hella neben mir durch die Doppelreihe von Gehegen, in denen, vom Mannheimer Spitz bis zum Rottweiler, alle den immer gleichen Spektakel aufführten. Ich dirigierte die Hündin in ihren Zwinger, gab ihr das Kommando Sitz! und ging dreimal zum Ausgang des Tierheims, damit sie verstand, dass ich nach jedem Abschied wiederkam. Als sie immer noch wie verstört hochsah, legte ich meinen Burberry in eine Ecke des Geheges und gebot Hella, darauf Platz zu nehmen. Jetzt wedelte sie mit ihrem Schweif.

Mittwochnachmittag fuhr ich mit einem Taxi zum Tierheim, um nach der Hündin zu sehen. Hella begrüßte mich, als wäre ich von den Toten auferstanden. Ich gab dem Pfleger ein Trinkgeld, wie es sich im Namen einer Prinzessin gehört. Der Tierarzt, sagte er, hat Permethrin verschrieben. Dann ging ich mit Hella den alten Flugplatz entlang bis zur Autobahn. Später, beim Abschied, stellte ich fest, dass Hellas Anhänglichkeit mir selbst nahe, zu nahe ging.

Am Abend, vor dem Spiegel, schüttelte ich den Kopf. Schräg gelaufen, Dr. Vogt, ein weibliches Wesen mehr, das imstande ist, dich aus der Ruhe zu bringen. Dann gelang mir ein Lächeln. Das Problem Hella vom Hollerhof würde leichter zu lösen sein als das um Helga Horger.

Am Freitag verfestigte sich der Eindruck, dass Hellas Leiden unter Permethrin nicht besser wurde. Im Gegenteil, die offenen Stellen nahmen zu, da und dort sind kleine Knubbel entstanden, so, als wäre ein Maulwurf in ihrem schwarzen Fell unterwegs. Scabies ist auch ein Thema der Humanmedizin, sagte ich mir, und rief Freund Küster in der Hautklinik an.

Die Hautklinik der Universität befand sich, wie die Psychiatrie, immer noch in der Vossstraße. Daher ging ich mit Hella den Bahnkörper entlang zur Czernybrücke und von dort über die Bergheimerstraße zum Altklinikum. Passanten, Autos, Züge, die Straßenbahn – Hella, mit dem Kopf immer an meinem Knie, schien nichts zu irritieren.

Dr. Küster schüttelte seine Löwenmähne. »Wenn Permethrin versagt, ist das keine Scabies. Die offenen Stellen, der fehlende Juckreiz – ich halte es für eine bakterielle Hautinfektion.« Er nahm seinen Rezeptblock und verschrieb zwanzig Gramm Fuzidinsalbe, für Frl. Hella vom Hollerhof, dreimal täglich aufzutragen, und bitte nicht ablecken. Hautärzte, das weiß man, haben es mit dem Humor.

Hella und mein Vergnügen an ihrem Wohlergehen – wieder sind Tage vergangen, in denen sich, außer dem Datum, nicht viel geändert hat.

Rita drückte sich immer noch bei Del Monte herum. Anstatt anzurufen, meldete sie sich, selten genug, mit einer belanglosen SMS, die ich nicht beantwortete.

Wenn Hella nicht wäre, würde ich in einer virtuellen Welt dahinvegetieren, die außer von Frau Konrad, Heinz Männen und Maitre Klausen nur von Schatten bewohnt wird, unter ihnen Di Cinno mit seinen Patientinnen, die beiden Krankenschwestern und Helga Horger.

Gegen Mittag saß ich am offenen Fenster meiner Bude in der Albert-Mays-Straße. Unten stand ein Auto neben dem anderen, Menschen waren nicht zu sehen. Ich ging zum Wandkalender. Fünfzehnter August, Mariä Himmelfahrt, daher die sonntägliche Ruhe.

Am 20. August eine Überraschung: Klausen wollte auf eigene Kosten nach Largentière fahren, um nach Frau Schöne und Frau Firneis mit Frau Verzichowski eine dritte Patientin Di Cinnos zu befragen. Ich wusste nicht, was ich dazu sagen sollte. Zuerst schröpfte er einen Journalisten, um mir auf die Sprünge zu helfen, dann wollte er eigene Mittel in ein Vorhaben investieren, von dem ich selbst nichts hielt. Zuletzt ging Klausen so weit zu behaupten, er müsse ohnehin in die Gegend, nach Alès, nicht weit von Largentière. Ich konnte und wollte Klausen nicht daran hindern zu tun, was er für richtig hielt und diktierte ihm die Koordinaten: Vera Verzichowski, Place Paul Mercier 43, Largentière.

Ich war jeden Nachmittag ins Tierheim gegangen. Hella bellte winselnd vor Freude, lange, bevor sie mich sah. Die Hündin hat offenbar gelernt, das Geräusch meiner Schritte unter hundert lauteren Geräuschen zu erkennen. Flugzeuge, Autos, das Hin und Her des Pflegepersonals, und, vor allem, das Gekläff der vielen anderen Hunde – nichts schien sie abzulenken. Und dann die Begrüßung. Da konnte es vorkommen, dass Hella im Sprung mit dem Kopf gegen mein Kinn krachte und sich dann, bei der Landung, überschlug.

Auf dem Heimweg dachte ich darüber nach wie ich, anstatt mit Hella, mit einem Rüden zurechtkäme. Mit Blacky, einem Deutschen Schäfer, den eine Tante bei uns geparkt hatte, war ich als Sechzehnjähriger anders umgegangen, auf der Basis guter Kameradschaft sozusagen.

Daheim, in der Albert-Mays-Straße, empfing Frau Konrad mich mit einem roten Abholschein. »Ein eingeschriebenes Päckchen«, fügte sie hinzu, »vergessen Sie Ihren Ausweis nicht, wie beim letzten Mal.« Beim letzten Mal, das musste vor drei oder vier Jahren gewesen sein, Frau Konrad hatte ein gutes Gedächtnis.

Ich ging zur Post, um das Päckchen zu holen. Unter dem Absender, M. R. Franzen aus München, konnte ich mir nichts vorstellen. Weit und breit niemand, der Franzen hieß und im Großraum München wohnte. Ich ließ mir ein Küchenmesser für die vielen Klebebänder geben. Auf den ersten Blick schien das Päckchen nur Zeitungspapier zu enthalten, obenauf die Schlagzeile: »Mann findet Freundin nach monatelangem

Suchen wieder.« Als ob ich, Harry Vogt, damit gemeint wäre. Monatelanges Suchen, das ließe sich nicht bestreiten, aber finden? Genervt faltete ich die Zeitung auseinander. Noch eine Schlagzeile: »Oma (65) knackt Jackpot«, ein ck-Festival, das mir den Spruch »Was ist so nackt, dass es knackt, wenn es packt« in Erinnerung brachte. Das Skelett, haha. Dann verging mir das Lachen. Auf dem Tisch lagen zwei Bündel Banknoten, alles braune Fünfziger, zusammen hunderttausend Euro. Erst Fünfzigtausend von Klausen, dem wohlmeinenden Manager, jetzt das Doppelte von einem unbekannten Sponsor, der glaubte, einem arbeitslosen Nervenarzt unter die Arme greifen zu müssen. Ich beschloss, das Geld nur in Verwahrung zu nehmen und ging zur Deutschen Bank. Dort sah mich der Kassierer eine Weile an, als ginge er in Gedanken alle Bestimmungen durch, die mit Geldwäsche zu tun haben. Dann sagte er in Ordnung, Dr. Vogt, nahm die Banknoten und überreichte mir eine Quittung.

Auf dem Rückweg zur Weststadt wuchs mein Ärger in ungewohnte Dimensionen. Zum Kotzen, wie seit Wochen jeder versuchte mir klarzumachen, wo es lang geht: Helga Horger, Oberarzt Flaming, Kommissar Bronkhorst, Mister X, Maitre Klausen, Heinz Männen und jetzt ein anonymer Wohltäter aus München. Einzige Ausnahme Rita Phelps, in deren Nähe ich nie das Gefühl hatte, fremdbestimmt zu sein.

Minuten später, in der Albert-Mays-Straße, vibrierte mein Handy. »Dr. Vogt?« Die Stimme von Mr. X, ausgerechnet jetzt, bei einem Puls von hundertsechzig. »Ich kann Ihren Unmut verstehen«, sagte er. »Geben Sie nicht auf, Doktor, jetzt, wo dramatische Entwicklungen sich ankündigen. Nur Mut, an Mitteln dürfte es Ihnen zurzeit wohl kaum fehlen.« In meiner Kehle drängten sich hundert Antworten, um Mister X klarzumachen, dass seine Orakelsprüche das letzte waren, was ich jetzt brauchte. Zu spät. Ich saß, mit dem Freizeichen am Ohr, nicht zum ersten Mal da, um über Mister X nachzudenken. Woher, zum Teufel, konnte er wissen, was in dem Päckchen war? Hatte er etwas mit der Post, mit meiner Bank oder gar mit Klausen und dessen Managertätigkeit zu tun? Mister X, die Verkörperung meiner Fremdbestimmtheit, omnipräsent, omnipotent und omni-weiß-der-Teufel-was-sonst-noch-alles? Das Ergebnis solcher Überlegungen brachte mich dazu, in einem Anflug von Verfolgungswahn meine Bude nach Wanzen abzusuchen, Zentimeter für Zentimeter, von der Decke bis unter die Dielen, als mein Handy sich ein zweites Mal meldete. Heinz Männen, mit der Frage, ob ich mir die Sache mit der Schweiz oder Österreich überlegt hätte. Heinz, die Materialisierung meines Über-Ich. Im Nachhinein ist nur eins wirklich erstaunlich: dass es mir gelang, höflich zu bleiben.

Klausen war verreist, ohne seine Handynummer und Email-Adresse zu hinterlassen. Kein Wunder, dass mein Rätselraten um die Herkunft der hunderttausend Euro bald ins Stocken kam. Fest stand nur, dass die eingeschriebene Sendung tatsächlich für mich bestimmt war, das Kuvert mit der Anschrift Dr. H. Vogt, Albert-Mays-Strasse 1 lag immer noch drüben auf der Kommode. Umso problematischer die Frage nach dem Absender. Maitre Klausen, Rita Phelps und Heinz Männen kamen als anonyme Wohltäter wohl kaum in Betracht, ebenso wenig Mister X.

Was ich bei allem Nachdenken vermisste, war ein System. So kam ich auf die Idee, zwei Listen aufzustellen. In die erste trug ich die Namen aller Personen ein, denen ich während der letzten Monate begegnet war. In die zweite alle Stichworte, die, wenn auch noch so entfernt, zu meinem anonymen Sponsor passten. Heinz Männen, Maitre Klausen, Frau Schäfer und Frau Konrad standen schließlich auf dem ersten Blatt, Frau Firneis, Frau Schöne, Professor Flaming, Schwester Waltraud, die Kommissare Bronkhorst und Junker, Kriminalassistent Kiefer und, last not least, Rita Phelps und Helga Horger. In die zweite Liste kamen Stichworte wie München, Oberbayern und Franzen, der Name des verdeckten Absenders, dazu die Floskel vom Mann, der seine Freundin wiederfindet und Begriffe wie Großzügigkeit, Reichtum und verbriefte Wohltaten. Mit Interesse nahm ich zur Kenntnis, dass die Stichworte Großzügigkeit und verbriefte Wohltaten, vielleicht auch Reichtum, sich mit Maitre Klausen vertrugen, das System schien zu funktionieren. Enttäuschend dann aber die Feststellung, dass dieselben Begriffe auch zu Helga Horger passten, einschließlich Oberbayern und die Schlagzeile vom Mann, der seine Freundin wiederfindet. Helga, die mich schon einmal unterstützt hatte und mir jetzt durch diese Schlagzeile zu verstehen gab, dass sie immer noch für mich da war, wenn auch nur im Verborgenen? Ich zerknüllte meine Aufzeichnungen und warf sie in den Papierkorb.

Klausen an Dr. Vogt

Largentière, Montag, 20. August 07

Da ich annehme, Sie sehen regelmäßig nach Ihrer E-Mail, habe ich diese Art von Berichterstattung gewählt. Doch gibt es dafür, um ehrlich zu sein, noch ein zweites, persönliches Motiv. Ich führe, im Vorgriff auf meine Memoiren, seit längerem Tagebuch. Da bot es sich an, Passagen, die mit Ihnen zu tun haben, als Bericht herauszuschneiden. Nicht ohne Retuschen, bien entendu, Monsieur le docteur.

Als ich in Karlsruhe umstieg, regnete es in Strömen. In Straßburg, wo ich den TGV nach Marseille nahm, war das Wetter schon besser, in Lyon riss die Wolkendecke auf. Und weiter südlich, auf der Höhe von Montélimar, hingen nur noch Schönwetterwolken über dem Zentralmassiv.

Jetzt, im August, sind sonnige Tage hier, in den östlichen Ausläufern der Cevennen, eine Selbstverständlichkeit, doch habe ich sonnige Tage in Alès oft auch noch im November erlebt und, etwas weiter südlich, in Montpellier, zu Weihnachten auf der offenen Terrasse gespeist.

Westlich der Rhone fuhr der Bus an immer schrofferen Kalksteinabrissen, an mittelalterlichen Dörfern, Obstplantagen und Weingärten vorbei in Richtung Aubenas. Etwas weiter südlich folgte Largentière, die Silberstadt, in deren Umgebung Pennaroya zuletzt nur noch Blei geschürft und die neben verrottenden Kühltürmen eine Siedlung arbeitsloser Minenarbeiter hinterlassen hat. In Largentière waren es von der Busstation an der Place du Ronque nur ein paar Schritte bis zum Hotel des Voyageurs.

Dienstag, den 21. August, ging ich nach dem Frühstück über die Ligne zum Stadtkern von Largentière. Im August oft nur ein Rinnsal, kann die Ligne für den Fall, dass im Zentralmassiv Gewitter niedergehen, zum reißenden Strom werden. 1868 zum Beispiel, als sie mit ihrem Treibholz drei massive Brücken niederriss.

Bezeichnend auch die mittelalterliche Straßendecke aus glattgetretenen Kieselsteinen, die für Touristen, vor allem Damen mit high heels, alles andere als ein Vergnügen sind. Dabei sorgt die Stadt mit seltener

Sorgfalt dafür, dass jeder Stein immer wieder in das jahrhundertealte Mosaik integriert wird. Zement als Straßenbelag kommt nur an Stellen in Frage, die nicht im Blickfeld der herbstlichen Ritterspiele oder von Filmen liegen, die in den Kulissen von Largentière gedreht werden.

Doch nun endgültig zur Sache. Frau Verzichowski, Nummer drei unserer Liste aus Di Cinnos Schwalbennest, wohnt im vierten Stock eines ansehnlichen Mietshauses, Place Paul Mercier Nummer 43. Ich wechselte die Straßenseite, um das Gebäude in Augenschein zu nehmen. Keine Frage, dass man oben, in der vierten Etage, mehr von der Sonne hat als sonst im engen Largentière, dazu den freien Blick auf die nahen Berghänge. Vier Stockwerke, Haus dicht bei Haus, und auch zur gegenüberliegenden Häuserzeile nur ein Katzensprung – hier ist die Zeit noch zu greifen, in der man sich im Schutz der mittelalterlichen Stadtmauern zusammendrängte.

Im Erdgeschoss des Hauses mit der Nummer 43 gibt es ein Café-Restaurant. Ich setzte mich an die Theke, ließ mir einen Espresso geben und fragte nach Frau Verzichowski. Oh, sagte der Wirt, ein compatriote von Madame, die, soweit ich weiß, aus Deutschland, pardon, aus Österreich gekommen ist. Eine wohlhabende, immer noch ledige, höchst attraktive Frau, wenn auch mit selbst verschuldeter Konkurrenz. Wie das, Monsieur? Nun – früher stand Frau Verzichowski im Mittelpunkt, während heute jeder Yvonne, ihre Tochter, bewundert, die noch blonder, noch schöner und zwanzig Jahre jünger ist. Sie sollten die Blicke der Männer sehen, hier, in meinem Bistro, wenn Yvonne uns die Ehre erweist, ein Frühstück zu bestellen.

Während ich die ausgetretenen Sandsteinstufen zum vierten Stock hoch ging, machte ich mir noch einmal klar, weshalb ich nach Largentière gekommen war. Sie, Dr. Vogt, hatten von Frau Schöne und Frau Firneis einiges erfahren. Was noch fehlte, waren Hinweise auf die Beziehung der sechs aufgelisteten Damen zu Di Cinno, ihrem Wohltäter. Da ich, anders als Sie, nicht als Studienkollege der Tochter auftreten konnte, beschloss ich, aufs Ganze zu gehen.

Oben empfing mich eine immer noch ansehnliche, modisch gekleidete Sechzigerin mit auffallend schönem dunkelblondem Haar und einer

Sonnenbräune, die vermutlich echt war. Auf die Frage, ob ich sie einen Augenblick sprechen könne, bat Frau Verzichowski mich in den Salon.

»Dr. Max Immin-Klausen«, stellte ich mich vor.

Frau Verzichowski bat mich, Platz zu nehmen.

»Ich komme wegen Professor Di Cinno«, sagte ich und, als Frau Verzichowski mich wie versteinert ansah: »Professor Di Cinno aus Rom.«

»Professor Di Cinno – wer soll das sein?«

»Ein Frauenarzt, den Sie nach unseren Unterlagen vor etwas mehr als zwanzig Jahren in Rom aufgesucht haben.«

Die Angesprochene blickte wie hilfesuchend an mir vorbei in Richtung Eingangstüre, ihre Augenlider flatterten. Dazu ein seltsames Phänomen: Frau Verzichowskis Lippen zogen sich zu einem Kranz tiefer Falten zusammen, als ob eine Sperre sie daran hinderte, den Mund zu öffnen. Eine Sperre namens Di Cinno, das war leicht zu erraten, der auch Frau Verzichowski auf Diskretion eingeschworen hatte. Im Rahmen eines Geheimnisses, das bedeutend genug war, um auch jetzt, nach Jahrzehnten, noch gehütet zu werden.

Warum soll ich es nicht gestehen: Frau Verzichowski war mir sympathisch. Dennoch musste ich, um mehr zu erfahren, den Druck noch erhöhen. »Professor Di Cinno ist ermordet worden«, sagte ich und achtete auf jede ihrer Reaktionen. Und, als Frau Verzichowski immer noch schwieg: »Uns, seinen Schülern, geht es im Rahmen der geplanten Biographie jetzt vor allem darum, die Erfolge des Professors auf dem Gebiet der künstlichen Befruchtung zu dokumentieren. Ein Eingriff, dessentwegen sie damals doch nach Rom gekommen waren.«

Ich hatte erwartet, dass Frau Verzichowski an diesem Punkt endlich reden und das Geheimnis preisgeben würde, nach dem wir so lange suchten. Umso erstaunter war ich zu sehen, wie ihre Gesichtszüge sich entspannten und meine Gastgeberin sich mit einem Lächeln in die Kissen ihrer Sofaecke fallen ließ. Keine Frage, der Name Di Cinno hatte Frau Verzichowski aufs Höchste alarmiert, die Nachricht vom Tod des Professors dagegen umso deutlicher wieder beruhigt. Ein Widerspruch, auf den ich fürs Erste keinen Reim wusste.

»Sie haben mir eine Reihe von Fragen gestellt, Dr. Immin-Klausen. Hier zum Abschied eine Antwort, wie man sie deutlicher nicht geben kann«, sagte Frau Verzichowski und griff nach einem Photo, das auf der nahen Kommode stand. »Meine Tochter Yvonne beim letzten Münchener Fasching. Genügt dies um zu beweisen, wie erfolgreich Professor Di Cinno gewesen ist?«

Überrascht betrachtete ich das Porträt einer jungen Frau, die als Cat kostümiert war. Den Katzenschwanz hatte Yvonne sich kokett über die Schulter gelegt. Der eng anliegende Stoff, schwarz in schwarz, brachte ihren Busen aufs Beste zur Geltung, leider war ihr Gesicht hinter den dichten, bis zu den Ohren reichenden Schnurrhaaren kaum zu erkennen. Da der Mund durch die Schminke verfremdet und die Augenfarbe nur zu erraten war, wagte ich, Frau Verzichowski um ein zweites Photo zu bitten.

»Yvonne ist verreist«, sagte sie und stand auf. »Leider habe ich kein zweites Photo zur Hand.«

Mit gemischten Gefühlen ging ich die vier Treppen hinab zum Café-Restaurant und ließ mir noch einen Espresso geben. Der Wirt schien nur darauf gewartet zu haben, das Gespräch über die Familie Verzichowski fortzusetzen. Erstaunlich, wie gut er informiert war. Yvonne hatte Molekularbiologie studiert, in München und in Lyon. Nein, Frau Verzichowski war nicht aus München, sondern aus Wien nach Südfrankreich gekommen. Sicher, auch sie sieht noch sehr gut aus, fügte er hinzu, doch gilt ihre Tochter seit Jahren als eine der schönsten Frauen im nördlichen Vivarais. Mit allem dran, sagte er und malte mit seinen Händen in die Luft, was er darunter verstand. Beliebt? Verrückt seien alle Männer nach Yvonne gewesen – und alle enttäuscht, weil es keinem gelang, bei ihr zu landen. Daher auch das Gerücht, dass Yvonne lesbisch sei. Neulich zum Beispiel, der belgische oder niederländische Galan mit dem teuren Schlitten. Yvonne war einige Zeit mit ihm herumgezogen, um dann auch ihn abzuservieren, wie alle anderen. Ich an seiner Stelle, fügte der Wirt hinzu, hätte mich an die Mutter gehalten, die doch immer noch – und er malte zum zweiten Mal die vier Kurven in die Luft.

Wie schade, sagte ich, dass Frau Verzichowski kein gutes Photo von Yvonne zur Hand hatte. Regardez, antwortete der Wirt und wies auf ein Gruppenbild, das hinter dem Tresen an der Wand hing. Die Geburtstagsfeier von Yvonne, fügte er hinzu, als sie zwanzig geworden war, vor vier, nein, vor fünf Jahren. Die Personen, Monsieur? Wer immer auf dem Bild blond ist, heißt Verzichowski, die Tochter, wie es sich gehört, im Vordergrund.

Um es kurz zu machen, Doktor Vogt: Das Photo hat 50 Euro gekostet und ist inzwischen nach Heidelberg unterwegs, prioritaire, versteht sich.

Fußnote zu meinem Besuch bei Frau Verzichowski: Wie Sie sehen, hatte ich keine Gelegenheit, nach dem überhöhten Preis der künstlichen Befruchtung zu fragen, auch nicht nach dem Samenspender oder dem Grund für die Geheimnistuerei. Ein Vater Verzichowski, so der Wirt des »Grillou«, sei in Largentière nie zu sehen gewesen.

Ein Wort zu Di Cinno, auch wenn ich mich wiederhole. Frau Verzichowski war bei der Nennung seines Namens heftig erschrocken, was nur bedeuten kann, dass es immer noch Gründe gibt, heimlich zu tun. Umso erstaunlicher zu beobachten, wie sie bei der Nachricht vom Tod des Professors wieder entspannte. Man könnte meinen, die Geheimniskrämerei ginge über den Rahmen einer künstlichen Befruchtung hinaus. Womit wir wieder bei der Frage wären, ob es sich lohnt, die übrigen drei Frauen aus Di Cinnos Liste aufzusuchen. Vielleicht sollte ich Sie daran erinnern, dass ich für die Reisen nach Luzern, Udine und Berlin votiert habe, in dieser Reihenfolge, wenn Sie gestatten.

Dr. Vogt

Klausen hat mir einen Bericht über seine Reise nach Largentière zugestellt, der, soweit ich sehe, nicht weiterführt. Danach lebt auch in Südfrankreich eine Frau, deren knapp fünfundzwanzigjährige Tochter ihre Existenz Di Cinno zu verdanken hat und, wie Annemarie Schöne, viel auf Reisen ist. So what, pflegte Kollege Perkins aus Texas zu fragen. Was zum Beispiel soll ich mit der Beobachtung anfangen, dass Frau Verzichowski auf den Namen Di Cinno mit wechselnden Gemütsbewegungen reagierte? Würde er, Maitre Klausen, Nachrichten dieser Kategorie ernst nehmen, wenn sie in einer E-Mail von mir enthalten wären?

Vielleicht sollte ich doch auf Heinz hören und mich nach seinem Vorschlag endlich für den Zugang zu österreichischen oder Schweizer Kliniken interessieren.

Kurioserweise sind Dobermannhündinnen offenbar wesentlich leichter zu vermitteln als arbeitslose Neurologen. Auf meinen Aushang am grünen Brett des Tierheims haben sich sechs Bewerber gemeldet, darunter ein sechzehnjähriges Mädchen, dem ich dort schon öfter begegnet war. Nadja gehört zu einer kleinen Gruppe von Teenagern, die, meist am Wochenende, zum Tierheim kommen, um herrenlose Hunde auszuführen. Und sie hat, wie ich hörte, ihr Auge schon seit längerem auf Hella geworfen. Gestern überraschte das Mädchen mich mit dem Vorschlag, sie bei einem Spaziergang mit Hella zu begleiten. Ich kann mich kurz fassen. Beim Start blickte Hella, wie zur Entschuldigung, noch einmal über die Schulter zurück, dann liefen beide den Baumschulenweg entlang in Richtung Flughafen. Nadjas Familie lebt in einem Bungalow am Rande von Eppelheim und besitzt im nahen Odenwald ein Wochenendhaus mit Pferdekoppel, Hühnerhof und Obstgarten. Der Abschied wird mir nicht leicht fallen, doch kann es Hella nirgends besser haben.

Einen Tag nach dem Abschied von Hella, es war Donnerstag, der 6. September, raffte ich mich zu einem längeren Spaziergang auf. Über die Gaiberger Straße, wo ich die Hündin aufgelesen hatte, ging ich zum Speyrerhof und von dort zum Königstuhl. Oben setzte ich mich wieder auf die kleine Terrasse gleich hinter dem Bergbahnterminal. Unten glänzte der Neckar wie gehämmertes Silber, in der Ferne glaubte ich auch diesmal den Rhein zu erkennen. Gegenüber, um den Heiligenberg, kreisten drei Bussarde, vermutlich junge Vögel. Frei wie ein Vogel, welche Herrlichkeit. Aber vogelfrei, welch bekleckertes Malheur. Dazu mein Über-Ich, mit der Stimme von Heinz Männen: Vorsicht, Harald, ringsum Abgründe voller Sentimentalitäten. Du kannst mich mal, lieber Heinz. Ich suchte nach dem Einstieg zur Himmelsleiter, ging zum Schloss, von dort über die Wolfsschlucht nach Schlierbach und fuhr mit dem Bus wieder nach Heidelberg.

In der Albert-Mays-Straße drückte Frau Konrad mir Post in die Hand, darunter das angekündigte Gruppenphoto aus Largentière. Schade um die fünfzig Euro, Maitre, was soll mir eine Gruppe fröhlicher Leute im Schankraum eines Bistro irgendwo am Rand der Cevennen, auch wenn zwei Frauen darunter sind, deren Wege sich mit dem von Di Cinno gekreuzt haben. Bis ein Detail mich irritierte. Die Stirn-Nasen-Linie der jungen Blondine, Klausen nennt sie Yvonne, brachte mir Helga Horger in Erinnerung, bei näherem Hinsehen auch der Schnitt ihrer Wange. Gut, Halbprofile sagen nicht allzu viel, und Yvonnes Gesicht lag zur Hälfte im Schatten, dennoch kam mein Blick nur schwer von dem Bild los. Sekunden später, bei der Erinnerung an Maria Firneis, war ich noch mehr durcheinander: Hatte deren entstelltes Gesicht mich in Locarno nicht ebenfalls an Helga erinnert? Von dort war es nicht weit zu Herrn Müldner, unserem Deutschlehrer, und dessen Gerede von Männern, die in jedem Weibsbild Helena, die Schöne Helena wittern. Höchste Zeit, mit jemand über die ewige Wiederkehr von Helga Horger zu reden. Coaching, habe ich neulich gelesen, ist zurzeit mächtig im Kommen. Manager, Handwerker, Hausfrauen, Abiturienten, alle wollen gecoacht werden. Und ich? Standen mir mit Maitre Klausen, Heinz Männen und Frau Schäfer nicht gleich drei Coaches zur Verfügung? Dazu Rita. Wann, das fragte ich mich nicht zum ersten Mal, wann kam Rita endlich wieder aus Rom zurück?

Tags darauf ging meine Bude mir so auf die Nerven, dass ich zum Café Schäfer flüchtete. Als beim Billard nur Kieckser zustande kamen, flüchtete ich weiter zum Bierhelder Hof. Ein Angussteak als Trostspender, so weit war es mit mir gekommen.

Ich war noch beim Salat, als mein Handy sich meldete. »Dr. Vogt? Haben Sie Zeit für ein längeres, ich sollte hinzufügen: ernstes Gespräch?«

»Wenn Sie mir verraten, mit wem ich es zu tun habe und wie Sie zu meiner Handynummer gekommen sind.«

»Sie verlieren sich in Nebensächlichkeiten, Dr. Vogt. Halt, bleiben Sie dran, auch wenn ich meinen Namen nicht, jetzt noch nicht nenne. Hier ein paar Stichworte um zu beweisen, dass es sich trotzdem lohnt, mit mir zu reden. Ich habe die Mordfälle Minges und Mehlhorn und die Rolle, die Sie dabei gespielt haben, in allen Einzelheiten verfolgt. Anders als Kommissar Bronkhorst habe ich nie an Ihren Worten gezweifelt.

Mehr noch, ich habe seit längerem gewusst, dass Sie tatsächlich in der Gewalt jener vier Damen gewesen sind. Es sollte mich wundern, wenn Sie nicht immer noch hinter ihnen her wären. Und jetzt der Punkt: Ich weiß, wo die vier zu finden sind.«

Als ich vor Überraschung schwieg, fuhr der Fremde fort »Ja, Doktor, ich kenne den Ort, jenes von Ihnen so genannte Kastell. Es ist Teil einer Geschichte, über die wir später reden können. Jetzt, da die Zeit drängt, schlage ich Ihnen einen Handel vor: Ich verrate Ihnen die Lage des Kastells gegen das Versprechen, mir zu helfen.«

»Jemand helfen, der weder Ross noch Reiter nennt – wie soll das funktionieren, Herr …«, mir fiel ein, dass der Buchstabe X schon besetzt war. »Wie soll das funktionieren, Herr XY?«

»Sie zweifeln anstatt zu fragen, was ich unter Hilfe verstehe. Hören Sie zu, Doktor: Bis vor kurzem konnte ich davon ausgehen, dass die verrückten Weiber an meiner Person nicht sonderlich interessiert sind. Nun erlebe ich das Gegenteil. Vieles, nein, alles spricht dafür, dass ich, wie die Schwestern Minges und Mehlhorn, ermordet werden soll.«

»Das hört sich an, als wüssten Sie, wer die beiden Krankenschwestern erschossen hat.«

»Sie unterbrechen mich mit Kinderfragen, jetzt, wo mein Leben auf dem Spiel steht.«

Klausen hat mich später dafür getadelt, dass ich an dieser Stelle die Geduld verlor. Ein Steak, das kalt wird, würde mich nicht aus dem Gleichgewicht gebracht haben, auch sah ich keinen Grund, an den Worten des Unbekannten zu zweifeln. Es ist wohl seine auch in der Angst noch kalte, befehlsgewohnte Stimme gewesen, die mir auf die Nerven ging. Vielleicht hatte ich, nach Mister X und dem anonymen Sponsor, auch keine Lust mehr, blinde Kuh zu spielen. »Jeder setzt seine Prioritäten«, sagte ich, »Vertrauen gegen Vertrauen, Mister. Zehn Sekunden, um den Namen des Mörders auszusprechen, sollte Ihnen mein Vertrauen schon wert sein.« Und als der Fremde nicht gleich reagierte: »Oder muss ich Sie daran erinnern, dass es staatliche Anlaufstellen für Hilfesuchende gibt?«

»Zuerst Kinderfragen, dann der überflüssige Hinweis auf die Polizei. Ich habe vorhin versucht, die Beamten in – nein, auch meinen Standort kann ich Ihnen noch nicht nennen. Ich habe vorhin versucht, die örtliche Polizei für meinen Fall zu interessieren. Zuerst Namen und Adresse, hieß es am Telefon, dann können wir über alles reden, auch über Personenschutz. Die Leute waren zu borniert um zu begreifen, welche Chance ich ihnen mit dem Hinweis auf die Mordaffäre Minges/Mehlhorn bot.

Und nun zu meinem Vorschlag, der mit Kommissar Bronkhorst zu tun hat. Obwohl mit der Affäre Minges/Mehlhorn vertraut, würde auch Bronkhorst erst mit mir reden, wenn er sicher wäre, dass es sich lohnt. Ihnen, den der Kommissar aus eben dieser Affäre kennt, wird er immer zuhören, selbst für den Fall, dass mein Standort nicht zu seinem Zuständigkeitsbereich gehört. So viel zu den Voraussetzungen, jetzt zu meinem Vorschlag: Sie, Dr. Vogt, informieren Bronkhorst über alles, was ich über das Kastell und dessen Bewohner zu sagen habe. Stunden später, dessen bin ich sicher, würde das Schlangennest ausgeräumt sein. Womit ich, ohne meine Identität preiszugeben, wieder in Sicherheit wäre und auch Sie, Doktor, hoffentlich zufrieden.«

Ich kann mich noch gut an das Neuronengewitter erinnern, das damals in meinem Gehirn niederging. Nach einer Weile erst kam wieder Ordnung in das millionenfache Trommelfeuer der Synapsen. Grüne Entladungen zugunsten von Mister XY mit der Hoffnung, dass endlich Bewegung in meine Affären kam. Und rote Lichter als Abwehr gegen einen Mann, der die Absicht hatte, mich vor seinen Wagen zu spannen. Dazu Fragen: Konnte es meine Absicht sein, Bronkhorst zu unterstützen? Und das Kastell: Lief der Vorschlag des Mr. XY nicht darauf hinaus, Helga auszuliefern, ohne zu wissen, ob sie schuldig war?

»Dr. Vogt, sind Sie noch dran? Was soll das, Mann, wo jede Minute zählt.«

Auch hier war es wohl die Arroganz der befehlsgewohnten Stimme, die mich zögern ließ. »Hilfe trotz Versteckspiel, warum nicht, doch nur zu meinen Bedingungen: Sie weisen mir den Weg zum Kastell, ich suche den Ort auf, überprüfe den Wahrheitsgehalt Ihrer Angaben, informiere Bronkhorst und sehe zu, wie er ausführt, was wir beide von ihm erwarten.«

»Welch irrwitzige Verzögerung, jetzt, wo die Zeit drängt.«

»Meine Uhr geht offenbar anders als Ihre, Mister. Dennoch: Je eher Sie mich über das Kastell informieren und mir sagen, wer die beiden Krankenschwestern ermordet hat, umso rascher wird Ihnen geholfen.«

Der Unbekannte zögerte, schließlich bat er um Bedenkzeit. Eine Stunde vielleicht, dann würde er sich wieder melden.

Ich beendete meine Mahlzeit, beglich die Rechnung und eilte über Siebenlinden und den Bismarckplatz nach Handschuhsheim, um mit Klausen zu reden.

Ich ging an den Azaleen vorbei zum Gartenhaus, klopfte an, sagte Guten Tag und begann noch im Stehen mit meinem Bericht über Mister XY. Doch Klausen hält nichts von Eile. Er schüttelte den Kopf, legte seinen linken Zeigefinger an die Lippen und deutete mit dem rechten auf den Besucherstuhl. Ich setzte mich und sah zu, wie er eine Flasche weißen Chateauxneuf entkorkte. Was sagen Sie zu dieser Art von Erinnerung an den Süden, fragte er, schenkte ein und reichte mir ein Glas herüber. Dann war er, mit einer Partagás in Reichweite, endlich bereit zuzuhören.

Ich fasste das Gespräch mit dem Unbekannten zusammen und erzählte, da Klausen nicht reagierte, auch die Geschichte von den hunderttausend Euro. Als Klausen immer noch schwieg, kam ich, zum ersten Mal, auch auf Mister X zu sprechen.

»Note Eins, Doktor, für Ihren präzisen Bericht,« sagte er wie jemand, der Michelinsterne zu vergeben hat. »Doch jetzt als Erstes zu den hunderttausend Euro. Auch ich halte es für wahrscheinlich, dass sie von Ihrer früheren Geliebten kommen, zumal die Dame Sie ja schon einmal unterstützt hat. Und mit dieser Sendung signalisiert, Ihnen, bei bestem Gewissen, immer noch gewogen zu sein. Eine Lesart, die der Version Ihres Mister XY diametral widerspricht, aber den Vorzug hat, realistischer zu sein. Wir sollten sein Gerede von den mordlustigen Frauenzimmern nicht ernst nehmen, steht im Grunde doch nur eines fest: Dass Sie, Doktor, von einer Gruppe liebestoller Frauen entführt worden sind.«

Was Klausen da von sich gab, hatte mit meinem Eindruck von Mr. XY nicht viel zu tun. Dazu Klausens höchst ungewöhnlich Art, mit mir zu reden. Ich sah mich in seiner Bude um. Am Boden der Kochnische stand eine zweite, leere Flasche Chateauxneuf. Klausen war blau wie der Himmel des Südens, von dem er so gerne schwärmt. Ich sah zu, wie er seine Zigarre in Gang setzte und legte mein Handy auf die Schreibtischplatte. Für den Fall, dass der Fremde sich nochmals meldete, könnte Klausen sich davon überzeugen, wie falsch seine Schlussfolgerungen sind.

»Zu Mr. X«, fuhr er nach einer Weile fort, »den Sie bisher unterschlagen haben, fällt mir nichts ein, was über Ihre Schlussfolgerungen hinausgeht. Solange er nicht mehr als aufmunternde Worte zu bieten hat, gehört er zu den Randfiguren. Erstaunlich allerdings, wie die anonymen Anrufer sich bei Ihnen die Klinke in die Hand geben. Man könnte meinen, dass man Sie als zentrale Figur in einem Spiel wahrnimmt, dessen Regeln wir nicht kennen. Dennoch sollten wir die Äußerungen von Mister X, wie auch die von Mister XY, nicht überschätzen.«

»Nicht überschätzen Maitre, wo einer von ihnen über unser Tun und Lassen informiert ist, während der andere das Kastell kennt und weiß, wer die beiden Schwestern ermordet hat?«

»Kennt und weiß Mr. XY das wirklich? Hat der Mann Ihnen auch nur einen Deut mehr verraten, als in der Presse zu lesen stand, damals, auf dem Höhepunkt der Affären Minges/Mehlhorn?« Und als ich schwieg: »Sie haben längere Zeit mit beiden gesprochen. Haben Sie nicht daran gedacht, die Stimmen von Mr. X und Mr. XY zu vergleichen?«

Klausen schien nicht zu merken, welche Zumutung seine Frage enthielt. »Mister X hat die Stimme eines finnischen Bassbaritons », antwortete ich im Aufstehen, »während die hohe von XY, obwohl befehlsgewohnt, sich vor Aufregung überschlug.«

»Gab es am Telefon wirklich Anzeichen dafür, dass der Fremde in Not war?«

Ich nahm mein Handy von der Schreibtischplatte und ging zur Türe. Ein Referat über die akustischen Symptome von Angst konnte Klausen nicht von mir erwarten. Schlecht gelaufen, Maitre.

Gemischter Stimmung ging ich in Richtung Altstadt. Wie hätte ich ahnen sollen, dass die Wirklichkeit alle Spekulationen bald überholen würde.

Am späten Nachmittag eines der nächsten Tage, es dürfte Mittwoch, der neunzehnte September gewesen sein, schreckte mein Handy mich auf.

Mister XY, dachte ich, und drückte die Go-Taste. Stattdessen, kaum zu glauben, Kommissar Bronkhorst am Apparat.

»Guten Tag, Dr. Vogt. Wir erfahren soeben von einem delikaten Fall, der, wie ich höre, auch Sie interessiert. Hätten Sie die Freundlichkeit, ins Präsidium zu kommen, um darüber zu reden? Möglichst bald wenn es geht, am besten sofort?«

Bronkhorst, in seiner ungehobelt knappen Art und dem vergeblichen Bemühen, verbindlich zu sein. Ich brauchte einen Augenblick, um das zu verdauen, dann sagte ich zu.

Während ich im Nieselregen die Bahnhofstraße entlang zum Präsidium ging, verwarf ich die Idee, Bronkhorst könnte sich zum vierten oder fünften Mal mit mir anlegen wollen. Schließlich wusste niemand besser als er, welch gute Karten ich im Fall Minges/Mehlhorn/Di Cinno auf der Hand hatte. Darunter zwei Trümpfe, die nicht zu toppen waren: Mein Alibi für den Zeitpunkt des Mordes an Schwester Mehlhorn zusammen mit dem Befund, dass alle drei Morde mit derselben Waffe, und das hieß von einem Täter verübt worden waren. Ein Täter, der logischerweise nicht Dr. Vogt sein konnte.

Bronkhorst hatte von einem delikaten Fall gesprochen, der auch mich anging. Konnte es sein, dass der Kommissar mit mir über Mister XY reden wollte? Schließlich hatte der Unbekannte mich ja nur angerufen, damit ich versuchte, den Kommissar für seine Notlage zu interessieren. Warum die Geschichte jetzt umgekehrt lief, würde ich im Fall, dass es tatsächlich um Mr. XY ging, sicher bald erfahren.

In der Eingangshalle des Präsidiums nahm ein uniformierter Beamter mir den regennassen Trenchcoat ab, dann führte ein zweiter mich an den Verhörzimmern vorbei zum Kommissar. Wie schön, anstatt Klient einmal Gast des Präsidiums zu sein. Außer Bronkhorst gehörten noch zwei alte Bekannte zum Empfangskomitee, die Kommissare Phelps und Kiefer. Ich unterdrückte den Impuls, nach Rita zu sehen, gab Bronkhorst die Hand und setzte mich ihm gegenüber. Wie erwartet, kam der Kommissar ohne Umschweife zur Sache.

»Aus Mosbach wird uns von einem mehr oder weniger geheimnisvollen Fall berichtet. Es geht um einen Millionär, der sich trotz Bodyguard und erstklassiger Alarmanlagen in seinem Haus nicht sicher fühlt. Könnte es sein, dass Sie ahnen, von wem die angebliche Bedrohung des Mannes ausgeht?«

Ich brauchte nicht lange, um meine Gedanken zu ordnen. Die Idee, dass Bronkhorst über Mister XY reden wollte, war also richtig gewesen. Auch ging aus der Art, wie der Kommissar jetzt mit der Tür ins Haus fiel, eindeutig hervor, dass er über meinen Kontakt mit dem Fremden informiert war, aber nicht daran dachte, mir zu sagen, woher. So nicht, Kommissar, mit verdeckten Karten können auch andere spielen.

»Lassen Sie mich raten«, antwortete ich. »Sie hatten angedeutet, dass es um einen Fall geht, der auch mich interessiert. Da wir beide uns immer nur im Zusammenhang mit der Affäre Minges/Mehlhorn/Di Cinno begegnet sind, kommt als Bedrohung nur etwas in Frage, was mit dieser Affäre zu tun hat. Stelle ich in Rechnung, dass Sie von einer geheimnisvollen Bedrohung gesprochen haben, komme ich auf die sagenumwobene Schwarze Frau aus den Fällen Minges und Mehlhorn.«

Bronkhorst hatte Mühe, seine Verblüffung zu verbergen. »Wie, woher konnten Sie wissen, dass auch im Raum Mosbach von einem schwarzhaarigen Phantom geredet wird? Tatsächlich hat genau dieses Gerücht unsere Mosbacher Kollegen dazu gebracht, uns anzurufen. Wie es scheint, ist die Schwarze Frau der Fälle Minges/Mehlhorn auch dort jedem Zeitungsleser bekannt, während die örtliche Polizeistation von Amts wegen weiß, dass ich mit dem Doppelmord befasst bin.« Und mit einem selbstgefälligen Lächeln: »Wie übrigens, in Zusammenarbeit mit den römischen Behörden, auch mit der Affäre Di Cinno.«

Nun warf ich doch einen Blick in Richtung Rita Phelps. Wenn Bronkhorst mir seine Kontakte mit der römischen Polizei als Neuigkeit servierte, hatte Rita ihm verschwiegen, dass wir uns in Rom begegnet waren. Umso entspannter konnte ich erwarten, was auf mich zukam.

Anstatt beim Thema Mosbach zu bleiben, fing Bronkhorst an, mich um fünf Ecken über Di Cinno auszufragen. So nicht, Kommissar, dachte ich ein weiteres Mal und zog im Stillen eine Grenze quer durch den Bereich meiner Informationen. Bronkhorst würde von mir nur zu hören bekommen, was ich Rita in Rom mitgeteilt hatte, und das hieß nur so viel, als er ohnehin schon wusste. Alles andere, vor allem die Existenz von Di Cinnos Listen und die drei Reisen nach Esslingen, Locarno und Largentière, würde ich für mich behalten.

Während wir eine Weile aneinander vorbei redeten, schien die Zeit still zu stehen. Links hinter mir Assistent Kiefer, mit Notizen beschäftigt, rechts Rita, in Akten vertieft, vor mir Bronkhorst, der sich mit einem rotgelbblauen Taschentuch über die hohe Stirn fuhr und nicht recht zu wissen schien, was er mit mir anfangen sollte – kein Wunder, dass mir in der zunehmenden Dämmerung Deutschlehrer Müldner mit Kafkas Prozess in den Sinn kam, wenn auch die Rollen hier, im Präsidium, anders verteilt waren. In diesem Augenblick klingelte das Telefon. Bronkhorst schaltete das Gespräch auf den Lautsprecher.

»Kommissar Bronkhorst?«, war eine belegte Stimme zu hören, kein Zweifel, die Stimme von Mr. XY. »Hier Hans-Heinrich Raab. Die Zeit drängt, daher in aller Kürze zwei Bitten im Tausch gegen ein Angebot. Dringen Sie bei Ihren Mosbacher Kollegen darauf, endlich zu reagieren und kommen Sie selber nach Asbach. Ja, Asbach, in der Nähe von Mosbach. Wie, außerhalb Ihres Zuständigkeitsbereichs? Nicht doch, Kommissar, Sie werden bestimmt zugreifen wenn Sie erfahren, dass ich weiß, wer die Schwestern Minges und Mehlhorn ermordet hat. Mein Motiv, an Sie zu appellieren? Akute Lebensgefahr, werter Herr, von der Ihre Mosbacher Kollegen nichts wissen wollen. Details? Wenn es denn sein muss: Ausfall der Infrarotsensoren und Funkstille von Seiten meines Bodyguard – was sollen da weitere Fragen? Selbstverständlich sind alle Türen gesichert, doppelt und dreifach, um genau zu sein, dennoch wird es nur noch Minuten dauern, bis sie zu mir vordringt. Ich spreche von der Schwarzen Frau, die Ihnen, wie ich weiß, doch bestens bekannt ist. Nein, Waffen hat oder hatte nur mein Bodyguard.«

Während Bronkhorst seine Fragen stellte, hatte ich Zeit mich zu wundern, in welchem Ton Herr Raab, alias Mr. XY, in höchster Not mit dem Kommissar umging. Als ob Bronkhorst aus eigenem Verschulden versäumt hätte, rechtzeitig in Asbach zu sein.

»Asbach in der Nähe von Mosbach, ein Stadtteil von Obrigheim«, wiederholte der Kommissar. »Nach den Daten unseres Navigationsgerätes werden wir mehr als eine Stunde brauchen, um bei Ihnen zu sein. Alarmieren Sie auf jeden Fall die Mosbacher Polizei.«

»Längst erledigt, Kommissar. Ein Wort zur Lage meines Anwesens. Steuern Sie den früheren Bahnhof an, gleich links am Ortseingang, wenn Sie von Westen her kommen. Ich …«

Während der letzten Worte hatte die fahrige Stimme des Anrufers sich überschlagen, dann war ein Schuss zu hören und ein Geräusch wie von einem Mobiltelefon, das zu Boden fällt. Sekunden später hörte man Türen schlagen, dann nur noch weißes Rauschen über den Lautsprecher.

Bronkhorst ließ sich mit der Mosbacher Polizeistation verbinden, schilderte in knappen Zügen, was vorgefallen war und kündigte sein Kommen an. Mir stellte er frei, ihn auf der Fahrt nach Asbach zu begleiten. Ich brauchte einen Augenblick um mich zu fassen, dann sagte ich zu.

Kiefer, der im Kraichgau zuhause war, nahm das Steuer, Bronkhorst setzte sich neben Kiefer, ich nahm mit Rita im Fond des grünen Mercedes Platz. »Für diesen Mordfall, Doktor Vogt«, versuchte Kiefer zu scherzen, »haben Sie ein Alibi, wie es bombensicherer nicht sein kann.«

Während Kiefer das linke Neckarufer entlang nach Neckargemünd fuhr, dachte ich darüber nach, warum Bronkhorst mich ins Präsidium gerufen hatte. Ähnlich rätselhaft die Idee, mich nach Asbach mitzunehmen. Als würde Bronkhorst nicht aus eigenem Entschluss gehandelt haben. Schade, dass es nicht anging, Rita zu fragen, die, soweit möglich, Abstand zu halten schien.

Trotz des immer noch lebhaften Verkehrs und einer Serie von Ampeln kam Kiefer zügig voran. Bei Neckargemünd bog er in Richtung Südosten ab. Später zogen im Licht der Scheinwerfer Ortsschilder mit den Namen Helmstadt-Bargen und Aglasterhausen vorbei. Als wir Asbach erreichten, war es zwischen den hohen Buchenstämmen links und rechts neben der Chaussee längst dunkle Nacht.

Rita

Interessanter Nachmittag, unvergesslicher Abend. Zuerst die überraschende Maßnahme des Kommissars, Vogt ins Präsidium zu laden, dann, gegen Abend, das Remake des Thrillers »Bei Anruf Mord«. Und dazwischen, mit Vorteilen für Vogt, das Pingpongspiel mit Ladenhütern wie Di Cinno und Schwarze Frau.

Ein Wort zu Harald Vogt. Interessant, wie er nach anfänglicher Zurückhaltung dazu überging, nach meinem Blick zu angeln. Ich kann ihm immer noch nicht verzeihen, dass er meine SMS nicht beantwortet hat. Unterwegs, im Dienstwagen, hätte Vogt mich sicher gern gefragt, was Bronkhorst mit ihm vorhatte. Sorry, Darling, wäre meine Antwort gewesen, auch ich weiß nicht, was den Kommissar dazu gebracht hat, dich anzurufen und nach Asbach mitzunehmen. Von sich aus wäre er nie auf die Idee gekommen.

Ein Wort auch zu Bronkhorst. Der Kommissar kommt mit seinem Chef, Oberrat Lück, immer weniger zurecht. Ein Jammer, dass Lydia, seine Verflossene, sich immer noch weigert, nach Heidelberg zu kommen. Lydia ist wohl nur in Karlsruhe bereit, sich für Bronkhorst zu öffnen. Was zur Folge hat, dass der Kommissar so, ohne Hormonabfuhr, oft nur schwer zu ertragen ist.

Im Fond des Dienstwagens dehnte die Zeit sich im Dunkeln wie Kaugummi. Da ich entschlossen war, Vogt noch eine Weile auf Distanz zu halten, hatte ich, außer der nassen Straße, oft nur den Schattenriss meiner Kollegen im Blick, den bulligen Nacken von Bronkhorst, und, links neben ihm, den zierlichen Hals von Kiefer. Interessanter die Profile der beiden, wenn sie, im Gespräch, einander ansahen. Während die Stirn von Bronkhorst immer höher wird, muss man die von Kai, der sie in immer engere Falten legt, unter der gestylten Mähne suchen.

Zuletzt, nach mehr als einer Stunde, endlich Asbach.

Der alte Bahnhof lag, taghell beleuchtet, tatsächlich gleich links hinter dem Ortsschild. Auch in den wenigen Häusern, deren Umrisse auf der gegenüberliegenden Straßenseite zu sehen waren, brannte Licht. Kiefer stoppte den Wagen vor einer massiven Eichentür, die offen stand. Erstaunt stellten wir fest, dass auch jetzt, anderthalb Stunden nach unserem Anruf, nur ein Streifenwagen, vermutlich aus Mosbach, zu sehen war.

Kai hatte davon erzählt, dass der Zugverkehr über Asbach seit längerem eingestellt worden war. Daher unsere Vermutung, Raab hätte die alte Station zu einem modernen Wohnhaus umfunktioniert. Nun waren wir überrascht zu sehen, dass dies nicht zutraf. Kein Zweifel, Raab hatte, anstatt hier zu wohnen, sich den Luxus eines Denkmals für alte Bahnhöfe geleistet.

Dicht hinter dem Bahnhofsgebäude lag ein kleines, schiefergedecktes Haus im gleißenden Licht von Tiefstrahlern. Bronkhorst machte Kai ein Zeichen, die Rückseite des Gebäudes zu sichern, während er, die Dienstwaffe in der Hand, auf die schmale Tür zuging. In diesem Augenblick lösten sich aus der Deckung des Strauchwerks neben dem Eingang die Silhouetten zweier Streifenpolizisten. »Hauptkommissar Bronkhorst aus Heidelberg?«, fragte der größere. »Das erste Opfer liegt hier im Schlafzimmer des Minibungalows«, fügte der kleinere hinzu und führte uns durch den engen Flur ins Innere des Gebäudes. Als ich die Tür erreichte, hinter der Bronkhorst verschwunden war, stand der Kommissar unschlüssig vor einer Gestalt, die reglos auf einer hellblauen Bettdecke lag. Schwarze Kleidung, ellenlanger Pferdeschwanz und Schulterhalfter mit Pistole: Raabs Bodyguard, das war nicht schwer zu erraten. Da Bronkhorst immer noch zögerte, drängte Vogt sich nach vorne, tastete nach der Halsschlagader des Reglosen und beugte sich über dessen Gesicht. »Keine Fahne«, sagte er und hielt uns ein spitzes, ampullenartiges Gebilde entgegen. »Narkose durch ein Betäubungsgeschoss, vielleicht Nembutal, keine Lebensgefahr.«

»Wir verlieren hier nur unsere Zeit«, murrte Bronkhorst und eilte ins Freie. Am Geländer des früheren Bahnsteigs entlang führte der größere Streifenpolizist uns zwischen Azaleen und Rhododendren zu einem fürstlichen Bungalow mit hell erleuchteten Fenstern. Sein Kollege war zum Bahnhofsgebäude zurückgekehrt, um die überfällige Spurensicherung einzuweisen. Vogt war von Bronkhorst gebeten worden, für den Bodyguard zu sorgen.

Im Erdgeschoss des Hauptgebäudes fanden wir uns sehr rasch zurecht: rechts Küche und Speisezimmer, links Arbeitszimmer und Bibliothek, alle Türen offen, im Hintergrund eine Innentreppe zum Obergeschoss und zuletzt, vor der bordeauxroten Seidentapete des Wohnraums, das zweite Opfer: ein Mann von vielleicht fünfundsechzig Jahren mit auffallend schönem, silberglänzendem Haar, Hans-Heinrich Raab, ein

Loch in der Stirn. Zwei Strähnen, die sich im Fallen gelöst hatten, waren mit trockenem Blut verklebt.

»Nach Di Cinno und den beiden Schwestern die vierte Hinrichtung, eine Serie, die damit hoffentlich zu Ende ist«, sagte Kai, wie so oft nur, um etwas zu sagen. Dazu Bronkhorst im Ton des Routiniers: »Warten wir erst den Vergleich mit den drei anderen Kugeln ab, dann steht jedem frei, zu spekulieren.«

Dennoch sah auch der Kommissar sich nach Parallelen zu den drei anderen Morden um. Erstaunt stellte jeder im Stillen fest, dass es diese Parallelen zu den Fällen Minges und Mehlhorn nicht gab. Die Fächer des Schreibtisches waren geschlossen, der Orientteppich nicht mit durcheinander geworfenen Sachen bedeckt. Der Mörder schien das Haus in Eile verlassen zu haben, vielleicht hatte er sich aber auch nicht für die Hinterlassenschaft des Herrn Raab interessiert.

Auf dem Rückweg zum Bahnhofsgebäude diskutierten Bronkhorst und Kiefer die Umstände des Verbrechens. Die Alarmanlage zum Beispiel: Warum hatten, anders als die Tiefstrahler, die Sirenen versagt? Wie war es dem Täter gelungen, den Bodyguard zu überlisten um anschließend, trotz der dreifachen Türsicherung, bis zu Raab vorzudringen? Gut, die Spurensicherung würde manches klären, fest stand aber jetzt schon, dass der Überfall von langer Hand geplant war.

Später fiel mir auf, dass ich außer der roten Tapete, dem Toten und der Umgebung des Schreibtisches wenig in Erinnerung behalten hatte. Ein verschwommener Eindruck von Reichtum und Überfluss, vor allem aus dem Obergeschoss, das war auch schon alles. Ganz anders, seltsam genug, das scharfe Bild der beiden Streifenpolizisten, der eine klein wie Dick, der andere lang wie Doof, Stan und Olli, wie sie immer schon gewesen waren, hier im Habitus der baden-württembergischen Polizei.

Vorne, im Wartesaal des Bahnhofsgebäudes, waren vier Kollegen aus Mosbach hinzugekommen. Ein Unfall auf der Neckarbrücke, daher die Verspätung. Der Tote, Hans-Heinrich Raab, war allen aufs Beste bekannt. In der Immobilienbranche schon früh auffallend erfolgreich, hatte er geheiratet und durch den frühen Tod seiner Frau Millionen hinzugeerbt. Feinde? Raab war als Sponsor von Sportvereinen und privaten Schulen allseits beliebt, ein Rockefeller des Kraichgau, sozusagen.

Obwohl oft auf Reisen, hatte er die Frühlingsmonate immer in Asbach verbracht, schon wegen seiner Rosen, die er von einem Gärtnerehepaar pflegen ließ. Später, im Gasthaus, war weiter zu hören, dass Raab als Züchter neuer Varianten bekannt und auf der Suche nach der blauen Rose gewesen war. Zur Zeit der Rosenblüte, im Mai oder Juni, war der Asbacher Bahnhof sehenswert, mehr noch, eine Sensation. Feinde, hier, in Raabs Heimat? Undenkbar, das hatten Stan und Olli schon betont. Bodyguard und Alarmanlage? Gehörten die bei Leuten seiner Klasse nicht ohnehin dazu?

Inzwischen war auch Vogt mit dem Bodyguard in den Wartesaal gekommen. Bronkhorst überließ den immer noch Benommenen seinen Mosbacher Kollegen. Kai und mich forderte er auf, ihn bei einem Rundgang zu begleiten. Vogt erhielt die Erlaubnis, den Tatort zu besichtigen, mit der Bedingung, dass einer der Mosbacher Beamten ihn begleitete.

Im rückwärtigen Teil des Raab'schen Anwesens gab es einen Reitstall, zwei Zwinger mit Rottweilern und eine dreigeteilte Unterkunft für Dienstpersonal. Da dort alle Türen verschlossen und die Fenster dunkel waren, nahmen wir an, dass Raab seine Leute beurlaubt hatte, ein Umstand, der dem Täter wohl nicht entgangen war. Die Anlage mit den vielen Rosen hielt Bronkhorst nicht für sehenswert.

Ich kann mich noch gut erinnern, wie gespenstisch mir die Szenerie jetzt, nach Erledigung der Routine, vorkam: scharrende Pferde, tobende Hunde, ein Bodyguard der versagt und Angestellte, die frei genommen hatten – während drüben, im Bungalow, ein Besitzer lag, dem alles entglitten war.

Als wir das alte Bahnhofsgebäude erreichten, ging draußen ein Herbstgewitter mit dichten Regenschauern nieder. Der Kommissar ließ sich von Kiefer davon überzeugen, dass es jetzt, kurz vor Mitternacht und bei diesem Wetter, vernünftiger wäre, die Nacht hier, in Asbach, zu verbringen. Auf also zum Goldenen Adler, hieß es nach einem Telefonat mit Heidelberg, worauf Kiefer per Handy vier Einzelzimmer und vier Steaks mit Beilagen bestellte. Bronkhorst bat die Mosbacher Kollegen, sich um alles Technische zu kümmern. Am wichtigsten sei die Kugel, auf die in Heidelberg drei Geschwister warteten. Ja, auch den Rechtsmediziner müsse man wohl verständigen, obwohl … Bronkhorst, der den Rest des Satzes in der Luft hängen ließ, wandte sich zum Gehen. Dann, schon in der Tür, doch noch eine Bemerkung: Der Doktor könne sich Zeit lassen, handele es sich doch um einen Fall, bei dem, neben der Todesursache, auch der Zeitpunkt des Verbrechens mit seltener Genauigkeit bekannt sei.

Während Kai an Hecken, Obstbäumen und einem Friedhof vorbei die Dorfmitte ansteuerte, saß Vogt wieder neben mir. So sehr ich ihm wegen seiner Nachlässigkeit gezürnt hatte – jetzt, da der Kommissar ihn immer noch links liegen ließ, tat er mir leid. Schade, dass die Umstände nicht danach waren, ihm ein Zeichen zu gegeben. Doch träumen darf man. Vogt, das hatte ich in Rom erlebt, hatte Seiten, die mich fesselten. Warum sollte es mit ihm kein Morgen und Übermorgen geben, wir würden samstags zusammen aufstehen, Croissants holen, auf die Post warten und dem Wiedehopf zusehen, wie er Würmer aus dem Rasen des Golfplatzes zieht. In diesem Augenblick hielt Kiefer vor einem Stoppschild. Stopp auch für die Gedanken von Rita Phelps, und Schluss mit den Illusionen.

Der Goldene Adler empfing uns mit wohliger Wärme. Die Rindssuppe mit Graupen war o.k., der Salat frisch, und auch das Steak im XXL-Format in Ordnung.

Bronkhorst und Kiefer redeten schon beim Salat über den neuen Fall. Bemerkenswertes kam dabei, so weit ich zuhörte, nicht heraus. Sah man vom Schreibtisch ab, war alles, vom Schuss in die Stirn bis zum Gerede von einer Schwarzen Frau, nach dem Muster der Morde an den beiden Krankenschwestern abgelaufen. Was fehlte, war allein die Suche nach Adressen und Telefonnummern, wie schon beim Fall Di Cinno. Die Untersuchung der Pistolenkugel würde endgültig belegen, dass die vier Morde das Werk ein und desselben Täters wären.

»So weit so gut«, räumte Bronkhorst ein, »doch wenn wir zur Identität des Mörders kommen, stehen wir immer noch vor einem großen Fragezeichen. Was heißt es da schon, dass auch im Fall Raab von einer Schwarzen Frau geredet wird?«

»So ist es«, sagte Kiefer und versuchte, dem Quantum Falten auf seiner Stirn noch eine hinzuzufügen.

Mir waren schon nach dem ersten Glas Burgunder die Augendeckel schwer geworden. Wie gut, dass Bronkhorst aufstand, um gute Nacht zu sagen.

Dr. Vogt

Am Stammtisch des Goldenen Löwen hatte ich nicht lange darüber nachgedacht, warum Bronkhorst es immer noch vermied, mit mir zu reden. Welcher Widerspruch, mich nach Asbach mitzunehmen und dann stundenlang zu tun, als liefe ich mit einer Tarnkappe durch die Gegend. War es möglich, dass der Kommissar mich nicht aus eigenem Willen angesprochen hatte? Wir erfahren soeben von einem delikaten Fall, der, wie ich höre, auch Sie interessiert, hatte er am Telefon zu mir gesagt. War dieser Satz nicht ein Hinweis darauf, dass es jemanden gab, der ihn veranlasst hatte, mich anzurufen? Gleichviel, sagte ich mir und folgte dem Gespräch zwischen Bronkhorst und Kiefer. Nicht lange und ich war enttäuscht, wie wenig die Profis zu bieten hatten.

»Seit Rita aus Rom zurück ist«, hörte ich Kiefer sagen, »wissen wir mit absoluter Sicherheit, dass die drei Morde Minges, Mehlhorn und Di Cinno zusammengehören.«

»Ich dachte«, fuhr Bronkhorst seinen Assistenten an, »dies wäre von uns schon anhand der dritten Kugel bewiesen worden.«

»Ja, Chef«, gab Kiefer zu, »ich hätte sagen sollen, seit Rom wissen wir, dass alle Fäden der ersten drei Fälle bei Di Cinno zusammenlaufen. Nun kommt mit Hans-Heinrich Raab ein vierter Mord hinzu. Ich bin davon überzeugt, dass wir außer der Tatwaffe noch ganz andere Querverbindungen zwischen den vier Fällen entdecken werden. Wozu wahrscheinlich gehört, dass Raab mit Di Cinno und den beiden Schwestern in Verbindung gestanden hat.«

Während Bronkhorst und Kiefer noch eine Weile im Dunkeln tappten, tröstete ich mich im Stillen damit, über die Fälle Raab und Di Cinno wesentlich mehr zu wissen als die Behörden. Wobei ich vor allem an Di Cinnos Liste vom Juni 1982 und die schießwütigen Weiber dachte, von denen Raab geredet hatte. Und mir die Frage stellte, ob es reiner Zufall war, dass es in beiden Fällen um eine Gruppe von Frauen ging. Dort um sechs Patientinnen des römischen Professors, hier um vier Frauen, von denen Raab sich bedroht fühlte. Reiner Zufall oder vielleicht doch Umstände, die miteinander zu tun hatten?

Während ich, ohne darauf zu achten, vom Rotwein trank, vollführten meine Gedanken immer gewagtere Sprünge. Di Cinnos Liste enthielt die Namen von sechs Frauen, die seine Kunst in Anspruch genommen hatten. Nun konnte man sich Matronen wie Frau Schöne, Frau Verzichowski oder gar Frau Firneis zwar nicht als Kriminelle vorstellen, doch hatte jede von ihnen eine Tochter. Gut, Maria Firneis lebte jenseits von Gut und Böse, doch gab es außer Annemarie Schöne und Yvonne Verzichowski vielleicht noch zwei junge Frauen, deren Mütter mit Di Cinno in Verbindung gestanden hatten. Von da war es nicht weit bis zu Hans- Heinrich Raab, der von vier aggressiven Frauen gesprochen und behauptet hatte zu wissen, wer die beiden Krankenschwestern ermordet hatte. Ging man davon aus, dass die Wege der vier jungen Frauen sich mit dem von Hans-Heinrich Raab gekreuzt hatten – war es dann nicht plausibel anzunehmen, jene hätten sich zusammengetan, um nach Di Cinno und den beiden Schwestern auch Raab … An diesem Punkt betrachtete ich verwundert das leere Glas in meiner Hand. Meine Gedanken machten den nächsten Sprung. War ich selbst nicht in der Hand einer Gruppe junger Frauen gewesen, die mich mit einer Schusswaffe bedrohten? Dazu die andere, nun plötzlich mit Bedeutung geladene Aussage des Herrn Raab, den Aufenthalt der vier und damit das Kastell zu kennen. Und weiter: Waren Helga und ihre Helferinnen mit Raabs schießwütigen Frauen identisch – führte dies nicht zwingend zur Annahme, sie hätten drei, nein, mit Raab vier Morde begangen und ich, Harald Vogt, wäre mit einer Gruppe Mörderinnen zusammen gewesen?

Sobald ich mich wieder beruhigt hatte, tauchte aus dem Bodensatz meiner Gedanken wieder auf, was mich seit Monaten verfolgte: das ewige Hin und Her zwischen Möglichkeiten, die allesamt weit hergeholt und alles andere als wahrscheinlich waren. Vier Töchter von Patientinnen Di Cinnos, die jetzt, nach mehr als zwanzig Jahren, auftauchten, um ihren Wohltäter zu ermorden – waren solche Ideen, nüchtern betrachtet, nicht lächerlich? Ich würde Klausen brauchen, um mich in diesem Labyrinth von Vermutungen zurechtzufinden. Überrascht nahm ich zur Kenntnis, dass Bronkhorst aufstand und zum nahen Aufzug ging.

Ich verbrachte eine unruhige Nacht. Im Halbschlaf verirrten meine Gedanken sich immer wieder in den zwielichtigen Raum verstörender Möglichkeiten. Vier Frauen, die eine Serie von Morden begangen und sich mit mir vergnügt hatten, unter ihnen Helga, der gefallene Engel. Ich nahm eine Tablette, um endlich Ruhe zu finden.

Irgendwann glaubte ich das Knarren einer Tür zu hören. Sekunden später spürte ich einen fremden Atem in meinem Gesicht und die Nähe eines schlafwarmen Körpers. Rita, die dafür gesorgt hatte, dass mein Zimmer, nur durch eine Verbindungstür getrennt, neben ihrem lag. Und ihre Entlassung aus dem Polizeidienst riskierte. Wie hätte ich unter solchen Umständen nicht vergessen sollen, wie selten sie sich aus Rom gemeldet hatte.

Als Rita mich gegen Morgen verließ, war kein Wort über die Affäre Raab geredet worden.

Die Fahrt nach Heidelberg verlief ohne Komplikationen. In Gedanken bei der rätselhaften Existenz des Herrn Raab, war ich überrascht, meinen Namen zu hören. Kommissar Bronkhorst, der fragte, ob ich im Bereich der Altstadt aussteigen wolle. Ich sagte nein und dachte auf dem Weg zum Polizeipräsidium noch einmal darüber nach, warum Bronkhorst mich mitgenommen hatte. Eine Laune oder gar ein Versehen kamen nicht in Frage. Nüchtern betrachtet sprach das Verhalten des Kommissars eher dafür, dass er mich nicht aus freien Stücken in seiner Nähe geduldet hatte. Rita, die wieder wie fremd neben mir saß, würde mir bei nächster Gelegenheit verraten, was dahinter steckte. Beim Präsidium stieg ich mit den anderen aus, bedankte mich und ging zum Bismarckplatz, um mit der Linie drei nach Handschuhsheim zu fahren. Neun Uhr dreißig, Klausen würde um diese Zeit sicher schon zu sprechen sein.

Klausen servierte Kaffee und setzte seine Zigarre in Brand. Dann hörte er sich stillschweigend an, was ich über Bronkhorst und meine Fahrt nach Asbach zu berichten hatte. Besonderen Nachdruck legte ich auf die Vermutung, Helga und ihre Helferinnen könnten die Töchter früherer Patientinnen Di Cinnos wie Frau Schöne oder Frau Verzichowski sein und als solche Di Cinno, die beiden Krankenschwestern und Hans-Heinrich Raab ermordet haben.

»Danke, Doktor, so weit, so gut«, sagte Klausen. »Doch nun heißt es, Ordnung in diesen Wust von Fakten und Ideen zu bringen. Sie gehen manchmal mit Vermutungen wie mit Tatsachen um, setzen eine Hypothese auf die andere, nur um sich zu wundern, dass Ihr System nicht tragfähig ist. Können wir sicher sein, dass Raab tatsächlich von schießwütigen Frauen bedroht worden ist? Sie sagen, er sei verängstigt gewesen, fest steht aber nur, dass er ermordet wurde. Sollte die tödliche Kugel aus derselben Waffe stammen, mag es sich um denselben Mörder handeln wie in den Fällen Minges, Mehlhorn und Di Cinno. Um einen Mörder allerdings, von dem so gut wie nichts bekannt ist.

An diesem Punkt kommen Sie mit Ihrer Hypothese von den vier schießwütigen Frauen des Herrn Raab als Töchter von Müttern aus Di Cinnos Liste. Dabei wissen wir nur von dreien der insgesamt sechs Mütter, dass sie tatsächlich Töchter haben.

In Ihrer dritten Hypothese ermorden vier junge Frauen, die ihre Existenz Di Cinno und seinen Mitarbeiterinnen schulden, jetzt, nach mehr als zwanzig Jahren, ihre Wohltäter. Als Beweis haben Sie außer dem Märchen von der Schwarzen Frau aber nicht mehr zu bieten als die Erwähnung der Fälle Minges und Mehlhorn durch den verstörten Herrn Raab. Wo, Dr. Vogt, bleibt das Motiv für diese Morde?

Dann die vierte, besonders gewagte Hypothese, der zufolge die schießwütigen Frauenzimmer des Herrn Raab mit Helga Horger und ihren Helferinnen aus dem Kastell identisch wären. Und, zum Schluss, die Hypothese aller Hypothesen. Sie, Dr. Vogt, hätten dem Kommissar aus einer Vielzahl von Fakten und Ideen durch puren Zufall zwei, nur zwei verschwiegen: die Existenz von Di Cinnos Liste und die angebliche Bedrohung Raabs durch vier mordlustige Frauen – und alles nur, um den Zufall dieser Auswahl zum Beweis für die ursächliche Verknüpfung beider Komplexe zu erklären. Auch dies die Schlussfolgerung eines Mannes, der wissenschaftlich geschult sein will!

Bleibt die Frage nach dem gesicherten Wahrheitsgehalt Ihrer Thesen. Fest steht doch nur, dass wir über vier Morde reden, die mit einer Waffe ausgeführt worden sind. Alles Übrige, darunter die Beteiligung der vier jungen Frauen aus dem Kastell und deren Identität mit Töchtern aus Di Cinnos Liste, ist reine Spekulation, die wir den Aussagen des verängstigten Herrn Raab und dem unkontrollierbaren Unterbewusstseins eines Dr. Vogt verdanken.

Ich sehe nach allem nur zwei Möglichkeiten, der Wahrheit näher zu kommen. Eine von ihnen wäre herauszufinden, ob mindestens zwei weitere Mütter aus Di Cinnos Liste Töchter zur Welt gebracht haben. Als Alternative bietet sich an, nun doch nach dem Kastell zu suchen, wo alle Fäden zusammenlaufen, die wir seit Monaten verfolgen. Ich kenne einen Weg, dieses Ziel recht einfach auch ohne Bronkhorst zu erreichen.«

Ich staunte, verzichtete aber darauf, zu widersprechen. Zwei Tage später nahm ich, ratlos, Klausens Vorschlag an. Mehr noch: Ich schlug vor, die Suche nach dem Kastell so bald wie möglich zu beginnen. »Ich möchte mit Helga sprechen, bevor Bronkhorst …«

»Ich sehe nicht, wie Bronkhorst das Kastell so rasch aufspüren könnte.«

»Die Papiere von Hans-Heinrich Raab sind neulich nur oberflächlich durchsucht worden. Nun will Raab die Lage des Kastells gekannt haben. Angenommen, die Beamten würden Schriftliches darüber finden – wäre Bronkhorst uns dann nicht einen wesentlichen Schritt voraus?«

In diesem Fall war es Klausen, der nicht widersprach.

VIERTER TEIL

Clausen

Vogt ist und bleibt ein großes Kind. Erst lehnt er meinen Vorschlag ab, ohne zu begreifen, worum es geht. Doch dann, kaum dass ihm dämmert, was gemeint ist, wird er ungeduldig und will alles so rasch wie möglich erledigen. Ich spreche von der Suche nach dem Kastell, von der ich, um ehrlich zu sein, bis vor kurzem selbst nicht viel gehalten habe.

Als Vogt die Ruhe verliert, fahre ich den Laptop hoch und reserviere zwei Plätze im IC über Stuttgart, Augsburg und München nach Bad Tölz. Dann bestelle ich zwei Zimmer im Adlerblick. Vogt will unbedingt wieder das Doppelzimmer mit der Nr. 705. Das hört sich an, als stünde der nächste Rückfall in nostalgische Reverien bevor, die ihm, das ist leicht vorauszusagen, auch diesmal nicht gut bekommen würden.

Eine Zugfahrt ist wie dafür geschaffen, miteinander zu reden, es sei denn, es fehlt an Gesprächsstoff. Wie mit Dr. Vogt. Als Neurologe einer von denen, die zu Recht Apparatschiks genannt werden, fehlt ihm der bei Ärzten sonst nicht seltene intellektuelle Hintergrund. Ich kann darüber urteilen, ist Vogt von mir, ohne es zu merken, doch schon in Rom getestet worden. Zum Beispiel Literatur. Vogt hat keine Ahnung, wer von seinen Kollegen alles Schriftsteller gewesen ist. Hans Carossa, diesen Namen bringt er in Zusammenhang mit der Lektüre des Arztes Gion noch heraus, doch dann, von Schiller über Schnitzler, Tschechow, Benn und Döblin bis Conan Doyle, nichts als weißes Rauschen. Unbefriedigend auch sein Background als Psychiater oder gar Psychotherapeut, weiß Vogt doch zum Beispiel nichts mit dem Duo Freud und Ferenczi anzufangen.

Außer Medizin kann man mit Vogt nur über Sport, besonders Tennis, Billard und Leichtathletik reden. Manchmal kommt er mir wie ein aufgeschossener Bengel vor, der vergessen hat, aus den Pubertätsklamotten zu steigen. Mit einem Selbstbewusstsein, das sich vor allem aus seiner schieren Körperlichkeit, seinem gebuildeten Body speist. Und aus

Weibergeschichten, die wieder mit dem Body zu tun haben. Erstaunlich, dass mir die Parallele zu Cashel Byron erst jetzt in den Sinn kommt. Ein Romanheld des frühen Bernard Shaw, der sich die Herzen junger Ladies und den Zugang zur upper class im strikten Wortsinn erboxt hat, damals wohl noch mit nackten Fäusten ohne Beschränkung der Rundenzahl.

Vogt hat vergessen, sich Sportbild oder den Kicker zu besorgen. So kommt es, dass er schon auf der Höhe von Bruchsal dazu übergeht, mich mit Kinderfragen zum Thema Gedächtnissport zu langweilen. Begabung ist eine erste Voraussetzung für Höchstleistungen, erkläre ich ihm, intensives Training die zweite. Sieh an, sagt er, wie sonst beim Sport – und, nach einer längeren Pause, bei jeder Fertigkeit.

»Doch wie, Maitre, soll man sich den Ablauf eines Gedächtnistrainings vorstellen?«, fragt er in der Nähe von Karlsruhe. »Wie zum Beispiel könnte ich lernen, mir Zahlen mit einem Dutzend Ziffern einzuprägen, meine Mitgliedsnummer beim ADAC zum Beispiel oder meine Pinzahl für Homebanking?«

An diesem Punkt drohen Komplikationen. Ich beschließe, Vogt, wie andere Fragesteller, mit Halbwahrheiten abzuspeisen, oder, wenn man so will, mit frommen Lügen. »Es gibt einen Trick«, sage ich, »der vieles erleichtert: das Training der Fähigkeit, Verknüpfungen herzustellen, Links und Superlinks, zwischen Zahlen auf der einen und irgendwelchen Vorstellungen, auch Emotionen, auf der anderen Seite. Reden wir, zum Vergleich, einen Moment über Musik. Musiker mit absolutem Gehör verbinden nicht nur mit jeder Tonart die Vorstellung bestimmter Emotionen, sondern auch mit den einzelnen Tönen. Jeder Ton hat für sie eine eigene Persönlichkeit, eine Katze miaut auf Es, der Rasierapparat brummt in g-Moll und das Singen der Autoreifen ist ein Äquivalent der Geschwindigkeit. Auch die Töne eines Akkordes nehmen bezeichnende Eigenschaften an, wie Pfirsiche, Äpfel oder Pflaumen in einem Obstkorb. D kommt mit einem ›D-Flair‹, E mit einem ›E-Flair‹ daher, wie die Farben Blau zum Himmel und Weiß zum Schnee gehören. Jeder Halbton ruft, wenn er gehört oder nur imaginiert wird, die entsprechende Vorstellung hervor.« Vogt nickt, als verstünde er, was ich sage. »Und nun zu Ihrer Mitgliedsnummer«, fahre ich fort. »Angenommen, Ihnen würde Ähnliches mit Ziffern oder Ziffergruppen gelingen. Bekämen

Ziffern und Zahlen durch ähnliche Verknüpfungen nicht eigene Wiedererkennungspotentiale, Haftstellen für Begriffe sozusagen, die immer verfügbar sind? Als ob wir den Zahlen, so die Worte eines Kollegen, durch solche Verschränkungen Leben einhauchen würden.«

Vogt scheint den Nebel, hinter dem ich das Problem Gedächtnistraining verschwinden lasse, wortlos zu bestaunen. Bis Stuttgart. Dann kommt er mit einer ganz anderen Frage.

»Sie haben von neuen Plänen in Richtung Kastell gesprochen«, sagt er. »Darf man wissen, worum es sich dabei handelt?«

Diese Wendung ist umso bemerkenswerter, als Vogt vorher so getan hat, als ob er wüsste, was mir vorschwebt. Inzwischen hat im Widerstreit zwischen Stolz und Neugier wohl seine Neugier gewonnen.

»Eine Möglichkeit wäre, mit einem Jeep die Wälder rings um Bad Tölz abzufahren, in immer weiteren Kreisen, bis Sie, Doktor, etwas sehen, hören, oder, wer weiß, vielleicht auch riechen, das an Ihre Gefangenschaft erinnert.«

»O. k. Maitre, das haben wir vor Monaten schon abgelehnt.«

»So ist es. Mein Plan ist ein völlig anderer. Gleichgültig, wer Helga Horger und die anderen in Wirklichkeit sind …«

»Die Töchter von Damen wie Frau Schöne und Frau Verzichowski zum Beispiel?«

»Warum nicht. Doch unabhängig davon, woher sie kamen, kann man wohl davon ausgehen, dass sie erst vor kurzem in Oberbayern ansässig geworden sind.«

»Woher diese Annahme?«

»Aus allem, was wir über Helga und die anderen wissen. Bei ihrer Ankunft müssen die vier vor der Notwendigkeit gestanden haben, ein Quartier zu suchen, das Ihren Anforderungen entsprach. Geräumig wollten die Damen es Ihren Berichten zufolge wohl haben und einsam, verschwiegen sozusagen, was nur in einer abgelegenen Gegend zu realisieren war. Und nun die Idee: Ein solches Quartier musste gesucht, inspiziert und dann auch gemietet oder gekauft werden. Daher …«

»Moment, Maitre. Frau Schöne lebt in bescheidenen Verhältnissen, Frau Verzichowski, wie ich von Ihnen weiß, ebenfalls. Woher dann die Mittel, sich in großem Stil …«

»Sie zwingen mich zu Wiederholungen. Woher Ihre Überzeugung, es würde sich bei den Insassen des Kastells um Töchter von Patientinnen Di Cinnos wie Frau Schöne oder Frau Verzichowski handeln? Doch abgesehen davon, zum Stichwort Finanzen: Haben Sie von Ihrer Helga nicht zweihundertfünfzigtausend Euro als Abschiedspräsent und dann noch einmal hunderttausend als Trostpflaster erhalten? Wer mit so viel Geld um sich wirft, muss noch viel mehr davon haben. Doch wieder zum Thema. Sie, Doktor, haben Ihr Gefängnis als großes, stattliches Haus in Erinnerung, woher sonst die Bezeichnung Kastell. Gebäude dieser Größenordnung werden nur selten gemietet oder verkauft, daher mein Entschluss, die Immobilienfirmen der Gegend nach solchen Transaktionen zu befragen.

Und nun, da wir schon beim Thema sind, zu den Details. Sie schlüpfen in die Rolle eines Herrn, der sich für Objekte dieser Größenordnung interessiert, ich trete als ihr Manager auf. Da kann es nicht schwierig sein, das Gespräch auf frühere Transaktionen dieser Art zu bringen. Sollte das nicht funktionieren, können wir immer noch Notare und Grundbuchämter befragen oder Handwerker, die beim Einzug in alte Häuser immer gebraucht werden. Denken Sie nur an den Telefon- und Internetbetrieb, an die Strom- und Wasserversorgung, die sanitären Anlagen oder die Müllabfuhr. Vier junge Damen, in deren Bann auch Sie – Pardon, ich wollte nur sagen: vier Schönheiten in einem einsamen Schloss, welcher Mann würde sie über Nacht vergessen. Doch wozu die Abschweifungen. Es sollte mich wundern, wenn wir nicht schon bei den Immobilienfirmen zum Ziel kämen.« Worauf ich mich mit meinem Laptop ins Nachbarabteil zurückzog.

Im Adlerblick ist alles noch, wie es vor Wochen gewesen ist, auch in Zimmer 705. Mit Ausnahme der Küche, wo jetzt Hans Kalafuss, eine Koryphäe mit zwei Sternen, Regie führt. Sein Lammrücken mit Pistazienkruste allein wäre die Reise nach dem Süden wert gewesen. Dazu Heinz Neumann als Sommelier, der für Kenner immer noch eine Flasche St. Laurent bereithält. Ein Hoch auf das Kastell und alles, was mit den vier Grazien des Dr. Vogt zusammenhängt.

Am nächsten Tag erkundige ich mich bei der Rezeption nach den Immobilienfirmen der Gegend und versuche Vogt klarzumachen, dass in erster Linie Autos und dann erst Kleider Leute machen, auch in Bad Tölz. Er soll einen Leihwagen ordern, der etwas darstellt, selbst aber leger daherkommen, wie jemand, der fünf verschiedene Kreditkarten mit sich herumträgt. Ich selbst würde ihn, halb Butler, halb Manager, im Dunkelgrauen begleiten.

Bei Immobilia war in letzter Zeit nur ein Objekt vermittelt worden, das den Namen Kastell verdienen könnte. Für drei Millionen an einen Musikverleger, der dort seit Monaten Hof hält. Bei Hassel & Steinbrück war zuletzt kein auch nur entfernt kastellartiges Gebäude über den Ladentisch gegangen, schließlich seien Objekte dieser Größenordnung längst in festen Händen. Vermieten, ein Haus dieser Preisklasse vermieten, das gäbe es nur äußerst selten, wie für das Zwischenspiel eines Drehs, womit Filmaufnahmen gemeint waren.

Bei Immoinvest waren die Auskünfte ähnlich. »Es sei denn«, fügte der Mann im hastig grünen Leinenjackett hinzu, »Sie fragen nach Objekten der Zeitgeschichte. Ich spreche von einem großen Gebäude, das früher in der Tat so etwas wie ein Kastell gewesen ist. Von einem Haus, das um 1890 im alten Stil errichtet und später, während der Wirtschaftskrise des vergangenen Jahrhunderts, vernachlässigt worden ist. Mag sein, dass man seinerzeit, zu Lasten der Bausubstanz, zu hoch gepokert hat. Heute kommt hinzu, dass der Bau zu weit abgelegen und im Unterhalt so anspruchsvoll ist, dass niemand ihn haben will. Alles in allem kein Wunder, dass nur einer von den vier Ecktürmen noch bewohnbar ist. Bewohnbar und, so weit ich weiß, zurzeit auch vermietet.« Zuletzt, mit gespieltem Bedauern: »Ich hätte Ihnen gleich sagen sollen, dass es sich nicht um eines unserer Objekte handelt.« Das Anwesen sei im Besitz der Familie Albrecht, fügte er auf meine Frage hinzu, hier, in Bad Tölz, Adresse im Telefonbuch. Die Lage des Gebäudes? In der Tiefe des Krimmeldinger Forstes, dort wo Fuchs und Hase, Reh und Wildschwein einander gut Nacht sagen. Die Umgebung? Mächtige Buchen und weit und breit kein anderes Haus.

Wieder im Leihwagen, sucht Vogt im Bordcomputer nach den Koordinaten der Familie Albrecht. Seine Idee ist, die Besitzer nach den Mietern der früheren Luxusvilla zu fragen. »Für den Fall, dass es sich nicht um eine Gruppe junger Frauen handelt, können wir uns alles Weitere sparen.«

»Vorsicht Doktor! Angenommen, die vier hätten sich im Eckturm des abgelegenen Gebäudes eingemietet und Herrn Albrecht gebeten, ihren Aufenthalt diskret zu behandeln. Nun kommen wir, zwei Fremde, um, wie von ungefähr, nach den Insassen des Kastells zu fragen. Ist es unter solchen Umständen nicht möglich, ja wahrscheinlich, dass Albrecht draußen anruft, um seine Mieter zu warnen? Ein Fall, in dem wir uns tatsächlich alles weitere sparen könnten. Oder zweifeln Sie daran, dass die vier über alle Berge wären, lange bevor wir das Kastell erreichten? Ich bin kein Freund von Waldspaziergängen. In diesem Fall allerdings schlage ich vor, das Albrecht'sche Anwesen per pedes zu observieren.«

So kommt es, dass ich mir im Café Molitor ein zweites Frühstück geben ließ, während Vogt loszieht, um eine Generalkarte des Krimmeldinger Forstes zu besorgen. Das mit Villa Albrecht bezeichnete Anwesen ist im Maßstab 1: 25.000 leicht zu finden. Von dort mochten es, über einen Privatweg, gut zehn Kilometer bis zur Waldschänke am Rand des Forstes sein. Etwas weiter westlich biegt ein Fußsteig von der Chaussee ab, der, über drei, vier Windungen, dicht am Albrecht'schen Anwesen vorbei führt. Dreizehn Uhr, stelle ich fest, zwei Stunden für das Mittagsmahl, je anderthalb bis zwei Stunden für den Hin- und Rückweg, dazu eine zur Beobachtung des Eckturms und seiner Bewohner, zusammen sechs, sieben Stunden, das können wir schaffen, bevor es Nacht wird. Auf also, zur Waldschänke.

Vogt widerspricht nicht. Doch Vorsicht, füge ich hinzu, der Wirt darf nicht erfahren, was gespielt wird. Warum? Haben Sie meine Warnung vor einem Kontakt mit der Familie Albrecht schon vergessen? Ich bin davon überzeugt, dass der Gastwirt jeden kennt, der im Umkreis von zehn, fünfzehn Kilometern wohnt.

Schon gut, Maitre, lenkt Vogt ein, auch ich würde als Bewohner des Krimmeldinger Forstes Stammgast der Waldschänke sein. Was Ihnen vorschwebt, ist Trick siebzehn mit Anschleichen über den Fußpfad, um in aller Heimlichkeit festzustellen, ob wir es mit dem Kastell zu tun haben.

Vogt hat nach dem späten Frühstück noch keinen Appetit. Ich bestelle eine Schlachtplatte, mit allem, was dazu gehört, einschließlich Tripes, dazu Sauerkraut mit Kümmel und Majoran. Zur ländlichen Umgebung gehören herzhafte Gerichte, ein dunkles Starkbier und ein doppelter Genever.

Nach dem Essen gehen wir die Chaussee entlang bis zum Privatweg, dann noch eine Stück weiter bis zum Pfad, der ebenfalls nach Osten abbiegt. Der Waldrand ist, wie üblich, dicht mit Sträuchern besetzt. Vogt hört nicht auf zu fragen, was dieses oder jenes sei, bis auf Banales wie Brombeeren und Eglantiers, will sagen wilde Rosen. Das Wetter ist nach zwei herrlichen Spätsommertagen wieder kalt und regnerisch geworden, der Boden des Pfades stellenweise glitschig wie Schmierseife. Der hohe Buchenwald steht stellenweise so dicht, dass, außer vereinzelten Schösslingen, nur das dunkelbraune Laub des vergangenen Jahres zu sehen ist.

Die erste Hälfte des Pfades hatte ständig bergauf geführt, jetzt geht es durch immer dunkleren Tannenwald nur noch bergab. Die Bäume wachsen hier noch dichter, so, dass wir nach einer Kehre unvermittelt vor dem Gemäuer des Albrecht'schen Hauses stehen. Wir weichen bis hinter die vorletzte Biegung zurück. Dort gibt es einen Felsvorsprung, der gute Deckung bei freiem Blick auf das Haus verspricht.

So groß habe ich mir das Gebäude nach den Worten des Maklers nicht vorgestellt. Außer den vier Ecktürmen, von denen die Rede war, gibt es noch einen besonders massiven fünften, ebenfalls drei Stockwerke hohen Turm, der wohl als Vorgängerhaus gedient hat. »Alles in allem«, fasse ich zusammen, »die verkleinerte Kopie eines symmetrischen Renaissanceschlosses, von einem Geldbaron der Gründerzeit als Sommerresidenz errichtet. Sollten wir tatsächlich vor Ihrem früheren Gefängnis stehen, würden Sie mit der Bezeichnung Kastell nicht zu hoch gegriffen haben. Wir sehen zufällig auf das Portal. Dieser Teil der Anlage ist unbewohnt, ich sollte sagen unbewohnbar.« Tatsächlich hatte das Dach große Lücken, und das Portal hängt, wie mancher Fensterflügel, schief in den Angeln. »Aus dieser Sicht gibt es nichts, was uns weiterbringen könnte. Wir sollten versuchen, den Abhang entlang weiter nach Osten vorzudringen.«

Anders als der nordwestliche Eckturm macht der nordöstliche den Eindruck, bewohnbar zu sein. Hier sind die Fenster intakt, und oben, im Oktagon, glaubt Vogt in der zunehmenden Dämmerung einen Lichtschein zu sehen, der von Fenster zu Fenster wandert. Wir gehen weiter, bis wir die Fassade des Vorgängerhauses im Blick haben. Dicht neben dem Mittelturm ist ein großes Tor zu sehen, vor dem die Zufahrt von der Chaussee her endet. Eine Verunstaltung der Ostfassade, wie sie schlimmer nicht sein kann, sage ich, doch Vogt hört kaum mehr zu. Das Tor steht offen. Vogt steigt den Abhang hinunter, bis sein Blick in den Hof fällt. Vor der östlichen Innenfassade stehen zwei schwarze Limousinen älterer Bauart, mit Kennzeichen, die sich nur in der letzten Ziffer unterscheiden.

Während Vogt mir davon erzählt, fährt eine dritte Limousine, die im toten Winkel gestanden hatte, in hohem Tempo auf der Zufahrtsstraße davon. Vogt glaubt, eine Frau mit schwarzer Turmfrisur am Steuer zu erkennen. Jagdfieber, denke ich und lasse ihn gewähren. Kurz darauf geht in der dritten Etage tatsächlich Licht an, dann ist die Silhouette einer Frau zu sehen, Vogt hält sie für eine Blondine.

Maitre, sagt er in einem Ton, der keinen Widerspruch zulässt, wir haben das Nest gefunden.

Doktor Vogt, versuche ich ihn zu beruhigen, Sie sollten sich durch die vage Silhouette einer Frau nicht dazu verleiten lassen, jetzt, bei Einbruch der Dunkelheit, in fremde Häuser einzudringen.

Doch Vogt lässt sich nicht überzeugen. Er überredet mich, zum Gasthaus zurückzukehren. Sollte er in Schwierigkeiten geraten, wäre es für ihn beruhigend zu wissen, dass ich bereit stand, Hilfe zu holen. Er begleitet mich bis zum Pfad, den wir herabgekommen sind, drängt mir die Taschenlampe auf und schleicht gebückt in Richtung Portal.

Dr. Vogt

Ohne Lampe war es bei bewölktem Himmel nicht leicht, sich zu orientieren. Ich vergegenwärtigte mir die Lage des bewohnten Eckturms, fand im linken Seitenflügel ein offenes Fenster, stieg ein und tastete mich entlang von Türen und Fenstern voran. Manche Türen standen offen, bei anderen brauchte es nicht viel Gewalt, um sie aufzustoßen. Ich hatte die Fenster bis zum Eckturm nicht gezählt, es durften vierzehn, vielleicht auch sechzehn gewesen sein. Wenn alle Zimmer zwei Fenster hatten, würde ich bis zum Eckturm durch sieben, acht Räume kommen. Dann zwang ein Saal mit sechs Fenstern mich, die Rechnung zu korrigieren.

Während ich vorsichtig weiterging, hörte ich vom Hof her das Geräusch eines Wagens, der über Pflastersteine herankam und vor dem Seitenflügel geparkt wurde. Klausens Schwarze Frau, ging mir durch den Kopf, dann konzentrierte ich mich wieder auf meinen Weg durch das schier undurchdringliche Dunkel.

Spinnweben verklebten mir die Stirn, dann griffen meine Hände in fingerdicken Staub. Dazu, über allem, der Geruch abgestandener Modrigkeit: Kein Zweifel, auch dieser Seitenflügel war, obwohl immer noch möbliert, seit langem verlassen.

Jenseits der vierten Tür stand ich im schwachen Licht, das von außen hereinfiel, vor einer Wendeltreppe mit auffallend engen Windungen. Klausen hatte von Treppentürmen gesprochen, deren Funktion es sei, die Etagen der Seitenflügel miteinander zu verbinden. Das Innere der Ecktürme könne man über diese Treppen nicht erreichen. Ich tastete mich bis zur gegenüberliegenden Außenwand vor und sah aus dem Fenster. Dort gab es einen Umlauf, der, wie ein überlanger Balkon, die Ecktürme miteinander verband. Ich stieg aus und ging vorsichtig auf den bewohnten Eckturm zu. Aus dem Spalt einer Tür, die den Umlauf abschloss, fiel ein schmaler Streifen Licht auf die Außenwand des Gebäudes. Die Tür selbst war mit einem handtellergroßen Vorhängeschloss gesichert. Ich kehrte um, suchte nach der Wendeltreppe und stieg deren Windungen empor bis zur dritten Etage.

Hier oben fiel durch die Tür zwischen Umlauf und Eckturm mehr Licht. Auch waren weibliche Stimmen zu hören. »Es hat keinen Zweck, länger hier zu bleiben«, hieß es. »Und die Begründung, Frau Neunmalklug?«

An dieser Stelle wurde das Gespräch heftiger. Stimmen lösten einander ab, die trotz einer gewissen Gespanntheit so ähnlich waren, dass ich Mühe hatte, sie zu unterscheiden. »Welch dumme Frage. Wie lange wird es dauern, bis die Polizei uns hier doch noch aufspürt.«

»Oder Harald Vogt, der zwar albern, aber sehr beharrlich ist.«

»Du sprichst von uns ...«

»... und von diesem Gebäude. Vogt kam in Begleitung seines Schnüfflers aus Heidelberg, wozu sonst als mit dem Ziel, uns der Polizei auszuliefern.«

»Du hast Recht, Elisabeth, unser Doktor weiß zu viel. Wir sollten nicht zögern, auch ihn auszuschalten, um dann, gemäß Plan Nummer drei, für immer zu verschwinden.«

»Welcher Unsinn, Yvonne, die Idee, jemanden zu erschießen, mit dem du nächtelang Mann und Frau gespielt hast.«

»Hör endlich auf, Annemarie, deine Gefühle auf mich oder sonst eine von uns zu projizieren.«

»Einverstanden, dennoch bleibt, dass Vogt nichts, absolut nichts über die Lage dieses Gebäudes wissen kann.«

»Was sollen deine hausbackenen Gefühle für einen Mann, den es nur einen Anruf kostet, um dich vor Gericht zu bringen? Gut, das mag deine, nur deine Sache sein, aber wir, Dummkopf, was können wir anderen für deine Gefühle? Ich sage noch einmal: Vogt weiß zu viel. Mach endlich Schluss, Annemarie, mit deiner für uns alle gefährlichen Sentimentalität.«

Ich war, trotz Klausens Warnung, zum Eckturm gekommen, um endlich herauszufinden, was hinter den Erinnerungen steckte, die mich seit Monaten verfolgten. Kein Wunder, dass mit dem Triumph, das Kastell entdeckt zu haben, eine Welle Finderglück mich überflutete. Helgas Name war noch nicht gefallen, doch konnte sie nicht weit von ihren Helferinnen entfernt sein. Bis mir klar wurde, dass man nebenan, hinter der Tür zum Eckturm, über mein Leben verhandelte, als ginge es um eine Kleinigkeit. Nun lief kalter Schweiß mir den Rücken hinunter, während meine Gedanken sich verwirrten wie ein Bienenschwarm, den ein Dachs durcheinanderbringt.

Jenseits der Tür hatten die Stimmen sich wieder beruhigt. »Ich zweifle immer noch, ob es sinnvoll war, dir zu folgen, Yvonne«, hieß es.

»Woher die Zweifel, Elisabeth? Abgesehen von der Frage, ob es richtig ist, sich der Realität zu stellen – siehst du nicht ein, dass es mit vereinten Kräften wesentlich leichter war, unsere Probleme zu lösen?«

»Durchaus, doch mit dem Einwand, dass es um Probleme ging, die es ohne dich nicht gegeben hätte.«

»Auch auf den Zwang, mich immer wieder auf dich und die anderen einzustellen, hätte ich gerne verzichtet.«

»Sieh an, Franziska beim Versuch, das Bewusstsein ihrer Einmaligkeit wiederherzustellen. Wie groß muss die Distanz zwischen uns denn sein, damit du frei atmen kannst?«

»Du willst Franziska nicht verstehen. Auch ich zweifle ob es richtig war, uns mit dem Problem unserer Herkunft zu belasten.«

»Sieh an, Elisabeth mit der Idee, in die Arme einer Mutter zurückzukehren, die in Wirklichkeit ...«

»Lasst gut sein, das alles führt nicht weiter. Was bleibt, ist die Tatsache, dass der Weg zu dieser Mutter jetzt nur noch über das Gefängnis führt. Es gibt für jede von uns nur eine Lösung: auf und fort in Länder, wo niemand sich für unsere Vergangenheit interessiert.«

»Wenn damit die Gewissheit verbunden ist, dich niemals wiederzusehen ...«

Ich hatte Mühe, das Gehörte einzuordnen. Sicher schien, dass außer Yvonne zumindest eine der Frauen jenseits der Tür zum Eckturm nicht zögern würde, mich zu erschießen. Meine Partei hatte nur eine ergriffen, die allerdings nicht Helga, sondern Annemarie genannt wurde. Annemarie und Yvonne – Namen, von denen ich im Zusammenhang mit den Müttern Schöne und Verzichowski gehört hatte, zwei Frauen aus Di Cinnos Liste. Außer Annemarie und Yvonne waren die Namen Elisabeth und Franziska genannt worden. Die Vermutung lag nahe, dass auch sie Kinder von Müttern aus Di Cinnos Liste waren. Yvonne, Annemarie, Franziska und Elisabeth – hatte Hans-Heinrich Raab in Verbindung mit dem Kastell nicht von vier schießwütigen Weibern gesprochen? Aber Helga, wo blieb Helga Horger, meine Patientin und Geliebte?

Inzwischen war im Eckturm vom Wetter, von Besorgungen und dem Abendessen die Rede. »Ja, Parmaschinken, Debreziner und ein paar Baguette habe ich auch mitgebracht«, hörte ich sagen. Welche Wende, kurz nachdem über ein Todesurteil verhandelt worden war.

Beim Stichwort Todesurteil fanden weitere Teile des großen Puzzles ihren Platz, das Durcheinander begann sich zu ordnen. Wenn jemand im Vorbeigehen über die Erschießung eines Zeugen redet, ist er auch sonst bereit zu töten. Von dort war es nicht weit zur Annahme, Yvonne und die anderen hätten sich vor Monaten zusammengetan, um Di Cinno und die beiden Krankenschwestern zu ermorden. Und später, mit derselben Waffe, auch Hans-Heinrich Raab. War diese Schlussfolgerung richtig, stand mit ihr auch fest, dass ich mit vier Mörderinnen geschlafen hatte, vielleicht auch mit einer fünften, darauf kam es jetzt nicht mehr an.

Meine Knie waren weich geworden, ein Zeichen, dass die Kälte ihren Weg von der Haut zum Rückenmark gefunden hatte. Am besten, ich würde so rasch wie möglich aus dem Kastell verschwinden, mit Klausen reden und alles weitere Bronkhorst überlassen. Dass ich noch verweilte, hatte allein mit Helga zu tun, die vielleicht immer noch an mir hing.

Dann, unvermittelt, die Gewissheit, dass ich zu lange gezögert hatte. Im hellen Licht einer Stablampe, das von hinten her auf mich fiel, war mein Schatten auf der Tür des Eckturms zu sehen. »Hände hoch und umdrehen«, befahl eine Stimme, der man blindlings gehorchte. »Sie haben …, aber nein, du Harald, du hast unsere Videoüberwachung unterschätzt.« Als die Blendung nachließ, war im Zentrum des Lichtkegels, der auf mich gerichtet war, die Mündung einer Pistole zu erkennen. »Macht auf, Schwestern, ich habe den Vogel erwischt.«

Als das Blendlicht von der schwächeren Innenbeleuchtung abgelöst worden war, hatte ich immer noch die Gestalt mit der Pistole im Blick. Zuerst nur verschwommen, dann immer deutlicher war zu erkennen, dass die junge Frau, die mich bedrohte, Helga, Helga Horger war. Helga, die, unter dem Namen Yvonne, die Führung der Gruppe übernommen hatte. »Setzen!«, befahl sie und wies mit der Pistole auf einen Stuhl, der rechts neben der Tür stand. Im Wechselbad meiner Empfindungen waren jetzt Eissplitter angesagt, die ihren Platz auf meiner Haut suchten. Ich starrte immer noch auf das lang vertraute Gesicht, die grünen Augen, das blonde Haar mit dem kleinen Wirbel über der Stirn und die im Takt der Atmung vibrierenden Nasenflügel – kein Zweifel, dass die Frau mit der Pistole Helga war.

»Sieh dich doch endlich um«, forderte sie mich auf, »da warten noch drei andere, um dich zu begrüßen.«

Am Tisch, der in der Mitte des Zimmers stand, saßen drei Frauen. Zwei von ihnen hatten auffallend hochgestecktes, schwarzes Haar. Die Schwarze Frau, war mein erster Gedanke, nein, zwei schwarze Frauen, die einander so ähnlich sahen, als ob man eine durch ein Prisma betrachten würde. Eineiige Zwillinge, was sonst hätte mir bei ihrem Anblick einfallen sollen. Meine Verwirrung stieg, als ich entdeckte, dass sie Helga ähnlich sahen.

»Sieh an, da staunt einer, der vier Frauen, die er nur im Dunkeln erlebt hat, endlich bei Licht zu sehen bekommt. Willst du dich nicht weiter umsehen, Doktor, da gibt es noch etwas zu entdecken.«

Ich richtete meinen Blick auf die vierte Frau, die sich im Hintergrund gehalten hatte. Nun glaubte ich endgültig zu träumen. War es möglich, dass Helga, die mich hier mit der Pistole bedrohte, dort mit hängenden Schultern hinter dem Tisch saß? Ich sah noch einmal nach der Frau mit der Pistole. Bis auf Körpersprache, Kleidung und Makeup sahen beide einander zum Verwechseln ähnlich. Dann war die Frau mit der Pistole doch nicht Helga, sondern Yvonne Verzichowski, während Helga, alias Annemarie, sich im Hintergrund hielt?

»Nun, Doktor, hat es dir die Sprache verschlagen?«

Ich war in Gedanken immer noch bei den eineiigen Zwillingen. Zwei Zwillingspaare also, das eine mit schwarzem, das andere mit blondem Haar, die sich, aus welchen Gründen auch immer, zusammengetan hatten, um Di Cinno und die beiden Krankenschwestern ... Ich biss mir auf die Lippen, um den Traum loszuwerden.

»Auch das, Harald Vogt, ist noch nicht alles. Franziska und Elisabeth – wäre es nicht an der Zeit, eure Verpackung abzulegen?«

Die Angesprochenen nestelten einen Moment an ihrer Frisur, dann saßen sie ohne Perücke auf ihren Stühlen. Auch Franziska und Elisabeth waren nicht schwarz sondern hellblond und, wenn man von ihrer Aufmachung absah, Helga und Yvonne zum Verwechseln ähnlich. Die Frau mit der Pistole trug eine Jeansjacke, die anderen je einen beigen, blauen und grünen Pullover, das gab einem die Möglichkeit, sie auseinanderzuhalten.

»Und nun, Doktor Vogt?«

Ich hatte noch zweimal in die Runde gesehen, dann schüttelte ich den Kopf, um den Spuk loszuwerden. Was sollte ich mit den Namen

Franziska, Yvonne, Elisabeth und Annemarie – vor mir saß nur eine Frau, Helga Horger, mit drei identischen Kopien, was, mit Vernunft betrachtet, höchst unwahrscheinlich, wenn nicht unmöglich war. Eineiige Zwillinge wurden zwar selten, unter tausend Geburten immerhin zwei- bis dreimal geboren. Doch eineiige Vierlinge, das konnte ich nicht glauben, auch wenn ich wusste, dass man rechnerisch auf eine Häufigkeit von eins zu dreizehn Millionen kam.

»Unser Doktor hat sich zu viel mit Nervenkrankheiten beschäftigt um zu wissen, was in Richtung Vierlinge möglich ist. Wie wäre es mit Embryosplitting, Dr. Vogt?«

Ich hatte mich im Zusammenhang mit Di Cinnos Liste zwar mit der künstlichen Befruchtung beschäftigt, was darüber hinausging, konnte nur die Frucht gelegentlicher Zeitungslektüre sein. Aus einem Artikel über den geheimnisvollen Dr. Illmensee zum Beispiel. Er hatte in einem New Yorker Labor menschliche Embryonen geteilt und so im Reagenzglas erreicht, was sonst, bei eineiigen Zwillingen, der Natur vorbehalten blieb. Warum sollte Embryosplitting nicht bis zur Gewinnung von Vierlingen möglich sein, erst recht, wenn man bedachte, was in der Tierzucht gängige Praxis war? Nur dass man dann wohl Leihmütter brauchte, um das Mehr an Embryonen unterzubringen. Und Di Cinno? Warum sollte in Rom nicht gelingen, was in New York gelungen war, zumal wir bei Di Cinno eine Liste von Leihmüttern gefunden hatten? Bis das Bild von Maria Firneis sich in den Vordergrund drängte, in der ich ein Zerrbild von Helga zu sehen geglaubt hatte. Und die Erinnerung an die sechste Frau aus Di Cinnos Liste. Embryosplitting bis zu Sechslingen – welch groteske Vorstellung, auch wenn es nicht unmöglich war.

»Du schüttelst den Kopf, war Embryosplitting nicht die richtige Idee? Neues Stichwort also, Doktor Vogt? Wie wär's mit Klonen?«

Yvonnes Worte brachten mir zu Bewusstsein, wie grotesk meine Lage war. Wenn sie, mit der Pistole in der Hand, so viel Geduld mit einem Wehrlosen hatte, konnte dies nur bedeuten, dass sie sich an meiner Lage weidete. Ich weiß heute noch, dass mir der Zorn, den ich damals empfand, wie eine Befreiung vorkam.

Klonen – wer, an meiner Stelle, hätte beim Anblick von vier identischen Frauen in Erinnerung an das Schäfchen Dolly nicht an Klonen gedacht? Dabei wurden Eizellen benötigt, deren Kern man durch den Kern von Spenderzellen ersetzte. Im Fall von Yvonne, Elisabeth, Franziska und Annemarie vier Eizellen, dazu vier Spenderzellen, zum Beispiel aus der Brust einer Frau, der genetischen Mutter, deren Klonkinder ihr bis aufs Letzte ähnlich sein würden. Nur: Klonen, einen menschlichen Vierer- oder Sechserklon anno 1982, wie hätte Di Cinno das schaffen sollen? Die Rechnung war einfach. Dolly war 1996, erst vor elf Jahren zur Welt gekommen, während Helga, Yvonne und die anderen fünfundzwanzig Jahre zählten. Doch selbst wenn Di Cinno dies schon so früh geschafft hatte – warum war er damit nicht an die Öffentlichkeit gegangen? Alle medizinischen und biologischen Journals würden sich um einen Artikel dieser Qualität gerissen haben, Science und Nature vorneweg. Di Cinno ein Genie, das seine nobelpreiswürdige Leistung für sich behielt, anstatt sie zu publizieren? Sollte der wissenschaftliche Ruhm einem Mann wie Di Cinno wirklich weniger gegolten haben als die hohen Summen, die er mit seiner Entdeckung verdienen konnte?

Bis ich wieder auf die Geschichte des mysteriösen Dr. Illmensee kam. Er soll schon 1981, 15 Jahre vor Dolly, Mäuse geklont und sein Geschick später auch bei einer sechsundvierzigjährigen Amerikanerin versucht haben. Aus diesem Blickwinkel gesehen schien es zwar immer noch höchst unwahrscheinlich, aber nicht unmöglich, dass Di Cinno das Kunststück 1982 gelungen war.

In diesem Augenblick meldete sich mein Handy. »Stopp!«, rief Yvonne und trat einen Schritt näher. »Hol dir das Spielzeug, Franziska, doch nimm das Gespräch nicht an.« Während die Frau im blauen Pullover in die Tasche meiner Windjacke griff, wandte Yvonne sich wieder mir zu. »Die neueste Eroberung, oder dein Schnüffler, der unruhig wird, weil du noch nicht wieder zurück bist?« Und als ich schwieg, zu den drei anderen: »Wir müssen damit rechnen, dass der Knülch mit dem weißen Haarschopf Alarm schlägt. Ein Grund mehr, endlich Entschlüsse zu fassen.«

Während die vier miteinander redeten, war ich in Gedanken wieder bei Di Cinno. Wir, Klausen und ich, hatten angenommen, dass die sechs Frauen vom Juli 1982, wie die meisten anderen, künstlich befruchtet worden waren. Nun schien es, als ob sie in der von Di Cinno inszenierten Tragikomödie nur die Rolle von Leihmüttern gespielt hatten – und wohl immer noch spielten. Doch gleichviel, fest stand, dass Yvonne und die anderen ihr Dasein Di Cinno zu verdanken hatten. Wie sollte man verstehen, dass auch nur eine von ihnen jetzt, nach mehr als zwanzig Jahren, auszog, um sich an ihm und seinen Mitarbeiterinnen zu rächen? Und dann auch noch Hans-Heinrich Raab zu erschießen, dessen Ermordung völlig unverständlich war.

An dieser Stelle wurde mir wieder bewusst, wie wenig wir über Di Cinno herausgefunden hatten. Wenn Di Cinno geheim halten wollte, was in seinem unterirdischen Labor vor sich ging, und ich glaubte zu wissen, dass ihm nichts wichtiger gewesen war – warum hatte er dann gleich vier oder gar sechs Produkten seiner Kunst zum Leben verholfen, womit die Wahrscheinlichkeit, entdeckt zu werden, um das Mehrfache stieg? War er wirklich nur hinter den Millionen des von Klausen postulierten Geldgebers her gewesen? Bis mir einfiel, dass Di Cinno in diesen sechs Fällen besonders viel dafür getan hatte, sein Geheimnis zu wahren. Dafür musste es Gründe geben.

In diesem Augenblick rief die Frau mit dem grünen Pullover: »Im Hof ist Betrieb, schaut euch das einmal an!« An der Decke des Turmzimmers hingen zwei Monitore, die das Sichtfeld von Überwachungskameras wiedergaben. Eine Kamera war auf die hofseitige Front des Südflügels gerichtet. Im schwachen Licht des neuen Mondes waren vier Gestalten zu sehen, die sich bis zum gegenüberliegenden Eckturm vorarbeiteten, wo sie in einem offenen Fenster verschwanden. »Alarm!«, verkündete Yvonne. »Das können nur Polizisten sein. Plan Nummer drei ist angesagt. Macht rasch und lasst, außer Pässen, Perücken und Pistolen, alles liegen, was nicht sofort gebraucht wird. Schade, dass auch unser Doktor dazu verurteilt ist, hier liegen zu bleiben.«

Sobald Yvonne ihre Pistole auf mich richtete, trat die Frau mit dem beigen Pullover dazwischen. »Annemarie«, fuhr Yvonne sie an, »tritt beiseite oder …« In diesem Augenblick stellte auch die Frau mit dem grünen Pullover sich vor die Mündung der Pistole. »Wir haben bisher alles gemeinsam geplant und getragen. Wenn Annemarie sich für unseren Doktor einsetzt, haben wir dies zu respektieren.«

»Ja«, sagte die vierte aus dem Hintergrund. »Hast du die eigenen Worte vergessen, dass du mit Annemarie einen Teil deiner selbst vernichten würdest?«

»Ich erinnere ihn nicht nur, ich lebe den Spruch von uns vieren als nur einer einzigen Existenz. Doch gibt es übergeordnete Maximen, vor allem für den Fall, dass es um ein Individuum geht, das uns durch seine schiere Gegenwart allesamt, ich wiederhole: allesamt in Gefahr bringt.«

»Auch ich bin nicht dafür, ihn laufen zu lassen. Wir sollten ihn fesseln und mitnehmen, wie beim ersten Mal.«

»Wenn es denn sein muss. Doch Schluss jetzt mit dem Gerede. Waffen und Pässe bei der Hand? Und alles Schriftliche im Reißwolf, mitsamt den Photos?«

»Als ob du nicht wüsstest, dass es die seit langem nur noch in unseren Pässen gibt!«

»Hast du den Herrn Doktor im Griff, Franziska? Gut, dann vorwärts«, kommandierte Yvonne und wandte sich zur Wendeltreppe.

In mir machte Erstarrung erst einer gewissen Erleichterung, dann einer vertrackten Sorte von Galgenhumor Platz. Die Idee von den vieren als nur einer gemeinsamen Existenz kam mir verquast vor, auch wenn ich ihr mein Leben zu verdanken hatte.

Bei unserem Rückzug durch das weiträumige Gebäude verlor ich die Orientierung. Bis auf den Lichtfleck einer Stablampe, der im Takt von Yvonnes Schritten über den Boden wanderte, blieb alles finster. Nach einer Reihe von Zimmern ging es durch einen Saal, den ich zu kennen glaubte. Dann folgte, in der Nähe des südwestlichen Eckturms, noch eine Wendeltreppe. Im Erdgeschoss roch es nach Auto, Korrektur: nach einer Garage. Bei hellem Licht zweier Scheinwerfer wurde überdeutlich, dass der harte Gegenstand in meinem Rücken eine Pistole in den Händen der Frau mit dem grünen Pullover war. Yvonne öffnete die hintere Tür der dunklen Limousine und forderte mich auf, in die Mitte zu rücken. Rechts und links nahmen, nun wieder im Dunkeln, zwei der übrigen drei Frauen Platz.

Dann quietschte die Garagentür, Yvonne setzte sich ans Steuer und fuhr mit abgedunkelten Lichtern davon. Erstaunt nahm ich zur Kenntnis, dass wir die Zufahrtsstraße anstatt über den Innenhof und das Portal über einen Feldweg erreichten. Irgendwann, so schien es, hatte jemand im Bereich der Außenfront des Gebäudes eine zweite Garage einrichten lassen. Yvonne hatte einen Fluchtweg gewählt, mit dem jemand, der das Gebäude nur oberflächlich kannte, nie rechnen würde.

Unterwegs fiel minutenlang kein Wort. Ich nutzte die Gelegenheit, um über meine Lage nachzudenken. Yvonne war gefährlich wie eine Sandviper, gefühllos und unberechenbar. Die Hoffnung, Annemarie würde mir im Verein mit Franziska und Elisabeth gegen Yvonne beistehen, war und blieb nicht mehr als genau dies: eine Hoffnung. Wie der Wunsch, das Heft in einem unbewachten Augenblick selbst in die Hand zu nehmen. Maitre Klausen und Heinz Männen fielen mir ein, meine Gewährsleute aus Heidelberg. Klausen würde nicht zögern, mit Bonmots um sich zu werfen: das Heft, ursprünglich wohl das Heft eines Schwertes, in die Hand zu nehmen, welch heroische Idee. Oder: Du hast keine Chance, Doktor, nutze sie. Während Heinz, der alles umarmende Friedensengel, wohl nicht mehr als leeres Gerede über Hinhaltetaktiken zustande bringen würde. Und Rita Phelps? Rita war vielleicht bei den Beamten gewesen, die ins Kastell eingedrungen und jetzt, unter der Führung von Bronkhorst, hinter uns her waren. Die Hoffnung stirbt zuletzt, sagt der Volksmund, was nicht viel bedeutet, wenn man noch vor der Hoffnung dran ist.

Etwas später, wir fuhren über eine Schnellstraße, kam Yvonne nochmals auf die vier Eindringlinge zu sprechen. Vogt, sagte die Frau rechts neben mir, unser Doktor, war sicher nicht unter ihnen, worauf alle lachten. »Wer sonst als die Polizei«, meinte Yvonne, »Bronkhorst mit seinen Leuten, der nicht vergessen kann, wie wir ihn an der Nase umhergeführt haben. Bronkhorst als Nasenbär – welche Vorstellung! Dazu der Schnüffler unseres verehrten Dr. Vogt, der jetzt so kleinlaut hinter mir sitzt. Wie die Ereignisse sich wiederholen. Habe ich ihn nicht schon einmal aus dem Weg schaffen wollen, damals, als es unserem Doktor bei uns nicht mehr gefiel? Und du Annemarie – hast du ihn vor Monaten nicht schon einmal beschützt? Nur dass er jetzt, nachdem er uns belauscht und unsere Trümpfe kennen gelernt hat, wesentlich gefährlicher ist.«

»Unsere Trümpfe, Yvonne?«

»Schon vergessen, Dummie, wie nützlich es war, im Quartett zu operieren? Vier identische Frauen, von denen eine die zweite, dritte oder vierte vertreten konnte, wann immer es nötig war?« Und nach einer Pause: »Ob unser Doktor versteht, was damit gemeint ist? Warum geben wir ihm nicht eine letzte Gelegenheit zu staunen? Franziska, mach bitte das Leselicht an. So, und nun alle vier Ausweise zu Händen des Herrn Doktor, meiner steckt im Handschuhfach.«

Nicht lange und ich hielt, wie Spielkarten, vier Personalausweise der städtischen Behörde von Bad Tölz in der Hand. Dass mir von jedem Ausweis die gleiche Frau zulächelte, war bei einem Klon nicht weiter verwunderlich. Dann der Name und die üblichen Koordinaten: Helga Horger, geboren am 1. Mai 1982, wohnhaft in Berlin 14109, Königsweg 326 – im ersten, zweiten, dritten und vierten Ausweis. Die Dokumente waren identisch. In mir schoss das Adrenalin hoch. Was mich seit Monaten gequält hatte, die Frage, ob diese Frauen echt oder nur halluziniert waren, gab ihnen jetzt Anlass zu gackern wie Teenager – der Klon beim Hase-und-Igel-Spiel. Yvonne, so schien es, hatte von Anfang an dafür gesorgt, dass eine von ihnen jederzeit für alle anderen auftreten konnte. Leicht zu erraten, dass die vier für jeden ihrer Morde ein Alibi ähnlicher Machart vorbereitet hatte.

»Immer noch sprachlos, Doktor?«

Ich hatte, seit Yvonne mich im Eckturm überraschte, tatsächlich kein Wort herausgebracht. »Kompliment, Yvonne«, sagte ich jetzt. »Und die Schwarze Frau?«

»Vier Schwarze Frauen, Doktor. Sie sind vor kurzem im Gelände des von dir so genannten Kastells zusammen mit ihren Ausweisen begraben worden.«

Schwarzer Humor der blonden Viper, bei Yvonne war mit allem zu rechnen. Tatsächlich kam sie bald wieder auf mich als Gefahr für den Klon zu sprechen. »Unser Freund und Doktor ist, seit er unser Geheimnis kennt, wesentlich gefährlicher. Wenn dies nun alles wäre. Zumindest ebenso bedrohlich ist die Tatsache, dass er und sein Schnüffler die Damen Schöne und Verzichowski aufgespürt haben.«

»Jetzt übertreibst du, Yvonne.«

»Wo bleibt dein Verstand, Dummerchen? Gibt es dort wie bei den Damen Bauer und Feichter nicht genügend Photos von mir und euch dreien, die allesamt verräterisch wären? Vogts Bericht über die Erlebnisse dieser Nacht würde ihm so rasch keiner glauben, Bronkhorst und seine Leute vorneweg. Doch für den Fall, dass Photos von uns auf den Tisch kämen ...«

»Schon gut, Yvonne, ich habe verstanden.«

»Dann wirst du auch begreifen, dass es blanker Leichtsinn wäre, blitzblanker, purer Leichtsinn, Vogt noch einmal laufen zu lassen. In diesem Zusammenhang ein letztes Wort zu dir, Annemarie. Du solltest in punkto Vogt nicht nur an dich und deine Gefühle denken. Bisher sind wir vier uns bis auf Kleinigkeiten immer einig gewesen, so, als wären wir tatsächlich nur eine einzige Person. Soll es damit nun wegen deiner romantischen Gefühle vorbei sein?«

»Ich werde darüber nachdenken«, sagte die Frau im beigen Pullover auf dem Beifahrersitz, in der ich schon im Eckturm Helga, meine Patientin und Geliebte aus Heidelberg, erkannt hatte. Oder erkannt zu haben glaubte.

»Nachdenken«, sagte die Frau rechts neben mir, »ja, das sollten wir alle.« Und Yvonne, die Nummer eins, am Steuer: »Wollt ihr ihm nicht jetzt schon die Augen verbinden?«

Mit der Pistole zwischen den Rippen blieb mir keine andere Wahl, als stillzuhalten. Der Lappen, mit dem meine Augen verbunden wurden, fühlte sich steif und kühl an, wie Wildleder.

Nach einer scharfen Kehre war die Fahrt in hohem Tempo weitergegangen, vermutlich auf einer Autobahn. Während Yvonne und die anderen schwiegen, machte ich den Versuch, die vier je einer von den sechs Frauen auf Di Cinnos Liste zuzuordnen. Esslingen kam in Frage, Largentière, Luzern, Berlin und Udine. Über Locarno und den tragischen Fall der Familie Firneis brauchte ich in diesem Zusammenhang nicht nachzudenken. Annemarie, alias Helga, gehörte zu Frau Schöne in Esslingen, Yvonne zu Frau Verzichowski in Largentière. Blieben Elisabeth und Franziska, deren »Mütter« in Luzern, Berlin oder Udine zu vermuten waren. Mehr gaben die Daten aus Di Cinnos Liste nicht her, doch sah ich eine zweite Möglichkeit, die Heimat der vier zu erraten, auf dem Umweg über ihre Sprache.

Bei Yvonne hatte ich schon während meines ersten Aufenthalts im Kastell Anklänge ans Französische zu vernehmen geglaubt und darüber auch mit Klausen gesprochen. Eine Eigenheit, die jetzt, da nicht mehr geflüstert wurde, bei jedem Satz zu hören war. Schade nur, dass ihre Stimme durch den anmaßenden, wenn nicht schneidenden Tonfall oft nur entstellt zur Geltung kam. Helgas alias Annemaries Sprache war mir zu vertraut, um Besonderheiten zu registrieren. Allerdings war mir schon früher, in Heidelberg, aufgefallen, wie ein Vetter bei ihr zum Kusön und ein Erster zum Örschten wurde. Annemarie gehörte zweifellos zu Frau Schöne in Esslingen. Blieben Elisabeth und Franziska, die Frauen rechts und links neben mir, die so wenig sprachen, dass ich mir der Anklänge ans Schweizerische oder Italienische nicht sicher war.

Während solcher Überlegungen empfand ich von rechts her das zunächst nur unbestimmte, dann immer deutlichere Gefühl körperlicher Nähe. Ich meine damit nicht irgendwelche zufälligen Berührungen wie im Gedränge einer Straßenbahn, die man unbeachtet hinnimmt. Neben mir saß eine junge Frau, deren Körperwärme durch mehrere Schichten Wolle, Baumwolle oder Kunstfaser, was immer zwischen uns war, nach meiner Haut suchte. Die Wärme kam an, nahm zu und kroch ihren Weg kreuz und quer über meinen Körper. Leicht zu erraten, dass sie sich dort niederließ, wo er am empfindlichsten reagierte. Helga, die nicht vorne, auf dem Beifahrersitz, sondern hier im Fond der Limousine saß? Als ich mich noch darüber wunderte, dass Yvonne dieses Arrangement nicht verhindert hatte, suchte auch die Frau links neben mir, die mit der Pistole, meine Nähe.

Kein Wunder, dass ich damals, auf unserer Fahrt über die Autobahn, Opfer eines Erweckungserlebnisses wurde. Stopp, Dr. Vogt, der Begriff Opfer passt nicht hierher, und Erweckung gehört eher in den Dunstkreis von Sperlonga. Fakt ist, dass ich während jener Fahrt endlich begriff, was es heißt, Gefangener, wenn nicht Sklave verführerischer Frauen zu sein, Circe & Co lassen grüßen.

Drei, mit Yvonne vier nahezu identische Frauen, die sich mit verwirrend ähnlichen und doch verschiedenen Mitteln an ihrem Gefangenen gütlich getan und ihn so, als blutvolle Rätsel, nächtelang fasziniert hatten. Im Dunkeln, wo die Wirklichkeit ohnehin nur schwer von Träumen zu unterscheiden ist.

Im Weiterfahren stellte ich mir die Frage, ob damit alles gesagt war, was mich früher, während meiner Gefangenschaft, in Fesseln geschlagen hatte. Bis die Frau rechts neben mir, Elisabeth oder Franziska, im Näherrücken ihren Arm hob. In diesem Augenblick glaubte ich ihn wieder zu spüren, den Duft der Liebesnächte im Kastell, mit Frauen, die ihre Drüsen nicht daran hinderten zu tun, wofür die Evolution sie geschaffen hatte.

Heute, Wochen später, kommt mir die Idee vom beherrschenden Sog einiger Duftdrüsen übertrieben vor. Mag sein, dass die Vorstellung einer betäubenden Duftglocke mir damals half, die Situation durchzustehen, nach dem Motto: Wer Moschus verströmt, tötet nicht. Tatsächlich war mein Höhenflug nicht von langer Dauer. Wie hätte ich vergessen sollen, dass vorne, am Steuer, Yvonne saß, bereit, mich zu erschießen, und Zweifel blieben, ob die anderen alles tun würden, um mir zu helfen. Dazu, wie ein Kübel Eiswasser gegen meinen Unterleib, die Erinnerung daran, dass ich es, Moschus hin oder her, mit Mörderinnen zu tun hatte. Schlechte Voraussetzungen für ein Happyend, Dr. Vogt.

Etwas später merkte ich, wie der Rhythmus unserer Fahrt sich änderte. Der Wagen fuhr jetzt langsamer und hielt, wahrscheinlich an Kreuzungen, wiederholt an, auch war der Lärm einer Straßenbahn zu hören – kein Zweifel, Yvonne fuhr durch städtische Bereiche. Beim sechsten oder siebenten Halt gingen die Türen auf, eine Hand prüfte den Sitz meiner Augenbinde, dann fühlte ich den Lauf der Pistole zwischen den Rippen, und eine Stimme befahl: »Auf, Freundchen, und wehe, du wagst es, laut zu werden.« Nach wenigen Schritten die Anweisung: »Langsam Doktor, zwei mal zwölf Treppenstufen, dann: Vorsicht, eine Türschwelle, und zuletzt: Setzen.«

»Das Notbesteck«, verlangte jemand, wahrscheinlich Yvonne, dann spürte ich einen Stich an der Vorderseite des linken Oberschenkels und den Druck der injizierten Flüssigkeit.

Nach einem narkoseähnlichen Schlaf ist es nicht möglich, die abgelaufene Zeit zu schätzen. Vermutlich waren Stunden vergangen. Ich lag auf dem Rücken, sah an den Rändern der Augenbinde Licht und spürte, dass meine Hände vor dem Körper gefesselt waren, mit Klebestreifen, so weit konnte ich mit den Fingern tasten. Aus dem Nebenzimmer war der verschwommene Hall von Stimmen zu hören. Dann wurden die Stimmen lauter.

»Ich bin bei Frau Meier in Bad Tölz gewesen«, sagte Yvonne. »Nach dem, was sie erzählt, ist Quartier Nummer drei seit Wochen nicht mehr sicher. Zwei Männer sind dort gewesen, Frau Meier hielt sie für Kriminalbeamte, doch passt ihre Beschreibung perfekt zu Vogt und dessen Privatschnüffler. Ich frage mich, wann der Knilch mit dem weißen Haarschopf jetzt, da er weiß, dass wir seinen Doktor haben, die Polizei vom Eckturm zum nächsten Quartier lotsen wird. Auch hierher, versteht sich. Die Erde brennt, Plan fünf und höchste Eile sind angesagt.

Welches Vergnügen, Harry Vogt in einem solchen Moment dabei zu haben«, meinte sie giftig. »Da ihr keine Vernunft annehmen wollt, bleibt wohl nur, ihn bis zum Abschied mitzuschleppen. Babysitting für Harry Vogt – dein Doktor, dein Job, Annemarie.«

Während der nächsten Minuten erlebte ich ein zweites Mal, wie einiges vernichtet, anderes zusammengerafft und dann hastig aufgebrochen wurde. Erstaunlich, wie glatt alles ablief, als wäre auch diese Aktion wie ein Theaterstück geprobt worden. Die vier hatten, außer dem Kastell, offenbar eine Reihe zweitrangiger Fluchtburgen eingerichtet und, je nach der Gefahrenstufe, verschiedene Fluchtpläne vereinbart. Ein kostspieliger Aufwand, keine Frage. Rechnete man nur die Auslagen für das Kastell, die Dependancen, die vier Autos, die gefälschten Papiere und die dreihundertfünfzigtausend Euro zusammen, die ich erhalten hatte, kam man auf Summen, die weit über dem Lebensstandard von Frau Schöne oder Frau Verzichowski lagen. Dazu die Depots am Zielort ihrer Flucht, von denen die Rede gewesen war.

Diesmal ging die Fahrt nur kurze Zeit über eine Schnellstraße. Dann fuhr der Wagen in gemäßigtem Tempo um drei Ecken, bis das Knirschen von Kies zu hören war. Aussteigen hieß es, Vorsicht, drei Treppenstufen und dann zum zweiten Mal hinsetzen, Doktor, wenn's gefällig ist.

Wir befanden uns in einem engen Raum, der nach Treibstoff roch und auf Federn ruhte, ein Wohnwagen, den man, nach dem Kiesweg zu urteilen, auf einem Campingplatz abgestellt hatte.

»Auf Plan fünf folgt Plan sechs, nun gilt es, Abschied zu nehmen. Eure Moneten habt ihr untergebracht, die Pässe bei der Hand, die Helga Horger – Ausweise sind vernichtet. Aus Sicherheitsgründen, so lautet die Absprache, erfährt keine von uns, wohin die anderen gehen. Franziska und Elisabeth, ihr habt eine Weile davon geträumt, als Zwillingspaar aufzutreten, im Stil der Geschwister Schmidt, alias Getty und Winkelmann. Inzwischen ist euch wohl klar geworden, dass nichts gefährlicher wäre, als Aufmerksamkeit zu erregen. Die gleiche Warnung vor der Idee, nach Hause zurückzukehren, ich sollte besser sagen: dorthin, wo wir einst glaubten, zu Hause zu sein, wie ich in Largentière.«

»Moment, Yvonne. Dass du Schwierigkeiten mit Frau Verzichowski hast, ist nur dein, ganz allein dein Problem. Aber wir anderen, wir haben von dir zwar gelernt, dass wir vom Genom her nicht wirklich die Töchter unserer Mütter sind. Doch warum sollte ich darauf verzichten, Frau Feichter dankbar zu sein, die mich geboren, genährt und erzogen hat?«

»Ich will, obwohl die Zeit drängt, gerne erklären, was im Grunde auf der Hand liegt. Stell dir vor, wir trennen uns, du fährst noch einmal ›heim‹ nach Berlin, dieweil Vogt, sobald wir ihm den Laufpass geben, zum Telefon greift. Was glaubst du, wie lange es dauern wird, bis Bronkhorst hinter dir und dann mit einem Dutzend seinesgleichen hinter uns allen her ist? Dazu die Horrorvision von einem Monsterprozess gegen vier schießwütige Amazonen mit unserem Doktor als Kronzeugen! Wollt ihr wegen der Damen Feichter, Bauer und Schöne dieses Risiko eingehen, nur weil ihr im Glauben aufgewachsen seid, deren Töchter zu sein?«

»Hast du Beweise dafür, dass sie wussten, was Di Cinno, anstatt einer künstlichen Befruchtung, in Wirklichkeit mit ihnen angestellt hat?«

»Beweise, Elisabeth, in einer von Geheimnissen umstellten Geschichte, was sind da schon Beweise? Vielleicht hätten wir Di Cinno oder, am besten, ihnen selbst solche Fragen stellen sollen. Jetzt kann es doch nur darum gehen, ob es ratsam ist, die Frauen Feichter & Co noch einmal aufzusuchen.«

»Angenommen, ich würde deinen Rat befolgen und sofort verschwinden. Spräche etwas dagegen, Frau Feichter von irgendwo, wie aus dem Off, davon zu unterrichten, was geschehen ist?«

»Mit der Gefahr, dass die Berliner Polizei Wege findet, dich im Ausland aufzuspüren? Sei nicht naiv, Elisabeth. Ganz abgesehen davon, dass es für Frau Feichter wohl erträglicher sein wird, einer verlorenen Tochter nachzutrauern als zu erfahren, dass sie von Di Cinno als Leihmutter missbraucht worden ist.

So viel zu euren ›Müttern‹. Bleibt Harald Vogt, unser Nasenbär, den wir im Frühjahr wegen eines ganz anderen Körpervorsprungs schätzen gelernt haben. Jetzt, da er unser Geheimnis kennt, halte ich es für selbstmörderisch, ihn laufen zu lassen. Und kommt mir nicht mit Ethik und Moral, wo es ums Ganze geht. Schließlich haben wir ihn nicht darum gebeten, uns im Eckturm aufzusuchen.

Daher noch einmal die Frage: Wollt Ihr Vogt tatsächlich laufen lassen? Ihr zögert? O. k., macht, was ihr wollt, doch nur unter folgender Bedingung: Vogt bleibt so lange in Verwahrung, bis wir in Sicherheit sind. Ein Job für Annemarie, versteht sich. Kannst du uns versprechen, Vogt mit gefesselten Händen so lange zu bewachen, bis wir anderen über alle Berge, konkret: im Ausland sind? Dazu noch etwas, Annemarie: auf keinen Fall Intimitäten, ich wiederhole: keine Intimitäten! Versprochen?«

»Ja.«

»Ade also, und viel Glück beim Babysitting für Dr. Vogt. Ade auch dir, Franziska, Ade Elisabeth.

Halt, fast hätte ich das Papier vergessen, mein Testament sozusagen. Hat jede von euch noch die Nummer des Züricher Tresors im Kopf? Dort liegt, für den Fall, dass eine von euch trotz aller Vorsicht gefasst wird, eine handschriftliche Aussage mit Unterschrift und Fingerabdrücken, konventionellen Fingerabdrücken, versteht sich. Das Papier enthält alles, was ich als Einzelperson zu verantworten habe. Als kleines Dankeschön für alles, was ihr für mich getan habt.«

Als die Tür des Wohnwagens sich geschlossen hatte, sagte eine Stimme, vermutlich die von Franziska: »Ich werde, wie geplant, in einer Viertelstunde auf dem Weg zum Flugplatz sein. Lebt wohl ihr beiden. Mir ist, als ob ich, nach Yvonne, zwei weitere Viertel meiner Existenz aufgeben müsste. Doch was soll's, leb wohl Elisabeth, leb wohl auch du, Annemarie. Und was Harald betrifft – wir haben ihm einiges zu verdanken, vielleicht sollte auch das einmal gesagt sein.« Dann die Überraschung: zwei Hände an meinen Wangen, dazu ein Kuss, in Eile über den Mund gewischt. Und nicht zum ersten Mal der Verdacht, dass es damals, im wunderschönen Monat Mai, nicht nur an den Pistolen lag, dass ich so lange im Kastell geblieben war.

Ähnliches dann auch beim Abschied von Elisabeth, für die nur wenige Meter neben dem Wohnwagen ein PKW bereit stand.

Sobald auch Elisabeth gegangen war, herrschte minutenlang Schweigen. Vielleicht, dachte ich, braucht Helga Zeit, ihre Gedanken zu ordnen.

Der Wohnwagen stand auf einem Campingplatz, der auch im September wohl noch belegt war. Dennoch hatte ich aus Angst vor Yvonne nicht um Hilfe gerufen. Auch jetzt, da ich mit Annemarie allein war, verzichtete ich darauf, laut zu werden. Schließlich war ich gefesselt und Annemarie, wie alle anderen, bewaffnet. Trotzdem glaubte ich etwas tun oder irgendetwas möglichst Aggressives sagen zu müssen, um die aufgestaute Ungeduld loszuwerden.

»Viele Grüße von deiner Mutter, wenn du tatsächlich Annemarie Schöne bist und die Absicht hast, Frau Schöne immer noch so zu nennen.«

Helga, in Wirklichkeit Annemarie, war eine Weile sprachlos. »Also bist du dort gewesen, um nach mir zu fragen«, antwortete sie mit leiser Stimme. »Wie hat sie mein wochenlanges Schweigen aufgenommen?«

»Sie war zu stolz um zuzugeben, dass sie darunter litt.«

Erneutes Schweigen. »Yvonne hat viel getan, um unsere Spuren zu verwischen. Es kann nicht leicht gewesen sein, die Esslinger Adresse zu finden.«

»Ja und nein. Ich darf wohl davon ausgehen, dass du weißt, wer Di Cinno gewesen ist.«

Schweigen.

»Und erfahren hast, was ihr dem Professor schuldet?«

»Ja, durch Yvonne. Und du?«

»Di Cinno hat eine Liste hinterlassen, über die Frau Schöne leicht zu finden war.«

An diesen Punkt erkannte ich das Lächerliche meines Vorgehens. Erst, über Monate, die Suche nach einer Gruppe von Frauen, die ich finden musste, um mich zu rechtfertigen. Und jetzt, Stunden nach unglaublichen Entdeckungen, dieses Gespräch über Lappalien.

Gelegenheit für Heinz Männen, sich über mein Retrokino zu melden: Mit einer Gummischleuder auf Elefanten oder mit Kanonen auf Spatzen zu schießen, Harry, wo ist da der Unterschied? Und gleich darauf Maitre Klausen: Geduld wird nötig sein und eine Prise Diplomatie. Jetzt, da Yvonne und die anderen gegangen sind, brauchen Sie doch nur das Gespräch in Gang zu halten, um zu erfahren, was wir wissen wollen. Geduld also und Abschied auch vom entferntesten Gedanken an Flucht, Dr. Vogt.

»Sehr geehrte, liebe Helga, alias Annemarie«, sagte ich, »wäre es möglich zu erfahren, wie es jetzt weitergehen soll – mit meinen Fesseln, der Augenbinde und nicht zuletzt mit mir selbst, dem Träger dieser Accessoires?«

»Wozu die Ironie, Harald Harry Vogt? Hier meine Gegenfrage: Was hast du vor, wenn ich dich frei gebe?«

»Das wird davon abhängen, welchen Anteil du an den vier Morden hast, Annemarie.« Kaum ausgesprochen, bereute ich das Gesagte. Was war aus meinem Vorsatz geworden, diplomatisch zu sein?

Zu spät. »Bedingung gegen Bedingung«, antwortete Helga. »Unter solchen Umständen wirst du Geduld haben müssen, geht es doch um Geschichten, die man nicht zwischen Tür und Angel erzählen und um Probleme, die man nicht im Handumdrehen lösen kann. Ich werde dich an einen Ort bringen, wo wir in Ruhe miteinander reden können.«

Was nach diesen Worten geschah, begriff ich erst, als ich den Nachhall der Berührung in den Haarwurzeln spürte: Helga war mir zärtlich über den Scheitel gefahren. Nicht auszudenken, was ich seinerzeit, vor Monaten, für diese Geste gegeben hätte. Jetzt brachte Helgas Versuch, an verbrauchte Gefühle anzuknüpfen, mich nur in Verlegenheit.

»Deine Reaktion warnt mich davor, dir die Fessel abzunehmen. Doch kannst du gerne sehen, was ohnehin bald in Flammen aufgeht.« Annemaries Stimme war ohne Übergang rauer geworden. Sie befreite mich von der Augenbinde und führte mich über eine Klappleiter ins Freie. Jetzt erst sah ich, dass der mächtige Caravan nicht, wie vermutet, auf einem Campingplatz, sondern in einer Doppelreihe anderer Wohnwagen stand, die man für den Winter hier abgestellt hatte. Auch wurde mir erst draußen, in der nasskalten Herbstluft, klar, wie gut der Caravan beheizt gewesen war.

Überrascht, hörte ich im Dunkeln zuerst nur das Schwappen von Flüssigkeit, dann roch ich das Benzin, mit dem Annemarie das Innere des Wohnwagens übergoss. Sie riss ein Bündel Streichhölzer an, warf sie in den Wagen, schlug die Tür zu und dirigierte mich den Kiesweg entlang zu einer dunklen Limousine. Helga öffnete die Beifahrertür und hieß mich einsteigen. Da mir das Nummernschild entgangen war, konnte ich nur vermuten, dass es sich um den Fluchtwagen aus dem Kastell handelte. Während sie über den mit Kies bestreuten Weg zur Chaussee fuhr, war Helgas Silhouette im Widerschein der Flammen für Augenblicke überdeutlich zu sehen. Die Schönheit einer Frau, die mir liebkosend über den Scheitel fuhr, um Sekunden später einen Wohnwagen in die Luft zu jagen.

Ich war nach dem Auf und Ab der letzten Stunden müde wie seit langem nicht mehr. Dazu das eintönige Fahrgeräusch und die Wärme des Wageninnern. Als ich wieder zu mir kam, steuerte Helga eine städtische Villa an, öffnete das Garagentor mit der Fernbedienung und half mir, auszusteigen.

Da die Nacht dunkel war, sah ich im Weitergehen nur die Blumenkübel auf der breiten Außentreppe und das elektronische Tastenfeld neben der Eingangstüre. In Augenhöhe Butzenscheiben, wie bei Frau Konrad, nur wesentlich schöner.

»Ein Haus, das ich ohne Wissen der anderen gemietet habe. In der Hoffnung«, fügte Helga leise hinzu, »eines Tages mit dir … Doch was soll's. Willkommen, wenn auch unter Bedingungen, die nun doch ganz anders sind, als ich sie mir erträumt hatte.«

In einem geräumigen Zimmer, das, wenn nicht üppig, so doch wohnlich eingerichtet war, wurde ich auf eine Couch dirigiert. Schweigend sah ich zu, wie Helga Kiefernzapfen in den Kamin schichtete, Papier zerknüllte und Streichhölzer anriss. Dann roch ich das Harz der brennenden Zapfen, hörte das Knacken von trockenem Holz und genoss die Wärmestrahlen in meinem Gesicht.

Während Helga von Zimmer zu Zimmer ging, nahm ich den virtuellen Dialog mit Klausen wieder auf. Zwischenlandung nach längerem Blindflug, so viel, Maitre, als Briefing zu meiner Lage. Ja, antwortete er, schlecht gestartet und in die falsche Richtung geflogen, Dr. Vogt, höchste Zeit, das Ruder selbst in die Hand zu nehmen. Jetzt, da Ihr Leben nicht mehr in Gefahr ist, geht es doch nur noch darum herauszufinden, wonach wir monatelang gesucht haben.

Merci, Maitre. Tatsächlich war das Rätsel mit der Überschrift Kastell trotz aller Fortschritte noch lange nicht gelöst. Ein Puzzle mit großen Leerstellen im Bereich von Helgas Verrat und ihrer Rolle bei den vier Morden, Leerstellen aber auch rings um Yvonne, Di Cinno und Hans-Heinrich Raab. Neu durchstarten also und im Sichtflug ausloten, was zu erreichen ist.

Helga überprüfte meine Fesseln, ging in die Küche und kam mit zwei Tassen Tee wieder. Als sie versuchte, mir das Getränk einzuflößen, schüttelte ich unwillig den Kopf.

»Du hast recht, Doktor, wir sollten uns wie Erwachsene geben. Wenn du versprichst, meine Großzügigkeit nicht zu missbrauchen, werde ich dich von der Fessel befreien.«

Mein Ja war so rasch unterwegs, dass ich einen Moment befürchtete, Helga könnte erraten, dass es nicht ganz ehrlich gemeint war. Wer mit einer Pistole in der Hand solche Fragen stellt, muss damit rechnen, belogen zu werden. Eine Beretta, wenn ich richtig sah, geladen und entsichert, manchmal auch auf dem Couchtisch oder in Helgas Hosenbund.

Sobald die Fessel zerschnitten war, reckte ich meine Arme, massierte die Handgelenke und fragte nach dem Badezimmer. Dann trank ich unter Helgas Blicken meinen Tee.

Im milden Licht des Kaminfeuers übertraf die real existierende Annemarie jede Erinnerung. Die hohen Wangenknochen im wechselnden Schattenspiel des Kaminfeuers, das goldene Haar, die grünen Augen, der zum Zerreißen gespannte Pullover – Stopp, Dr. Vogt! Fehlt nur noch die Erinnerung an glückliche Stunden auf der Terrasse des Hotels Haarlass in Heidelberg: ringsum frisches Grün, unten der Neckar mit den farbig angestrahlten Fontänen, davor Helga, den blauen Schal über der Schulter – zum zweiten Mal Stopp, und, zwecks Ernüchterung, eine Handvoll virtueller Eiswürfel in den Hemdkragen. Welche Träume von einer Frau, die dich verraten und ihren Anteil an vier Morden zu verantworten hat.

»Doch nun, Harald, heraus mit der Sprache«, sagte Helga, als hätte sie gespürt, was in mir vorging. »Was möchtest du wissen?«

»Warum«, fragte ich und sah an ihr vorbei ins Dunkel, »warum hast du mich damals, am zwölften April, im Adlerblick, verraten? Und wie groß ist dein Anteil an den vier Morden, die, nach den Worten von Yvonne, auf euer Konto gehen?«

»Harald Vogt, der, wie immer, aufs Ganze geht«, sagte Annemarie. »Die Antwort auf deine Frage, warum ich geholfen habe, dich zu entführen und es dann zuließ, dass auch die anderen sich mit dir vergnügten, kann doch nur von Bedeutung sein, wenn du versuchst, mich zu verstehen und im Prinzip bereit bist, mir zu verzeihen. Du schweigst? Gut, ich will dennoch versuchen, es dir zu erklären.« Annemarie sah eine Weile in die rote Glut des Kamins, dann versuchte sie ein Lächeln. »Im Gegenzug werde ich dann allerdings fragen, weshalb du dich dem nächtlichen Verwirrspiel im Kastell nicht verweigert hast. Und sag nicht, dir wäre entgangen, dass nicht immer ich es war, die nachts zu dir kam.«

Helga griff nach ihrer Tasse. Erstaunlich, wie gut es ihr gelang, sich gelassen zu geben. Bis mir ein Detail aus meinem Gespräch mit ihren Nachbarn in der Neckarhalde von Esslingen einfiel: Annemarie war Lehrerin, kein Wunder, dass sie wie eine Lehrerin sprach.

»Ich muss wohl davon ausgehen«, fuhr sie fort, »dass du mich erst verstehen wirst, wenn wir über das Leben, die besondere Situation und die Befindlichkeit von Klonkindern gesprochen haben. Da gibt es zwei einander widersprechende Tendenzen.«

»Moment, Annemarie, du nennst euch Klonkinder. Woher weißt du mit letzter Sicherheit, ob und wie Di Cinno euch vier, mit Maria Firneis fünf …«

»… und mit Sylvia Salvatore sechs …«

»… gut, also euch sechs produziert oder soll ich sagen geschaffen hat? Habt ihr, haben eure ›Mütter‹ es von Di Cinno erfahren, der sonst doch alles geheim hielt?«

»Nein, wir wissen es durch Yvonne. Yvonne ist Molekularbiologin. Schweigsam, wie sie ist, hat sie vieles im Dunkeln gelassen. Ich nehme an, dass sie Elisabeth aufgespürt, sich über die Ähnlichkeit zwischen ihnen gewundert und Zellproben ins Labor gebracht hat. Später kam dann auch mein und Franziskas genetischer Fingerabdruck hinzu. Das Ergebnis ist leicht zu erraten: Die Identität der Genome hat uns, auch vom Molekularbiologischen her, als Klonkinder ausgewiesen. Mag sein, dass Yvonne dann auch mit Di Cinno darüber geredet hat.

Doch zurück zu den gegenläufigen Tendenzen im Klon. Eine Tendenz ging dahin, sich mit den drei anderen als großes Ganzes zu verstehen, Einheit in der Vielheit, das war Yvonnes Devise. Tatsächlich erkannte auch ich mich in den anderen wieder, mit Leib und Seele, wie man so sagt. Ein Zustand, der, im Kleinen, von eineiigen Zwillingen bekannt ist. Entschuldige, wie konnte ich vergessen, dass du von Berufs wegen mit diesem Thema vertraut bist. Wenn ein Zwilling sich verletzt, glaubt der andere, es selbst zu spüren, wenn einer stirbt, ist dies für den anderen eine Katastrophe, die Außenstehende befremdet. Und nun der Schritt vom Zwilling zum Klon, in dem sich manche Emotionen bis an die Grenze des Unerträglichen vervielfältigten. Was hat nicht jede von uns für die drei anderen getan, und keine Frage, dass alle bereit waren, ihr Leben für den Klon zu opfern. Doch gab es auch die zweite Tendenz, wo jede von uns unter den drei anderen litt, mehr als normale, ich sollte sagen nicht geklonte Geschwister je aneinander leiden.

Schwierigkeiten entstanden immer dann, wenn eine von uns aufgrund persönlicher Erfahrungen anderer Meinung war als die anderen. Doch spürten auch in solchen Fällen alle den Drang, sich anzupassen.«

»Um den Ideen einer, die das Kommando übernahm, blindlings zu folgen. Den Ideen und Wünschen von Yvonne, um genau zu sein.«

»Nicht immer, wie du vor kurzem erlebt hast. Ob eine von uns ihre Meinung zugunsten der anderen aufgab oder umgekehrt, hing von den Umständen und dem Rang des jeweiligen Problems ab. Denn keine war so dumm, über Nebensächliches zu streiten.«

»Nebensächlichkeiten wie die Entführung des Dr. Vogt?«

»Geduld, Harald, ich lege großen Wert darauf dir zu erklären, wie ich in den Sog des Klons geraten bin – der Sog des Klons, ja, so lässt sich der Zustand am besten umschreiben. Wichtig war immer das Feeling, die Stimmung im Klon. Am Anfang überraschte uns das nur schwer zu beschreibende Erlebnis, einem Ebenbild zu begegnen. Und die freudige Erfahrung, sich ohne Worte zu verstehen. Glücksgefühle, die sich mit jedem Klonkind steigerten, das hinzukam.«

»Der Himmel auf Erden als Voraussetzung für vier tödliche Pistolenschüsse.«

»Sobald du die Zwangsläufigkeit der Entwicklung erkennst, wird dir der Spott vergehen. Doch wollten wir als Erstes nicht über deine ›Entführung‹ reden?

Dazu noch einmal zurück zu den eineiigen Zwillingen. Von ihnen weiß man, dass sie selbst dann, wenn sie getrennt voneinander aufwachsen, in vielem ähnlich reagieren, in der Berufswahl sowohl als auch in der Liebe. Weibliche Zwillinge zum Beispiel greifen nach demselben Typus Mann. Und nun wieder die Potenzierung im Klon. Als Yvonne, Elisabeth und Franziska erfuhren, dass ich mit dir zusammen war, entstand der Wunsch, mehr über dich zu erfahren. Am Ende wollten alle selbst erleben, was ich mit dir, Harald, erlebt hatte.«

»Wie das, wenn sie mir nie begegnet sind?«

»Welcher Irrtum. Yvonne hat sich schon für unser Verhältnis interessiert, als ich, nach dem Unfall, noch auf deiner Station lag, ja Harald, bei dir in Heidelberg. Ich sollte hinzufügen, dass von ihrer Seite dann auch bald Misstrauen im Spiel war. Yvonne hat nicht verstanden, warum ich, anstatt ins Kastell zurückzukehren, so lange mit dir zusammen blieb. Durfte meine Liebe, was immer sie darunter verstand, größer sein als das Verlangen nach der Gemeinschaft im Klon? Es ist wohl so gewesen, dass sie dich damals, um die Zeit des Mordes an Schwester Minges, in Heidelberg gesehen und dabei erlebt hat, was wir als Klonkinder immer wieder erlebten: auf denselben Reiz mit der gleichen Antwort zu reagieren. Ein Reiz, der den Namen Harald Vogt trug, und eine Reaktion, die Yvonne nie Liebe genannt hat.

So viel zu Heidelberg. Später, in Oberbayern, hat Yvonne einen Stützpunkt eingerichtet, der nicht weit vom Adlerblick entfernt war.«

»Die Wohnung in der Goethestraße von Bad Tölz?«

»So ist es. Und sich mit den anderen bis zum Restaurant des Adlerblick vorgewagt.«

»Wie das, bei der Gefahr, als Kopie von Frau Horger aufzufallen?«

»Sie sind mir nicht ähnlich gewesen.«

»Soll dies heißen verkleidet?«

»Ja.«

»Du sprichst von der schwarzen Perücke?«

»Es gab auch braun getönte und rote, doch hatte die Gewohnheit, uns zu verkleiden, im Ursprung nichts mit dir zu tun. Von vornherein war klar, dass wir zwar paarweise, als Zwillinge, auftreten konnten, als Drillinge oder gar Vierlinge aber nur mit der Konsequenz, bald auf allen Titelseiten, zuletzt auch in der Abendschau vorgeführt zu werden. Daher, für den Fall gemeinsamer Aktionen, die Maskierung. Was umso einfacher war, als Elisabeth in der Theatergruppe ihrer Fakultät Maskenbildnerin gewesen ist. Doch zurück zum Restaurant des Adlerblick. Von Elisabeth zurechtgemacht, war es für alle, auch für Yvonne, ein Vergnügen, dich aus der Nähe zu begutachten und, wenn irgend möglich, uns, dich und mich, zu belauschen.«

»Harald Vogt als Superman, hinter dem nicht weniger als vier Frauen her sind.«

»Sieh an, welche Bescheidenheit, wenngleich du dich von der Statur her auch als Model, ich mein Dressman durchschlagen könntest. Dennoch solltest du die Zuneigung von gleich vier Frauen nicht überschätzen, wissen wir doch, dass Klonkinder kraft ihres Genoms gar nicht anders können, als sich für den gleichen Typus Mann, in unserem Fall den des Harry Vogt, zu interessieren.«

Empörend, mit welcher Lässigkeit Helga mich, den sie angeblich liebte, als Gigolo apostrophierte. Während sie mit einer Schachtel Teepads zur Küche ging, rief ich mir Klausens Ratschlag noch einmal in Erinnerung: Wenn ich wissen wollte, was geschehen war, musste ich Ruhe bewahren und auch sonst alles tun, um das Gespräch in Gang zu halten. Selbst dann, wenn Annemarie, die Lehrerin, mich mit einem Schüler verwechselte.

»Könnte es sein«, fragte ich, als sie zurückkam, »dass du zu Anfang unserer Beziehung, als die anderen noch nichts von mir wussten, zu viel geredet hast?«

»Mag sein, dass ich manches intime Detail besser verschwiegen hätte, auch wenn die anderen mich bedrängten.«

»Berichte über Intimes – du kannst nicht wissen, wie dieses Wort bei mir ankommt. Kommissar Bronkhorst, Maitre Klausen und, mit Abstrichen, Mister X – alles Männer, denen nicht viel anderes einfiel, als mich auszufragen. Und nun die Fortsetzung dieser Liste mit weiblichen Voyeuren – korrekt vielleicht auch Voyeurinnen oder Voyeusen: Yvonne, Franziska und Elisabeth. Doch weiter im Text. Über Bettgeschichten zu reden wird nicht dein einziger Fehler gewesen sein.«

»Nein Harald, auch das will ich nicht bestreiten. Die Sache mit der Pistole, zum Beispiel. Ich habe unter dem Druck von Yvonne zugegeben, dass du die Waffe mit einiger Wahrscheinlichkeit entdeckt hattest. Sie befand sich zur Zeit des Unfalls, kurz vor Heidelberg, in meiner Handtasche, bis ich dazu kam, sie im großen Koffer zu verstecken. Im Übrigen hat Yvonne schon damals sehr zwiespältig auf dich reagiert. Zu Anfang Misstrauen im Wechsel mit Interesse, später Feindschaft und Zuneigung, schließlich Hass und Liebe – es sind immer zwei Pole gewesen, zwischen denen ihre Emotionen sich bewegt haben. Doch zurück zur Pistole. Yvonne hat mein Geständnis damals schon dazu benutzt, dich als Unsicherheitsfaktor darzustellen. Und das Erstaunliche: Später ist ihr Wunsch, dich als Gefahr für den Klon zu erschießen, mit jeder Nacht, die sie mit dir verbrachte, größer geworden. Dabei ist Yvonne alles in allem wohl öfter als jede andere bei dir gewesen.«

»Kann man das glauben?«

»Du hättest Yvonne erleben sollen, als sie annahm, du wärst hinter unser nächtliches Wechselspiel gekommen. Der Grund: Yvonne glaubte Stichworte zu erinnern, die du wiederholt hättest um herauszufinden, ob immer dieselbe Frau zu dir kam. Yvonne ging so weit, mich und die anderen danach zu fragen, ob und worüber wir nachts mit dir redeten. Unsere Berichte verstärkten ihre Vermutung, du würdest Fangfragen stellen, einprägsame Fragen zu irgendeinem Detail, die du während der folgenden Nächte wiederholtest. Von dort her die Befürchtung, du hättest unser Wechselspiel entdeckt und mit ihm unseren höchsten Trumpf: die Tatsache, dass wir für Fremde vier beliebige Einzelpersonen waren, in Wirklichkeit aber ein Klon. Er wird zu gefährlich, sagte sie und griff nach Autoschlüssel und Pistole. Zum Lachen, Harald? Dabei ging es damals schon um dein Leben. Ein Glück, dass auch Elisabeth und Franziska sich Yvonne widersetzten.«

»Du schweigst? Nun gut, es mag sein, dass bei manchen meiner Handlungen neben dem Klongefühl auch eine Portion Abenteuerlust dabei war. Dennoch spielte das identische Genom die weitaus größere Rolle, und mit ihr die Empathie zwischen Elisabeth, Franziska und mir. Kannst du dir vorstellen, was in mir vorging, wenn Elisabeth oder Franziska morgens, noch warm von deiner Nähe, wieder in den Eckturm kamen?«

Ich hatte Mühe, mich zu beherrschen. Seltsame Erfahrung, empört und zugleich traurig zu sein, wie Helga sich mit jedem Wort weiter von mir entfernte. »Und Yvonne?«, brachte ich schließlich heraus.

»Yvonne hat nie viel geredet, doch ist sie, wie schon erwähnt, wohl am häufigsten bei dir gewesen.«

»Unmöglich.«

»Doch Harald. Sie hat auch den größten Wert darauf gelegt, dich zu entführen, wenn auch mit Argumenten, die nicht immer verständlich waren. Du bist so lange mit ihm zusammen gewesen, sagte sie, was dann, wenn er herausfindet, dass der Name Helga Horger und die Adresse Königsweg, Berlin, Phantasieprodukte für einen falschen Ausweis sind? Und erfährt, dass es vier Frauen mit diesem Namen gibt, die, anstatt mit Küchengeräten, mit Pistolen hantieren? Können wir uns dann noch sicher fühlen? Und wer garantiert, dass Vogt deine Nähe nicht als V-Mann irgendeiner Behörde sucht, die, egal aus welchen Gründen, eine von uns im Visier hat? Ich bleibe dabei: Vogt ist eine Gefahr für den Klon, woraus folgt, dass wir ihn festnehmen, verhören und, wenn nötig, beseitigen sollten.

Übertriebene Vorsicht oder Verfolgungswahn, wie lautet die Diagnose des Fachmanns, Dr. Vogt? Oder ist Yvonne nur besonders scharf auf dich, dazu krankhaft eifersüchtig gewesen? Hier einige Textproben: Du bist in Gefahr zu vergessen, was wir unsere Einheit in Vielheit nennen, Annemarie. Auch dein Doktor kann keine von uns alleine haben, wie umgekehrt Harry Vogt durch sein Verhältnis mit dir gleichzeitig Eigentum des Klons ist. Zumal wir vier uns auch in Sachen Liebe so ähnlich sind, dass es für den Betroffenen nicht zählt, wenn wir die Männer tauschen. Überflüssig zu sagen, dass Yvonne immer wieder Gründe fand, dich zu beseitigen.«

»Wie neulich, als sie mich im Eckturm entdeckte. Und es dir mit Franziska und Elisabeth zum zweiten Mal gelang, mich zu retten. Eine Heldentat, die dich beim ersten Mal nicht davon abhielt, mich, ohne ein Wort des Bedauerns, mit einem Bündel Hunderteuroscheinen auszusetzen. Doch warum, Annemarie, hast du mich im Wissen um die Absichten Yvonnes nie gewarnt? Es muss doch Möglichkeiten gegeben haben, mit deiner Hilfe aus dem Kastell zu fliehen. War es der Einfluss von Yvonne oder deine Treue zum Klon, die dich daran hinderten?«

»Vielleicht beides, doch kam noch etwas hinzu. Sobald Yvonne meinen Widerstand spürte, hat sie darauf gedrungen, dass ich dir fernblieb.«

Und, nach einer Pause: »Doch nun endlich zu dir, Harald. Du wirfst mir vor, dich Yvonne und den anderen ausgeliefert und deine Fluchtpläne nicht unterstützt zu haben. Aber du, welches war deine Rolle im nächtlichen Wechselspiel? Hast du überhaupt je daran gedacht, zu fliehen? Nun sag nicht, unsere Pistolen hätten dich daran gehindert. An Mut kann es einem Mann wie dir doch nicht gefehlt haben. Nein, Harald, wer nicht an Flucht denkt, ist mit seiner Haft zufrieden. In Wirklichkeit bist du alles andere als unglücklich gewesen. War es nicht eher so, dass du unsere Reaktionen miteinander verglichen und dich bei der Frage amüsiert hast, ob es zwei, drei oder vier Frauen waren, die nachts im Wechsel zu dir kamen? Was umso reizvoller gewesen sein mag, als unsere Reaktionen von der Anlage her recht ähnlich waren. Oder willst du am Ende behaupten, du hättest geglaubt, immer nur mich im Arm zu halten?«

»War dies, genau dies, nicht euer Ziel? Vier Klonkinder, die, um das Geheimnis ihres nächtlichen Bäumchen-wechsel-dich-Spiels zu wahren, das Dunkel liebten und sich darauf geeinigt hatten, um keinen Preis zu reden? Fehlt nur das Geständnis, ihr hättet mir heimlich Viagra oder, wegen seiner längeren Wirkung, Cialis verabreicht, damit euer Verwirrspiel nur ja nicht ins Stocken kam.«

»Nun bringst du alles durcheinander, Harald Vogt.« Annemarie sah nachdenklich in die verlöschende Glut. »Was mir nach allem bleibt ist die Einsicht, dass du weit davon entfernt bist, mich zu verstehen. Da macht es wohl keinen Sinn dich daran zu erinnern, was ich für dich getan habe.«

»Zwei Trostpflaster aus Hunderteuroscheinen, zusammen dreihundertundfünfzigtausend Euro, das Porto nicht eingerechnet.«

»Nebensächlichkeiten, doch damals, im April, und neulich abends: Was hätte Yvonne ...«

»... ohne deine Hilfe getan? Sie hätte mich erschossen, daran gibt es keinen Zweifel. Bleibt die Frage, wie ich vor den Lauf ihrer Pistole gekommen bin. Du hast mich Yvonne und den anderen ausgeliefert, um mich später vor Yvonne zu beschützen. Soll, muss ich dir dafür dankbar sein?«

Annemarie hatte sich zurückgelehnt. Das Kaminfeuer war unter der Asche erstickt und Helgas Gesicht, als hätte ihre Enttäuschung die Luft verdichtet, nur noch im schwachen Licht aus der Diele zu sehen. Ein blassblauer Lichtstreifen in der Nähe von Dunkelheit. Während Annemarie zur Küche ging, um neuen Tee aufzusetzen, fiel mir ein, dass ich den Taser nicht erwähnt hatte, mit dem es Yvonne gelungen war, mich gefügig zu machen. Mag sein, dass ich zu stolz gewesen bin, um mich mit dem Eingeständnis einer Schwäche zu rechtfertigen. Dann überdachte ich den Hintergrund unseres Gesprächs, ein Schlingerkurs von Emotionen, dessen Wendungen ich nur zum Teil verstand. Was noch fehlte, war die Auseinandersetzung über das Motiv und den Ablauf der vier Morde. Danach wollte ich fort, nach Heidelberg, in einen Alltag, wie er vor dem Tag gewesen war, an dem die Johanniter eine Frau namens Helga Horger in der Notambulanz abgesetzt hatten.

Als Annemarie wieder ins Wohnzimmer kam, herrschte längere Zeit das Schweigen einer trägen, gleichzeitig nervösen Spannung. Ich weiß nicht, wie sie darauf kam, Tatsache ist, dass Annemarie dazu überging, von Yvonne und mir unter der Überschrift Hassliebe zu reden »Doch, Harald », sagte sie im Ton einer Vertrautheit, die mir unangenehm geworden war, »diese Art von Liebe gibt es, gab es immer schon. Kennst du die Geschichte von Achilles und Penthesilea?«

Penthesilea – eine Frau, über die Heinz früher, noch als Student, wiederholt geredet hatte. Das Alphatier eines Rudels schießwütiger Frauen, die eine Brust opferten, um die Sehne ihres Bogens besser spannen zu können. »Ich denke schon«, antwortete ich. »Sie soll, wenn ich richtig erinnere, Achilles zum Fressen gern gehabt und dann auch danach gehandelt haben.«

»Nicht doch, Harald, Achilles ist nach einer Lesart der Geschichte von Penthesileas Hunden zerfleischt worden.«

»Doch wozu dieser Exkurs in die Sagenwelt? Ich als Achilles ...«

»... der Held möge mir den Vergleich verzeihen ...«

»... und Yvonne als Penthesilea? Dazu ihre Bluthunde, Elisabeth, Franziska und du, ...«

Den Namen Annemarie brachte ich nicht mehr heraus. Ich sehe sie heute noch mit geballten Fäusten auf mich zukommen, zum Glück verstellte der Tisch ihr den Weg. Jetzt gar mit erhobener Faust, nicht doch, Mädchen, was soll der Selbstmordversuch. Da ich Annemarie nicht wehtun will, bleibt mir nur, ihren Schlag zu unterlaufen. Mit dem Ergebnis, dass ihr Unterarm meine Schulter trifft und ich Annemarie in den Armen halte.

Was folgte, war ein kurzes Gerangel um die Pistole im Bund ihrer Jeans, gefolgt von einem Sturz, nach dem ich Annemarie immer noch im Arm hielt, meine Lippen zuerst dicht neben und dann auf ihrem Mund. In der Folge dann Liebkosungen mit der Überschrift Rückfall in alte Gewohnheiten. Dazu die Pheromone, so weit konnte ich noch denken, der Duft vom Fond der dunklen Limousine. Dann Blackout für alle höheren Hirnregionen.

Umso trister die Wiederkehr meiner Vernunft.

»Es wird Zeit, über die Morde an Di Cinno und den anderen zu reden«, sagte ich nach einer Weile zu Annemarie.

»Du möchtest wissen, wer von uns welchen der vier Morde begangen hat? Dazu werde ich nichts sagen. Yvonne und wir drei anderen haben schon in München eine Vereinbarung getroffen, an die auch ich mich halten werde: Keine von uns wird je die anderen belasten, gleichviel ob gegenüber der Polizei, dem Staatsanwalt oder sonst einem Fremden. Und ein Fremder, Harald, bist nach eigenem Willen auch du.« Annemarie lächelte. In der Gewissheit, immer noch begehrenswert zu sein, saß sie mir jetzt gelassen gegenüber, ohne darauf zu achten, wo die Pistole geblieben war.

Ich beschloss, das Thema Mord auf Umwegen anzusprechen. »Du hast vorhin erwähnt, Yvonne hätte ihr Genom mit dem von Elisabeth verglichen. Wie ist sie auf Elisabeth gekommen?«

»Durch Zufall. Doch hatte Yvonne ihr eigenes Genom schon Monate vorher untersucht. Das hing mit ihrem Verhältnis zu Frau Verzichowski zusammen. Während wir, Franziska, Elisabeth und ich, mit unseren ›Müttern‹ im Rahmen des Üblichen zurechtkamen, gab es in Largentière schon seit Jahren nur noch Streit, ein Zwist, der viel mit Eifersucht und der Eitelkeit von Frau Verzichowski zu tun hatte.«

»Ja, sie haben oft miteinander gestritten.«

»Also bist du auch in Largentière gewesen?«

»Maitre Klausen war dort. Doch wieso Eifersucht?«

»Yvonne hat nicht gerne über ihre Mutter gesprochen. Soviel ich weiß, muss Frau Verzichowski sehr hübsch und begehrenswert gewesen sein.«

»Sie ist es immer noch.«

»Eitel, wie sie war, konnte Frau Verzichowski wohl nur schwer damit leben, dass ihre Tochter nicht nur jünger, sondern auch hübscher und beliebter war. Die blonden Haare, die verdammten blonden Haare, viel mehr war von Yvonne darüber nicht zu hören. Doch wie auch immer: Yvonne konnte sich nicht damit abfinden, die Tochter einer Frau wie Madame Verzichowski zu sein. Daher eines Tages, nach einer besonders heftigen Auseinandersetzung, der Entschluss, den genetischen Code von Frau Verzichowski mit dem eigenen zu vergleichen. In München, wo Yvonne damals mit ihrer Doktorarbeit beschäftigt war. Und dann, als das Ergebnis der Analyse vorlag, das große Erstaunen gepaart mit Genugtuung: Frau Verzichowski konnte vom Genom her nicht ihre Mutter sein. Ein Erweckungserlebnis besonderer Art, das Yvonnes Leben von Grund auf veränderte. Und später auch das von uns drei anderen.

Verständlich, dass Yvonne nun wissen wollte, wie sie, als Kuckucksei, in das Nest von Frau Verzichowski geraten war. Ihre ›Mutter‹ danach zu fragen, hat sie wohl für sinnlos gehalten. Einfacher war, die Wohnung nach schriftlichen Unterlagen zu durchsuchen. Irgend Brauchbares hat Yvonne damals wohl nicht gefunden, auch keinen Hinweis auf eine Adoption.«

»Und der Kontakt zu Elisabeth?«

»Zufall oder Schicksal, je nach dem Blickwinkel. Elisabeth hat ihre Semesterferien in München verbracht, wo Yvonne, wie schon erwähnt, an ihrer Doktorarbeit saß. Versuch dir die Szene vorzustellen: Sie sucht im Kaufhaus nach passendem Schuhwerk für die neue Saison und steht unvermittelt vor ihrem Double, mehr noch, vor einer zweiten Yvonne. Dazu, bei ihrem Gegenbild, das gleiche Erstaunen und ein Dialog, der einem Selbstgespräch gleichkommt. Eineiige Zwillinge, die getrennt herangewachsen sind, das war die erste Idee, gestützt durch die Identität der genetischen Fingerabdrücke aus Yvonnes Labor.«

Annemarie setzte ihre Tasse ab und fuhr sich über die Stirn. »Ich habe es selbst erlebt: Der Boden, auf dem du stehst, trägt nicht mehr, wenn der Ursprung deines Lebens im Nebel verschwindet.«

»Lass mich erraten, was dann folgte. Yvonne, die Molekularbiologin, wird ihrem Sachverstand gefolgt sein. Durch puren Zufall identische Genome kommen wegen ihrer extremen Seltenheit de facto nicht vor. Eineiige Zwillinge konnten Yvonne und Elisabeth als ›Töchter‹ verschiedener Mütter nicht sein. Blieben zwei Möglichkeiten, um die Übereinstimmung der Genome zu erklären: Embryosplitting oder Klonen, Spaltkind oder Klonkind, das war wohl die Frage. Klonen stand um 1980, siebzehn Jahre vor Dolly, nicht ernstlich zur Diskussion. Reagenzglasbefruchtung also, nahm Yvonne an, Embryosplitting und Implantation bei zwei Frauen, von denen zumindest eine, Frau Verzichowski, Leihmutter war. Ich nehme an, dass Yvonne bald darauf auch das Genom von Elisabeths Mutter untersucht hat.«

»Ja, mit dem gleichen Ergebnis.«

»Bis sich herausstellte, dass Di Cinno nicht zwei, sondern sechs Frauen betrogen hatte. Wie ist es Yvonne gelungen, auch dich und Franziska aufzuspüren?«

»Sie hat in Largentière noch einmal alles durchsucht und dabei auffallend hohe Überweisungen von Frau Verzichowski an einen Dr. Di Cinno gefunden, seines Zeichens Frauenarzt in Rom. Yvonne ist daraufhin nach Rom gefahren, um Di Cinno mit Mitteln, die ich nicht kenne, unter Druck zu setzen.«

»Di Cinno hat alles getan, um illegale Dienstleistungen vor den Augen der Öffentlichkeit zu verbergen. Er muss entsetzt gewesen sein, als Yvonne ihm die Ergebnisse ihrer Analysen vorlegte. »

»Woraus verständlich wird, dass es Yvonne in der Folge vor allem darum ging, auch noch hinter die Fälle Schöne, Bauer, Firneis und Salvatore zu kommen.«

»Und zu euren Adressen in Esslingen, Udine und so fort. Bist du sicher, dass keine von den sechs betrogenen ›Müttern‹ jemals erfuhr, was Di Cinno angerichtet hatte?«

»Ja. Frau Schöne glaubt heute noch, dass ich, ohne wenn und aber, ihre Tochter sei. Der Ausdruck Genom ist für sie nie mehr als ein Fremdwort gewesen.«

»Hat das Wissen um die wahren Zusammenhänge dein Verhältnis zu Frau Schöne verändert? Kann es sein, dass Yvonne Wert darauf gelegt hat, euch gegen eure Mütter einzunehmen?«

»Ja, das hat sie.«

»Ich kann für Frau Schöne, Frau Feichter und die anderen nur Mitleid empfinden. Sie sind von Di Cinno mit der Einpflanzung eines fremden Embryos getäuscht worden, der dafür auch noch doppelt kassiert hat: Tausende von den sechs betrogenen Frauen und Millionen von einem unbekannten Geldgeber. Auch von dorther verständlich, dass er größten Wert darauf legte, sein Geheimnis zu hüten. Unter anderem dadurch, dass er die betrogenen Frauen immer nur einzeln empfing, so dass sie, wie später ihre Töchter, nichts voneinander wussten.«

»Ein Geldgeber?«

»Ja, er dürfte seine Schecks im Namen einer Frau geschrieben haben, deren Wunsch es war, vervielfältigt zu werden. Ein weiblicher Narziss mit der Sehnsucht nach einem lebenden Spiegelkabinett, vielleicht auch eine todkranke Millionärin mit dem weltfremden Anspruch, sechsfach zu überleben. In diesem Zusammenhang eine Frage: Hat sie, die Zellkernspenderin, vielleicht auch ihr Geldgeber, je eine von euch aufgesucht, um sich von Di Cinnos Erfolg zu überzeugen?«

Annemarie sah mich groß an, dann schüttelte sie den Kopf.

»Doch zurück zum Tag, da Yvonne und Elisabeth erfuhren, was in Rom tatsächlich geschehen war.«

»Yvonne hat bald darauf mich, Franziska und die anderen angesprochen. Auch Silvia Salvatore war zur Analyse ihres Genoms nach München gekommen, hat sich dann aber sehr bald dafür entschieden, bei Frau Salvatore zu bleiben, obwohl auch diese, im herkömmlichen Sinn, nicht ihre Mutter ist. Bleibt Maria Firneis, die wir später auf Drängen von Yvonne alle gesehen haben. Maria ist leider …«

»Lass gut sein, Annemarie, ich bin selbst in Locarno gewesen.«

Während Annemarie in die Küche ging, um für einen Imbiss zu sorgen, sah ich aus dem Fenster. Draußen fiel im fahlen Schein der Straßenbeleuchtung ein träger, nebliger Nieselregen. Da ich nirgends eine Uhr sah, schaltete ich den Fernsehapparat ein. Freitag, der dritte Oktober, neunzehn Uhr dreißig. Seit meiner Trennung von Klausen waren drei Tage vergangen, die ich, immer im Dunkel, als eine einzige, lange Nacht erlebt hatte. Abschiedsstimmung und Zeit, zum letzten Thema zu kommen.

»Doch nun endlich zum Motiv der vier Morde, Annemarie. Was bringt vier junge Frauen dazu, einen Geburtshelfer und zwei Krankenschwestern zu erschießen, denen sie, wenn nicht mehr, so doch ihre Existenz verdanken? Vier junge unbescholtene Frauen aus einem wohlgeordneten, wenn nicht glücklichen Leben, das sie verlassen, um eine Serie von Morden zu begehen.«

»Ein wohlgeordnetes, glückliches Leben? Das trifft, zumindest für Yvonne, mit Sicherheit nicht zu. Dabei müssen wir, wenn es um Motive geht, vor allem über sie reden, über Yvonne, ihre Suggestivkraft und ihren Einfluss auf Franziska, Elisabeth und mich.«

»Darf ich daraus folgern, dass Yvonne Di Cinno und die beiden Krankenschwestern erschossen hat?«

»Hast du meine Weigerung vergessen, über die Zuordnung der vier Morde zu reden? Ich wollte nur andeuten, dass Yvonnes Motive für uns andere sehr wichtig, wenn nicht entscheidend gewesen sind.«

»Yvonne das dominante Alphatier, wie ich es vor kurzem erlebt habe.«

»So kann man es sehen, doch zurück zu den Motiven. Wir, Franziska, Elisabeth und ich, haben von Yvonne vieles übernommen. Anderes war ohne Zweifel schon vorgeprägt und brauchte von ihr nur geweckt und gebündelt zu werden.«

»Gebündelt?«

»Yvonne legte größten Wert auf Gemeinsamkeit. Zu viert wie nur eine Person zu denken und zu handeln, das ist ihr Ideal gewesen.«

»Als hätte Yvonne euch nur zusammengeholt, um sie zu unterstützen.«

»Jedenfalls war Yvonne fortwährend um Zustimmung bemüht.«

»Noch einmal zu den Motiven, die bei dir vorgeprägt gewesen wären. Gegenüber Di Cinno und den beiden Krankenschwestern ist das wohl nicht gut möglich.«

Annemarie zögerte. »Ich dachte dabei an Frau Verzichowski, Frau Schöne und die anderen, die nicht wirklich unsere Mütter sind.«

»Frauen, die gar nicht wissen konnten, dass Di Cinno sie betrogen hat?«

»Frau Schöne hat mich im Glauben erzogen, ihre uneheliche Tochter zu sein. Mein Vater, hieß es, sei bei einem Unfall ums Leben gekommen. Hätte Frau Schöne nicht offen mit mir reden müssen? Dazu ihr relativ hohes Alter mit der entsprechend größeren Wahrscheinlichkeit …«

»… von Missbildungen bei einer künstlichen Befruchtung. Wie ich sehe, hat Yvonne es verstanden, euch aufzuwiegeln. Zum Thema Missbildungen wird sie dann wohl bald auf Maria Firneis gekommen sein.«

»Nicht nur …« Annemarie hielt sich, wie von einem Einfall betroffen, die Hand vor den Mund. »Ja«, sagte sie dann, »Yvonne ruhte nicht, bis auch wir Maria gesehen hatten.«

»Der Zustand von Maria Firneis als Motiv für drei Morde, das überzeugt nicht, Annemarie.«

»Du kannst als Außenstehender nicht begreifen, wie der Anblick von Maria Firneis auf mich und die anderen gewirkt hat: Maria als entstellte, schwer zu ertragende Kopie des eigenen Selbst.«

»Auch ich wäre Di Cinno beim Anblick von Maria am liebsten an den Hals gegangen. Dennoch ist es von dort bis zu Mordplänen noch ein weiter Weg. Die Liste von Motiven für vier tödliche Pistolenschüsse dürfte noch lange nicht vollständig sein.«

Annemarie hatte sich wieder gefasst. »Von Bedeutung waren wohl auch die negativen Tendenzen im Klon. Mit der Zeit war es immer schwieriger geworden, mit drei Kopien des eigenen Selbst zu leben. Auch Narziss wäre nach wochenlangem Aufenthalt im Spiegelkabinett seiner selbst überdrüssig geworden. Kein Wunder, dass es im Klon zu Abwehrreaktionen gegen die automatische Vervielfältigung aller Regungen kam. Missstimmungen, die sich wohl unter die anderen Motive mischten. Doch ist allein schon das Bewusstsein, Klonkind einer Leihmutter zu sein, schwer zu ertragen.«

»Emotionen, die gegen die Klongeschwister oder eure ›Mütter‹ gerichtet sein konnten, aber nicht gegen Di Cinno. Ich kann immer noch nicht begreifen, wie es zu den Morden gekommen ist. »

»Ich sollte hinzufügen, dass der Klon nach Locarno heftig zerstritten war. Bis, überspannt, müde und auf Harmonie bedacht, Franziska und Elisabeth Yvonnes Argumente akzeptierten: Di Cinno und seine Leute, Yvonne nannte sie unsere Hersteller, verdienten, bestraft zu werden. Und ich, die Wankelmütige, wurde dazu ausersehen, den ersten Mord zu begehen. Die Folgen kennst du.«

»Ein Glück, dass auch Elisabeth und Franziska mit der Pistole nichts anzufangen wussten. Yvonne also. Doch wie, wie nur konntet ihr, drei junge Frauen von eurem Standing, hinnehmen, dass Yvonne zwei harmlose Krankenschwestern …«

Annemarie war während meiner Worte zur Fensternische gegangen. Nun stand sie mit bebenden Lippen vor mir. »Du hast mich mit deiner Beharrlichkeit in die Enge getrieben. Auch wenn ich nicht weiß, ob du die letzte Ehrlichkeit wert bist, will ich dir gestehen, worüber ich bis vor kurzem nur mit Ärzten gesprochen habe. Es geht um einen Mangel …«

»Einen Mangel?«

»Ja Harald, um das Geständnis, dass ich als Frau nur ein Mangelexemplar, eine taube Nuss bin, die das Knacken nicht lohnt. Franziska hat uns von der Oper Frau ohne Schatten erzählt. Dort geht es um eine Frau, deren Kinderwunsch …« Und nach dem Versuch, sich zu fassen: »Was soll, was nützt das Gerede von einer Märchenoper. Mir hat ein

Regisseur der realen Welt die Rolle der Frau ohne Gebärmutter auf den Leib geschrieben. Eine Rolle, die er, Di Cinno, mit Franziska, Elisabeth und den anderen gleich sechsfach besetzt hat. Und deren Text man unter dem Stichwort Agenesie des Uterus in Wikipedia nachlesen kann.«

Im Gewirr von Gedanken und Emotionen suchte ich bei meinem Fachwissen Halt. Lehrbücher verstehen unter Agenesie des Uterus die fehlende Anlage der Gebärmutter. Eine Folge von Mutationen, für die nach Annemaries Worten bei ihr und den fünf anderen Di Cinno verantwortlich war. Bis ich zu verstehen begann, was in Annemarie vorging. Vor mir stand eine junge Frau, deren Dasein von fremder Hand an der Wurzel getroffen worden war.

Von Mitleid getrieben, suchte ich nach tröstlichen Argumenten. Frauen, wollte ich sagen, denen man die Gebärmutter wegen einer Geschwulst entfernt hatte, ist es zu Tausenden gelungen, ihr Leben zu meistern.

Annemarie unterbrach mich schon nach den ersten Worten. »Was soll mir der Vergleich mit älteren Frauen, von denen viele vor der Katastrophe schon Kinder geboren haben. Wie wäre es mit dem Versuch dir vorzustellen, was ich als Teenager erlebt habe. Du gehst, da die Periode nicht einsetzt, mit vierzehn zum Frauenarzt und erfährst nach einer Ultraschallsitzung, dass dir fehlt, was junge Mädchen sonst zu Frauen macht.«

»Und später, hast du später tatsächlich mit niemand über deinen Kummer gesprochen?«

»Mit Frau Schöne? Hättest du an meiner Stelle zweiten und dritten, vor allem Männern, erzählt, was dich in ihren Augen entstellt und entwertet?«

Ich hatte begriffen, dass jetzt, nach Annemaries Geständnis, ein anderes Licht auf die Morde an Di Cinno und den beiden Krankenschwestern fiel. Dennoch war Annemarie im Augenblick wohl mehr damit gedient, wenn wir das Thema wechselten. Auch wollte ich, um endlich Entschlüsse zu fassen, noch mehr über den Klon und vor allem den Mord an Hans-Heinrich Raab erfahren.

»Vorhin, sagte ich, als Annemarie sich wieder neben mich gesetzt hatte, »vorhin war von Yvonne als Alphatier die Rede gewesen. Sie hat damals, außer dem Kastell, wohl auch für den Wohnwagen, drei Limousinen, für die Pistolen, falsche Führerscheine, Personalausweise, Pässe und, nebenher, auch für die Perücken gesorgt.«

»Bei der Einrichtung von Ausweichstellen, wie in Bad Tölz, hat Franziska ihr geholfen.«

»So auch bei den Kreditkarten.«

»Nein, Harald. Wir haben, um Risiken zu vermeiden, im Alltag nur Bargeld bei uns getragen. Sieh her.« Annemarie öffnete eine Gürteltasche, die sie unter dem Pullover trug. Die Tasche war prall mit Banknoten gefüllt.

»Wie ist Yvonne an das viele Geld gekommen?«

»Yvonne hat auch dies im Dunkeln gelassen. Franziska war der Meinung, sie hätte Di Cinno erpresst.«

Ich stand auf, sah nach dem Feuer und ging noch einmal zum Fenster. Zweiundzwanzig Uhr, der Regen hatte aufgehört. Wenn ich ein Taxi nahm, war es vielleicht noch möglich, einen Zug zu bekommen, einen Nachtzug nach Heidelberg. Dem stand entgegen, dass es jetzt, nach Annemaries Geständnis, trotz allem vielleicht doch eine Zukunft mit ihr in der Rolle von Helga gab. Bis ich mir klar machte, dass auch sie, um einer Anklage wegen Beihilfe bei vier Morden zu entgehen, gezwungen sein würde, ins Ausland zu fliehen.

Annemarie hatte wohl auch diesmal erraten, was in mir vorging. Daher ihr Versuch, das Gespräch in Gang zu halten. »Ich sollte hinzufügen, dass bei vielem, was wir unternahmen, ein Schuss Abenteuerlust im Spiel war, nicht nur bei deiner Entführung. Auch dies eine Stimmung, die Yvonne zu nutzen verstand. Warum sonst hätte sie uns ein Buch in die Hände gespielt, das geeignet war, die Lust nach Abenteuern zu wecken? Ein romantisch abenteuerlicher Roman mit dem Titel »Die Unauffindbaren«, von Ernst Kreuder, wenn ich richtig erinnere. Mit einer Gruppe von Leuten, die, am Rande der Legalität, ihr eigenes Leben führen. Ein romanhaft idealisiertes Leben, oft zugunsten Hilfsbedürftiger, darunter auch die Natur. Das Ganze verbrämt mit der Geschichte einer verträumten Liebe zwischen Jessica und Gilbert Orlins. Da die junge Frau schön, begehrenswert, dazu noch blond war, wollten auch Franziska und Elisabeth Jessica sein. Mit dir,

Harald, als Gilbert Orlins.« Wie gut, dass Annemarie wieder lächeln konnte.

»Welch unverdiente Ehre«, entgegnete ich, »doch nun wieder zum Klon und einem Mord, über den wir noch nicht gesprochen haben. Welches waren die Motive, auch Hans-Heinrich Raab nach Art einer Hinrichtung zu erschießen? Hattest du, Annemarie, je mit diesem Mann zu tun?«

»Ich habe Raab nur zweimal, und auch dann nur sehr kurz gesprochen. Er war beim Sommerfest der Technischen Hochschule in meiner Nähe aufgetaucht, mit Fragen, die jemand stellt, der Kranken- oder Lebensversicherungen verkaufen will. Und dem bemühten Charme des älteren Kavaliers, der seine silbernen Locken mit dem Stolz eines – wie heißt der englische Schauspieler in manchen Karl May Filmen?«

»Stewart Granger als Old Surehand?«

»Ja, so ist Raab dahergekommen. Er hat mich später in Esslingen noch einmal aufgesucht, mit Frau Schöne geplaudert, um dann für immer zu verschwinden. Da Franziska und Elisabeth Ähnliches erlebt hatten, rätselten wir an der Frage herum, wie Raab zu unseren Adressen gekommen war, bevor wir einander kannten. Als Zwischenglied kam nur Di Cinno in Frage, der wusste, wo wir zu finden waren. Vielleicht, spekulierten wir weiter, hatte Raab die nobelpreisverdächtigen Projekte Di Cinnos finanziert, um Geld zu machen und uns, Franziska, Elisabeth und mich, nur aufgesucht, um seine Interessen zu wahren.«

»Welche Idee: Raab, der Unternehmer, als Di Cinnos Geldgeber. Und Yvonne?«

»Yvonne ist auch an diesem Punkt sehr schweigsam gewesen.«

»Welcher Unterschied, bei identischem Genom, zwischen deinem und Yvonnes Verhalten. Hier das Genom, dort die Umwelt, die epigenetischen Faktoren.«

»Bei Yvonne dürfte die Umwelt den Namen Vera Verzichowski tragen, Ve Ve, wie sie von ihren Verehrern genannt wurde. Im Kampf mit ihrer ›Mutter‹ dürfte Yvonne schon sehr früh gelernt haben, sich durchzusetzen. Doch kam bei ihr wohl ein schmerzliches Liebeserlebnis hinzu, mit der Bereitschaft zum Jähzorn …«

»… vor allem gegen Männer.«

»Ja, Harald, ein Männerhass, wie der von Penthesilea gegen Achilles, alias Dr. Vogt.«

»Penthesilea, warum nicht, nur dass in diesem Fall die Brust noch dran ist, Doktor.«

Ich schreckte auf, das war nicht Annemaries Stimme. Annemarie hatte auch nichts sagen wollen. Sie saß wie erstarrt auf ihrem Stuhl und sah mit großen Augen in Richtung Eingangstür. Dort stand mit offener Jeansjacke und wirrem Haar Yvonne, die Pistole in der Hand.

»Hier«, sagte sie und warf Annemarie eine Rolle Klebestreifen in den Schoß. »Nun fessle ihn schon, zuerst die Hände.«

Annemarie gehorchte wie ein Automat.

»Fester«, sagte Yvonne, inzwischen dicht hinter mir. »O. k., jetzt die Beine, weiter unten, dicht über den Knöcheln. Und fester, wenn ich bitten darf. Gut, dann komm, Dummkopf, ich hab mit dir zu reden.«

Yvonne dirigierte Annemarie in Richtung Küche. In der Tür drehte sie sich noch einmal um, sah zu mir herüber, hob die Pistole und feuerte einen Schuss in den Kamin, dass die Funken stoben. »Damit du weißt, dass der Spaß vorbei ist.«

Meine Hochstimmung war nach wenigen Sekunden nur noch Erinnerung. Zuerst der Blindflug, dann die Zwischenlandung, ein Höhenflug mit Annemarie und jetzt der Absturz aus heiterem Himmel. Wo blieb der Zuspruch von Maitre Klausen, Heinz Männen oder Rita Phelps, den Säulenheiligen meiner wechselhaften Existenz? Auf Rettung konnte ich nur hoffen, wenn Klausen herausfand, wo ich nach dem vielen Auf und Ab verblieben war.

Zehn, fünfzehn Minuten mochten vergangen sein, als Annemarie aus der Küche zurückkam. Ich sah noch einmal hin, tatsächlich Annemarie, die Frau mit dem beigen Pullover, ohne Yvonne. Das Zuschlagen der Eingangstür bestätigte, dass Yvonne gegangen war.

Auch glückliche Wendungen wollen verdaut sein. Nach Höhenflug und Absturz jetzt die überraschende Möglichkeit zum Start in Richtung Freiheit. Miserables Gleichnis, hörte ich Klausen von weit her sagen. Harry Vogt als Pinballkugel nach Bumpers, Slingshots und Absturz zwischen den Flipperhebeln endlich wieder im Spiel – klingt das nicht besser? Danke Maitre, und auf baldiges Wiedersehen.

Annemarie befreite mich von den Fesseln und ging noch einmal in die Küche. »Ich bin müde«, sagte sie dann mit leiser Stimme, zog sich den Pullover über den Kopf und verschwand im Schlafzimmer.

Ich verstehe auch heute noch nicht, was mich an diesem Punkt davon abhielt, Annemarie zu verlassen. Dabei waren die Würfel gefallen. Annemarie würde ins Ausland gehen und ich, nach Klärung der Zusammenhänge, auch gegen den Willen von Flaming meine Fachausbildung beenden. Woher, damals, die Idee, Annemarie nicht ohne Adieu und gute Wünsche zu verlassen? War es die knapp überstandene Gefahr, gepaart mit Dankbarkeit für Annemarie, die meine Fessel gelöst hatte, oder doch eher das Mitleid mit einer Frau, deren Leben ohne eigenes Verschulden aus der Bahn geraten war?

Was nach allem folgte, war eine Nacht mit Überraschungen, die ich mit möglichst nüchternen Worten beschreiben will. Annemarie hatte sich erstaunlich rasch von ihrer Müdigkeit erholt, während ich, unter dem Eindruck ihrer Nähe, reagierte, wie Männer in solchen Situationen wohl reagieren. Und zum zweiten Mal erstaunte, wie gut Annemarie, sonst eher zurückhaltend, es verstand, meine Erregung zu schüren, so, dass keiner wusste, wer den anderen zum nächsten Höhepunkt trieb. Zwischendurch, am äußersten Rand meines Bewusstseins, die Frage, ob Annemarie, wie ihre Klonschwestern, den Verlust eines zentralen weiblichen Organs mit einem Plus an sexueller Energie kompensierte.

An den Moment des Einschlafens kann ich mich nicht erinnern. Doch weiß ich noch sehr wohl, dass ich am Morgen meinen Halbschlaf noch eine Weile verlängerte. Dieses herrliche Gefühl: nestwarm und mit geschlossenen Augen für alles und noch viel mehr bereit zu sein. Erstaunlich, wie rasch die Löschtaste Leidenschaft es geschafft hatte, mir Annemarie buchstäblich wieder ans Herz zu legen.

Dann die dritte Überraschung. Als ich die Augen öffnete, stand Annemarie, früher Helga Horger, mit der Pistole in der Hand vor dem Doppelbett.

»Guten Morgen Liebling, ob dir die Nacht bekommen ist? Man muss es dir wünschen, wird es doch deine letzte gewesen sein.«

Mein Versuch, irgend Brauchbares aus dem Nebel in meinem Kopf zu filtern, war nur bedingt erfolgreich. Annemarie in der Rolle von Yvonne, das war schwer zu begreifen, auch wenn ihr überschießendes Temperament mich schon während der Nacht erstaunt hatte.

»In deinem Kopf rotieren die Gedanken. Ich will dir helfen, das Rad anzuhalten, um mit dir zu reden.« Dazu ein Lächeln, das nicht das Lächeln von Helga war, und der französische Akzent – vor mir stand nicht Annemarie in einer fremden Rolle, sondern Yvonne, die ihre Klonschwester verjagt, den beigen Pullover übergestreift und die Nacht, man könnte sagen im Namen von Annemarie, mit mir verbracht hatte. Eine Nacht, in der sie geschwiegen, sonst aber, wie ich jetzt erst begriff, nur wenig getan hatte, sich zu verstellen.

Ich wundere mich heute noch, dass ich damals, zwei Meter vor Yvonnes Pistole, an Bronkhorst dachte, an Kommissar Junker, Klausen und Mister X, die sich für meine Liebesnächte im Kastell interessiert hatten. Und jetzt? Eine Nacht mit Annemarie, die nächste mit Yvonne, ein Spiel mit vertauschten Rollen, ein Blindversuch sozusagen, in den Armen zweier Frauen mit identischem Genom.

»Einen Cent für deine Gedanken«, höhnte Yvonne. Und, als wüsste sie, woran ich gedacht hatte: »Kennst du die Geschichte von Amphitryon, Sohn des Königs Alkaios aus Tiryns? Wie sich Zeus in dessen Gestalt der Gattin Amphitryons näherte, um Achilles zu zeugen? Muss man dir erst sagen, dass du soeben aus einem Kapitel der griechischen Sagenwelt erwacht bist, wenn auch mit umgekehrtem Vorzeichen: aus der Story von Yvonne, die sich, in Gestalt von Annemarie, des Dr. Vogt bedient hat?« Dazu ein Lächeln, das nichts Gutes verhieß. »Hassliebe, Doktor, darüber habt ihr, du und Annemarie, gestern doch lang und breit geredet. Mit dir in der Rolle des Achilles, der mit seinem Leben bezahlt«, ergänzte sie mit einem Blick auf ihre Pistole. »Welcher Weg eines Neurologen in die griechische Sagenwelt!«

Yvonne gab mir eine Minute, um die neu gemischten Karten zu ordnen. »Genug nachgedacht«, fuhr sie mich schließlich an, »zieh dich an und komm ins Wohnzimmer. Und keine Dummheiten.« Der zweite Schuss in den Kamin wäre nicht nötig gewesen, um mir klar zu machen, wie wenig mein Leben noch wert war. Yvonne, die Schwarze Witwe, würde nicht zögern, ihren Partner zu vernichten.

Auf dem Weg zum Wohnzimmer ging ich mit mir selbst ins Gericht. Genauer: mein Über-Ich in der Gestalt von Heinz Männen. Harald Vogt in der Rolle von Simplizissimus, höre ich ihn sagen, wie oft wirst du deinen wallnussgroßen Verstand noch an die Lenden verlieren? Ganz anders Maitre Klausen: Wozu Selbstvorwürfe, Doktor, anstatt darüber nachzudenken, welche Möglichkeiten Ihnen noch bleiben? Gegen Yvonnes Pistole werden Sie nicht ankommen, bleibt die Hoffnung auf Hilfe von außerhalb. Ja, Maitre, Hilfe von Ihnen vor allem, wenn Sie es schaffen, dieses Haus zu finden. So ist es, antwortete er, Ihr Beitrag kann nur darin bestehen, Zeit zu gewinnen. Vielleicht ist die Dame geneigt zu reden.

»Die Stunde der Wahrheit, Doktor«, sagte Yvonne. »Du weißt, was dir blüht. Doch vorher, als Henkersmahlzeit, ein kleines Frage-und-Antwort-Spiel, damit du verstehst, wie alles gekommen ist. Wer von uns Klongeschwistern welchen der vier Morde begangen hat, dürfte Annemarie dir schon im Wohnwagen verraten haben. Nein? Schön, dass sie dem Klon zumindest in diesem Punkt treu geblieben ist. Später, hier, bei eurem Tete a Tete, hat sie viel zu viel erzählt. Darunter das Märchen von einer zufälligen Begegnung zwischen mir und Elisabeth in einem Münchener Kaufhaus.«

»Wie – woher willst du wissen, worüber wir, Annemarie und ich, miteinander geredet haben?«

»Dreimal darfst du raten. Seit ich merkte, wie sehr Annemarie immer noch an dir hängt, habe ich sie beobachtet. Da konnte mir nicht entgehen, dass sie, in aller Heimlichkeit, ein Haus gemietet hat. Ein Liebesnest für Turteltauben, welch irre Phantasie. Tatsächlich ist sie dann, im Augenblick höchster Gefahr, so dumm gewesen, dich hierher zu bringen. Und alles nur, um vor dir in die Knie und mit dir ins Bett zu gehen. Doch zurück zu deiner Frage. Konnte es für mich, als Annemaries Ebenbild, schwierig sein, einen Nachschlüssel zu beschaffen? Und dieses Haus im Namen von Helga Horger mit Sendermikrophonen im Kleinformat, sprich Wanzen, bestücken zu lassen?«

Was hätte ich dazu sagen sollen. Solange Yvonne redete, lief die Zeit für mich, am besten ich schwieg, um sie nicht abzulenken.

»Hat es dir die Sprache verschlagen? Aufgewacht, Doktor, ich habe dich einiges zu fragen. Du gehst wie selbstverständlich davon aus, dass wir, Franziska, Elisabeth, Annemarie und ich, Di Cinno, zwei Krankenschwestern und H.H. Raab erschossen haben. Ich möchte bis ins letzte Detail wissen, was ihr, du und die Polizei, gegen uns in der Hand habt. Und Klartext, Doktor, ohne den geringsten Rückhalt, wenn ich bitten darf.« Dann, mit einem Blick auf ihre Pistole: »Bei der kleinsten Unstimmigkeit wird unser Spiel zu Ende sein.«

Nun musste ich reden, um Zeit zu gewinnen. Am besten, ich holte so weit wie möglich aus und versuchte, die Rolle des gefährlichen Mitwissers loszuwerden. »Zuerst zu meinem ersten Aufenthalt im Kastell. Von den nächtlichen Gesprächen, meist nur Gesprächsfetzen, die ich damals verstand, weiß auch Kommissar Bronkhorst, der allerdings nichts davon hält. Dabei handelte es sich vor allem um Namen und Zahlen, Fragmente von Adressen, die mich zu den Schwestern Minges und Mehlhorn geführt haben. Wesentlich aufschlussreicher dann euer lebhaftes Gespräch, neulich, im Eckturm des Kastells.«

»Bevor ich dich überrascht habe?«

»Ja. Dort war auch davon die Rede, dass du es geschafft hattest, Elisabeth und die anderen für deine Pläne zu gewinnen. Später habe ich hier, in diesem Zimmer, Ähnliches aus der Sicht von Annemarie gehört.«

»Also hat Annemarie, unser Dummkopf, den Klon doch verraten.«

»Nicht wirklich. Sie hat keine Namen genannt und mit keiner Silbe versucht, sich selbst zu rechtfertigen.«

»O. k., Doktor. Nehmen wir an, du gingst mit diesem Wissen zur Polizei oder zum Staatsanwalt. Berichte oder gar nur Berichte von Berichten, würde es dort heißen. Alles Aussagen, deren Wirkung sich nach dem Maß deiner Glaubwürdigkeit richten würde. Und sie, deine Glaubwürdigkeit, dürfte nach allem, was man bei der Polizei über dich weiß, nicht sehr groß sein. Weiter also.«

Ich hütete mich, zu widersprechen. »Ein Wort zu den Terminen der drei ersten Morde«, fuhr ich fort. »Von Frau Schöne und deiner – Pardon, von Frau Verzichowski weiß ich, dass ihre Töchter kurz vor dem ersten Mord mit unbekanntem Ziel verschwunden sind. Zufälliges Zusammentreffen? Ein Wort auch zur Gegenwart der Schwarzen Frau bei dreien der vier Morde. Das Phantom gewinnt an Kontur, wenn man von Franziskas Geschick in der Maskerade weiß. Zufälliges Zusammentreffen?«

»Fragliche Zuordnungen im Rahmen vager Gespensterphantasien fragwürdiger Zeugen.«

An dieser Stelle beging ich den Fehler, Yvonnes Spiel ernst zu nehmen. »Und die Art und Weise, wie ihr mit mir als Gefangenem umgegangen seid?«, warf ich ihr vor. »Würden Unschuldige auf die Idee kommen, mich als gefährlichen Mitwisser zu beseitigen? Wozu die Pistole, jetzt noch, in deiner Hand? Wozu die Heimlichtuerei, wozu eure Fluchtpläne, wenn es nichts zu verbergen gibt?«

Und als Yvonne über meinen Eifer nur lächelte, der nächste Fehler: »Moment, fast hätte ich Hans-Heinrich Raab vergessen. Er hat in Verbindung mit dem Kastell von vier schießwütigen Frauen gesprochen.«

Ein wütender Blick, zwei Schritte, und Yvonne stand so dicht vor mir, dass ich ihren Atem spürte. Erst als sie sich wieder setzte, wurde mir klar, dass sie um ein Geringes mit dem Handgriff ihrer Pistole zugeschlagen hätte. »Auch dies eine interessante, wenn auch wenig glaubwürdige Geschichte des zweifelhaften Zeugen Dr. Vogt. So viel aus deiner Perspektive. Und die Polizei?«

Für den Fall, dass Klausen Annemaries Schlupfwinkel nicht entdeckte, bestand meine Chance einzig darin, meine Rolle klein zu reden. Dazu passte, dass Yvonne, die erstaunlich gut informiert war, wohl auch von meinen Auseinandersetzungen mit Karl Bronkhorst wusste.

»Kommissar Bronkhorst hat mich zwar einige Male verhört, aber so gut wie nichts erfahren. Von meiner Entführung war wiederholt die Rede, doch immer nur so, dass er sie für ein Märchen hielt.«

»Alles in allem ein Kartenhaus fragwürdiger Indizien. Aber die Fakten, Doktor, wo bleiben die Fakten?«

»Du fragst, als ob ich dazu berufen wäre, über dich und deine Klonschwestern zu urteilen. Nichts liegt mir ferner, doch wenn du darauf bestehst, werde ich spekulieren. Wie steht es mit Fingerabdrücken?«

»Wo bleibt die Präzision, Doktor? Fragst du nach dem Abdruck der Papillarleisten, dem sogenannten Daktylogramm? Diese Art von Abdrücken kann es nicht geben, wenn der Täter Handschuhe trägt. Und selbst wenn es sie gäbe, wären sie ohne Gegenprobe wertlos. Doch woher die Gegenprobe, wenn inzwischen alle, selbst Annemarie, in Sicherheit sind.«

»Bleibt der genetische Fingerprint. Als Molekularbiologin brauche ich dir nicht zu sagen, dass es im Kastell und noch mehr bei euren ›Müttern‹ reichlich Material geben muss, um es mit dem Material aus dem Bereich der Tatorte zu vergleichen.«

»Sprichst du vom klassischen Fingerprint, der Satelliten–DNA, vom modernen Fingerprint, der PCR–Analyse oder vom mitochondrialen Fingerprint?«

»Gleichviel, denn …«

»Stopp, Doktor, du redest querfeldein, was soll das ›gleichviel‹? Bei uns, als Klonschwestern, ist es nicht egal, ob es um die DNA des Zellkerns oder der Mitochondrien geht. Dazu später vielleicht mehr. Doch dürfte auch der genetische Fingerabdruck in unseren Fall nicht weiterführen. Erstens haben wir durch Handschuhe und Kleidung dafür gesorgt, dass im Bereich der Tatorte kein brauchbares Zellmaterial liegen blieb. Die Perücken bestanden ohnehin aus käuflichem Material. Zweitens gibt es, wie beim Daktylogramm, auch hier keinerlei Gegenprobe aus Speichelabstrichen, Blut oder was sonst üblich ist. Und der Weg zu Frau Schöne oder Frau Verzichowski – ist er außer dir sonst jemand bekannt?«

Ich verneinte, um Klausen nicht in Gefahr zu bringen.

»Nach allem«, fuhr Yvonne fort, »dürften die Behörden nichts in der Hand haben, um auch nur eine von uns vieren anzuklagen.

Fehlanzeige vor allem hinsichtlich des Motivs für die vier Morde. Soweit es um Professor Di Cinno und die beiden Krankenschwestern geht: Was könnte vier junge Frauen dazu bringen, ausgerechnet jene drei Menschen zu töten, denen ihre Existenz geschuldet ist? Und das jetzt, nach mehr als zwanzig Jahren! Im Dunkeln auch das Motiv für den Mord an Hans-Heinrich Raab. So lange wir schweigen, besteht selbst für den unwahrscheinlichen Fall, dass man eine von uns festnimmt, keinerlei Gefahr.«

Yvonne schaute mit einem Lächeln, das kalt wie der Blick einer Viper war, zu mir herüber. »Dazu, unerhört und einmalig, das von Annemarie wohl schon erwähnte, bis zur Perfektion manipulierbare Alibi – hier ein Klonkind, das eines Mordes verdächtigt wird, und dort ein anderes, das sich, um den Verdacht abzulenken, in aller Öffentlichkeit bemerkbar gemacht hat. Die Geschichte von Hase und Igel, hier der Klon, dort die Polizei, ist das noch zu übertreffen?«

»Unübertrefflich, das mag wohl sein, doch nur so lange, als die Polizei nicht weiß, dass ein Klon dahintersteckt.«

»Ja und doch wieder nein, Doktor. In diesem Fall würden die Behörden vor dem nächsten, vielleicht noch größeren Hindernis stehen. Wäre es nicht außerordentlich schwierig, wenn nicht unmöglich, eine von uns als Einzelperson zu überführen? Angenommen, Elisabeth käme anhand ihres genetischen Fingerabdrucks in Mordverdacht. Wie würde der Staatsanwalt reagieren, wenn sich herausstellte, dass ihr Genom mit dem von Franziska, Annemarie und mir identisch, völlig identisch ist? Und zum genetischen Fingerprint das perfekte Alibi, wenn Elisabeth am Tatort gesehen worden wäre. Schwere Zeiten für den Staatsanwalt, solange jedenfalls, als keine von uns sich verleiten ließe zu reden. Im Zweifelsfall für die Angeklagte, müsste es dann wohl heißen, es sei denn, man dürfte den Klon in Sippenhaft nehmen.«

Dann, nach einer kleinen Pause: »Und damit wieder zu dir, Harald Vogt. Du hast mit der Suche nach dem Kastell dein Todesurteil unterschrieben. Du weißt als Einziger von der Existenz des Klons und damit zu viel, Doktor, das habe ich immer schon gesagt.«

Während Yvonne zur Anrichte ging, fühlte ich Wellen von Gänsehaut kreuz und quer über meinen Körper laufen. Und feuchtes Getier auf meinem Rücken, Wasserschlangen, Axolotl, vielleicht auch den Grottenolm. Nur Mut, Doktor, das war die Stimme von Maitre Klausen, auch Yvonne Verzichowski ist nur ein Mensch. Und welches Glück, dass sie sich die Zeit nimmt, zu beichten. Die Rolle des Beichtvaters? Sie ist einfach genug, Verehrtester: Zuhören, auch einmal Fragen stellen und, wo immer angebracht, mit dem Kopf nicken.

Inzwischen saß Yvonne mit einem Glas und einer Flasche Glenfiddich wieder vor mir. »Und nun, als Zwischengericht deiner Henkersmahlzeit, der versprochene Exkurs zur DNA von Zellkern und Mitochondrien. Bei einem Klon nach dem Muster von Schäfchen Dolly (entkernte Eizelle mit fremdem Kern), wäre die DNA der Mitos, im Gegensatz zur nuklearen DNA, zwischen der genetischen Mutter oder Zellkernspenderin und dem Klonkind verschieden. Kapiert?«

»Ja.«

»Der Grund?«

»Weil die Mitochondrien, ohne väterlichen Beitrag, nur über die Mütter vererbt werden. In diesem Fall von der Eizell- oder Mitochondrienmutter auf das Klonkind.«

»Kompliment, Doktor, dann kennst du auch den Beitrag der Molekularbiologie zur Geschichte des Kaspar Hauser und der angeblichen Zarentochter Anastasia.« Yvonne schenkte nach, dann schob sie die Flasche beiseite und nahm noch einen Schluck. »Bei uns, Franziska, Elisabeth und so weiter, ist neben der nuklearen auch die DNA der Mitochondrien identisch. Der Grund?«

»Könnte Di Cinno in eurem Fall die vier, nein, sechs Eizellen nur einer Frau entnommen haben, um daraus – verzeih den Vergleich – sechs kleine Dollys zu züchten?«

»Sechs Eizellen beispielsweise von Frau Schöne? Nein. Di Cinno behauptet, nur eine, die Eizelle einer Unbekannten, mit einem Spenderkern bestückt, den heranwachsenden Embryo dann aber gesplittet und sechs der daraus gezüchteten Embryonen bei den Frauen Schöne, Verzichowski et cetera untergebracht zu haben. Woraus folgt, dass wir, Elisabeth, Annemarie, Franziska und ich, die Mitochondrien einer Unbekannten mit uns herumtragen.« Yvonne ließ sich Zeit für den nächsten Schluck. »Ende der Zwischenmahlzeit«, sagte sie dann, »und Schluss mit den Scheinfragen.«

»Aber Di Cinno«, wagte ich dennoch vorzubringen, »wie konnte Di Cinno als Einzelgänger schon um 1980 erreichen, was mit dem Schäfchen Dolly nach vielen Tierversuchen erst 1996 gelang? Schließlich war damals mit Louise Brown erst die Zeit der Retortenbabys angebrochen.«

»Überflüssige Frage, Doktor. Geniale Pioniertypen hat es immer gegeben. Professor Illmensee zum Beispiel – nein, ich werde seine Story nicht zum Besten geben. Und zu Dolly nicht mehr als die Bemerkung, dass sie damals nur für Laien die große Überraschung war. In den Laboratorien von Don Wolf zum Beispiel sollen 1996 schon zwei geklonte Affen zur Welt gekommen sein. Doch nun Schluss mit den Ablenkungsmanövern.«

Jetzt, da Yvonne ungeduldig wurde, kreiste mein Neuronenkarussell nur noch um die Frage nach einem Notausgang. Ohne fremde Hilfe war mein Leben kein Trinkgeld mehr wert. Über Yvonne mit ihrer Pistole herzufallen machte nur einen Sinn, wenn es um die letzten Sekunden ging. Klausen – würde er dieses Haus finden? Und Annemarie, die mich schon zweimal gerettet hatte – würde sie die Behörden informieren, auch wenn Yvonne dadurch in Gefahr kam?

Zum Glück setzte Yvonne, nach einem Schluck Whiskey, zur Fortsetzung ihrer Beichte an. »Du wolltest wissen, wer die vier Morde begangen hat? Du sollst die Wahrheit erfahren, zumal ich dafür sorgen kann, dass du sie mit in dein Grab nimmst.« Sie brachte ein Diktiergerät zum Vorschein, das sie zwischen uns auf den Tisch legte. »Du wunderst dich? Eine Aufnahme für den unwahrscheinlichen Fall, dass eine von den drei anderen in Gefahr kommt. Ein gesprochenes Dokument, ähnlich einem zweiten, schriftlichen, in einem Schweizer Depot.

Und nun weiter im Text. Für den Mord an Schwester Minges hatten wir Annemarie bestimmt. Dass sie auf dem Weg nach Heidelberg gegen einen Baum fuhr, von Dr. Vogt behandelt und dessen Geliebte wurde, dürfte dir bekannt sein. Ein Fall schließlich für Yvonne V., der nichts anderes blieb, als den Job selbst zu übernehmen. Franziska hätte Schwester Mehlhorn, Elisabeth Professor Di Cinno erschießen sollen. Als ich merkte, dass sie nach feuchten Händen auch den großen tremblement, wie sagt man, Datterich bekamen, habe ich die Pistole wieder an mich genommen. Mehr gibt es über die drei Morde nicht zu sagen.« Und mit der Hand am Diktiergerät: »Zufrieden?«

»Und Hans-Heinrich Raab?«

»Soll ich dir zum Schluss auch noch erzählen, worüber ich mit den drei Gänsen nie gesprochen habe? O. k.«, fuhr sie fort und schaltete das Gerät wieder ein, »vielleicht wird es mir gut tun, die Affäre im Reden zu begraben.«

Yvonne nahm den nächsten Schluck. »Man könnte die Geschichte wie ein Märchen beginnen, das Märchen von H.H. Raab, einem reichen Mann und Evelynn, seiner wunderschönen Frau. Doch hört die Fortsetzung der Geschichte sich nicht wie ein Märchen an.

Ich bin damals, in München, noch mit der Niederschrift meiner Doktorarbeit beschäftigt gewesen. Fragt ein Mann sich bis zur Bereichsbibliothek und dort bis zu mir durch: Hans-Heinrich Raab, italienische Schuhe, Londoner Maßanzug, das graumelierte Haar in zwei Wellen bis in den Nacken drapiert. Und auf dem Parkplatz des Instituts ein Zwölfzylinder. Molekularbiologin?, fragt er. Ja. Fest angestellt? Nein. Interesse an einem super honorierten Job in meinem Privatlabor? Warum nicht.

Stellt sich heraus, dass der Mann jemand sucht, der ihm bei der Aufzucht, er spricht von Schöpfung, der legendären Blauen Rose an die Hand geht. Durch Gentransfer, versteht sich, weitab vom Trick, weiße Rosen mit dem Stiel in blaue Tinte zu stellen. Den genetischen Code für das Blau von Kornblume oder Enzian auf Rosen zu übertragen, welche Aussicht auf einen spektakulären Job.

Zwei Wochen später war ich mit Raab in seinem Mustang GT Cabrio nach Asbach unterwegs. Du kennst den Asbacher Bahnhof? Und die Roserai? Schade, sie ist sehenswert, wie das Raab'sche Privatlabor.

Das Projekt Blaue Rose kam mit Unterstützung meines Doktorvaters nicht schlecht voran, Kulturschalen mit Stammzellen aus wilden Rosen standen zu Dutzenden herum, die Gene für den blauen Farbstoff waren eingekreist – und ich, wie nebenbei, zur Geliebten von Raab geworden. Die Maitresse von H.H., so habe ich Raab damals genannt – HaHa, wie peinlich das heute klingt. Zur Erklärung nur ein Wort: Wir alle, auch Annemarie, haben als Töchter lediger Mütter einen Vaterkomplex. Und Raab ist ein reifer, charmanter Mann mit guten Manieren gewesen. Du hast über die ›ledigen‹ Mütter den Kopf geschüttelt? Alleinerziehende also, wäre das korrekt?

Nach ungetrübten Wochen dann, aus heiterem Himmel, die niederschmetternde Entdeckung. Ich hatte in H.H.s Schreibtisch nach Unterlagen für eine strittige Lieferung gesucht, als ich, unversehens, ein Photo von mir selbst in der Hand hielt. Nun hatte Raab mich mehrere Dutzend Male photographiert – doch Yvonne V. in einer grünseidenen, weit ausgestellten Robe im Foyer des Residenztheaters, diese Aufnahme konnte es nicht geben.

Ich zeige Raab, was ich gefunden habe. Ein Photo seiner vor Jahren verstorbenen Frau Evelynn, sagt er, deren Ähnlichkeit mit mir ihm soeben erst auffällt. Ich kann mich nur mit Mühe fassen, halte aber den Mund, ich will erst wissen, was dahintersteckt.

Im Obergeschoss von Raabs Bungalow gab es ein Boudoir, das in der Regel niemand betrat. Eine Gedenkstätte für Frau Evelynn, das war nicht schwer zu erraten. Ich trete ein, hole mir aus der Spiegelecke ein paar Haare, stecke sie in einen Umschlag, fahre nach München und warte auf das Ergebnis der Analyse. Die mitochondriale DNA von Frau Evelynn weicht deutlich von meiner ab, das ist, wie ich dir erklärt habe, leicht zu verstehen. Ganz anders die PCR-Analyse des Zellkerns: Das nukleare Genom von Evelynn ist in jeder Einzelheit mit meinem identisch. Als Molekularbiologin gibt es für mich keine Zweifel, dass ich ein Klon von Frau Evelynn bin, auch wenn der entscheidende Zellkerntransfer Jahre vor der Geburt des Schäfchens Dolly erfolgt ist.

Zutiefst erschüttert, sehe ich Raab jetzt mit völlig anderen Augen, beschließe aber zu schweigen, bis ich mit letzter Sicherheit weiß, was sich vor fünfundzwanzig Jahren ereignet hat. Ich fahre wieder nach Asbach und suche nach Dokumenten aus jener Zeit. Dabei entdecke ich in Raabs Tresor Kopien von Überweisungen in Millionenhöhe an einen Professor Di Cinno, Frauenarzt in Rom. Ich gebe vor, in Sachen Blaue Rose nach Mailand zu müssen und fliege nach Rom. Molekularbiologen sind vom Fach her in der Literatur zum Thema Klonen zu Hause. Für den Fall, dass meine Schlussfolgerungen richtig sind, hat Di Cinno insgeheim, ohne den Rückhalt von Tierversuchen, mit Frau Verzichowski wie sonst mit Kaninchen experimentiert. Darauf stehen hohe Gefängnisstrafen, ich beschließe, den Mann unter Druck zu setzen.

Di Cinno gesteht, noch wesentlich weiter gegangen zu sein, als vermutet: Er hat, auf Verlangen von Raab, nach dem Bild von Frau Evelynn einen Sechserklon geschaffen. Auf meine Drohung, seine Machenschaften an die Öffentlichkeit zu bringen, händigt er mir auch noch die Koordinaten der fünf übrigen Leihmütter aus.«

»Und vorher, das Zellmaterial von Frau Raab?«

»Raab war, Monate nach dem Tod seiner Gattin, mit tiefgekühltem Gewebe nach Rom gekommen. Damit du keine falschen Schlüsse ziehst: Evelynn war durch einen von Raab verschuldeten Verkehrsunfall ums Leben gekommen.«

»Raab hat Di Cinno fürstlich entlohnt. Er muss als Immobilienhändler Millionen verdient haben.«

»Er ist auch der Erbe von Evelynn gewesen. Doch zurück zum Zellmaterial. H.H. muss schon vor dem Tod seiner Frau einen Kältefachmann bei der Hand gehabt haben, gehörte er doch zu jener Gruppe von Millionären, die davon träumen, sich im Fall einer unheilbaren Krankheit einfrieren zu lassen, um die Zeit bis zur Entdeckung wirksamer Heilmethoden zu überbrücken. Wie das Einfrieren würde auch das Auftauen des menschlichen Körpers eines Tages Routine sein. Ein Spleen, den er sich nicht ausreden ließ.

Tatsächlich gab Raab sich mit den sechs auf den Weg gebrachten Ebenbildern von Evelynn noch nicht zufrieden. Er verlangte von Di Cinno, auch ihn zu klonen, um für längere Zeit, warum nicht für alle Ewigkeit, mit ihr zu leben. Als Klonkind seiner selbst mit Klonkindern von Evelynn, welch skurrile Phantasie. Nun konnten und können Männer nach dem Muster von Dolly nicht geklont werden. Daher, viel später, Raabs Idee, sich seinen Wunsch mit Hilfe sogenannter iPS-Zellen doch noch zu erfüllen. Ein Wahnsinn, von dem ich ihn kurz vor seinem Tod noch faseln hörte.«

In einer Hand den Whiskey, in der anderen die Pistole, hatte Yvonne sich, den Blick nach innen gerichtet, in ihren Erinnerungen verloren. Ich hätte, um sie nicht abzulenken, am liebsten auch meine Atembewegungen eingestellt.

»Anstatt nach Asbach zurückzukehren«, fuhr sie fort, »habe ich damals anhand Di Cinnos Liste meine fünf Klonschwestern aufgesucht und alle, außer Maria Firneis, nach München bestellt. Auch sie sollten wissen, wer sie in Wirklichkeit waren und Gelegenheit haben, sich für den Betrug an der Wurzel ihrer Existenz zu rächen. Sie sind mir, bis auf Silvia, alle gefolgt, obwohl ich über mein stärkstes Motiv, den Zorn auf Raab, nie geredet habe. Hans-Heinrich Raab war mein, mein ganz persönliches Problem. Die anderen sind auch so hinter mir hergelaufen, wie Gänschen hinter der Muttergans. Schwer zu glauben? Auch dann, wenn du in Rechnung stellst, was Annemarie dir über die Uterusagenese der Klonkinder gesagt hat? Dein Problem, Doktor, ein Problem für die Ewigkeit, sozusagen.

Doch zurück zu Hans-Heinrich Raab. Er war, seit ich wusste, dass er mich als Ersatz für Evelynn missbraucht und sein Glück auch bei Annemarie versucht hatte, ein toter Mann. Ich, Yvonne V., wie Missy, das geklonte kalifornische Kätzchen, als Spielzeug in den Händen eines Millionärs? Ein austauschbares, im Dutzend reproduzierbares Kunstprodukt, das man nahm und fallen ließ, je nach Belieben – nur mit tödlichen Folgen.

Du staunst, als würde Raabs Verrat nicht reichen, um sein Todesurteil zu begründen? Hör dir an, was er am Ende einer Auseinandersetzung zu sagen hatte, in der ich ihn mit dem Ergebnis meiner Recherchen konfrontierte. »Du gehst nach allem, was ich für dich getan habe, so weit, mir Vorwürfe zu machen? Du, Yvonne, eine austauschbare Kopie, die ich bei Di Cinnos Embryomanufaktur für teures Geld erstanden habe? Ein Mädchen von der Stange, sozusagen, pret à consumer, eine austauschbare Kopie, hörst du, von der, als Reserve, fünf weitere Exemplare hergestellt worden sind. Nun mach dich schon fort, wenn es dir in Asbach nicht mehr gefällt. Wie du werden auch Annemarie oder Franziska mich lieben und willfährig sein, hat Di Cinno die Zuneigung Evelynns mit einem Zellkern doch auch auf sie übertragen. Hier eine Wegzehrung, undankbares Abziehbild einer Göttin namens Evelynn«, sagte er dann und versuchte, mir ein Bündel Geldscheine aufzudrängen.

Ich bin damals ohne Widerspruch gegangen, wenn auch mit dem Vorsatz, ihn jedes seiner Worte büßen zu lassen.

Daher mein Plan, Raab erst nach einer Galgenfrist von Monaten zu erschießen. Ich konnte darauf verzichten, ihm zu drohen. Nach den Morden an Di Cinno und den beiden Krankenschwestern musste ihm klar sein, dass seine Exekution bevorstand. Eine Stufenleiter von Schrecknissen, die seine Ängste ins Unerträgliche steigern sollten. Man kann wohl davon ausgehen, dass die unbeschwerten Minuten Raabs schon nach dem Mord an Schwester Minges gezählt waren, trotz Alarmanlage und Bodyguard.«

Mit größerem Nachdruck hätte Yvonne mich nicht daran erinnern können, dass ich, nach den vier anderen, ihr fünftes Opfer sein würde. Ob es mir gelang, die Uhr noch einmal anzuhalten? »Vom Kastell«, wagte ich zu sagen, »über die Ausweichlager und Limousinen bis zu den Perücken und gefälschten Papieren – ein komplizierter und damit riskanter Plan.«

»Ein Plan, der reibungslos aufging, bis du ihn mit deiner Neugier durcheinander gebracht hast. Doch lässt sich der Störfall leicht reparieren, indem ich dafür sorge, dass du alles, vor allem dein Wissen über den Klon, mit hinüber nimmst in die so genannte Ewigkeit.«

Gebannt hatte ich verfolgt, wie das aufziehende Gewitter sich in Yvonnes Gesichtszügen spiegelte. Bis jemand mir zurief: Keine Zeit für Psychologeme, Doktor! Das war die Stimme von Klausen. Stell weitere Fragen, so lange die Frau unter dem Eindruck ihrer Erinnerungen steht. Für den Fall, dass du zögerst, kann jede Sekunde tödlich sein.

»Dein Urteil über Raab könnte ich verstehen. Was immer noch fehlt, sind schlüssige Motive für die Morde an Di Cinno und den beiden Schwestern. Von Annemarie waren dazu nur Bruchstücke zu hören.«

»Bruchstücke? Der Anblick von Maria Firneis und das Wissen um die Uterusagenesie von sechs Klonkindern nicht mehr als nur Bruchstücke von Motiven? Gut, sprechen wir auch noch über die Ursachen der Agenesie. Deine Meinung, Doktor?«

»Ein Defekt, der Mutationen geschuldet sein könnte. Sechs unabhängige Mutationen allerdings, eine bei jedem Klonkind, dürften höchst unwahrscheinlich sein. Vielleicht war der entscheidende Defekt schon im Genom der Kernspenderin vorhanden, mit deren Erbgut er von Di Cinno und seinem Team dann auf euch, die Klonkinder, weitergereicht worden ist.«

»Woraus folgt, dass die hoch zu verehrende Frau Evelynn des Herrn Raab selbst schon eine Frau ohne Gebärmutter gewesen ist. Bravo, Doktor, das hast du gut gemacht. Zum Lohn eine Bestätigung dessen, worauf du wohl selbst schon gekommen bist. Di Cinno und die beiden Schwestern haben, durch Raab informiert, sehr wohl gewusst, welche Bürde sie dem Klon mit den Zellkernen von Evellyn aufluden.«

Yvonne sah einen Moment in die Ferne. Mein Versuch, ihren Blick zu deuten, führte in eine Wüste aus ewigem Eis, mit turmhohen Schollen vor einer Unendlichkeit von schmutzigem Grau. Gleichzeitig glaubte ich Kältewellen zu spüren, die von Yvonne ausgingen, Kältestrahlen, negative Wärme sozusagen. Yvonne als Schwarze Witwe – welche Schmeichelei und welches Wunder, dass ich noch am Leben war.

»Doch nun zu dir, Doktor, und dem, was von dir bleiben wird.« Yvonne stellte das Diktiergerät ab und überprüfte den Zustand ihrer Pistole. Das also wird es gewesen sein, ging mir durch den Kopf. Schlecht, ganz schlecht gelaufen, Dr. Vogt.

Reden, Doktor, reden, hörte ich Klausen aus einer Entfernung sagen, die mit jedem Wort größer wurde, Fragen stellen, Doc, auch auf die Gefahr hin, dass es die letzten sein werden.

»Moment, Yvonne«, brachte ich mit heiserer Stimme hervor, »bei allem, was du mir anvertraut hast, bleibt eine Lücke, die mit dem letzten Schicksal von Evelynn zu tun hat. Du hast von tiefgefrorenem Gewebe gesprochen, mit dem Raab in Rom erschienen war. Vor oder nach Rom – irgendwann müssen die sterblichen Überreste von Evelynn beerdigt worden sein.«

»Dazu, als Dank für alles Vergnügen, das ich je mit dir gehabt habe, eine Gruselgeschichte besonderer Art. Ich hatte beobachtet, wie Raab sich in seiner Roserai täglich zwei Sträuße schneiden ließ. Einen brachte er ins Haus, der andere verschwand, niemand wusste, wohin. Vom Gärtner war die Vermutung zu hören, dass Raab in irgendeinem Winkel seines Imperiums eine Gedenkstätte für Evelynn unterhielt, die er täglich besuchte. Eine Karikatur des Prinzen, der zu seinem Schneewittchen pilgert.«

Weiter, Doc, du musst die Blöße nutzen, die Yvonne sich durch solche Erinnerungen zu geben scheint. Weiter, vielleicht musst du sie provozieren, damit die Hoffnung nicht vor dir selber stirbt.

»Bleibt die Sache mit den willenlosen Gänschen. Ich habe immer noch nicht verstanden, wie drei fest im Alltag verwurzelte, unbescholtene Frauen sich dazu hergaben, dich bei deinem Amoklauf …«

»Genug jetzt, Simplex Simplicius, nimm deine Version von Gruppendynamik mit hinüber in die Ewigkeit.«

Was während der nächsten Sekunden geschah, kann ich, in der Erinnerung, nur aus Bruchstücken zusammensetzen. Yvonne starrte unvermittelt in Richtung Diele, wo Bronkhorst erschienen war, hinter ihm Kai Kiefer und Rita Phelps. Dann drei Schüsse mit ohrenbetäubendem Widerhall und Querschläger, wie Heuler in der Silvesternacht.

Als wieder Stille einkehrt, liegt Yvonne vor der Couch. Der hellrote Fleck auf dem beigen Pullover nimmt noch etwas zu, dann wird er dunkler. Rita, die sofort bei Yvonne war, richtet sich kopfschüttelnd wieder auf, auch ich taste vergeblich nach einem Puls. Bronkhorst hält sich den linken Oberarm, im Hintergrund sehe ich Klausen mit einem Mann, der das Geschehen aus einiger Entfernung verfolgt, Oberrat Lück, wie ich später erfuhr.

Nachdem ich Bronkhorsts Fleischwunde versorgt habe, verlangsamt alles sich zur gewohnten Routine. Objekte werden verwahrt, darunter Yvonnes Pistole, Fingerabdrücke gesichert, Taschen untersucht, Läden geleert und Blitzlichter geschossen. Der Rechtsmediziner kann nicht mehr tun, als einen tödlichen Schuss im Bereich der Herzgegend festzustellen. Yvonne trägt einen Ausweis mit dem Namen Helga Horger bei sich, wohnhaft Königsweg 326, Berlin. Bronkhorst übergibt ihn dem Hauptkommissar, dann winkt er mich in die Küche und hört sich an, was ich zu sagen habe. Ich beschränke mich auf das Offensichtliche. Zuletzt wird Yvonnes Leiche entfernt.

Nach einer halben Stunde versucht Bronkhorst, den Tatbestand zu ordnen. Von den vier schießwütigen Weibern aus der Phantasie des Herrn Raab, stellt er fest, ist, wie von den liebestollen Frauen des Dr. Vogt, nur eine übrig geblieben, Helga Horger. Was noch fehlt, ist der Beweis für die Identität ihrer Pistole mit der Tatwaffe aus den Fällen Minges/Mehlhorn/Di Cinno/Raab. Dann, Hauptkommissar, dürfte es an der Zeit sein, das Dossier unserer Mordserie zu schließen.

Lück hört, wie mir scheint, mit einiger Skepsis zu, verzichtet aber darauf, zu widersprechen. Nicht lange danach beobachte ich, wie der Oberrat, nach einem Blick auf seine Leute, etwas an sich nimmt. Yvonnes Diktiergerät, das im Trubel unter den Couchtisch gefallen war.

Irgendwann drückt Rita mir verstohlen die Hand. Das ist der Moment, an dem ich begreife, dass der Spuk vorbei ist. Seit meinem Gang zum Eckturm des Kastells sind drei Tage vergangen, in denen ich Licht, Sonnenlicht, nur am Rand meiner Augenbinde gesehen habe, und auch das nur für Sekunden. Als könnte sie meine Gedanken lesen, öffnet Rita die Jalousien. Yvonne, Annemarie, Franziska und Elisabeth konnten, als Klon, von dem niemand wissen durfte, nur im Verborgenen überstehen.

Klausen weicht nur selten von der Seite des Oberrats. Als ich endlich Gelegenheit finde, ihm für meine Rettung zu danken, winkt er ab.

Mir, sagt er, ist es leider nicht gelungen, Ihren Weg nach der Flucht aus dem Kastell zu verfolgen. Von Bronkhorst war zu hören, dass eine Frau die Behörden alarmiert hatte, wahrscheinlich vom Ausland her.

Annemarie Schöne, sage ich leise vor mich hin, Helga, alias Annemarie, die einen Tag gewartet hat, bevor sie die Reißleine zog. Ein Kompromiss zwischen ihrer Treue zum Klon und der Zuneigung zu einem Mann, der im entscheidenden Moment nicht zu ihr hielt. Glück im Unglück gehabt, Dr. Vogt.

Im Hintergrund sehe ich Klausen, immer noch im Gespräch mit dem Oberrat. Kurioses Paar: einer, Klausen, korpulent, der andere, Lück, gertenschlank. Einer mit schneeweißem Pilzkopf, der andere mit straff zurückgekämmtem dunkelbraunem Haar, doch beide klein, lebhaft und mit Augen, denen so rasch nichts entging. Zwei, die sich hier, im Schlupfwinkel von Annemarie, gefunden hatten. Im Augenblick redeten sie über das »Interieur« von Annemaries Wohnung.

»Ein Majolikaofen«, höre ich Lück sagen, »wie man ihn nicht oft zu sehen bekommt. Mit einem schwarzen Panther, der obenauf thront, als sei er zu diesem Zweck gegossen worden.«

»Ja«, stimmt Klausen zu, »von den Tapeten über die perlmuttintarsierten Möbel bis zum silbernen Besteck, dem Stövchen und dem Samowar, alles im Stil der Gründerzeit. Mit dem wie spielerischen Versuch, Metallen Fluidität, Hölzern Schwingung, Marmor Elastizität und Glas Undurchsichtigkeit zu verleihen.«

Moment, Maitre, diesen Text habe ich schon einmal vernommen, klar, im Haus von Di Cinno, in der Via Merulana, damals, in Rom. Gedächtniskünstler müsste man sein, Maitre, Gelesenes behalten und dann wiedergeben, wenn die Situation es verlangt.

Im Hintergrund der Diele führt eine Treppe nach oben. Ich folge Rita, die sich nicht zu wundern scheint, dass Lück unseren Weg mit einem Lächeln verfolgt.

Das Obergeschoss besteht nur aus einem »Türmchen«, ein Rundzimmer, wie es offenbar zu dieser Art von Häusern gehört. In den Wandschränken hängen noch Kleider von früheren Mietern oder den Besitzern, über Bett, Tisch und Kommode sind Spielsachen, Bilderbücher und Kindergeschirr verteilt. Darunter Tassen mit drei Strichfiguren aus dem »Wizard of Oz«: Scarecrow, Tin Woodman und Cowardly Lion.

Rita steht am Fenster, ich sehe ihr über die Schulter. Gegenüber kommt ein Berg ins Bild, der dem Heiligenberg ähnlich sieht, unten ein Fluss mit einer, nein, mit der Alten Brücke und dem vertrauten Doppelturm – ich würde keinen IC brauchen, ich war schon in Heidelberg und damit endgültig wieder in der Wirklichkeit. Annemarie hatte in Erinnerung an einen unserer Spaziergänge ein Haus in der oberen Gaisbergstraße gemietet. Ich kann im Hochgefühl meiner Befreiung nicht bedauern, dass ihre Träume sich nicht erfüllt haben.

Als ich mit Rita wieder nach unten ging, waren Lück und Klausen verschwunden, während Bronkhorst darauf wartete, das Haus hinter uns zu versiegeln.

Rita

Drei Tage nach der Katastrophe in der Gaisbergstraße lag ein Umschlag mit einer Karte aus Büttenpapier auf meinem Arbeitsplatz im Präsidium. Freitag den 12.10. um 20 Uhr Diner in einem Separée des Europäischen Hof. Stichwort: Ein Gönner. Kein Absender und keine Unterschrift, da könnte jeder kommen. Ich rufe Harald an. Er hat die gleiche Karte erhalten und ist nicht weniger ratlos als ich. Darauf kann es nur eine Antwort geben, sagt er nach einer Weile: In Schale werfen und hingehen, um zu sehen, wer hier den Gönner spielt. Und: Nein, Rita, ich glaube nicht, dass jemand sich so viel Mühe gibt, um uns zu veralbern.

Apropos Harald. Als wir vorgestern vom Uniplatz über die Anlage in Richtung Sophienstraße gingen, freute er sich wie ein Kind über alles, was ihm über den Weg lief. »Endlich wieder frei«, sagte er, »frei für den Alltag von Heidelberg, dazu die Genugtuung zu wissen, was einen monatelang genarrt hat – braucht man mehr, um glücklich zu sein?«

Selbst über die vielen Tauben, die ihm sonst nur lästig waren, schien er sich zu freuen. Und der Höhepunkt: Harald bleibt, mitten in der Anlage, unter einer Platane stehen, deren Stamm von einem Sonnenstrahl gestreift wird. »Sehen Platanenstämme nicht wie grau gemusterte Leoparden aus«, fragt er, »die alljährlich Anteile ihres Fells verlieren, so, dass neben zitronengelbem jungen Bast alle Graustufen bis zu bröckelndem Anthrazit zu sehen sind? Vielleicht kommt auch sonst nur Neues ans Licht, wenn Altes von den Stämmen fällt.«

Nicht lange allerdings, dann wurde Harald wieder alltagstauglich. Von Klausen, seinem »Manager«, ermuntert, wollte er hoch hinaus. Ich spreche von seiner Idee, sich im Menglerbau einzumieten, das erste und einzige Hochhaus im Stadtkern von Heidelberg. Da am fünfzehnten ein Apartment der elften Etage frei wurde, griff er zu. Was dann folgte, waren Entscheidungen, wie sie nur Harald treffen kann. Er behielt als »zweiten Wohnsitz« auch seine Bude in der Albert-Mays-Strasse bei, gab einer Firma den Auftrag, alles, was er im Keller von Frau Konrad gelagert hatte, in den Menglerbau zu schaffen und kaufte so viel Zeug hinzu, dass er künftig je nach Lust und Laune unten oder oben »residieren« kann. Vogt als Maulwurf und Turmfalke in einem. Dabei hatte ich ihm eines der drei Zimmer meines neuen Apartments in der Kaiserstraße angeboten.

Freitagabend, es ist der Tag des Diners im Europäischen Hof, erscheint Harald in einem hellblauen Einreiher von Armani. Aus der Zeit meiner ersten Tage im Kaiserhof, sagt er, und redet von Blautönen, von A 880 und, wenn ich richtig erinnere, von RBG 0000ff. Ein Zeichen, dass er bei Frau Schäfer wieder Zugang zum Internet hat. Auf dem Weg zum Europäischen Hof sehe ich mir Freund Harald von der Seite an. Er sieht verdammt gut aus, kein Wunder, dass gleich vier geklonte Tussis hinter ihm her waren. Kann es sein, dass die diffuse Angst, die mich bei solchen Gedanken befällt, mit Eifersucht zu tun hat? Wenn er auf die vier zu sprechen kam, bin ich oft ausgewichen. Nur einmal habe ich ihn direkt konfrontiert: »Mich gibt es nur einmal, Harald, und ich will auch so – ganz einmalig – geliebt werden. Und jetzt Schluss mit den Doppelgängerinnen.« Er hat mich verstanden. Und irgendwann gemurmelt, »zum Glück, ein zweites Mal – ich glaube ich würde wahnsinnig.«

Im Europäischen Hof führt ein Angestellter uns auf das Stichwort ›Gönner‹ in einen Raum, der so hell ausgeleuchtet ist, dass ich zuerst nur den weißen Tisch, das silberne Besteck und die vielen Gläser erkenne. Dann erst sehe ich jemand auf uns zukommen, mit dem ich nicht gerechnet hatte: Oberrat Dr. Ferdinando Lück, gefolgt von einem, ich sollte sagen seinem Schatten, Maitre Marcel Klausen. Auch Harald ist sprachlos. Während Lück mir einen Sessel zurechtrückt, bestaune ich das Gedeck, fünf Gläser für jeden und Besteck für mindestens vier Gänge. Erstaunlich auch die Tatsache, dass Lück, sonst eher verschlossen, sich betont leger gibt, als hätte ein beliebiger Zufall uns zusammengeführt, ihn, den Oberrat und mich, die Kommissarin. Ähnlich locker auch Klausen, als wären beide von einem Gang durch die Stadt soeben nur mal hereinspaziert. Im Gegensatz zu Harald, er ist, von den Schuhen bis zum Beistecktuch, hoffnungslos overdressed.

Die folgende Unterhaltung hatte es in sich. Um sie am Stück wiederzugeben, schicke ich voraus, was Lück auftischen ließ. Nach »Kleinigkeiten«, amuse bouche und zwei Vorspeisen, drei große Gerichte: Saibling mit Salat von Kräutern, Meerrettich und Spinat; Hirschkalbsrücken mit Gänseleber, Berberitzen, Thymian und Spitzkohl, zuletzt Schulterstück vom Iberico-Schwein mit Zwiebeltarte, Macadamianüssen und Schmorzwiebeln. Und vier obligate Minidesserts mit langen französischen Namen. Von den Getränken blieb mir nur ein Weißwein mit dem Namen Terras Gauda in Erinnerung, dessen fruchtige Frische mich an Summertime erinnerte. Lück amüsierte sich über meinen Wunsch, auch für die Fleischgerichte bei der grünlich gelben Köstlichkeit zu bleiben. Zwischendurch der Küchenchef, ein französischer Sommelier und, wenn es darauf ankam, vier Servierdamen. Zu viel des Neuen für klein Rita, die gesteht, sich bei diesem Abschnitt ihres Berichts an die gedruckte Speisenfolge gehalten – doch was soll der Schwulst: die Speisenfolge einfach abgekupfert zu haben.

Und damit zurück zum Aperitif und dem ersten Erweckungserlebnis für Harald Vogt. Dr. Lück hatte mit seiner sonoren Stimme über den Vorfall in der oberen Gaisbergstraße geredet, als Harald wie ein Tiefschläfer hochfuhr. »Moment, Dr. Lück, sind etwa Sie …«, und mit einem entschuldigenden Blick in die Runde: »Könnte Ihre Stimme die von …«

»… Mr. X gewesen sein? Ja, Dr. Vogt. Dass Sie so lange gebraucht haben, um sie zu erkennen, spricht nicht für die Qualität Ihrer Beobachtungsgabe oder, wer weiß, die unserer Telefonverbindungen.«

Danach ließ Lück sich bis zur zweiten Vorspeise Zeit, um über seine Rolle als Mr. X zu reden. »Ihr beide, Harald und Rita, wollt sicher wissen, wie ein Oberrat dazu kommt, jemand zu helfen, hinter dem die eigenen Leute her sind, unter ihnen Kommissarin Phelps.« Dazu ein Prosit in meine Richtung, das mir die Röte bis hinter die Ohren trieb.

»Hier muss ich, zum besseren Verständnis der Zusammenhänge, weiter ausholen«, fuhr Lück fort. »Die Geschichte beginnt am Grab von Frau Evelynn, die von ihrem Mann, H.H. Raab, zu Tode gefahren worden war. Während die schwarze Urne mit Evelynns Asche unter Erde und Blumen verschwand, habe ich mir geschworen, Hans-Heinrich nicht mehr aus den Augen zu lassen.« Lück sah einen Moment schweigend vor sich hin, ehe er mit einem gezwungenen Lächeln fortfuhr: »Denn Hans-Heinrich und ich, wir kannten einander seit längerem, ist er doch mein Schwager gewesen. Ich muss hier gestehen, dass ich Evelynn über alles geliebt und, als sie sich Raab zuwandte, ihre Schwester Susan geheiratet habe. Daher meine Anwesenheit am Grab von Evelynn, daher auch mein Interesse an Raab.«

In Lücks Gesicht spiegelten sich verhaltene Emotionen. Ich war inzwischen dabei, mir Lück und Raab als junge Männer vorzustellen. Raab, daran konnte es keinen Zweifel geben, dürfte das imposantere Mannsbild gewesen sein, dazu sehr früh schon erfolgreich. Die Frage, warum Raab sich vor kurzem, als er in Not gewesen war, nicht an Lück, seinen Schwager, gewandt hatte, beantwortete sich nach allem von selber.

Lück, der sich wieder in der Gewalt hatte, fügte nach einer Weile hinzu: »Kriminalistische Sonderaktionen sind nur mit zusätzlichen Ressourcen möglich, über die ich schon bald verfügte. Dazu die Stichworte: frühes Renommee durch rasche Erfolge, zügige Beförderung mit Kontakt zu den Sicherheitsdiensten und, nicht zuletzt, das Erbteil von Susan, die viel zu früh verstarb – mit Spielräumen, die nicht jedem zur Verfügung stehen. Nun mach nicht so große Augen, Marcel. Verdeckte Ermittler hat es seit jeher auch dort gegeben, wo niemand sie vermutet, innerhalb der Kriminaldienste. Für mich mit der Chance, viel über ›die dort oben‹ zu erfahren, was mehr Einfluss verleiht, als man glauben würde. Ich spreche so frei darüber, weil ich sie, Rita und Harald, besser kenne als sie vielleicht vermuten.

Doch wieder zu Raab. Ich wusste schon sehr bald, dass er in Rom etwas laufen hatte, worüber er schwieg. Hellwach bin ich aber erst geworden, als er mit einer Mitarbeiterin auftauchte, die Evelynn zum Verwechseln ähnlich sah: Yvonne Verzichowski aus Frankreich, die fürs Erste auch mich durcheinander brachte. Dies war der Moment, von dem ab ich Raab noch enger observieren ließ. Von einem deiner Kollegen, Marcel, der mir seit längerem verpflichtet war. Er ist Yvonne nach Rom und dann auch nach Esslingen, Locarno und Berlin gefolgt, während das Rätsel durch das Auftauchen von Franziska, Elisabeth und Annemarie immer größer wurde. Bis dahin einfache Recherchen, auch wenn Yvonne durch allerlei Maskeraden versucht hat zu verheimlichen, was unerhört aber nicht zu bezweifeln war: die Existenz eines menschlichen Klons. Molecular Biology for Dummies, das ist damals meine Lektüre gewesen.« Und mit einem langen Blick auf Harald: »Selbst die Frage Spaltkind oder Klonkind ist mir vertraut.«

Mit einem Lächeln, das nicht frei von Selbstgefälligkeit war, strich Lück sich über das immer noch volle, dunkelbraune Haar. Eine Geste, wie um Ordnung zu schaffen, wo ohnehin alles in Ordnung war.

»Bleibt die Frage nach meinem Interesse für den Fall Vogt. Ich bin gewohnt alle, buchstäblich alle Verhöre meiner Untergebenen zu überfliegen. Interessantes, wie die ersten Aussagen eines Dr. Vogt aus der Neurologie, nehme ich mir im Wortlaut vor. Selbstverständlich konnte ich zu Anfang nicht wissen, dass es sich bei den Frauen, von denen Vogt redete, um den Evelynn-Klon handelt – zwei Fäden einer Geschichte, die darauf warteten, verknotet zu werden. Zwischendurch allerdings Verzögerungen, weil mein Gewährsmann die Spur der vier Walküren verloren hatte, bevor sie im Kastell verschwanden.

Doch abgesehen davon: Ein Typ wie Dr. Vogt, dem man nicht an jeder Straßenecke begegnet, hätte mich immer interessiert. Welche Kreuzung zwischen Simplicius Simplicissimus und Siegfried, auch auf den Fotos, die Kiefer beigelegt hatte. Wie tröstlich, sagte ich mir, dass jemand auslebt, wovon andere nur träumen.« Und, nach einem Blick auf Klausen: »Doch hatte mein Interesse an der Affäre Vogt auch noch einen anderen, diabolischen Grund. Ich spreche von Kommissar Bronkhorst, der gegen meinen Willen nach Heidelberg gekommen war. Denn warum, Marcel, sollte ich jemand unterstützen, der alles tut, um das Synonym Bulle zu verewigen? Amüsant zu verfolgen, wie Bronkhorst im Rahmen der Affäre Vogt aus einer Falle in die nächste tappt. Mit dem Höhepunkt Gaisbergstraße, darüber wird noch zu reden sein.«

Ich war für Minuten durcheinander. Wanzen in den Diensträumen des Präsidiums als Quelle der Allwissenheit des Oberrats? Ein Chef, der lächelnd zusah wie seine Untergebenen sich blamierten? Ein Blick auf Harald genügte um zu wissen, dass auch sein Synapsenapparat am Rattern war. Moment, Rita: ein Synapsenapparat mit Rattergeräuschen? Färbte Haralds Jargon jetzt schon auf mich ab?

Lück machte eine Pause um nachzuholen, was er am Hirschkalbsrücken versäumt hatte. Dann trank er von seinem St. Emillion, ließ nachschenken, setzte das Glas ab und kam wieder zur Sache. »Der Verdacht, dass der Klon von Evelynn und Vogts Bericht die beiden Seiten einer Medaille waren, kam mir erst bei einer unscheinbaren Passage seiner Aussage. Dort war von den grünen Augen seiner Geliebten, Helga Horger, die Rede. Blond und mit leuchtend grünen Augen – das galt auch für Evelynn. Mit der Konsequenz, dass ich Vogt, wo immer möglich, unterstützte. Als Mister X, aber auch dadurch, dass ich Sie, Rita, nach Rom delegierte. Ein Vorgehen jenseits des Alltäglichen, gelegentlich wohl auch am Rande der Legalität, mag sein, aber erfolgreich, sind so doch vier Mordfälle geklärt worden.«

An dieser Stelle legte Klausen sein Besteck zum ersten Mal auf das Messerbänkchen. »Ferdinando L., der aus dem Verborgenen zusieht, wie andere ihm zuarbeiten, Vogt zum Beispiel und ich, der unscheinbare Privatdetektiv. Wir beide, Herr Oberrat, sehen das anders. Doch unabhängig davon eine Frage: Kommissar Bronkhorst ging neulich, nach dem Schusswechsel in der Oberen Gaisbergstraße, davon aus, dass es sich bei der Toten um die frühere Geliebte von Dr. Vogt mit dem Namen Helga Horger handelt. Glaubt er immer noch, dass mit ihr als nur einer Verdächtigen die Fälle Minges, Mehlhorn, Di Cinno und Raab gelöst sind?«

»Wenn das alles wäre. Du hättest ihn neulich, nach seiner Rückkehr aus dem Kastell, erleben sollen. Er hatte dort nur Material für zwei, ich wiederhole: zwei genetische Fingerprints gefunden, den von Dr. Vogt und einen zweiten, der mit dem seiner Toten aus der Gaisbergstraße identisch war. Dazu das Ergebnis des Waffenexperten: Frau Horger, wie er sie nannte, war mit der Tatwaffe der Fälle Minges, Mehlhorn et cetera erwischt worden. Nun war Bronkhorst noch fester davon überzeugt, dass nur eine Frau im Spiel war, Helga Horger, die Geliebte von Dr. Vogt und später auch von Hans-Heinrich Raab, den sie in einem Anfall von Eifersucht erschoss. Um Motive für die anderen drei Fälle hatte er sich erst gar nicht umgesehen. An diesem Punkt beging er den Fehler, zwei Journalisten zu informieren, ohne sich vorher mit mir abzustimmen. Du kannst seine Version der Geschichte morgen früh in jeder Zeitung und heute Abend wohl schon im Internet lesen. Schade, dass hinter der engen Stirn des Kommissars kein Platz für vier Klongeschwister übrig war. Nun gut, er hat die Öffentlichkeit gesucht, er wird auch die Folgen tragen.«

Klausen trank nachdenklich von seinem Sauternes, holte ein silbernes Etui aus der Seitentasche seines Jacketts, öffnete den Deckel, griff nach einer Zigarre, schnupperte daran und legte sie wieder zurück. »Und deine Version der Geschichte, Herr Oberrat? Ist sie noch nicht reif für die Öffentlichkeit?«

»Das ist sie schon am Freitag letzter Woche nach unserem Besuch in der Gaisbergstraße gewesen.« Und, nun wieder mit einem befreiten Lächeln: »Hat jemand von euch das Schicksal von Yvonnes Diktiergerät verfolgt?«

Ich wusste, dass Harald gesehen hatte, wie Lück das Gerät heimlich an sich nahm, hielt es jedoch für ratsam, den Oberrat nicht bloßzustellen. Doch Lück erzählte aus freien Stücken, wie er den Apparat für einen Tag »geliehen« und sich aus dem gesprochenen Testament von Yvonne über alles informiert hatte, was ihm noch fehlte.

»Danach hast du tagelang geschwiegen. War es deine Absicht, Bronkhorst erst Zeit für seine Blamage zu geben?«

»Nicht eigentlich. Mir ging es zwar tatsächlich darum, Zeit zu gewinnen. Nein, nicht wegen Bronkhorst, sondern für Elisabeth, Franziska und vor allem für Annemarie, die wegen Harald zwei Tage gezögert hatte, bevor sie verschwand. Über mein Motiv, ihr und den beiden anderen zu helfen, brauche ich wohl nichts zu sagen.«

In der Tat, Herr Oberrat, Klein Rita hat begriffen, dass es Ihnen um drei lebensechte Bilder, nein, Kopien von Evelynn ging, eine Frau, die Sie immer noch verehren, wenn nicht lieben. Und Sie dazu verführte, den Rand der Legalität neu zu definieren. Dennoch, Dr. Lück, ein Hoch auf Ihre Einstellung zur Liebe.

Während Harald weiterhin schwieg, hatte Klausen noch eine Frage. »Wenn ich richtig verstehe, entspricht deine Version der Affäre um die vier Klongeschwister weitgehend der von Dr. Vogt, der Wahrheit also. Wäre die einfachere, wenn auch falsche Lösung von Bronkhorst für die drei Flüchtigen nicht vorteilhafter gewesen: vier Morde, nur eine Pistole und mit Helga Horger, die bei einem Schusswechsel umkam, auch nur eine Schuldige? Eine Lesart, bei der die drei anderen von vornherein aus dem Spiel wären.«

»Daran habe ich zu Anfang auch gedacht, die Idee aber gleich wieder verworfen. Selbst wenn ihr, du und Vogt, dazu schweigen würdet, gebe es noch die früheren, mehrfach dokumentierten Aussagen von Dr. Vogt mit der Möglichkeit, den wahren Sachverhalt zu rekonstruieren. Und, nicht zu vergessen, Frau Schöne und drei andere ›Mütter‹, die seit Monaten auf ihre Töchter warten. Mag sein, dass die Polizeiphotos der toten Yvonne ihnen nichts sagen. Doch später, wenn lebensechte Aufnahmen von Yvonne oder Frau Evelynn auftauchen: Wird nicht jede von ihnen sie für ihre Tochter halten und entsprechend reagieren? So gesehen hatte ich keine andere Wahl, als am Ende doch preiszugeben, was in Wirklichkeit geschehen ist.«

Beim Espresso musste ich daran denken, wie sehr unsere Stimmung sich seit dem Aperitif geändert hatte. Zuerst der Spaß um die Identität des Mister X, dann die traurige Geschichte von Evelynn und jetzt nur noch Betroffenheit darüber, dass aus der Verwechslungskomödie um vier Klonschwestern eine Tragödie geworden war. Erstaunlich, wie gut der Oberrat sein Mienenspiel unter Kontrolle hielt. Wir waren schon auf dem Weg zum Foyer, als der Oberrat Harald empfahl, bei Professor Helmerich, dem Direktor der Neurologischen Klinik, vorzusprechen. Er, Dr. Lück, gehe davon aus, dass Haralds Fachausbildung mittlerweile gesichert sei. Gleich darauf, während er mir in den Mantel half, bestärkte der Oberrat mich in der Absicht, mein Studium fortzusetzen. Dabei hatte ich bisher nur davon geträumt, den Polizeidienst aufzugeben. Ich war so verwirrt, dass ich später nicht mehr wusste, was Lück im Einzelnen gesagt hatte. War auch von der Gründung einer Familie die Rede gewesen?

Selbst für Klausen gab es am Ende noch eine Überraschung, eine Fernbedienung, die Lück aus der Tasche seines Dufflecoats zog. »Hier, Marcel, das Ding hat mit Raabs Rosengarten zu tun. Nein, nicht mit dem Zugang, dafür soll es in Kürze Eintrittskarten geben. Ich bin neulich in Asbach gewesen, welche Blütenpracht, jetzt, im Oktober. Es dürfte dir nicht schwer fallen herauszufinden, was sich, in der Tiefe des Tunnels, mit Raabs Fernbedienung anstellen lässt.« Sprach's, überging unsere Dankesreden und stieg nach einem letzten Gruß in sein Taxi.

Wir, Harald und ich, begleiteten Klausen bis zum Bismarckplatz. Dann gingen wir über die Uferpromenade zur Alten Brücke und wieder zurück, bis uns zu Lück, dem Diner und seinen Abschiedsworten nichts mehr einfiel. Dass wir während des gesamten Abends keine Fragen gestellt hatten, fiel uns erst auf dem Heimweg zur Kaiserstraße auf. Vielleicht, sagte ich, ist der Bericht des Oberrats so folgerichtig gewesen, dass es keine Gelegenheit zu Fragen gab. Vielleicht, meinte Harald, sind wir Dr. Lück auch mit zu viel Respekt begegnet.

Dr. Vogt

Rita hatte zehn Tage Resturlaub genommen. Als Erstes stand die Einrichtung meiner Wohnung im Menglerbau auf dem Programm. Dann sammelte sie Informationen zur Fortsetzung ihres Studiums der Wirtschaftswissenschaften. Die Chancen für eine Zulassung im nächsten Sommersemester, hier, in Heidelberg, standen so gut, dass sie ihre Stellung bei der Polizei zum ersten Januar kündigte.

Etwas später, gegen Ende Oktober, fuhren wir, Rita, Klausen und ich, mit einem Leihwagen in Richtung Asbach. Themen für angeregte Diskussionen gab es mehr als genug. Erst war vom Fortgang der Affäre Minges/Mehlhorn/Di Cinno/Raab und dem Tod von Yvonne in der Oberen Gaisbergstraße die Rede. Dr. Lück hatte, nachdem auch Annemarie in Sicherheit war, die voreilige Mitteilung von Bronkhorst durch seine Darstellung der Vorgänge um den Evelynn-Klon korrigiert. Die Reaktion der Medien übertraf alle Vermutungen. Längst waren Reporter nach Rom, Esslingen, Largentière und Udine unterwegs, während ich Mühe hatte, den vielen Fragen, Angeboten und Einladungen zu entgehen.

Anders Klausen, der den Hype um seinen Anteil an der Geschichte zu genießen schien. Er kam schon gleich nach Neckargemünd auf die Agentur zu sprechen, mit der er die mediale Auswertung meiner Erlebnisse betrieb, Erlebnisse, deren Wert durch das Stichwort Klon explosionsartig gestiegen war. Um Interviews ging es, um Talkshows und einen Thriller, den er in meinem Namen schreiben wollte.

Ich hatte vor, mich noch eine Weile drängen zu lassen, war unter Ritas Einfluss aber schon seit Tagen entschlossen, Klausens Ratschlägen zu folgen, mit Ausnahme der Talkshows. Wie angenehm, dass Rita eine Frau mit Bodenhaftung war. Was du vor Gericht ohnehin aussagen musst, meinte sie, kannst du gegen fürstliche Honorare auch Journalisten erzählen. Auch wollte sie Klausen bei der Niederschrift meiner »Memoiren« unterstützen. Ritas Pläne gingen noch wesentlich weiter. Am Ende stand eine Privatklinik unter der Leitung von Chefarzt Dr. Vogt mit Rita Phelps als Verwaltungsdirektorin.

Die Idee einer Privatklinik war nach meinem Besuch in der Neurologie entstanden. Professor Helmerich hatte mich freundlich empfangen. Leider, sagte er, ist Station fünf bei Dr. Männen in festen Händen. Da Sie, wie ich höre, seit langem mit Männen befreundet sind, wird es am besten sein, Sie gehen ihm bis zur Beendigung Ihrer Fachausbildung an die Hand.

Oben, auf Station fünf, brauchte Heinz eine Viertelstunde um mir zu gestehen, dass er mit seiner Habilitationsschrift beschäftigt sei. Wer schreibt, der bleibt, sagte er und brachte ein gequältes Lächeln zustande. Heinz, das war offensichtlich, würde meine, die Karriere des Dr. Vogt, im Dienst der Wissenschaft fortsetzen. Lass gut sein, Heinzelmann, ich bin ohnehin nicht mehr davon überzeugt, dass mein Platz auf die Dauer hier gewesen wäre. Jetzt, nachdem du alle Smilies vom Sockel des alten Telefons entfernt hast, fällt es mir nicht schwer, dir mein Dienstzimmer zu überlassen.

Zuletzt war Rita mit ihren Plänen noch ein paar Schritte weiter gegangen. Klausen und Lück sollten wir, als ideale Trauzeugen und Paten unserer Kinder, schon bald zu Ehrenonkeln ernennen. Moment, Rita, an deine Art, Zeitbomben in Nebensätzen zu verstecken, muss man sich erst gewöhnen, hatte ich geantwortet, und im Stillen gedacht: Ehrenonkel o. k., aber alles andere muss noch einmal überlegt werden.

Doch zurück zu unserer Fahrt. In der Nähe von Aglasterhausen fragte Klausen nach meiner Unterredung mit dem Staatsanwalt. »Wie mir scheint«, antwortete ich, »stimmt das Geständnis von Yvonne in ihren beiden ›Testamenten‹ weitgehend mit meiner Aussage überein. Franziska, Elisabeth und Annemarie droht daher, für den Fall, dass man sie eines Tages trotz aller Vorsicht entdeckt, nur eine Anklage wegen Mitwisserschaft und Beihilfe zu vier Morden. Mit mildernden Umständen wegen ihres nicht alltäglichen Schicksals und der erstaunlichen Suggestivkraft von Yvonne.«

Minuten später kam im Licht der zaghaften Oktobersonne der Asbacher Bahnhof in Sicht. Die alte Station war verschlossen, im Bereich des Bungalows und der Nebengebäude herrschte Betrieb, so, als wären die Erben von Hans-Heinrich Raab schon dabei, das Anwesen für den Verkauf herzurichten.

Auf dem Weg zum Tunnel kam uns ein Mann mit grüner Kittelschürze entgegen. »Sie wollen das Rosarium sehen? Ab gestern zwei Euro für Erwachsene.«

Während Rita die Eintrittskarten entgegennahm, sah ich mir mit Klausen den Eingang des Tunnels näher an. Rechts und links Felsen, querüber Betonblöcke, dazwischen eine Wand aus Rotsandsteinelementen mit einer mehrere Meter breiten omegaförmigen Öffnung, die durch Milchglasscheiben verschlossen war. Links unten eine Tür, hoch über allem ein steiler, mit Buchen bewachsener Hang, auf einem Betonblock die Jahreszahl 1862.

»Das Westportal des Karlsbergtunnels«, hörte ich den Mann mit der Kittelschürze sagen, dann öffnete er uns die Tür.

Was mir zuerst auffiel, war der starke Duft, eine Mischung aus blühenden Zitrusfrüchten und Rosen, andere würden ihn betäubend genannt haben. Dann ging es nur noch um den Anblick von Rosen, Tausende blühender Rosen links und rechts eines Mittelweges, so weit man sah.

Rita bekam vor Staunen den Mund nicht wieder zu. »Kein Wunder, Fräulein – künstliches, in Stärke und Dauer manipulierbares Sonnenlicht, da kann man den Spätherbst zum Frühling machen.« Und als Rita immer noch staunte: »Dazu selbstverständlich Wärme, Dünger, Schädlingsbekämpfung und ein fachmännischer Rosenschnitt. Sie wissen vielleicht, dass man Rosen im März und, in Erwartung einer zweiten Blüte, später noch einmal zurückschneidet, bei Busch- oder Hochstammrosen auf zwei oder drei Augen. Nun gut, wenn die äußeren Bedingungen, wie hier im Tunnel, gegeben sind, lässt sich der Zyklus ein drittes Mal wiederholen.«

Auf Anfrage stellte sich heraus, dass der Mann, früher Raabs Gärtner, jetzt als Angestellter der Gemeinde für die Anlage verantwortlich war. Nein, sagte er, mit den symbolischen zwei Euro pro Person kann der Rosentunnel nicht überleben, zum Glück hat Herr Raab eine Stiftung eingerichtet, deren Vorstand jetzt, nach seinem Tod, der Bürgermeister von Obrigheim ist.

Ich ging weiter bis zu einem mächtigen Busch mit vielen, allzu vielen cremeweißen, zum Rand hin dunkelrosa Blüten.

»Ronsard«, sagte Klausen, »Pierre de Ronsard.«

Worauf der Gärtner im Näherkommen nickte: »In Deutschland auch als Eden Rose 85 geführt, anno 2006 als Weltrose prämiiert. Sie wird oft als Kletterrose gehalten, ich forme sie, wie andere Kletterrosen, gern zu großen Büschen. Folgen Sie mir ein paar Schritte weiter.«

»Hier«, sagte er dann, »Madame Meilland, Weltrose 1976.«

»Angelsächsisch auch ›Peace‹, das hat mit dem Jahr 1945 zu tun«, fügte Klausen hinzu. Weiß der Himmel, warum er mir hier, in der von ihm so genannten Roserai, zum ersten Mal wie ein allwissender Papagei vorkam.

Wir standen vor einem breiten Busch mit einer Fülle von handtellergroßen, eigelben, da und dort rötlich geränderten Blüten.

»Auch hier in der Variante Kletterrose«, erklärte unser Begleiter, »deren Zweige ich, wie sie sehen, in großen Bögen nach unten dirigiere.«

Das ging noch eine Weile so, mit weißen, roten, rosa und zweifarbigen, fast hätte ich gesagt gefleckten Rosen. Um auch das zu erwähnen – blaue Blüten aus der Zucht von Yvonne waren nicht dabei.

Ich nahm vor lauter Blüten keine Rosen und vor lauter Düften keinen Duft mehr wahr, als Klausen den Gärtner mit einem Trinkgeld endlich verabschiedete.

»So, sagte er dann«, und holte Lücks Fernbedienung hervor.

Enttäuscht wollten wir schon umkehren, als Rita den unscheinbaren Pfad hinter einer Gruppe von Orangenbäumchen entdeckte. Der Tunnel war hier, in der Tiefe, durch eine Mauer verschlossen. Trat man näher, sah man den schmalen Durchlass, der im Winkel zu einer schweren, außen durch Felsbrocken getarnten Tür führte.

Als wir die in den Fels gehauene Seitenkammer betreten hatten, fiel die Tür mit einem leisen Klick wieder ins Schloss. Ein Büschel Moos, das sich gelöst hatte, sank geräuschlos zu Boden.

Wir standen vor einem meterhohen Sockel mit metallisch glänzendem Aufsatz. Beim zweiten Blick sah man, dass es sich um einen Sarg handelte. Nun kam auch das ovale Fenster aus Glas oder transparentem Kunststoff in Sicht, das von innen her beleuchtet war. Ich trat vollends hinzu. Hinter dem Fenster war das Gesicht von Helga Horger, nein, von Annemarie zu sehen, auch das war falsch: vor mir lag Evelynn Raab, das blonde Haar, geflochten, rings um das goldene Haupt gelegt. Ein Katafalk für Schneewittchen, das auf seinen Ritter wartete.

Mein Gehirn begann erst nach einer Weile wieder zu arbeiten. Frau Evelynn als Mumie – hatte Raab seine Frau mit den Mitteln der modernen Chemie konservieren oder, nach der neuesten Mode, plastinieren lassen? Ich sah mir den Rest von Raabs Mausoleum genauer an. Links hing eine Schalttafel mit Digitalanzeigen für Drücke, Temperaturen und Luftfeuchtigkeit, auch im Inneren des Sarkophages. Auf der anderen Seite ein tonnenförmiges Gebilde mit einem Steigrohr, aus dem Tropfen einer dampfenden Flüssigkeit in einen Kübel mit der Aufschrift Linde fielen. Ein Gerät zur Gewinnung flüssiger Luft, wie ich es im Labor gesehen hatte. Dazu der monotone Gang des Kompressors.

Frau Evelynn war keine Mumie. Raab, der von der Kältekonservierung seines eigenen Körpers geträumt hatte, war es gelungen, Frau Evelynn mit Hilfe eines Kältefachmanns einzufrieren, ohne ihr Gesicht zu entstellen. Da lag sie nun bei Temperaturen um minus hundertachtzig Grad und wartete auf einen Prinz, der niemals kommen würde, und wenn er käme, nie die Macht hätte, sie zu erwecken. Ich berührte das Sichtfenster. Es fühlte sich warm an und war nirgends beschlagen, Raab hatte dafür gesorgt, dass der Katafalk gut isoliert und das Sichtfenster beheizt war.

Rechts neben dem Haupt von Frau Evelynn stand eine Amphore aus durchscheinendem Alabaster mit einem welken Strauß gelber Rosen, ein letzter Gruß von Raab, bevor Yvonne ihn erschossen hatte.

Lück hatte beim Diner über Evellyns Begräbnis gesprochen. Rita und mir wäre der Widerspruch zwischen seinem Bericht und dem, was wir hier sahen, entgangen. Anders Klausen. »Lück«, sagte er bei unserem Rückweg von der Roserai, »Lück hat mit Hilfe von Raabs Fernbedienung das Mausoleum und mit ihm auch das falsche Spiel seines Schwagers entdeckt. Jene Urne, die Raab vor mehr als zwanzig Jahren bestatten ließ, kann manches, nur nicht Evellyns Asche enthalten haben.«

Für die Rückfahrt ließ ich Rita ans Steuer. Was um mich her geschah, ging zum großen Teil an mir vorbei. Klausen hatte mit dem Gärtner noch einmal über die Raabsche Stiftung gesprochen. Die Gemeinde hätte sich verpflichtet, den Rosentunnel, so lange die Mittel reichten, mit elektrischem Strom zu versorgen. Ohne Strom, darin waren Rita und Klausen sich einig, wäre Evelynns Leiche bald eine unwiederbringliche Beute der Verwesung.

Klausen hatte auch nach der Geschichte des Tunnels gefragt. Die Linie der Badischen Odenwaldbahn war durch Sprengung der Brücke zum anderen Neckarufer, nach Mosbach, 1945 unterbrochen und die Strecke Aglasterhausen – Asbach – Obrigheim 1971 stillgelegt worden. Im nahen Mörtelsteintunnel würden jetzt Champignons gezüchtet. Besser Rosen als Pilze, hatte der Gärtner gesagt, und keiner widersprach.

In Heidelberg suchte ich für die nächsten Stunden die Einsamkeit meiner Wohnung in der elften Etage des Menglerbaus. Ich stand vor der

Aufgabe, die Erlebnisse der letzten Monate von ihrem Ende her noch einmal durchzustehen. Von der toten Evelynn über Yvonne, Annemarie, den Klon und die vier Morde bis zu meiner ersten Begegnung mit einer Frau, die sich Helga Horger genannt hatte.

Danksagung

Für nützliche Anregungen und freundlichen Zuspruch haben wir Prof. Dr. Aczel, weiterhin Herrn Notar Dr. Bernhard Firgau und unseren Neffen bzw. Onkeln, den Diplomingenieuren Norbert und Roland Petri, zu danken.

Dem Ehepaar Frau Dr. Ellen und Prof. Dr. Peter Czygan sind wir für besonders gründliche Auseinandersetzung mit dem Manuskript, Motivation und wertvolle Kritik verbunden.

Unserer Lektorin Catrin Stankov danken wir dafür, dass sie an dieses Buch geglaubt und ihm mit Engagement und der milden Strenge der Erfahrenen zur Veröffentlichung verholfen hat.

Unserer Agentin Rose Bienia gilt der Dank für erste wichtige Wegweisungen.